Andreas Steiner

Das Dunkel aus der Zeit

Andreas Steiner

Das Dunkel aus der Zeit

Roman

Bibliografische Information der Deutschen Nationalbibliothek:
Die Deutsche Nationalbibliothek verzeichnet diese Publikation in der
Deutschen Nationalbibliografie;
detaillierte bibliografische Daten sind im Internet über dnb.dnb.de abrufbar.

© 2022 Andreas Steiner

Illustrationen und Covergestaltung: Andreas Steiner

Lektorat: Susanne Reinert

Herstellung und Verlag: BoD – Books on Demand, Norderstedt

ISBN 9783756821488

Inhalt:

1. Nach England 11
2. Steinerne Wächter 21
3. Martinus, der Novize 34
4. Enaids Tanz 45
5. Valnirs Fluch 55
6. Die Sachsen greifen an 67
7. Die Verwandlung 74
8. Klosterleben 83
9. Valnirs Rückkehr 91
10. Blackwell Manor 100
11. Engel und Teufel 107
12. Anne, die Apothekerin 120
13. Ratten im Hospital 129
14. Grays Kopf 139
15. Der Kurpfuscher 150
16. Der edle Ritter 158
17. Das Dunkel aus der Zeit 172
18. Ein Schatten, bleicher als weiß 182
19. James, der Totengräber 193
20. Ruß und Feuer 201
21. Das Ding in der Nische 209
22. Glück und Herrlichkeit 221
23. Das schwarze Tier 231
24. Das geheime Zimmer 245

25. Der Besucher	254
26. Novembernebel	264
27. Ceridwen, die Fee	278
28. Das Vermächtnis	289
29. Rascheln im Gemäuer	303
30. Gewitterstimmung	311
31. Tumult	321
32. Die Zusammenkunft	330
33. Valnirs Ende	340
34. Der Funke des Lichtes	354

In grauen Tagen, vor unendlich langer Zeit,
ist er gekommen, der Fürst der Nacht
und bracht' den Schatten über das Land.
Niemand weiß, woher er kam, wohin er will und wen er sucht
und wessen Schicksal er bedroht.

Die Weisen sprechen, dass auch er
dereinst ein Kind war, voller Träume
singend, springend und voll Lachen.
Doch Schmerz, durch Knüppel, Fäuste, Peitsch und Schläge
von seines eignen Vaters Hand
ließen das Lied verklingen, das er einst sang.

So rammt' er schließlich, hassgequält,
dem Peiniger das Schwert in den Leib,
zu beenden seine Qual
und zu beginnen seine Macht,
um Freude fortan zu empfinden,
das Dunkel in die Welt zu tragen.

Verflucht und ruhelos nun seitdem
zieht er in der Welt umher.
Seine Gefährten sind die Geschöpfe der Finsternis,
die Dämonen der Nacht, die Raben und die Wölfe.

Seine Kunde sind Pestilenz und Furcht.
Verderben bringt sein ferner Gruß,
Angst und Irrsinn sein Geruch,
und wen er anhaucht, ist geweiht dem Tod.

Altnordische Ballade, 9. Jh.
Nachdichtung von Ivor Cox

1. Nach England

Wenn ich mich an das Haus meines Großvaters erinnere, denke ich vor allem an die vielen großen, schwarzen Vögel, die ständig um den Westturm kreisen. Ich war damals gerade 13 Jahre alt und habe immer versucht, diesen Anblick möglichst lässig und gleichgültig abzutun, als sei ich ein harter alter Krieger, dem so etwas nicht das Geringste ausmacht. Ich tat daher beim Betreten des Anwesens so uninteressiert wie möglich, um möglichst überlegen und erwachsen zu wirken. Aber in Wahrheit habe ich mich gefürchtet. Die Raben und Krähen machten mir Angst, denn sie erschienen mir wie Boten des Todes, und ich redete mir ein, dass Großvaters großes altes Haus sie anzog, als wohne etwas Böses, Verderbenbringendes darin.

Seit langem weiß ich, dass es nicht das Haus war. Es war vielmehr der schmerzvolle Abschied von meiner Mutter, die uns im Sommer 1938 von Deutschland in ihre englische Heimat schickte.

Wir, das waren außer mir mein älterer Bruder Ronald, damals sechzehnjährig und nebenbei der unerträglichste Klugscheißer, den man sich vorstellen kann, und meine kleine Schwester Ida, die mit ihren sechs Jahren noch gar nicht verstand, wie krank Mama damals war. Für Ida war die Reise zu unserem bislang unbekannten Großvater ein einziger großer Abenteuerurlaub. Ronald gab sich dagegen, als langweile ihn das Ganze, und hatte sich zu der Reise nach England lediglich herabgelassen, damit er auf uns aufpassen konnte. Er pflegte mich spöttisch »Kleiner« zu nennen, was mich jedes Mal zur Weißglut brachte und ich ihm am liebsten eine geklebt hätte. Das einzig Gute an meinem Ärger über ihn war, dass dies meine beständige Traurigkeit unterbrach, denn es schien mir so, als sei ich der Einzige von uns Dreien, der die Trennung von unserer Mutter überhaupt begriff und der deshalb regelmäßig mit den Tränen kämpfte.

Nachdem die Fähre von Calais abgelegt hatte, war es mir, als schnitte mir ein Messer ins Herz, und der salzige Geruch des Meeres machte mir schmerzvoll klar, wie weit weg von ihr wir bereits waren.

Ida hatte noch nie das Meer gesehen und kam aus dem Staunen nicht heraus. Ständig deutete ihr kleiner Zeigefinger auf zahlreiche Dinge, die sie spannend fand, von Luftschächten und Rettungsbooten auf der Fähre, den bunten Flaggen, die im Wind flatterten, bis zu Schiffstauen, Bojen und umhersegelnden, schreienden Möwen. Sie fragte mich dann mit ihren weit ihren aufgerissenen blauen Augen tausend Dinge, und ich hatte verdammt viel zu tun, mir Antworten dazu auszudenken, denn von den meisten Sachen hatte ich überhaupt keine Ahnung. Ida war die Temperamentvollste von uns, unserer Mutter sehr ähnlich. Gleichzeitig hatte sie grenzenloses Vertrauen in die Welt, denn bislang hatte sie nur gute Erfahrungen gemacht. Alle fanden sie entzückend, und da sie praktisch jeden anzustrahlen pflegte, erntete sie Wohlwollen, wo immer sie war. Wahrscheinlich schloss sie daraus, dass sie äußerst liebenswert sei, und damit hatte sie sogar Recht. Nur ich war immer derjenige, der sich Sorgen machte und an allem zweifelte – eine Regung, die meinem älteren Bruder völlig fremd war.

Ronald lehnte lässig an der Reling und rauchte mit betont blasiertem Blick eine Zigarette, die er zweifellos aus Vaters Schreibtisch gestohlen hatte. Mit seinem grauen Hut und dem zweireihigen Tweed-Jackett wirkte er tatsächlich so wie ein junger Geschäftsmann, zu dessen ganz normalen Alltag es gehört, den Ärmelkanal zu überqueren. Ich glaube, er war damals verliebt (was er nie zugegeben hätte) und es passte ihm vor allem deswegen nicht, fortzugehen. Ich meine sogar, mich vage zu erinnern, an wen: ein dunkelhaariges, schlankes Mädchen aus der Nachbarschaft, mit tiefen, braunen Augen, das einen ziemlich großen Busen hatte. Ich hielt es damals allerdings nicht für möglich, dass Ronald zu solch zarten romantischen Gefühlen wie der Liebe fähig wäre. Er tat nämlich immer so, als sei er der Casanova vom Dienst und habe bereits reihenweise erotische Erfahrungen, aber ich wette, in Wahrheit hatte er zu diesem Zeitpunkt noch nie ein Mädchen geküsst.

»Na, Kleiner«, sagte er zwischen zwei Zügen, »die englischen Ladies sollen ja nicht gerade das Gelbe vom Ei sein. Da stehen uns wohl traurige Zeiten bevor.«

Ich muss zugeben, auch ich stellte mir die Engländerinnen damals blass, blond, dürr und pickelig vor, dazu meistens mit Leichenbittermiene Tee trinkend und zum Frühstück fade Haferpampe zubereitend. Unsere Mutter sah ich damals wohl gar nicht als Engländerin. Sie war wunderschön: schlank, dunkle Locken, strahlende blaue Augen, genau wie Ida. Und kochen konnte meine Mutter … es war wie im Paradies! Sie schien immer von einer unbeugsamen Kraft. Sie jetzt so schwach und bleich in Erinnerung zu haben, war wie ein böser Traum.

In diesem Moment auf der Reling bemerkte ich erst, wie wenig wir von ihrer Heimat eigentlich wussten, obwohl wir mit ihr Englisch sprachen. Das einzige englische Buch, was ich je gelesen hatte, war *Alice in Wonderland*, und dies hatte mich dermaßen verstört, dass ich die Engländer seitdem für ein verschrobenes Völkchen hielt, das womöglich sogar ein bisschen verrückt war.

Ich wunderte mich sogar über das sonnige Wetter an diesem Tag, denn ich wähnte England stets von undurchsichtigen Nebelschwaden durchzogen. Daher erschien mir die Aussicht unerträglich, bei schlechtem Wetter in einem verstaubten alten Haus, in einem winzigen Dorf fern jeder Stadt eine unbestimmt lange Zeit verbringen zu müssen. Dass dort unser Großvater wohnte, tröstete mich wenig, denn der war bislang nur durch das regelmäßige Schicken von gelehrten alten Büchern zu unseren Geburtstagen in Erscheinung getreten.

Die Weißen Klippen von Dover tauchten auf, und ich hob Ida hoch, um sie ihr zu zeigen. Fast unwirklich wirkte das Weiß, und im goldenen Licht der Morgensonne erschienen sie uns wie ein verwunschenes Land. Als ich Idas strahlendes kleines Gesicht sah, spürte auch ich einen Schimmer von Spannung, was uns wohl erwarten würde.

Ich gestand es mir nur ungern ein, aber ich war verdammt froh, Ronald in meiner Nähe zu haben. Die Menschenmassen auf der Fähre, die Ankunft in Dover, die Zollkontrollen, das Warten auf den richtigen Zug – mit ihm fühlte ich mich erheblich sicherer, als dass ich mir all dies allein zugetraut hätte.

Dann erreichten wir London. Als wir den Bahnhof betraten, war ich schier überwältigt. Er war groß, erschreckend groß, voller Lärm, Gestank, Prunk und Gedränge – ein wirrer Traum aus Stein und Gold. Menschen allen Alters und Standes schoben sich durch die Gänge und Hallen: vornehme Damen, würdige Herren, zerlumpte Gestalten, dienstfertige Gepäckträger. Wir tauchten ein in ein Meer von Gesichtern und Stimmen, in den Geruch von Parfüm, Schweiß, Zigarren, Puder, verbrannter Kohle und dem Dampf der Lokomotiven, die wie riesenhafte stählerne Echsen die Schienen entlangkrochen. Unter den ehrwürdigen, von mächtigen Säulen getragenen Balustraden mischte sich die Musik einer Blaskapelle unter das Stöhnen und Fauchen der gewaltigen Maschinen, und während wir uns durch die Menge quetschten, drangen Fetzen einer Drehorgel an mein Ohr, die »*It's a long way to Tipperary*« spielte. Zwischendurch tönten die Trillerpfeife eines Zugschaffners oder ein lauter Ruf, die Fahrgäste mögen nun einsteigen. Überall war der Glanz der königlichen Stadt zu spüren. Laternen tauchten die prachtvollen Gewölbe und Stahlkonstruktionen in gleißendes Licht. Es gab Läden, Zeitungskioske, Bars und Cafés, Restaurants und Erfrischungsstände. Rolltreppen fuhren in unterirdische Gänge von unergründlicher Tiefe, die U-Bahn-Schächte verschlangen Menschen und spuckten sie an anderer Stelle wieder aus. Auf den Bänken saßen zahllose Reisende, die auf ihre Züge warteten, und es bildeten sich lange Schlangen vor den Fahrkartenschaltern. Mit einem leisen Triumph bemerkte ich, dass auch Ronald hinter seiner überlegenen Miene nervös und angespannt war, aber allein um dies nicht zugeben zu müssen, gab er sich betont forsch und zielgerichtet. Es gelang ihm auch tatsächlich, die richtigen Fahrkarten für uns zu kaufen, und er tat nach diesem grandiosen Coup natürlich so, als habe er nie in seinem Leben etwas anderes gemacht. Bis wir uns endlich in unser Zugabteil hineingedrängt hatten, hatte ich bereits tausend Ängste durchgestanden. Vor allem befürchtete ich, Idas kleine Hand könnte sich der meinen entwinden und ich würde sie verlieren.

Im Zugabteil hatte Ronald schnell seine übliche Blasiertheit wiedergefunden. Er lümmelte sich auf die Sitzbank und kramte in seiner Jackentasche.

»Na, mein Kleiner«, sagte er, während er sich mit affektiert abgespreiztem kleinem Finger eine Zigarette anzündete, »das hätten wir fürs Erste. Jetzt brauchen wir uns nur noch in Opas Kaff kutschieren zu lassen, und dann ist unser Glück perfekt.« Dabei rollte er die Augen, als ginge es direkt ins Gefängnis.

»Es ist Kindern untersagt, zu rauchen«, ertönte plötzlich eine Stimme. Der Schaffner, dem sie gehörte, wirkte keineswegs unfreundlich, aber sehr bestimmt. Ich jedenfalls hätte ihn umarmen können dafür. Selten hatte ich gesehen, wie Ronald einen derart roten Kopf bekam und sich eilte, die Zigarette auszudrücken. Ich fürchtete nur sogleich, dies würde üble Folgen haben. Ronalds giftiger Blick in mein grinsendes Gesicht verhieß nichts Gutes.

Wir sprachen alle drei recht gut Englisch – unsere Eltern hatten uns zweisprachig aufgezogen. Und dennoch war hier alles so anders, denn zu Hause redeten wir nur mit unserer Mutter so. Hier aber unterhielten sich alle um uns herum völlig selbstverständlich in Mamas Muttersprache – wie unwirklich! Ja, wir waren nun tatsächlich in einem anderen Land. Ida schien es am wenigsten zu beschäftigen, denn sie war bald eingeschlafen. Ronald sah die ganze Zeit verbissen aus dem Fenster, während ich in einer komischen Mischung aus Anspannung und Müdigkeit vor mich hindöste.

Nachdem wir erst in Swindon, dann in Gloucester nochmals umgestiegen waren und in einem kleinen Bummelzug Platz gefunden hatten, nickte auch ich kurz ein.

Ich hatte einen üblen Albtraum. Eine riesenhafte Armee von schwarzuniformierten SS-Leuten marschierte unter schauerlichen Gesängen durch eine Stadt voll riesenhafter grauer, düsterer Gebäude. Noch im Traum erinnerte ich mich, wie sie in unserer Heimatstadt nun tatsächlich auf den Straßen zu sehen waren, erst vereinzelt, dann immer mehr und überall, wie Parasiten, die sich ausbreiteten. Ich hatte schon beim ersten Anblick damals Angst vor ihnen, da die Männer alle zu einer bedrohlichen Masse verschmolzen, als hätten sie sich aufgelöst und ihre Seele sei irgendwo anders hingegangen. Ich weiß noch, wie der Sohn unseres Nachbarn vor erst einem Jahr in schwarzer SS-Uniform nach Hause kam, eigenartig fremd; der lustige Kerl von früher war plötzlich so wahnsinnig ernst, starr, wie versteinert; selbst seine Stimme wirkte mit einem Mal kalt und mechanisch. Damals dachte ich, er sei irgendwie krank und es hätte etwas mit dieser Uniform zu tun.

Im Traum kauerte ich zusammen mit Ida angstvoll auf einer uralten zinnenbewehrten Steinbrücke und beobachtete, voller Angst, entdeckt zu werden, die schwarze Armee von dem erhöhten Punkt aus, während sie darunter hermarschierte. Der Anführer auf seinem Pferd sah plötzlich direkt zu mir und heftete seine tiefliegenden Augen auf mich. Sie stachen aus seinem totenblassen Gesicht wie glühende Kohlen hervor – ein eigenartiges Gesicht mit hoher Stirn, dichten schwarzen Augenbrauen, einem mächtigen Kinn und einem auffallend kleinen Mund mit dünnen, bläulichen Lippen. Sein Blick bohrte sich geradezu in mich hinein. Dann lächelte er höhnisch. In diesem Augenblick wusste ich, dass wir verloren waren. Ich packte Ida und rannte mit ihr von der Brücke auf ein großes Tor zu, das in ein finsteres Treppenhaus führte, und vermeinte bereits, das Trappeln der Schritte unserer Verfolger zu hören.

Ein äußerst schmerzhafter Stoß von Ronalds Faust gegen meinen Arm machte mich schlagartig wach. Ob Ronald mein schweres, angstvolles Atmen bemerkt hatte? Jedenfalls erlöste sein Hieb mich schlagartig. Vermutlich ahnte er nicht, dass er mir damit ausnahmsweise etwas Gutes tat.

Wir näherten uns offenbar unserem Ziel, immer nach Westen, dem Sonnenuntergang entgegen. Die Sonne war bereits hinter dem Horizont versunken; noch strahlte der Himmel dort golden, aber überall verbreitete sich bereits das Zwielicht. Die Bäume, die an den Zugfenstern vorbeirauschten, erschienen bereits als schwarze Silhouetten, und die Hügelketten hatten schon jenes dunstige Blau der Abenddämmerung. Ich bemühte mich, Ida sanft zu wecken. Wir griffen nach unseren Jacken und Koffern, drängelten uns auf den Gang und spürten, wie der Zug sein Tempo drosselte und schließlich quietschend in dem kleinen Bahnhof zu stehen kam.

Obwohl es beginnender Sommer war, war es kalt und feucht auf dem abendlichen Bahnsteig. Ronald machte ein Gesicht wie pures Sauerkraut, denn er hatte sich für den Sommer vermutlich romantische Techtelmechtel mit der vollbusigen Dunkelhaarigen vorgestellt. Hier dagegen begann sogar Nebel aufzusteigen. Der Bahnhof wirkte wie seit Jahrhunderten nur noch von Geistern bewohnt, menschenleer und im Inneren lediglich von einer trüben Gaslaterne beleuchtet. Ich packte Ida bei der Hand und wir schoben uns durch die Flügeltüren in den Innenraum des Bahnhofsgebäudes.

Dort stand ein riesenhafter Kerl. Er war bestimmt fast zwei Meter groß und einen Meter breit, trug Stiefel groß wie Regentonnen, eine Strickjacke, mit der man ein ganzes Bett hätte bedecken können, und einen breiten Gürtel, der wie für einen Ochsen gemacht schien. Sein Kopf war von einer Schiebermütze bedeckt und das runde Gesicht mit der überdimensionalen Nase darunter schaute wie von kindlicher Neugier erfüllt auf uns. In der einen Hand hielt er ein Windlicht, in der anderen ein Schild, auf dem mit Kreide der Name »ADLER« geschrieben stand – unser Name.

Sofort ging er auf uns zu und lächelte. »*Now then!*«, sagte er mit einer unerwartet hohen, brüchigen Stimme. »Ihr seid bestimmt die *strangers*! Ich bin Walter, ich arbeite für Herrn Neville Brooks!« Ich hatte große Schwierigkeiten, ihn zu verstehen, denn er sprach einen starken Dialekt - Yorkshire, wie ich später erfuhr. Nur der Name unseres Großvaters war eindeutig. Er griff sofort nach unseren Koffern, die in seinen Pranken wirkten wie ein paar leere Pappschachteln, und durchschritt die Ausgangstür. Dort stand ein Fuhrwerk mit zwei Pferden, eine Art Kutsche mit Ladefläche, auf die er mit leichter Hand unser Gepäck legte und es gleich mit einer Plane bedeckte.

»Wie … sie haben kein Auto?«, fragte Ronald entgeistert und deutete ungläubig auf das Gefährt.

»*Aye*«, antwortete Walter, »Mr Brooks ist sehr traditionell veranlagt und öffnet sich neuen Dingen nur sehr zögerlich.« Er packte Ida wie eine Feder und hob sie auf den Ledersitz. Sie schien nicht die geringste Furcht vor ihm zu empfinden und lachte vor Vergnügen. Nachdem wir alle Platz genommen hatten, pflanzte er sich auf den Kutschbock, wobei der ganze Wagen schwankte und ächzte, als werde er von einem Elefanten betreten, schnalzte mit der Zunge und wir fuhren los.

Ida strahlte. Sie liebte Pferde, und die unerwartete Fahrt mit der Kutsche war für sie ähnlich abenteuerlich, wie es für mich eine Achterbahnfahrt gewesen wäre. Ronald starrte erst mit verkniffenem Mund geradeaus. Nach einer Weile sank er resigniert auf die Rückenlehne. »Kleiner«, sagte er kopfschüttelnd, schwer atmend, mit betont vorgewölbter Unterlippe, »wir sind hier nicht nur am Arsch der Welt, sondern auch am Arsch der Zeit.«

Es war noch nicht einmal sieben Uhr abends, aber hierzulande wurde es weit früher dunkel als in Deutschland. Gottlob verfügte Walters Fuhrwerk über ein paar einigermaßen kräftige Lampen, denn die schmale Landstraße war weitgehend unbeleuchtet. Außerdem wimmelte es von Rissen und Schlaglöchern, so dass das Gefährt rumpelte und holperte, als führen wir über einen Acker. Ronald rollte regelmäßig mit den Augen. Doch endlich tauchten ein paar Straßenlaternen auf. »St. John-on-the-Hills« stand auf dem Ortsschild.

»Sind wir bald da?«, traute ich mich zu fragen. »Aye!«, sagte Walter. »Etwa zehn Minuten noch! Das Haus von Mr Brooks ist ein wenig außerhalb des Dorfes!«

»Auch das noch!«, stöhnte Ronald.

Endlich verlangsamte Walter das Tempo. Vor uns tauchte ein gewaltiges Herrenhaus mit zahlreichen verschachtelten Giebeln und einer Armee von Schornsteinen auf den Dächern auf. Wie ein riesenhaftes Tier kauerte es vor dem am Horizont noch immer rotviolett glimmendem Himmel, umgeben von zahlreichen alten Eichen und im Westen gekrönt durch einen wuchtigen, hohen Turm.

Walter lenkte das Fuhrwerk durch eine Toreinfahrt in einen kopfsteingepflasterten Hof, brachte die Pferde zum Stillstand und sprang scheppernd vom Bock. Ida ließ sich wieder von ihm mit hohem Schwung herunterheben, während Ronald und ich uns schwerfällig herausschälten und matt nach unten kletterten.

Obwohl die erleuchteten Fenster einladend aussahen, wirkten die uralten Mauern auf mich wie die Burg eines Trollkönigs, ein Spukhaus oder eine gigantische Grabstätte, und sämtliche schaurigen Momente aus allen Gruselgeschichten, die ich in meinem Leben verschlungen hatte, meldeten sich in diesem Augenblick wieder.

»Die Verwandtschaft aus Deutschland! Willkommen!«

Die Stimme gehörte einer kleinen, etwas fülligen Frau, die die Eingangstür weit geöffnet hatte und gleich auf uns zueilte. Im Laternenlicht erwies sie sich als noch relativ jung, höchstens dreißig Jahre alt, das Gesicht voller Sommersprossen, und ihr Englisch war zu meiner Erleichterung ohne Probleme zu verstehen. »Ich bin Elizabeth! Ich kümmere mich hier um alles hier drinnen. Walter ist für alles draußen zuständig!«, sagte sie. »Kommt herein! Das Abendessen steht schon bereit!«

Während Walter sämtliche Koffer auf einmal in seinen großen Handschaufeln ins Haus trug, geleitete Elizabeth uns drei durch einen holzgetäfelten Eingangsbereich in eine prächtige Halle, in der ein riesenhafter eiserner Kronleuchter hing. Sie umfasste zwei Stockwerke, und in der Mitte befand sich eine große Holztreppe, die auf die erste Galerie führte. Ida schaute furchtsam auf die Statuen und Rüstungen, die in allen möglichen Ecken und Winkeln standen, und auf die Gemälde, die an so ziemlich allen freien Stellen der Wände hingen. Auf der Treppe stand ein elegant gekleideter älterer Herr: unser Großvater.

Ich erkannte ihn sofort, obwohl ich erst ein einziges Bild von ihm gesehen hatte, ein Foto aus der Kindheit meiner Mutter, wo er sie auf dem Arm hatte. Damals war alles an ihm schwarz: Sein Haar, sein Bart, sogar seine Augen. Jetzt aber hatte er schneeweißes Haupthaar und einen ebensolchen Vollbart, wobei seine Augenbrauen und sein Schnurrbart noch die ursprüngliche tiefschwarze Farbe hatten. Seine auffallend dunklen Augen waren stechend und schienen uns aufmerksam zu prüfen.

»Guten Abend, Sir«, sagte ich, und Ronald ließ sich ebenso dazu herab, eine höfliche Begrüßung zu murmeln.

Neville Brooks schwebte würdevoll die Stufen herab. An seiner schlanken Hand, die das geschnitzte Geländer entlangglitt, erblickte ich zahlreiche Ringe, und über seinem Anzug trug er eine golden schimmernde Kette mit einem Amulett, das an eine Distel erinnerte. Er trat schweigend zu uns und musterte einen nach dem anderen.

»Ich heiße euch willkommen, meine Enkelkinder. So lernen wir uns also doch einmal kennen.«

Seine Stimme war tief und voluminös, obwohl er nicht laut sprach. Sein Akzent war vornehm, als spräche ein Graf oder ein anderer hoher Adeliger.

»Elizabeth wird euch eure Zimmer zeigen«, fuhr er fort. »Danach bekommt ihr etwas zu essen. Ich selbst werde euch heute Abend keine Gesellschaft leisten, da ich noch zu arbeiten habe.«

Er deutet auf eine große Eichentür am hinteren Ende. »Dort ist die Bibliothek und dort ist auch mein Arbeitszimmer. Wenn ich dort bin, wünsche ich keinerlei Störung. Ansonsten gewähre ich euch, die Bücher zu eurer Bildung zu nutzen, wenn ihr sorgsam damit umgeht.«

Er wandte sich ab. »Bist du mein Opa?«, ließ sich Ida vernehmen.

Neville Brooks drehte sich nochmals um. »Ja«, sagte er nach kurzem Zögern, »der bin ich wohl.«

Hochaufgerichtet, als habe er einen Stock verschluckt, stieg er die Stufen hinauf.

»Gibt es eigentlich keine Oma?«, fragte mich Ida flüsternd.

»Nicht mehr«, flüsterte ich zurück. »Unsere Oma ist schon lange tot. Ich habe sie auch nicht kennengelernt.«

Elizabeth beugte sich zu uns. »Am besten, ihr sprecht nicht von eurer Großmutter. Mr Brooks möchte an ihren Tod nicht erinnert werden.«

2. Steinerne Wächter

onald als dem Ältesten von uns wurde das Vorrecht zuteil, Mama anzurufen. Er sprach kurz und beherrscht mit ihr, hängte den Sprachtrichter dann ein und teilte uns sein »Alles in Ordnung« mit. Dann trotteten wir zu Tisch.

Das Essen war entgegen unseren Befürchtungen äußerst schmackhaft. Es gab einen Dicke-Bohnen-Eintopf mit Speck und Räucherwurst, danach noch kalten aufgeschnittenen Braten, frisches braunes Brot und eingelegte Zwiebeln, dazu Salat und zum Schluss Karamellpudding mit Walnüssen. Ronald schaufelte sich das Essen rein, als habe er einen Monat gehungert, schnallte danach seinen Gürtel drei Löcher weiter und wirkte ungewohnt zufrieden. Ida schlief fast auf der Tischplatte ein, was Elizabeth zum Anlass nahm, uns unsere Zimmer zu zeigen, in denen unsere Koffer schon bereitstanden. Sie trug die schlafende Ida direkt in ihr Bett in einem kleinen Zimmer, direkt neben ihrem eigenen Raum. Ronald bezog ein großes Zimmer mit Blick auf die Straße, das er sogar für einigermaßen angemessen hielt. Ich wurde in einem der Turmzimmer untergebracht, wozu wir einige Stufen einer engen Wendeltreppe emporsteigen mussten, und mein anfängliches Unbehagen wuchs noch mehr, als Elizabeth mir erzählte, dass es sich hier um den ältesten Teil des Gebäudes handelte, der bis ins 9. Jahrhundert zurückgehe. Das Zimmer selbst sah aber sehr gemütlich aus: ein großer, wuchtiger Holzschrank, ein Bett mit Nachttisch, mehrere relativ kleine, schmale Fenster, aber gottlob elektrisches Licht. Der Waschtisch bestand aus einer Schüssel und einer großen Wasserkanne. Für Notfälle stand ein Nachttopf unter dem Bett, denn die Klos und Bäder befanden sich im Hauptgebäude in den unteren Stockwerken.

Als ich allein im Zimmer war, fühlte ich mich einsam. Ich versuchte, mich abzulenken, indem ich meinen Koffer auspackte. Dann entzündete ich die

Nachtkerze auf dem Nachttisch und ging nochmals durch das kalte, dunkle Treppenhaus nach unten, um nach Ida zu sehen. Sie schlief tief und fest. Ich gab ihr einen Kuss und klopfte nochmal an Ronalds Zimmer. Er schien ungehalten, denn er lag schon im Bett und las ein Buch.

»Alles in Ordnung?«, fragte ich betont arglos.

»Nichts ist in Ordnung, das weißt du doch!«, raunzte er, und suchte das Buch an seiner Seite zu verbergen.

»Was liest du da?« Ich zeigte auf das dunkelblaue Buch. Wortlos und betont gelangweilt hielt er mir den Titel unter die Nase.

»›Tausendundeine Nacht‹? Du liest Märchen?«

»Ach, Kleiner«, sagte er mitleidig, »da stehen noch ganz andere Sachen drin. Aber das ist noch nichts für dich.«

»Nenn mich nicht immer ›Kleiner‹ Ich habe auch einen Namen!«

»Mister Konrad Adler! Ich erbitte demütigst eure Gunst!«, flötete er mit Falsettstimme.

»Bei uns zu Hause nennt man mich Conny. Das weißt du doch! Kannst du nicht einmal normal reden?«

»Solange du dich wie ein Hosenscheißer benimmst, nenne ich dich ›Kleiner‹«, belehrte er mich. »Das passt zu dir.«

Mit einer Handbewegung bedeutete er mir, mich zu verziehen.

Was Ronald betraf, war alles beim Alten geblieben. Irgendwie war das auch ein Trost.

Wahrscheinlich hatte ich das kälteste Zimmer von allen. Die alten Mauern schienen den Frost des längst vergangenes Winters außerordentlich gut gespeichert zu haben. Ich wachte nachts bibbernd auf und hüllte mich in alles, was Elizabeth mir an Decken gebracht hatte. Dann aber fiel ich in einen so tiefen Schlaf wie schon lange nicht mehr.

Am nächsten Morgen weckte mich das Zwitschern der Vögel, so laut und zahlreich, wie ich es nur ein einziges Mal erlebt hatte: bei einem Urlaub in der Provence … den einzigen, den wir je mit der ganzen Familie gemacht hatten, denn unser Vater war ständig unterwegs, um Brücken in aller Welt, vorzugsweise in

Asien, zu bauen. Wir haben in unserer Kindheit nicht viel von ihm gehabt. Allerdings verdiente er dort eine Menge Geld.

Ich schälte mich unwillig aus den warmen Decken, und sofort überzog sich mein ganzer Körper mit Gänsehaut. Ich war sehr dünn damals, geradezu mager, obwohl ich ganz gut futtern konnte – es sei denn, ich hatte Sorgen. An diesem Morgen hatte ich erstaunlicherweise Hunger, und ich beeilte mich, nach unten zu kommen.

Elizabeth hatte bereits den Frühstückstisch vorbereitet; es roch nach Tee, gebratenem Speck und geröstetem Toast. »Ich bin gleich soweit!«, rief sie aus der Küche und winkte mich ins Esszimmer, das wir schon vom gestrigen Abend kannten. Von Ronald war noch nichts zu sehen, aber ich entdeckte Ida, die in der Küche fleißig dabei war, Elizabeth Eier anzureichen.

Dann erschien unser Großvater und begab sich mit uns wortlos an das Kopfende des Tisches, wo Elizabeth ihm sogleich Tee einschenkte und ihm Milchkännchen und Zucker in greifbare Nähe stellte.

»Wo ist euer Bruder?« Er sprach eher leise, aber seine Stimme füllte den ganzen Raum.

»Wahrscheinlich schläft er noch«, sagte ich, während ich es mir auf dem schweren Holzstuhl bequem zu machen versuchte.

»Es ist bereits nach acht!«

»Ronald ist ein Faultier!«, erklärte Ida.

»Ist er das?« Unser Großvater rührte mit elegantem Schwung in seiner Tasse. »Mit sechzehn?« Er langte nach seiner Gabel, während Elizabeth Rührei und gebratenen Speck, Würstchen und Bohnen auftrug. »Ich bin bereits weit über sechzig und stehe jeden Morgen um sieben Uhr auf.« Sein Gesicht zeigte eindeutige Anzeichen größter Missbilligung. Mir machte das gute Laune. Der blöde Schnösel von Ronald würde sicher von ihm bald ein paar Worte dazu hören. Ich fühlte, dass ich Neville Brooks mögen würde.

Ronald erschien schließlich doch - mit zerknautschtem Gesicht und verstrubbeltem Haar, zeitgleich mit dem ominösen Porridge, das durch Elizabeths Spezialbehandlung mit Sahne, Honig und Zimt nicht die fade Schlabberpampe war, die wir alle erwartet hatten, und erstaunlich gut schmeckte. Opa Neville schenkte Ronalds Anblick und dessen verschlafenem Morgengruß keine besondere Beachtung. Allerdings wies er ihn auch nicht zurecht, sondern widmete sich unbeirrt dem Toast und der Orangenmarmelade, die Elizabeth nach dem üppigen Hauptgang auch noch hereinbrachte. Ich hatte überraschend großen Hunger, was ich von mir sonst nicht kannte. Normalerweise brachte ich morgens nicht mehr als eine Tasse Kakao herunter.

Opa Neville schien nach der morgendlichen Begrüßung ohnehin bereits geistig woanders zu sein. Mama hatte ihn uns als unnahbar und versponnen geschildert, und ich ahnte nun, was sie damit gemeint hatte. Er tupfte sich schließlich Mund und Bart mit seiner Serviette ab und tauchte kurz aus seiner Gedankenwelt auf.

»Ich werde nun ein paar Stunden arbeiten«, erklärte er, und sah in die Runde. »Ich sehe, dass es euch schmeckt. Das ist gut. Es geht nichts über ein gutes englisches Frühstück.« Er erhob sich von seinem rustikalen Holzstuhl. »Ich hoffe, ihr seid euch bewusst, an was für einem geschichtsträchtigen Ort ihr euch befindet«, sagte er. »Dieses Hauses ist mehr als tausend Jahre alt. Wer kann sowas schon von seinem Wohnhaus behaupten? Es ist Teil eines ehemaligen Klosters, das im Jahre 843 von schottischen Mönchen gegründet wurde. Die Überreste davon sind überall noch zu sehen. Also erkundet mal die Umgebung, es wird euch nicht schaden.«

Zu einer weiteren Unterhaltung war er offenbar nicht aufgelegt. Er wandte sich ab, marschierte schnurstracks durch die Tür und nahm Kurs auf sein Arbeitszimmer. Kurz darauf hörten wir eine Tür ins Schloss fallen.

Ronalds desinteressiertes Gesicht war für mich keine Überraschung, und als Ida eifrig zu Elizabeth in die Küche lief und ich beide kurz darauf lachen und schwatzen hörte, stieg ich zu meinem Turmzimmer hinauf, schlüpfte dort in meine Sportjacke, schnürte meine festen Schuhe und lief durch den Hinterausgang ins Freie.

Der dunstige Himmel des Morgens hatte sich bereits gelichtet und sommerliches Sonnenlicht tauchte alles um mich herum in leuchtende Farben. Jetzt erst, bei Tag, konnte ich die ganze Umgebung erkennen. Großvaters Haus stand inmitten von uralten, mächtigen Bäumen und bestand selbst aus wuchtigen Steinmauern, die aussahen, als stammten sie aus der Zeit von König Artus persönlich. Das Anwesen war von einer verwitterten Steinmauer umgeben, die in unregelmäßigen Abständen mehrere eingebrochene Quermauern aufwies, die früher zu irgendwelchen Gebäuden gehört haben mochten. Noch deutlicher wurde dies hinter dem Haus, wo sich ein völlig verwilderter Garten anschloss. Überall wuchsen dort dichte Büsche von Brennnesseln, weiß blühende Holunderbäume, Schwarzdorn und Massen von Brombeersträuchern. Walter hatte es trotzdem geschafft, in einigen Bereichen große Gemüsebeete anzulegen. Mittendrin gab es aber auch Flächen von Wiesen, die teilweise sorgfältig gemäht waren und ein paar Holzbänke beherbergten. Auch hier war der größere Teil der Natur sich selbst überlassen und es wuchsen zahllose Blumen und Gräser, in denen Insekten aller Art herumwimmelten. Dazwischen duckten sich immer wieder quaderförmige Steine in kurzen Abständen, die vielleicht in alter Zeit Grundmauern gewesen waren, und in einiger Entfernung stand der Rest einer an eine Kirche erinnernden Fassade mit romanischen Säulen und Bögen, die über und über von Efeu und wildem Wein bewachsen waren. Bei einem Teil war sogar noch das Gewölbe erhalten, und in den Mauerresten darüber, in denen Vögel nisteten, waren noch die Mulden zu sehen, in denen früher die Holzbalken des nächsten Stockwerks gesteckt hatten. Dahinter befanden sich offenbar noch die Überreste eines Kreuzganges - die ursprüngliche quadratische Anlage war zwischen dem Gras und den üppigen Büschen noch deutlich zu erkennen. Durch eine Gruppe von Säulen, die den Jahrhunderten noch immer trotzten, erkannte ich einige Grabsteine, die die Erdbewegungen stark verschoben hatten und die in alle möglichen Richtungen zeigten, wenn sie nicht längst umgesunken waren.

In der sommerlichen Wärme der aufsteigenden Sonne zirpten bereits überall die Grillen, sprangen die Heuschrecken umher und die Schmetterlinge flatterten.

Ich schlenderte zwischen den Grabsteinen umher und entdeckte noch weitere ausgetretene Treppenstufen, eingestürzte Durchgänge und überwachsene

Steinplatten, wo früher eine große Anlage von Gebäuden gewesen sein musste. Zwischen einigen Himbeersträuchern fand ich eine völlig verwitterte Engelsstatue mit abgebrochenem, früher vermutlich erhobenem Arm, die mit Flechten nur so übersät war. Dahinter erblickte ich, dicht an einem Weidenzaun, eine stattliche Anzahl Bienenkörbe, die in mehreren Lagen auf rohen, vom Wetter gegerbten Holzbohlen standen, die für mich wie die Planken von einem alten Piratenschoner aussahen. Ein beständiges Summen erfüllte die ganze Atmosphäre und der süße Duft zahlloser Blüten stieg in meine Nase.

»He da! Was treibst du hier, Bengel?«

Ein alter Mann mit breitkrempigem Strohhut und graublauer Latzhose stand plötzlich mitten im hohen Gras und war offenbar übelster Laune. Mit seiner schwarzumrandeten runden Brille und dem langen weißen Bart sah er aus wie ein als Mensch verkleideter Ziegenbock. Leider schwang er etwas in der Hand, das mich an einen großen Schürhaken erinnerte, und er stapfte sehr wütend auf mich zu.

»Entschuldigen sie, Sir«, stotterte ich, »ich wollte niemanden stören!«

»Mach, dass du hier fortkommst!«, geiferte er mit überschlagender Stimme und ließ in seinem Maul eine Reihe fauliger Zahnstümpfe erkennen, »oder ich zerstampf dich zu Mus!« Er stapfte auf mich zu und fuchtelte mit dem Gerät in seiner Hand so wild um sich, dass ich ihm das sofort glaubte. Ich schlug alle Ambitionen, ihn beschwichtigen zu wollen, in den Wind und suchte schleunigst das Weite. Erst als ich wieder den Bereich von Walters Gemüsebeeten erreichte, kam ich außer Atem zum Stehen.

Zuerst wollte ich in Großvaters Haus Schutz suchen, so wie ich als kleiner Junge immer nach Hause gelaufen war, wenn mich etwas bedrückte. Aber dann erinnerte ich mich daran, dass ich höchstens Elizabeth oder Walter antreffen würde – oder vielleicht Ronald. Den konnte ich jetzt gerade gebrauchen!

Ich beschloss, mich von dem Bereich der Bienenstöcke fernzuhalten, und orientierte mich in die entgegengesetzte Richtung. Ich lief noch über eine große alte Steinplatte, in der noch schemenhaft ein Relief zu erkennen war, das an ein keltisches Kreuz erinnerte, dann hörten die alten Monumente auf. Eine mächtige alte Eibe schien eine Art Grenze zu markieren, denn unterhalb davon breitete sich das Moor aus, von dem ich schon gelesen hatte.

Ich hielt ein wenig ehrfürchtig inne. Noch stand ich auf der Anhöhe, auf der das Kloster erbaut war, aber vor meinen Füßen fiel der Hügel rasch ab. Rundherum kündigten zwar zahlreiche Bäume den dichten Wald an, doch direkt vor mir bot sich meinem Blick eine mystisch anmutende, weite Landschaft voller violettem Heidekraut, sumpfigen Stellen voller Torfmoos mit weißen Tupfen vom Wollgras, unterbrochen von niedrigen Ginsterbüschen, und in einiger Entfernung einige grüne Hügel mit seltsamen verhutzelten Bäumen – eine Versammlung von gnomenhaften Wächtern, die mich abschätzig beobachteten. Einige Findlinge, große, runde Felsen, die aussahen, als habe sie jemand wahllos in der Landschaft verstreut, zeigten mir, dass das Moor nur teilweise versumpft und wohl gefahrlos begehbar war. Auffällig waren drei mannshohe, verwitterte Steine, die am Eingang des Moores standen und den Eindruck machten, als seien sie vor langer Zeit dort aufgestellt worden.

Kein Haus war hier zu sehen. Mir war, als beträte ich ein Jenseits, einen menschenleeren Raum. Nach allem, was ich aus der Schule noch wusste, hatte das ganz vernünftige Gründe: Unter anderem war der Boden zu morastig, um darauf bauen zu können. Legenden und Sagen dagegen erzählten von Geistern, die das Moor bewohnten. Und wirklich war mir bei jedem Schritt, den ich nun tat, als bewegte ich mich im Bereich einer Anderswelt, einer Region der Leprachaune[1] und Feen. Ich sah mich um. Großvaters Haus war bereits weit entfernt, und es wirkte, als winke es mir wie zum Abschied zu.

Die Beklemmung, die ich spürte, war aber weniger stark als meine Neugier. Was sollte hier schon sein? Geister gab es nicht, Feen und Elfen waren etwas für Kinder, und ich war darauf und dran, keines mehr zu sein. Schlimm genug, dass mein älterer Bruder so ein Knallkopf war.

Ich folgte einer Art Pfad – zumindest schien ich nicht der erste zu sein, der diesen Weg nahm. Dass meine Annahme richtig war, merkte ich daran, dass ab und zu Holzstege und dicke Bohlen moorige Stellen überbrückten. An einem

---

[1] Keltischer Kobold

riesenhaften Findling hielt ich inne. Ich schwitzte und keuchte ganz ordentlich – als Stadtkind war ich es gar nicht gewohnt, solch lange Fußmärsche hinzulegen. Aber jetzt war ich zu weit gelaufen, um einfach wieder umzukehren. Gut, dass das kräftige Frühstück noch so gut vorhielt.

Bald war ich an den Hügeln angekommen. Ich schritt durch das grüne Gras hinauf und erreichte die Gruppe der knorrigen Bäume, die von Nahem ganz normal, ja sogar freundlich aussahen. Ich ging einfach hindurch, genoss den kühlenden Schatten und blickte bald von dort aus auf eine fast runde Ebene, die von ähnlichen Hügeln umsäumt war wie der, auf dem ich stand ... einige kleiner, andere langgestreckt wie ein Wall. Vor allem aber standen dort steinerne Monolithen unterschiedlicher Größe, die einen weitläufigen Kreis bildeten, so als habe ein sagenhafter Riese mächtige steinerne Nadeln in die Landschaft gespießt, um einen magischen Platz zu markieren. Auffällig war, dass innerhalb des Kreises kaum Gras wuchs – Moos war dort in Hülle und Fülle und in der Nähe der Steine mehrere Pilze, aber sonst nichts. Angelehnt an den größten dieser Steine saß jemand.

Ich stolperte den Hügel hinunter. Es war ein Mädchen. Ihre dunklen Haare wehten ein wenig im Wind, ansonsten saß sie entspannt in der Sonne und hatte die Augen geschlossen. Ich stampfte absichtlich möglichst kräftig auf, um mich bemerkbar zu machen, und hustete ein paar Mal, als sie sich nicht rührte. Etwas hilflos stand ich schließlich vor ihr und betrachtete sie.

Sie mochte etwa so alt sein wie ich, obwohl sie schon aussah wie eine junge Dame. Ihr grauer Rock und ihr rostroter Pullover passten eigenartig verwunschen zu ihrer hellen Haut, den vollen roten Lippen und ihrem Haar, das im Sonnenlicht kupfern schimmerte.

»Starrst du immer so auf andere Leute?«, sagte sie plötzlich mit geschlossenen Augen. Sie hatte eine volle, fast tiefe Stimme, und ich zuckte zusammen, denn ich hatte gedacht, sie schliefe.

»N-nein, normalerweise nicht«, stotterte ich.

»Und warum tust du es hier mit mir?«

»Mir fiel nichts Besseres ein.«

Sie öffnete träge ein Augenlid, um es gleich wieder zu schließen. »Wer bist du? Ich habe dich noch nie hier gesehen.«

»Ich heiße Conny«, sagte ich. »Konrad Adler. Ich wohne dort hinten in dem alten Herrenhaus am Kloster, bei St.-John-on-the-Hills. Neville Brooks ist mein Großvater.«

»Du wohnst in dem alten Herrenhaus?« Sie klang jetzt erstaunt und öffnete zwei dunkelgrüne Augen.

»Ja, aber erst seit gestern. Ich komme aus Deutschland«, erklärte ich.

»Ah, daher der komische Akzent.« Sie bedeutete mir, mich neben sie zu setzen und rückte dafür zur Seite.

»Ich bin eigentlich auch nicht von hier«, erzählte sie. »Ich heiße Ceridwen. Meine Familie stammt aus Wales. Mein Großvater kam einst hierher, um in den Kohleminen zu arbeiten.«

Sie griff in den Korb an ihrer Seite und holte eine Handvoll dunkelblauer Beeren hervor. »Magst du? Moosbeeren. Die wachsen hier überall und werden gerade reif.«

Ich probierte die Beeren, die süß und saftig waren. Sie schmeckten wie Heidelbeeren.

»Und was verschlägt einen Deutschen in diese abgelegene Gegend?«

»Meine Mutter ist aus England«, sagte ich. »Sie ist krank, und mein Vater ist beruflich viel unterwegs. Und sie macht sich Sorgen um das, was in Deutschland gerade passiert. Daher hat sie uns zu unserem Großvater geschickt. Wir sind erst gestern angekommen.«

Eigenartig. Sie wirkte so vertraut auf mich. Ich glaube, ich hätte ihr sofort alles erzählt, was ich auf dem Herzen hatte.

»Wer sind ›wir‹?«, fragte sie.

»Mein großer Bruder Ronald, meine kleine Schwester Ida und ich.«

»Und das Erste, was du tust, ist hierher zu kommen?«

»Ich war neugierig und wollte die Gegend erkunden. Und das Moor wirkte aufregend auf mich.«

Sie blickte erst etwas verständnislos, sah dann aber in den Himmel. »Ich komme oft hierher«, murmelte sie. »Hier habe ich Ruhe. Keiner stört mich. Und die Zeit ist hier wie stehengeblieben. Wahrscheinlich sah es hier vor ein paar tausend Jahren schon so aus.«

Ich glaubte ihr jedes Wort. Jetzt merkte ich plötzlich, dass ich eine ganze Weile gar nicht an Sorgen und Nöte gedacht hatte. Bis zu ihrer Frage. Einen kurzen Augenblick fühlte ich mich schuldig, dass es mir so gut ging, während Mama zuhause in Deutschland kaum aus ihrem Bett aufstehen konnte.

»Hast du gerade an deine Mutter gedacht?«

Konnte Ceridwen Gedanken lesen? Ich starrte sie an, als wäre mir der Geist von Canterville erschienen.

»So schwer war das nicht zu erraten.« Sie lächelte spitzbübisch. Dann wurde sie unruhig. »Ich fürchte, ich werde meiner geliebten Stiefmutter nun die Beeren bringen müssen, damit sie ihre Törtchen backen kann.« Sie sprang auf und griff nach ihrem Korb.

»Du hast eine Stiefmutter?«, frage ich. »Was ist mit deiner Mutter?«

Ceridwen war schon auf dem Weg und wandte sich noch einmal um. »Sie ist weggegangen«, rief sie. »Ist schon viele Jahre her.« Sie winkte mir noch zu und war bald zwischen einem Wäldchen von Schwarzdornbüschen verschwunden.

Das Pferdefuhrwerk war gottlob doch nicht das einzige Fortbewegungsmittel, das wir zur Verfügung hatten. Walter besaß ein Motorrad mit Beiwagen, mit dem er mit Elizabeth oder wem auch immer ins Dorf fuhr, um dort Besorgungen zu machen. Es knatterte immer wie kurz vor der Explosion, und stieß stinkende Wolken aus, als hätte Walter nicht Benzin, sondern ein teuflisches Elixier eingefüllt.

»Das war der alte Graham!«, lachte er, als ich ihm von meiner vormittäglichen Begegnung erzählte. »Er nutzt einen Teil des Klostergeländes für seine Bienen. Er behauptet, nur die Blumen des Klosterhügels hätten die richtige Zauberkraft für sein magisches Zeug. Mag er glauben, was er will.«

Ich hatte das Glück, Walter begleiten zu dürfen. Ich war noch nie in einem Beiwagen gefahren, und hatte mächtig Respekt vor dem Tempo, das Walter auf der holperigen Straße vorlegte. In meiner blühenden Fantasie gab es gleich einen lauten Kracks und ich sauste mit dem abgeplatzten Beiwagen führerlos durch die bewaldeten Hügel, um an einem Baum oder im Bach zu enden. Aber die Realität war harmloser. Der Beiwagen hielt.

»Graham spinnt«, fuhr Walter fort, »Überall sieht er jemanden, der ihm ans Leder will oder ihm etwas wegnehmen möchte. Denkt, das Leben ist grauenhaft, die Welt ist schlecht, und nur bewohnt von Bösewichtern und Idioten. Aber sein Honig ist wunderbar.«

»Dass er glaubt, dass hier Zauberkräfte herrschen, kann ich sogar verstehen«, meinte ich. »Mir war auch etwas unheimlich, als ich durch das Moor spaziert bin.«

»Du hast schon das Moor erkundet? Du legst ja ordentlich los!«

»Ja, gleich am Anfang stehen diese eigenartigen Steine ...«

Walter lachte. »Ja, die finden auch andere unheimlich! Sie werden die ›*Three Bad Sisters*‹ genannt!«

»Wieso das?«

»Ach, das ist so eine Geistergeschichte aus dem letzten Jahrhundert. Hier lebten tatsächlich drei Schwestern, die bekannt waren für ihre Bösartigkeit. Niemand mochte sie leiden, und sie taten wohl auch Einiges, um sich unbeliebt zu machen. Angeblich hat sie der Teufel persönlich in Steine verwandelt und seitdem stehen sie dort.«

Einen Augenblick lang wünschte ich, Walter hätte mir das nicht erzählt. Verwandelte böse Schwestern hatten mir zu meiner unruhigen Stimmung gerade noch gefehlt.

Er lenkte das Motorrad in Richtung Dorf, und schon bald tauchten die ersten Häuser auf. Kurz darauf waren wir auf der belebten Dorfstraße mit dem Gemischtwarenladen, der Bäckerei, dem Schneider, der Metzgerei und der Apotheke. Die Dorfkneipe hatte trug den klangvollen Namen »*The Cunning Little Monk*[II]«, und auf dem großen Holzschild war dazu eine Szene mit einem offenbar bestens gelaunten kleinen Mönch abgebildet, der in einer Art Irrgarten stand und eine große Wurst in der Hand hielt. Es war einer der Momente, wo ich mir dachte, auf einem anderen Planeten zu sein. So etwas würde es in Deutschland nie geben!

[II] »Das listige Mönchlein«

Elizabeth hatte Walter eine lange Einkaufsliste mitgegeben. In Walters Transportkiste sammelten sich nach und nach Speck, Würste, Käse, Eier, Äpfel, Zwiebeln, Lauch, Mehl, Zucker, Gewürze, Bier und frisches Brot. Walter schien jeden im Dorf zu kennen und erkundigte sich bei allen nach Neuigkeiten. Die hagere Metzgersfrau, Mrs Nesbitt, hatte eine kranke Schwester, die gottseidank wieder genesen war und nun Urlaub in Blackpool machte und der noch junge, pausbackige Bäcker Jason Ives war werdender Vater und entsprechend unruhig (»Jede Minute könnte es soweit sein!«). Der Herr Pfarrer, Mr Chandler, hatte leider noch immer seine Nierenkoliken und der Sohn des Gemischtwarenhändlers Bateson hatte das Trimester nicht geschafft – was seinen Vater zutiefst bekümmerte und er sich nächtelang fragte, was er wohl falsch gemacht hatte. Der Sohn des Apothekers Gibbons (der bereits die gleiche Stirnglatze hatte wie sein Vater) würde demnächst zur Universität gehen, um dort Medizin zu studieren und Jack »The Bottle« Brodie, der Dorftrunkenbold, war, wie wohl jeden Tag um diese Uhrzeit, bereits völlig betrunken; er hielt sich schwankend an einem Laternenpfahl fest und wünschte jedem, der vorbeiging, lallend einen wundervollen Abend. Mrs Florence Ormerod, die Schneiderin, bei der Walter einen abgeänderten karierten Freizeitanzug abholte, erzählte milde lächelnd von den Fortschritten, die Herbert, ihr geistig behinderter Sohn, trotz aller Einschränkungen machte, und er sich nun für das Backen begeisterte. Sie bot uns Butterkringel an, die Herb selbst gebacken hatte (und die grauenhaft schmeckten, weil er offenbar den Zucker mit dem Salz verwechselt hatte).

Zu guter Letzt setzte sich Walter ins *Cunning Little Monk* und gönnte sich eine Pint Stout, die ihm der gut gelaunte Wirt Harry (der seine spindeldürre Tochter Gladys ziemlich barsch herumscheuchte) frisch zapfte. Ich kannte das Getränk nicht, es sah pechschwarz aus und hatte eine Sahnehaube darauf, aber tatsächlich war es ein besonders würziges Bier mit festem Schaum. Er ließ mich einen Schluck probieren, und ich schwöre, es war das Ekligste, was ich je in meinem Leben getrunken habe, schwer und bitter. Wie Erwachsene so etwas gerne trinken konnten, war mir völlig unbegreiflich. Da hielt ich mich lieber an mein Ginger-Ale.

An diesem Abend war ich trunken von neuen Eindrücken. Ich dachte an das Kloster, an Ceridwen, das Moor, den Steinkreis… und an die Moosbeeren, die Ceridwen mir gegeben hatte. Ihre verschwundene Mutter. Und an die Achterbahnfahrt in Walters Beiwagen. Ida war vergnügt, weil sie mit Elizabeth einen Kirschkuchen gebacken hatte. Und Ronald…, ach, der sollte selbst klarkommen. Sollte er doch seine schweinischen Märchen lesen.

Ich hatte diese Nacht einen seltsamen Traum. Ungewöhnlich intensiv, auf unheimliche Art real und lebendig.

3. Martinus, der Novize

An diesem Morgen war es noch einmal richtig kalt … »so kalt, dass selbst dem Teufel die Hörner abfrieren würden« wie Pater Adelmus in einem seiner unbedachten Momente vermutlich gesagt hätte. Die Morgenröte verkündete einen klaren Frühlingstag, und doch verließ der Atem den Mund in einem dichten Nebel. Der Reim lag auf dem Bach, und Raureif bedeckte alle Halme und Blätter. Martinus war es daher nur wenig frühlingshaft zumute; er fror, und die Tasse Kräutertee, die er nach der Morgenvesper bekommen hatte, hatte ihre wärmende Wirkung bereits nach Verlassen der Klosterpforte verloren. Zitternd hüllte er sich in seine Kutte, zog seine Kapuze tief ins Gesicht und rieb sich die schmerzenden Fingerkuppen in den Handschuhen, die Bruder Bláán ihm geliehen hatte und die einem dreizehnjährigen Novizen wie Martinus, der ohnehin eher klein und schmächtig war und entsprechend schmale Hände hatte, viel zu groß waren. Kurz dachte er noch an das winzige Bündel, das gestern Morgen vor der Klosterpforte gelegen hatte: Ein halb erfrorenes Baby, mager und schwach, das Pater Adelmus sofort in einen ganzen Berg von Schaffellen gewickelt hatte, ohne große Hoffnung, dass es überleben würde. Diese Nacht hatte es geschafft – ein Wunder. Da würde ein starker junger Kerl wie er erst recht nicht zimperlich sein.

Doch schon bald durchflutete goldenes Morgenlicht den Wald. Ein paar Fasanen flatterten aus dem Unterholz auf, als sich Martinus nach den ersten Blättern bückte, die zu sammeln ihm aufgetragen war. Die Sonne begann nun allmählich zu wärmen, und Martinus frohlockte, als er nun einen wahren Teppich von Bärlauch im lichten Wald ausmachte. Er würde seinen Weidenkorb im Nu gefüllt haben und bald bei einem frischgebackenen Stück Brot mit Speck und Käse in der Frühstücksrunde sitzen und mit einem Humpen heißer Milch seinen Magen wärmen. Jedes gepflückte Blatt brachte ihn diesem himmlischen

Moment näher.

Der würgende Schrei in seiner nächsten Nähe erfüllte ihn dagegen mit einem Entsetzen, als wäre er kurz vor die Hölle. Erst war er starr vor Schreck. Dann duckte er sich in die Wurzeln einer alten Eiche und verhielt sich mucksmäuschenstill, obgleich sein Herz wie eine Trommel schlug. Martinus war nicht wirklich furchtsam, aber er hatte eine mächtige Fantasie. Tausend grässliche Bilder stiegen in ihm auf. Im Kloster erzählte man sich abscheuliche Dinge über die keltischen Heiden. Gewiss, offiziell waren die Einwohner in der Umgebung alle getauft, aber in Wahrheit waren sie immer noch ihrem alten Aberglauben verhaftet und verehrten heimlich ihre grausigen Götter. Bruder Benno von Coventry beliebte lebhaft deren blutige Menschenopfer und schaurige Rituale zu schildern und ihre Bündnisse mit den Mächten des Bösen, und das, obwohl man nun bereits das Jahr des Herrn 1103 schrieb und das gesamte Abendland bis hin zur heiligen Stadt Jerusalem durch die tapferen Kreuzritter vom verderblichen Einfluss allen Unglaubens gesäubert worden war. Und doch, die alten keltischen Albe schienen oft in jedem Baum zu lauern, in jeder Mauerritze zu verstecken, aus jedem Erdloch hervorzulugen. Bei dem Gedanken begann Martinus schwer zu atmen und erneut zu zittern, nunmehr aber nicht mehr vor Kälte. Nichts von dem, was er gerade vernommen hatte, erschien ihm menschlich.

Angstvoll lauschte Martinus. Da! Schon wieder! Das Schreien hatte sich jetzt in ein qualvolles Gurgeln verwandelt, dann wieder kam Keuchen und Stöhnen. Martinus kam jetzt der Gedanke, ob es sich womöglich nicht um einen höllischen Unhold, sondern um einen verletzten Menschen handeln könnte. Dies machte ihn schaudern, denn dann stand die Pflicht der Nächstenliebe zu Gebote, dabei wollte er sich doch viel lieber verkriechen. Er murmelte ein Stoßgebet. Bebend hob er den Kopf in die Höhe und spähte umher, auch wenn ihm alle Haare zu Berge standen. Die Erde begann schon zu tauen und feucht zu werden, aber er zog es dennoch vor, sich dicht an den Boden zu drücken und sich langsam weiter zu schlängeln.

Hinter der nächsten Hügelkuppe lag ein schwer verwundeter Ritter. Er lag wie in einem Bett in einer tiefen Mulde, inmitten von Erde, Glockenblumen,

Moos und Schneeglöckchen. Offenkundig war er im Todeskampf, sein Bart wie auch das Gewand über seiner Rüstung waren blutgetränkt, seine Gliedmaßen waren wie im Krampf angewinkelt. Er atmete in kurzen Stößen und hatte bereits den starren Blick des Sterbenden. In kurzen Abständen würgte er Blut hervor.

Martinus vergaß augenblicklich seine Angst. Er stürzte zu dem Schwerverletzten.

»Haltet aus! Ich hole Hilfe!«

Die stieren Augen des Ritters hefteten sich auf ihn. Als er erkannte, dass Martinus davoneilen wollte, entrang sich seiner Kehle ein qualvoller Laut.

»Ich bin beizeiten zurück!« beteuerte Martinus. Doch der Ritter fuhr fort zu stöhnen. Er versuchte, etwas zu sagen.

Martinus kniete sich hin und näherte sein Ohr dem Mund des Ritters. Er roch bereits nach Tod.

»Öffne meinen… Brustpanzer!« flüsterte dieser mit fiebernden Lippen.

Martinus griff in das Blut und den Eiter und riss erfolglos an den verkrusteten Riemen. Geistesgegenwärtig hielt er sich nicht lange auf. Er holte sein Messer hervor und durchtrennte alle Halterungen mit ein paar kräftigen Schnitten. Der Ritter schrie, als Martinus den geborstenen Brustpanzer abhob.

Eine Wolke von Krankheit und Verwesung entströmte dem freigewordenen Körper. Der Anblick war entsetzlich. Überall verklebte schwärzliches Blut die Unterkleidung mit der Haut. Die zahlreichen klaffenden Wunden waren nass und geschwollen.

»Nimm den Beutel dort«, brachte der Ritter mühsam hervor. Martinus entdeckte tatsächlich einen kleinen pechschwarzen Lederbeutel, der an einem geflochtenen Band um den Hals des Ritters hing. Er durchschnitt das Band und nahm den Beutel an sich. Er war eigenartig warm und weich – wie lebendige Haut.

»Bewahre das, was darinnen ist, gut auf«, flüsterte der Ritter. »Und zeige es nur solchen, denen du vertraust.« Ein Husten und Würgen unterbrachen sein Flüstern, gefolgt von starkem Hecheln nach Luft.

»Ihr Mönche haltet es für Teufelszeug, doch ich schwöre bei Christus, dem

Sohn Gottes, dass es das nicht ist! Die alten Götter sind nicht schlecht… nur anders.« Er starrte Martinus in die Augen. »Bitte, achte darauf!« flehte er, »Versprich es mir! Es bewirkt… Gutes!«

»Ich verspreche es!«, hörte Martinus sich sagen, denn er hatte im Grunde gar keine Ahnung, ober er dieses Versprechen halten konnte oder wollte. Der Ritter schloss erschöpft die Augen. Sein Atem ging hechelnd und schnell. Ob er nun gerade starb?

Martinus ließ sich keine weitere Zeit, dies abzuwarten. Er griff sich seinen Bärlauch beladenen Korb und stürzte hastig in Richtung Kloster, so schnell ihn seine Beine trugen und bis seine Lungen schmerzten.

»Nein, er lebt. Noch.« Pater Adelmus wusch sich die blutbefleckten Hände. »Jetzt können wir nur noch für ihn beten.«

»Wird er wieder gesund?« Martinus fühlte sich so erschöpft, als habe er den ganzen Tag Holz gehackt, den Klosterhof gekehrt und noch dazu die Latrinen gereinigt. Emsig schrubbte er sich die Hände, um jede Spur von Blut und Tod von seinem Körper zu entfernen.

»Das weiß Gott allein. Er braucht jetzt vor allem Ruhe.«

Pater Adelmus war hager und drahtig, und sein langer, wallender Bart begann sich bereits grau zu verfärben. Er pflegte niemals zu zögern, wenn es etwas zu tun gab, sei es eine Kleinigkeit oder eine gewaltige Aufgabe. Ähnliches erwartete er auch von anderen. Sein sehniger Zeigefinger wies auf den Leinensack mit blutigen Lumpen.

»Bring ihn in den Hof. Wir müssen alles verbrennen.«

Martinus hatte gelernt, Pater Adelmus nicht zu widersprechen. Kurz schaute er noch auf das schwach atmende Baby, das in der anderen Ecke des Krankenzimmers untergebracht war und in einer Kiste lag, die Pater Adelmus in ein Bettchen umfunktioniert hatte. Entschlossen schulterte er dann das schwere Bündel, das einen einzigen nassen Klumpen aus Stoff, Leder, Blut und Metall enthielt, und tat wie ihm geheißen. Jetzt, wo die Sonne hoch am Himmel stand, musste er fast schwitzen, und die Bienen summten um die bereits geöffneten Heckenrosenblüten. Bruder Merwyn, der zusammen mit ihm die schwere Bahre mit dem Verletzten getragen hatte, hatte bereits ein kräftiges Feuer entfacht, dessen Flammen sie den Kleidersack jetzt übergaben.

»Auf dass alle dunklen Mächte in die Hölle zurückkehren!« murmelte Merwyn und strich durch seine blonden Locken.

»Was mag ihm zugestoßen sein?« Martinus konnte den Anblick des geschundenen Körpers, den sie noch eben gewaschen und verbunden hatten, nicht loswerden.

»Keine Ahnung. Er sah jedenfalls aus, als habe ihn ein Dämon zerfleischt.«

»Vielleicht war es ein Wildschwein?«

»Seit wann verüben Wildschweine Stichwunden durch eherne Rüstungen? Nein, hier hatte der Teufel seine Hand im Spiel.« Merwyn bekreuzigte sich dreimal hintereinander.

»Wir wollen hoffen, dass unser edler Ritter nicht in schwarzmagische Machenschaften verwickelt ist! Und dass sich das Böse scheut, unsere heiligen Mauern zu überwinden. Wer weiß, welche Kreaturen der Hölle er anzieht!«

Martinus fand diesen Abend keinen Schlaf, obwohl er todmüde war. Adelmus hatte jeden Kontakt mit dem Kranken verboten, und hatte ihn lediglich nach Eisenkraut, Schafgarbe und Eichenrinde ausgeschickt. Einmal war er kurz eingenickt, doch ein Albtraum von einem schwarzbehaarten, gedrungenen Wesen mit menschenähnlichen Zügen und wolfsähnlichen Zähnen und Krallen schreckte ihn rüde auf. Er atmete tief, aber das Grauen des Albdrucks wollte nicht weichen. Er sprach ein paar Gebete, doch anstatt, dass die ersehnte Ruhe einkehrte, peinigten ihn umso mehr beängstigende Gedanken.

»Wer weiß, welche Dämonen er anzieht!«
Martinus saß jetzt kerzengerade auf seiner Pritsche. Der Beutel! Der kleine Lederbeutel, den er an sich genommen hatte! Aufgrund der Aufregungen und Sorgen hatte er ihn völlig vergessen. Sicher war dessen teuflischer Inhalt bereits der Grund für seine quälende Angst!

Unruhig nestelte er an seiner Kutte, die er wegen der Nachtkälte anbehalten hatte. Seine Hand ergriff etwas Warmes und Weiches.

Wie konnte der kleine schwarze Beutel so warm sein? Es war, als glühe etwas in seinem Inneren. Das konnte doch nur mit schwarzer Magie zu tun haben! Seine Finger ertasteten etwas Hartes, aber Filigranes im Inneren.

Ebenso furchtsam wie neugierig sah er sich um. Hier in seiner Zelle war es so dunkel, dass er lediglich ein paar Sterne im Nachthimmel durch das schmale Fenster sah. Entschlossen stand er nun auf und öffnete seine Zellentür. Er huschte auf den Gang in Richtung Westturm und gelangte über die Wendeltreppe in den Kräutergarten.

Der Mond schien hell und tausende Sterne blinkten vom Firmament. Man konnte ihn bereits riechen, den Frühling. Überall duftete es nach Kräutern und Blüten und in der noch kühlen Luft ließ sich eine tröstliche Wärme erahnen. Vorsichtig öffnete er den Beutel.

Das, was er hervorholte, hatte er nicht erwartet. Er hielt eine kleine, metallene Figur von silbrigem Glanz in den Händen. Es handelte sich offenkundig um eine schlanke, tanzende Frau, auf einem Bein stehend, das andere angewinkelt, die Arme leicht und grazil, aber doch voller Kraft erhoben. Auf ihrem Gesicht lag ein Lächeln … nicht höhnisch, sondern fröhlich, fast lachend, voll unbeschwerter Lebensfreude. Ihr Haar war zu einer kunstvollen Frisur geflochten, in die Blumen eingewoben waren, und ihr Gewand wogte um sie herum, als habe sie gerade eine Drehung vollführt. Alles wirkte so anmutig und sinnlich, dass jede Furcht von Martinus wich. Er war ganz bezaubert, so schön fand er sie. Ein warmes Gefühl breitete sich in ihm aus, das ihm bislang unbekannt war.

Andächtig verstaute er die kleine Figur wieder in dem Beutel und verbarg ihn sicher unter seiner Kutte, indem er ihn sich um den Hals hing wie ein Amulett – so, wie ihn auch der Ritter getragen hatte.

Pater Cyprianus hatte in der sonntäglichen Frühmesse wie üblich vom jüngsten Gericht gesprochen und alle der Hölle anempfohlen, die vom rechten Glauben abwichen, den Sünden der Hoffart, Wollust oder Ruhmsucht frönten und den Pfad der Demut und Frömmigkeit verließen. Sein kugelrunder Körper hatte vor Gottesfurcht nur so gebebt und sein dicker Kopf mit den schwabbelnden Backen vor hingebungsvoller Glut rot geleuchtet. Der weitere Morgen war dann wie gewohnt von Arbeit und Lehre beherrscht, obgleich am Tag des Herrn nur das Nötigste getan wurde – was aber schon viel genug war. Martinus war gerade dabei, die Holzscheite aufzustapeln, die Bruder George von Litchfield schwitzend und dampfend mit lautem Gekeuche und verbissener Inbrunst dabei war, mit einer gewaltigen Axt zu spalten, als ein Pochen an der Klosterpforte hörbar wurde. Es musste ein Fremder sein, denn es unterschied sich von dem kurzen Klopfen der Mitbrüder, die aus dem Wald oder von den Feldern kamen, erheblich: länger, kräftiger, ungeduldiger. Neugierig trat Martinus aus der Scheune. Bruder William, der Torwache hatte, unterhielt sich mit dem Ankömmling erst eine Weile durch die Torluke, wandte sich dann ratsuchend um und bedeutete Martinus, den er als ersten erspähte, Pater Adelmus zu holen.

»Ich bedaure aufrichtig, Euch keine bessere Kunde geben zu können.«

Martinus war wie versteinert. Der fremde Ritter war tot; Pater Adelmus hatte dies dem Fremden gerade mitgeteilt. Am Morgen noch schien es ihm besser zu gehen, auch wenn er das Bewusstsein noch nicht wiedererlangt hatte und das Fieber noch immer hoch war. Aber der ruhige, friedliche Atem des Kranken hatte Grund zur Hoffnung gegeben. Martinus spürte jetzt einen bleiernen Schmerz in sich aufsteigen, der seinen Magen ausfüllte wie zäher Kleister, sein Herz umkrampfte und ihm die Kehle zuschnürte. Seine Augen füllten sich mit Tränen. Er nahm kaum noch wahr, wie Pater Adelmus jetzt dem Fremden sehr bestimmt und energisch Einhalt gebot.

»Seine Krankheit erfordert die Verbrennung seines Leichnams«, sagte er nun, »bis dahin gilt unbedingte Quarantäne, um eine Epidemie zu verhindern. Wir können Euch nicht zu ihm lassen.«

Martinus' Blick fiel jetzt zum ersten Mal durch die Luke auf den Besucher, und er erschrak. Das Antlitz des Fremden war bleich, lang und hager; seine eisfarbenen, schimmernden Augen lagen tief im Schatten starker, schwarzer Brauen, die an das gesträubte Fell von Wölfen erinnerten, und einer breiten, hohen Stirn, über der das wallende, pechschwarze Haar bis weit über die Schultern hinabfiel und das gespenstische Gesicht so umrahmte wie die Finsternis der Nacht den Mond. Zwischen der kräftigen, hervorragenden Nase und dem mächtigen Kinn befand sich ein merkwürdig kleiner Mund mit schmalen Lippen von blassem Violett, und wenn er sprach, wirkten seine langen Zähne wie das Gebiss eines Raubtieres aus grauer Vorzeit.

Der Fremde lächelte jetzt. »Ich bedaure, dass die Umstände Euch keine andere Wahl lassen« sagte er jetzt. »Dennoch muss ich darauf bestehen, zu einem späteren Zeitpunkt seinen Nachlass zu sichten.«

Martinus merkte erst jetzt, dass seine Stimme wie ein Krächzen klang – wie eine rostige Knarre.

»Er verfügt über keinen Nachlass. Alles, was er bei sich trug, wurde bereits dem Feuer übergeben; die Asche düngt bereits unseren Kräutergarten.«

»Aber vielleicht habt ihr etwas übersehen! Er besaß etwas, das mir gehört!«

»Alles, was er bei sich hatte, ist entweder verbrannt oder er hat es schon zuvor verloren«, gab Pater Adelmus zur Antwort.

»Es ist ein Talisman, der mir persönlich sehr am Herzen liegt! Er befindet sich in einem kleinen, schwarzen Lederbeutel, den der Ritter um den Hals trug!«

Martinus griff sich unmittelbar an seine Brust und spürte den filigranen Schatz unter seiner Kutte.

»Mir ist nichts dergleichen bekannt. Und seid gewiss, dass wir Diener unseres Herrn Jesus Christus sind und uns nichts aneignen, was uns nicht gehört.«

»Verzeiht, das wollte ich nicht sagen.«

»Sollten wir dennoch etwas finden, werden wir es aufbewahren. Möget ihr mich nun entschuldigen.«

»Habt Dank«, stieß der Fremde unzufrieden hervor.

Einen kurzen Augenblick begegneten sich Martinus Blick und der des Fremden. Es fühlte sich wie ein Eiszapfen, der das Herz durchdringt. Dann schloss Bruder William die Klappe.

Martinus eilte Pater Adelmus hinterher, der bereits wieder auf dem Weg ins Hospital war.

»Wann ist er denn gestorben?« fragte er flüsternd.

»Überhaupt nicht«, antwortete der Pater, nachdem er die Tür hinter sich geschlossen hatte.

Martinus war wie vom Donner gerührt.

»Er ist gar nicht tot?«

Seine Erleichterung war wie die Sommersonne nach einem Unwetter.

»Nein.«

»Ihr... ihr habt gelogen?« Martinus konnte es kaum fassen, dass Pater Adelmus vor seinen Augen gesündigt hatte.

»Genauso, wie du gestohlen hast.«

Martinus schnappte nach Luft.

»Ich habe nicht gestohlen!«

»Wo ist dann jener Talisman, den der Fremde begehrte? Du warst doch der erste, der dem Ritter begegnete. Einen Beutel, den man um den Hals trägt, verliert man schließlich nicht einfach, nicht wahr?«

Er schenkte sich genüsslich einen kleinen Becher Kräuterwein ein.

»Ich habe ihn nicht gestohlen! Er hat ihn mir gegeben! Er sagte, ich solle ihn gut aufbewahren!«, stammelte Martinus.

Adelmus schmeckte noch den Abgang des Weines auf seiner Zunge.

»Gott hat uns diesen Ritter anvertraut«, sagte er nachdenklich, »daher ist es unsere Pflicht, unser bescheidenes Wissen für seine Genesung einzusetzen.«

Er nahm einen weiteren Schluck. »Der Fremde aber hatte unter dem Mantel der Freundlichkeit die Aura des Bösen um sich. Vielleicht hast du es auch gesehen. Er trug Hass in seinen Augen und Verderben in seinem Herzen. Es wäre sündhaft gewesen, ihm die Wahrheit zu sagen. Dafür muss man die Sünde der Lüge in Kauf nehmen.«

Er wurde kurz abgelenkt durch das Kind, das aufgewacht war und röchelte. Sie eilten beide nach nebenan in das Krankenzimmer. Er feuchtete einen kleinen Lappen an und legte es auf die heiße kleine Stirn.

»Es hat noch immer kaum getrunken« murmelte er besorgt.

Er wandte sich zu Martinus.

»Schau nur hin«, sagte er, »hieran siehst du, wie wenig wir ausrichten können. Dieses Kind wird sterben. Gott allein weiß, warum; wer seine Eltern sind, und was es jetzt bräuchte, um dem Tode zu entrinnen.«

Seine Hand strich über das blasse, kleine Gesicht.

»Wo ist dieser Talisman?« fragte er plötzlich scharf.

Martinus zerrte an seiner Kutte und holte den kleinen schwarzen Lederbeutel hervor. Pater Adelmus ergriff ihn bedächtig und fixierte ihn erst, als erwarte er, dem Beutel entspringe ein Ungeheuer. Dann machte er sich daran, ihn zu öffnen und holte die tanzende Figur hervor.

Er betrachtete sie lange und schweigend. Er schien völlig versunken, und Martinus wurde schon unruhig.

»Ist es… böse?« flüsterte er schließlich.

»Nein, nein… obwohl Bruder Merwyn es für Teufelszeug erklären würde«, antwortete Pater Adelmus. Langsam, fast andächtig strich sein Finger über die tanzende Gestalt.

»Es ist eine alte keltische Figur. Sie stellt Enaid dar.«

»Enaid? Eine heidnische Göttin?«

»Das ist nicht ganz klar. Sie ist bei den Alten das Symbol von Seele und Leben. Du siehst, sie tanzt und lacht dabei. Aber da ist kein Hohn oder Spott, sondern Freude. Ihre Lebendigkeit steht für Kraft und Heilung.«

»Das ist schön.«

»Ja, das ist es. Obgleich viele unserer Glaubensbrüder jede Art von Freude für schlecht halten. Insbesondere Pater Cyprianus, der, wie du weißt, stets von der Hölle predigt.«

Er reichte Martinus Figur und Beutel.

»Am besten zeigst du dies niemandem. Man weiß nie, was die Menschen sich einreden. Wenn der Ritter dir dies anvertraut hat, dann folge dieser Pflicht.«

Pater Adelmus wandte sich ab, um nach dem Ritter zu sehen, der plötzlich schwer atmete. Martinus betrachtete die schöne tanzende Gestalt in seiner Hand.

Seele und Leben. Kraft und Heilung.

Das Kind öffnete den Mund und bewegte seine kleinen Arme. Martinus beugte sich hinab und ergriff die kalte, kleine Hand. Die winzigen Finger berührten die Figur in seinen Händen und begannen, danach zu tasten. Martinus führte die andere Hand des Babys ebenfalls an die Figur und sah staunend, dass Bewegung den kindlichen Körper durchströmte. Die matten Augen öffneten sich. Dann begann es kräftig zu schreien.

»Heilige Mutter Gottes! Was treibst du da!« donnerte Pater Adelmus und stürzte auf das Kinderbettchen zu.

»Hm!«

Er stutzte erst, dann wandte er sich um.

»Erwärme die Schafsmilch in dem Krug dort!« wies er Martinus an. »Wenn dieses Kind schreit, ist mehr Leben in ihm, als ich dachte!«

4. Enaids Tanz

An diesem Abend ging Martinus mit einem Hochgefühl zu Bett. Das Baby hatte eifrig getrunken, die kleinen Wangen hatten sich rosig gefärbt, die Schatten des Todes waren gewichen. Auch der Zustand des Ritters hatte sich gebessert, warum auch immer. Im Einschlafen umfasste er den kleinen Beutel mit der Figur, denn es schien ihm, als sei mit ihr das Heil eingekehrt.

Sein Schlaf war weniger ruhig. In tiefster Nacht überkam ihn ein fürchterliches Gefühl der Angst, das ihn aus seinem Schlaf rüde auffahren ließ. Er zitterte unter seiner Decke, obgleich seine Stirne von Schweiß bedeckt war.

Der Mond schien in seine Zelle. Auf dem hell beschienenen Sims seines Fensters kauerte eine fette, behaarte Gestalt, dessen krötenhafte Silhouette sich scharf gegen das silberne Mondlicht abhob. Zwei dunkelrote, eng zusammenstehende Augen leuchteten wie glühende Kohlen aus dem gedrungenen, behörnten Kopf, der ohne Hals aus dem massigen Körper hervorzuragen schien, und dessen Ohren wie zwei Fledermausflügel zu den Seiten abstanden. Ein widerwärtiger, fauliger Geruch erfüllte den ganzen Raum.

Martinus wagte kaum zu atmen. In rasender Furcht betete er unablässig das Vaterunser, ohne den Blick von dem hässlichen Ding abzuwenden, das ihn lauernd beäugte. Sein Herz schlug wie die Trommeln der fürstlichen Armee, die vor einigen Monaten das Kloster als Quartier benutzt hatten. Tapfere Krieger, Kämpfer für das Gute.

Blitzartig kam ihm jetzt der Holzschemel neben seiner Pritsche in den Sinn. Klein und schwer. Schönes hartes Holz. Wie geschaffen, auf Teufelsschädel niederzusausen. Unendlich langsam schob er seine Hand in Richtung des Holzschemels, der neben seiner Pritsche stand.

Die ekelhafte Kreatur kratzte sich jetzt den fetten Bauch und stieß ein paar schmatzende Laute aus. Martinus vermeinte schemenhaft ein spöttisches Grinsen aus einem mit spitzen Zähnen versehenen Maul zu erkennen. Der Gestank wurde jetzt so stark, dass es Martinus übel wurde. Seine Finger berührten jetzt ein Bein des Schemels. Langsam und vorsichtig umschlossen seine Finger das harte Holz.

Ruckartig setzte er sich auf, holte aus und warf den Schemel mit aller Kraft in Richtung des Fensters. Er landete mit einem dumpfen Geräusch mitten im Gesicht des Ungeheuers. Das Wesen stieß einen Laut aus, der sich anhörte wie eine Mischung aus Brüllen und Rülpsen. Martinus hörte kurz darauf den Aufschlag des Schemels im Klosterhof. Er stürzte ans Fenster.

Im Mondlicht erkannte er ein kleines, dickes, affenartiges Wesen, das sich torkelnd, teilweise in gebücktem Gang, dann wieder kriechend über den Hof bewegte. Es schien orientierungslos, denn es stieß trotz des hellen Mondlichtes mehrfach jaulend gegen die Klostermauer, taumelte gegen ein paar Stützpfeiler, um schließlich im Schatten der Johannisbeersträucher zu verschwinden. Als dunkler Schatten erklomm es wenig später die wuchtige Außenmauer wie eine Spinne und war kurz darauf in der Schwärze des Waldes verschwunden.

Martinus atmete noch schwer, als die Tür zu seiner Zelle aufgerissen wurde.

»Martinus! Was geschieht hier?« rief Pater Adelmus mit gewohnt fester Stimme. Martinus merkte seine Erregung lediglich durch das hektische Schwanken der Kerze, die er in der Hand hielt. »Puh! Was für ein infernalischer Geruch!« Angeekelt hielt er sich die Nase zu. »Hattest Du den Satan persönlich zu Besuch?«

»I-i-ich glaube ja«, stotterte Martinus. Er deutete zum Fenster. »Da hat er gesessen! Ich schwöre es!«

Pater Adelmus inspizierte das Fenstersims und spähte in den nächtlichen Klosterhof.

»Der Teufel persönlich hat in deinem Fenster gesessen?« fragte er ungläubig.

»Ich weiß es nicht! Es sah aus wie ein Tier und dann doch wie ein Mensch, es war fett und hässlich und hat nach Unrat gestunken!«

»Ach nein! Und es hatte wahrscheinlich obendrein auch noch Hörner.«

»Genau das!«

»So, so.«

Adelmus betrachtete ihn zweifelnd.

»Der Gestank jedenfalls ist nicht eingebildet. Und…« er schnüffelte an Martinus' Kutte, »… von Dir stammt er offenkundig nicht.«

»Dachtet Ihr etwa, ich hätte mich in mein eigenes Bett entleert?«

»Man kann nie wissen. Unsere Kranken tun das schließlich auch. Und den Geruch des Todes kennst du wohl.«

Nachdenklich fixierte er einen dunklen Fleck auf dem Sims, der an den Abdruck einer Kralle erinnerte.

»Komm«, sagte er schließlich gewohnt energisch, »am besten verbringst Du die verbliebene Nacht in meiner Kammer, bis sich dieser Pesthauch hier verzogen hat. Was immer hier auch war, nun ist es fort. Morgen werden wir uns alles genauer vornehmen.«

Martinus' Schemel fand sich tatsächlich wieder; er lag unweit des Dormitoriums zwischen den Brennnesseln und war unversehrt. Lediglich ein klebriger, schwarzgrüner Belag haftete an einer Stelle, und brachte man seine Nase in die Nähe, stank er dermaßen, dass man sich spontan entschloss, den Schemel eher zu verfeuern als nochmals im Inneren des Klosters zu verwenden, nicht ohne zuvor einiges an geweihtem Wasser darauf geträufelt zu haben.

Die Spuren auf dem Fenstersims und alles, was sich an der Mauer hätte befinden können, waren augenscheinlich in der Frühlingssonne verflogen. Martinus verspürte trotzdem wenig Lust, seine Zelle erneut aufzusuchen, und der Gedanke, die kommende Nacht erneut dort zubringen zu müssen, versetzte ihn in höchste Unruhe. Ablenkung jedoch verschaffte das gesundete Baby, das nicht nur durch kräftiges Trinken warmer Schafsmilch, sondern auch durch ebenso erstarkte Schreie auf sich aufmerksam zu machen wusste.

Martinus versorgte das Kind ohne Klage; der Geruch der Windeln war Wohlgeruch im Vergleich zu dem des Dämons der vergangenen Nacht. Auch der Ritter schien sich zu erholen, allerdings sehr viel langsamer. Die meiste Zeit schlief er, und ab und an war er in der Lage, ein wenig heiße Fleischbrühe zu schlürfen.

An diesem Nachmittag war er wach.

»Du hattest Besuch diese Nacht, nicht wahr?« Seine Stimme war noch immer flüsternd.

Martinus trat an sein Lager. »Woher wisst ihr davon?«

»Ich habe sie oft gesehen, die Boten der Finsternis.«

Martinus wusste nicht, ob er erleichtert oder entsetzt sein sollte. Immerhin war er wohl nicht verrückt.

»Ihr kennt sie?«

»Ja. Obgleich ich dachte, ich sei ihnen entkommen.«

Mühsam bewegte er seine Finger, und bedeutete Martinus, näher zu kommen. Martinus beugte sich zu ihm hinunter und brachte sein Ohr nahe an das Gesicht des Ritters.

»Mein Name ist Ingulf von Worms«, hauchte der Ritter mit einem fremdländischen Akzent. »Ich habe im Heiligen Land viele Sünden begangen. Obgleich ich stets dachte, ich diene dem Guten.« Er würgte kurz, und holte dann erneut Atem. »Die kleine Figur, die ich dir gab ... ich trug sie stets bei mir und wähnte mich durch sie sicher. Meine Wunden schlossen sich schnell, Krankheiten konnten mir nichts anhaben, Flüche prallten an mir ab wie an einer Burgmauer. Doch dann ...«

Er packte Martinus plötzlich unerwartet heftig am Arm. »Du hast sie doch noch, oder?«

»Seid unbesorgt. Ich bewahre sie über meinem Herzen auf, in jenem Lederbeutel, genau wie Ihr mich geheißen habt.« Martinus griff in seine Kutte und holte den Beutel hervor. Der Ritter griff danach, und als er ihn umfasste war es, als fahre ein Blitz in ihn. Sein ganzer Körper krampfte, seine Augen verdrehten sich nach oben, und der Atem ging rasch und heftig wie bei einem hechelnden Hund. Dann wurde er von einer Welle der Erschöpfung überflutet, seine Augen schlossen sich, und die Hand, die die Figur umklammert hatte, sank kraftlos auf das Lager. Martinus beobachtete ihn ängstlich. Starb der Ritter nun doch? »Ingulf!«, stammelte er, »was ist mit Euch?« Er ergriff die kalte, feuchte Hand des Ritters, auf dessen Stirn sich dicke Schweißperlen gebildet hatten. Dann spürte er, wie Ingulf den Druck seiner schmalen Hand erwiderte. Der Ritter schlug wieder die Augen auf.

»In meinen Händen begann die Kraft der Enaid zu verwelken«, sagte er. Seine Stimme war mit einem Mal fester und kraftvoller. »Doch in den deinen wird sie zu neuer Kraft erblühen.«

»Warum hat sie bei Euch an Kraft verloren?«

»Ich weiß es nicht genau. Ich glaube, es hat damit zu tun, dass nicht sie, sondern ich mich veränderte. Anfangs war ich noch ein Diener Gottes, mit allen Tugenden, aller Demut und aller Ehre eines Kreuzritters. Ich verteidigte unser Abendland, unseren Glauben und die Heilige Stadt Jerusalem gegen Feinde, die uns all das wegzunehmen trachteten, im Bestreben, Menschen zu schützen, die sonst dem Tode geweiht gewesen wären. Mein Ziel war nicht die Vernichtung, sondern das Erfüllen der göttlichen Liebe. Doch eines Tages entdeckte ich ein neues Gefühl in mir … und ich glaube, dass es mir das Verderben brachte, obgleich es sich zunächst wunderbar anfühlte … groß, mächtig …«

Er hielt inne und blickte in die Ferne. Vermutlich war er gerade im heiligen Jerusalem. Dann sah er wieder auf Martinus.

»Ich begann, Freude beim Töten zu empfinden. Es machte mir Spaß, den Seldschuken die Kehlen zu durchtrennen, ihre Leiber zu durchbohren, ihre Bäuche aufzuschlitzen. Ich jubilierte, als ich mein Schwert schwang, und lachte, wenn ich jemanden zur Hölle schicken konnte. Das war meine eigentliche Sünde.« Er atmete jetzt ganz ruhig und sprach nun fest, ohne jene Anstrengung, die den Kranken zu eigen ist.

»Die Kraft, die mich unbeugsam und unbesiegbar sein ließ, schien sich allmählich gegen mich zu wenden. Wohl fühlte ich zunächst noch mehr Stärke, denn der Hass auf die Seldschuken schien meine zerstörerische Kraft noch zu mehren. Unter meiner Führung errangen wir einen Sieg nach dem anderen. Aber etwas Dunkles breitete sich in meiner Seele aus. Zu spät merkte ich, dass eine Krankheit sich meiner bemächtigt hatte; eine Krankheit, die zunächst nicht den Körper, wohl aber die Seele betrifft, und die ebenso ansteckend ist wie Pestilenz, Lepra oder Cholera. Denn wir alle berauschten uns an unserem Sieg, wir feuerten uns an, tranken auf die toten Feinde und spotteten über ihren Niedergang. Vielleicht ist diese Krankheit dem Irrsinn verwandt.

Aber immer wieder meldete sich mein früheres Selbst – der, der ich einst war, bevor ich vom Blutdurst beherrscht wurde. Dieser Teil meiner Seele hatte Zweifel an dem, was ich tat, und diese Zweifel machten mir Angst. Sie ließen mich in Abgründe meiner selbst blicken, und ließen mich ahnen, dass das, wofür ich kämpfte, falsch und verwerflich sein könnte und nicht so strahlend und göttlich, wie ich es immer hatte sehen wollen. Doch mit jedem durch meine Hand getöteten Sarazenen wurden die Zweifel weniger. War es nicht eine große Tat, unsere heiligen Stätten vor dem gottlosen Unrat zu reinigen? Je mehr ich daran glaubte, desto besser ging es mir. Und genau das hat ihn angezogen, eben jenen, der mich seitdem verfolgt.

In diesen Tagen sah ich ihn zum ersten Mal. Er war von hoher, schlanker Gestalt, vollständig in ein schwarzes Gewand gehüllt, und die rabenschwarzen Haare umwehten sein bleiches Gesicht, seine breite Stirn, seine glühenden Augen unter den mächtigen Brauen, sein mächtiges Kinn. Er schritt durch die Schlacht, ohne selbst ein Schwert zu führen, und doch hinterließ er überall eine blutige Spur von Tod und Verderben, bei Freund und Feind. Wo immer er war, verwandelten sich die Menschen in ebenso fanatische wie seelenlose Wesen, fielen übereinander her, töteten, mordeten, vernichteten. In seinem Gefolge waren die Dämonen, hässliche Wesen von teuflischem Aussehen, seine Handlanger, die ihm den Weg bereiteten, um ihm sein Tun zu erleichtern.

Einen von ihnen hast du bereits gesehen. Er hat sich dir genähert, um dir das zu rauben, was seinem Herrn gefährlich werden könnte.«

»Ihr meint die Figur? Wie könnte sie ihm schaden?«

»Sie könnte ihm schaden, weil du sie besitzt.«

»Macht es denn einen Unterschied, ob ich sie habe oder ihr?«

»Ja. Ich glaube herausgefunden zu haben, dass ihre Kraft sich immer dann entfaltet, wenn ihr Träger selbst die Lebendigkeit besitzt, die sie verkörpert. Eine Lebendigkeit, die ich einst besaß, aber die ich schon lange verloren habe.«

Der Gedanke, einen heiligen Talisman führen zu können, tröstete Martinus nur halb. Die Aussicht, deswegen von Dämonen gejagt zu werden, erschien ihm so unangenehm, dass er sofort überlegte, wie er die Figur loswerden könnte.

»Ich weiß, was du jetzt denkst«, meldete sich Ingulf zu Wort, »aber vergiss diese Idee. Die Gabe, die du dadurch erwirbst, ist so viel mehr wert als das, was du derzeit noch als Bedrohung ansiehst.«

»Aber mir macht das Angst.«

»Erinnere dich an den Dämon, der in deine Kammer eindringen wollte. Sein Gestank war groß, aber seine Kraft war klein – gegen dich.«

»Aber was soll denn stark sein an mir? Ich bin ein Junge von dreizehn Jahren! Ich habe fast mein ganzes Leben in den Klostermauern hier verbracht! Ich weiß kaum etwas von der Welt!«

»Öffne den Beutel.«

Martinus holte die tanzende Figur hervor. Anders als im silbrigen Mondlicht schimmerte sie tagsüber fast etwas golden, in den Strahlen der Nachmittagssonne, die durch das schmale Fenster einfielen, sogar leicht rötlich.

»Schau sie an«, sagte Ingulf, »sie tanzt und sie lacht dabei. Ihr Lachen ist ohne jede Bösartigkeit, sondern voller Lust am Dasein. Das ist Lebendigkeit.«

»Aber ist Lust denn nicht sündhaft? Pater Cyprianus warnt in jeder Predigt vor den Verführungen des Irdischen und Fleischlichen…!«

Ingulf hustete und sein Gesicht verzog sich vor Schmerz. »Leg mir Enaid auf die Brust … bitte! Aber behalte sie dabei in deiner Hand!«, röchelte er. Martinus tat, wie erboten. Der Ritter atmete tief und konzentriert. Sein Gesicht entspannte sich. Schließlich grinste er sogar und blinzelte Martinus ins Gesicht. »Dank deiner Heilkraft werde ich gesunden. Ich danke dir.«

Er griff hinter sich und verschob den Strohballen unter seinem Kopf, um sich halb aufrichten zu können.

»Pater Cyprianus! Das ist jener äußerst fettleibige Pater, der stets von der Hölle predigt?«

»Eben der! Er hat die heiligen Schriften lange studiert …«

»… und dabei das Leben vergessen. Und als Ausgleich frönt er dem Käse, dem Speck, dem Bier, der Blutwurst, dem Wellfleisch, dem Sauerkohl und dem Schmalzbrot! Kommt sein knallroter Kopf von dem Weltgericht, das er stets lautstark ankündigt? Nein, vom Weine, dem er eifrig zuspricht! Weshalb glaubst du, ist er so fett? Weil er der Sünde der Völlerei erlegen ist! Und als Ausgleich brüstet er sich als Verkünder einer Tugendhaftigkeit, die er gar nicht kennt – als Tarnung der eigenen Verfehlungen!«

»Ihr … Ihr zweifelt an der Gelehrsamkeit von Pater Cyprianus?«

»Ganz recht. Und du tust gut daran, dies auch zu tun. Glaube nicht alles, nur weil jemand von der Kanzel spricht. Lasse dich nicht einengen von vorgefertigten Regeln, ohne sie auf ihre Sinnhaftigkeit geprüft zu haben! Messe die Menschen nicht an ihren Worten, sondern an ihren Taten. Es ist nur gut, dass du der Eleve von Pater Adelmus bist; er ist ein weiser Mann, der lieber selbst denkt, als Sätze einfach nachzuplappern, der frei ist von Dogmen, und der stets neugierig ist auf das, was sich neu erkennen lässt.«

»Ich fühle mich wohl bei Pater Adelmus!«, gestand Martinus. »Aber … wollt Ihr etwa sagen, Pater Cyprianus ist böse?«

»Allmächtiger! Aber nein! Er ist nicht böse, aber er ist gefesselt von seiner eigenen Einfalt, die er auch noch zu bewahren sucht, um unangenehme Wahrheiten nicht schauen zu müssen. Er ist nicht der Einzige, der so ist. Menschen lieben einfache Erklärungen wie Gut und Böse. Aber auch die Nacht hat das Morgengrauen, auch der Tag hat die Dämmerung. Und so wie Nacht hell und klar sein kann, kann der Tag dunkel und nebelig sein.

Als ich ein junger Recke war, zog ich mit Brüdern meines Glaubens aus, um die Heiden zu bekehren. Es sollte eine Art Einweihung für mich sein, ein Ritual, in dem ich mich als Krieger Gottes beweisen sollte. Wir kamen an einen kleinen Hof, in dem Menschen lebten, die sich weigerten, den christlichen Glauben anzunehmen; sie huldigten ihren Göttern, verehrten Esus, den Eber, Dagda, den Dreigesichtigen, Cernunnos, den Gehörnten, oder Lugh mit dem Speer. Ihre Druiden beschworen die Toten, brauten magische Tränke, benannten heilige Plätze zur Verehrung von Geistern und Elfen. Nicht unweit dieses Klosters hier befindet sich ein Kreis aus Steinpfeilern, der umgeben ist von Tumuli, Hügelgräbern, die auch als Sitz von Feen gelten und die aus einer Zeit stammen jenseits aller Erinnerung.

Wir überfielen den Hof, im festen Glauben, dass es richtig und fromm ist.

Wir steckten die Häuser in Brand und plünderten ihre Habe. Meine Glaubensbrüder töteten die heidnischen Sünder, und zerstörten ihre Symbole auf Schüsseln, Werkzeug, Tuch und Schmuck. Bis ich einen Raum öffnete, in dem die Kinder waren.

Drei zitternde, verängstigte Kinder und ein schreiendes Baby. Der älteste Junge, kaum zehn Jahre alt, hielt mir einen Stock entgegen, um seine Geschwister zu verteidigen, einen lächerlichen, winzigen Stock. Ich schlug ihn ihm mit einem einzigen Tritt aus der Hand.

In diesem Augenblick wusste ich, dass es nicht recht war, was wir taten. Die ganze Frömmigkeit und Inbrunst, mit der wir das sogenannte Gute verbreiten wollten, erschien mir plötzlich wie eine Einflüsterung des Teufels … lächerlich, dumm, schändlich. Während meine älteren Glaubensbrüder noch wüteten und brandschatzten, ergriff ich die Kinder, nahm das Bündel mit dem schreienden Baby, stahl mich mit ihnen aus dem Haus und wir rannten hinter die dichten Haselnussbüsche, hinter denen hohe Bäume schützenden Schatten warfen. Dort versteckte ich sie unter einer vorstehenden Felsnase direkt am Ufer des River Wye.

Niemand von den anderen hatte meine Tat bemerkt. Ihr eifernder Zorn hatte sie blind und taub gemacht. Ich kehrte unbemerkt zurück, sah noch in die verängstigen Augen der Menschen, die auf ihre brennenden Häuser starrten. Endlich hielten die Ritter inne und wir machten uns auf den Heimweg.«

»Was ist aus den Kindern geworden?«, fragte Martinus atemlos.

»Ich weiß es nicht. Ich stahl mich am gleichen Abend aus der Herberge, in der wir eingekehrt waren; meine Glaubensbrüder hatten alle ordentlich dem Wein zugesprochen, feierten ihren törichten Triumph und waren schon früh sturzbetrunken. Ich ritt erneut zu dem Versteck, mit einem Laib Brot und einer halben Hammelkeule bewaffnet, aber die Kinder waren verschwunden. Stattdessen war dort jedoch etwas Anderes.«

Er deutete auf den kleinen Lederbeutel in meiner Hand.

»Im Mondlicht zwischen den Flusskieseln schimmerte etwas. Ich legte das mitgebrachte Essen auf einen flachen Stein, und griff danach. Es war eine kleine, filigrane Figur, die Figur der Enaid. Bis heute weiß ich nicht, ob die Kinder sie verloren haben, oder ob sie auf mich gewartet hat, um von mir gefunden zu werden.«

Martinus hatte ergriffen zugehört.

»Ihr wisst nicht, was aus den Kindern geworden ist?«

»Ich nehme an, dass sie durch den Wald entkommen sind. Es gibt in dieser Gegend noch viele Höfe, vor allem auch solche, deren Besitzer sich taufen ließen, aber heimlich ihren alten Glauben weiterlebten. Auf diese Weise wurden sie von den Häschern des wahren Glaubens verschont.«

Ingulf blickte zu Boden. »Das Gefühl der Scham für das, was wir getan hatten, war unerträglich. Ich schwor mir, niemals wieder Befehle auszuführen, ohne sie mit meinem Gewissen geprüft zu haben.«

»Aber warum habt Ihr Euch dann auf Kreuzzug begeben?«

»Ich dachte, dass den Menschen dort durch die sarazenischen Gotteskrieger das Gleiche zuteilwird, was die keltischen Heiden durch uns erleiden mussten. Ich wollte sie beschützen.«

5. Valnirs Fluch

Martinus verbrachte auch die folgende Nacht auf einer Pritsche in Adelmus' Kammer, obgleich keine Hinweise auf erneutes Auftauchen höllischer Kreaturen vorhanden waren. Wahrscheinlich würde er morgen wieder in seine Zelle zurückkehren – ein Gedanke, der ihm nicht wirklich Freude bereitete.

Am nächsten Morgen zog er wieder um das Kloster herum, um Kräuter zu suchen, diesmal im Auftrag von Dunstan, dem Küchenmeister, der nach Quendel, Brunnenkresse und Moosbeeren gefragt hatte. All das gab es im Moor, einem Ort, den Martinus mied, soweit es ging. Etwas Unheimliches lag für ihn darin: Es war dort eine Weite, die ihn die Geborgenheit des Waldes vermissen ließ. Und dann waren da die ganzen Ansammlungen von Büschen und Sträuchern, kleine Wäldchen, die wie Gruppen von zusammenkauernden Trollen aussahen, die drei eigenartigen Steine am Eingang, die auch gut versteinerte Trolle hätten sein können, ganz zu schweigen von den einzelnen runden Felsen, unter denen Martinus stets die Eingänge von unterirdischen Behausungen wähnte, durch die die Zwerge und Gnomen der Unterwelt hervorlugten, um Menschen zu belauern und sie in ihre abseitige Welt zu entführen.

Leider wuchsen gerade die Moosbeeren ausgerechnet dort, und auch die Brunnenkresse gedieh üppig an den Wasserläufen, die die sumpfigen Teile des Moores durchzogen. Tapfer machte er sich also auf den Weg. Der Griff an den kleinen warmen Lederbeutel auf seiner Brust machte ihn mutiger, und schon bald hatte sich sein Weidenkorb mit schwarzen Beeren und saftigen grünen Sprossen gefüllt.

Martinus sah auf. Er befand sich an einem großen, glatten Felsen, so weit entfernt von dem Kloster wie nie zuvor. Aber hier war alles voll von den Beeren, er hätte gleich mehrere Körbe füllen können. Sein Blick fiel auf die grünen

Hügel in einiger Entfernung. Ob dies die Tumuli waren, von denen Ingulf gesprochen hatte? Obwohl er sofort innerlich erschauerte, erinnerte er sich gleich darauf an die Erzählung von den Heiden. Neugierig schritt er auf die Gräber zu.

Er erreichte die erste Anhöhe ohne Mühe. Die Hügel bildeten eine Art Kessel; sie waren alle gleich hoch, aber von unterschiedlicher Länge. Doch in ihrer Mitte befand sich ein Ring aus aufrechtstehenden Steinpfeilern, die wie Wächter einen magischen Platz bewachten. Im Inneren dieses Steinkreises wuchs kein Gras, nur Moos, Flechten und Heidekraut und an den Rändern einige Pilze.

»Das ist der Ort, den du mir hast zeigen wollen?«

Martinus zuckte zusammen und warf sich instinktiv auf den Boden. Die Männerstimme, die diese Worte gesprochen hatte, kam ihm bekannt vor. Sie kam von schräg unten, und gehörte zu zwei Gestalten, die sich zwischen zwei Hügeln dem Steinkreis näherten. Martinus kroch lautlos zwischen eine Gruppe von Holunderbüschen, die auf der Hügelkuppe wuchsen, und spähte hinunter.

Es waren zwei Männer. Einer war auffallend groß und vollständig in einen schwarzen Mantel gehüllt, der fast bis zu Boden reichte und nur im Gehen einen Blick auf seine Stiefel gewährte. Seine Schultern waren von einem Gugel bedeckt, dessen Kapuze hochgezogen war und dessen Zipfel bis auf den Rücken herunterfiel.

»Ja Herr!«, antwortete der andere Mann. Er war deutlich kleiner, dünn, blass und ausgemergelt, trug eine Lederkappe und war sonst nur in grobes Tuch gekleidet. Bei näherem Hinsehen erkannte Martinus Ælfræd, einen Bewohner der sächsischen Siedlung etwa drei Meilen von hier. »Sie treffen sich oft hier, um ihre Gottheiten zu feiern. Wobei die Steine des Kreises noch sehr viel älter sind.«

»Und warum tun sie das? Ich dachte, es wäre verboten?« Die Stimme hörte sich heiser und tief an – wie eine rostige Knarre.

»Sie scheren sich nicht darum, O Herr. Es scheint ihnen ungeheuer wichtig zu sein. Zu den Zeiten der Sonnenwende entzünden sie in der Mitte ein Feuer, singen und tanzen dazu. Sie wirken immer recht fröhlich … Frauen, Kinder, Alte, Junge … alle sind zugegen.«

Ælfræd schritt durch die Steine hindurch und betrat den Kreis. »Ich habe keine Kenntnis davon, welchen Sinn das machen soll. Für mich ist das nichts als abergläubischer Mummenschanz.«

»Warum? Tragen sie Masken?«

»Oh ja! Felle, Hirschgeweihe, Hörner, einige sind an Gesicht und Körper bemalt! Dazu wird getrommelt und auf Tröten, Schalmeien und merkwürdigen Saiteninstrumenten musiziert. Ich habe mich vor längerer Zeit einmal angeschlichen und sie belauscht. Es klingt grauenhaft.«

»Musik ist immer grauenhaft«, erklärte der Fremde. Martinus erblickte im Schatten der Kapuze die lange Nase und das mächtige Kinn. Es war derselbe unheimliche Kerl, der nach Ingulf gefragt und den Lederbeutel begehrt hatte! Nur war Martinus bisher noch nicht klar gewesen, wie groß er war – er maß bestimmt sechseinhalb Fuß.

»Kommt nur her und seht«, rief Ælfræd, »hier wird so viel herumgetanzt, dass nicht einmal Gras mehr wächst!«

»Ich sehe es«, antwortete der Fremde.

»Wollt Ihr nicht nähertreten und Euch diesen merkwürdigen Ort näher anschauen? Gerade eben noch drängtet Ihr mich noch …«

»Mir genügt der Anblick vom Rande aus.«

»Aber schaut doch nur auf die eigenartigen Pilze, die zwischen den Steinen wuchern! Hier …«

»Ich sagte doch, dass ich diesen Steinkreis nicht betreten will!«, donnerte der Fremde plötzlich mit einer Stimme, die mehr einem Tier als einem Menschen ähnelte. Die ganze Ebene schien zu vibrieren. Ælfræd war sichtlich erschrocken und duckte sich. Martinus drückte seinen mageren Körper tief in das Gras des Hügels und wünschte, er wäre viele Furlongs[III] weit weg.

»Verzeiht, Herr!« Obwohl Martinus sein Gesicht vor Angst ins Gras gepresst hatte, vermeinte er förmlich zu hören, wie das Blut aus Ælfræds Gesicht wich. »Ich habe Euch verstanden«, war seine ängstliche Stimme zu hören.

Martinus stieg auf einmal ein unangenehmer Geruch in die Nase, der sich

---

[III] alte Maßeinheit in der Landwirtschaft: 1 Furlong = 201,168 Meter.

schnell zu einem widerwärtigen Gestank ausweitete. Derselbe Gestank wie kürzlich in seiner Zelle, als der fette Dämon auf seiner Fensterbank gesessen hatte! Er drückte sein Gesicht noch tiefer ins Gras, das gottlob sehr intensiv duftete und sich mit dem Geruch der Erde verband.

»Du gehörst mir! Vergiss das nie wieder!« Die Stimme des Fremden hörte sich jetzt an wie eine unbeschreibliche Mischung aus dem Grunzen eines Wildschweins, dem Quarzen einer Kröte und einem grollenden Gewitter.

»Ja, O Herr! Vergebt mir, O Herr!« stammelte Ælfræd brüchig und tonlos.

»Du wirst tun, was ich dir sage! Ohne Widerworte!«

»Das werde ich, O Herr!«

»Dann komm! Lass uns zurückkehren in Dein Dorf. Du wirst deine Brüder von unserer Mission überzeugen. Und dann werden wir in dieses Kloster eindringen, um meine Habe zurückzuerobern, welche die diebischen Mönche mir geraubt haben!«

Die Stimme des Fremden hörte sich zunehmend wieder normal an. Lediglich Ælfræds Stimme behielt ihren trägen, seelenlosen Klang, und zugleich schien er Mühe zu haben, überhaupt Worte hervorzubringen. »Das werden wir, O Herr!«, würgte er schließlich hervor.

»Oh, und ob ihr das werdet! Noch heute Nacht! Denn sonst wird mein Fluch euch alle treffen, euch, eure Frauen, eure Kinder!«

»Wir werden Euch folgen, O Herr! Wir werden tun, was immer Ihr befehlt!«

»Wohl gesprochen! So ist es recht! Ich wusste, dass ihr klug und weitsichtig seid. Daher habe ich euch gewählt.«

Eine frische Brise hatte eingesetzt und vertrieb zu Martinus' Erleichterung den üblen Geruch. Die Stimmen entfernten sich. Martinus verstand nur noch einzelne Wortfetzen: »ohne Gnade« – »Herrschaft« – »strahlender Sieg« – »Glückseligkeit« – »Raubtiere« – »Aufbruch« – »Zeitalter«, unterbrochen von Ælfræds demütig zustimmendem Gemurmel. Dann traute er sich, vorsichtig den Kopf zu heben. Die beiden Gestalten waren bereits fast 50 Ellen entfernt und kehrten ihm den Rücken zu. Die Kapuze des Fremden war zurückgeschlagen und seine langen schwarzen Haare wehten im Wind, der jetzt zu einer steifen Brise geworden war. Neben ihm trottete Ælfræd, gebückt und schwankend.

Martinus wartete noch eine Weile, schob sich dann vorsichtig rückwärts aus dem Gebüsch, griff seinen Korb und kroch den Abhang hinunter.

Furchtsam blickte er auf den Steinkreis. Welches heidnische Teufelszeug mochte hier stattfinden? Doch dann fiel ihm ein, dass der dämonische Fremde sich gerade noch gescheut hatte, hier einzutreten. Dann konnte dieser Ort doch nicht des Teufels sein?

Er griff nach dem Beutel um seinen Hals und schritt auf die Steine zu. Mühelos betrat er den magischen Kreis. Er ging bis in die Mitte und sah in die Runde. Die steinernen Wächter wirkten freundlich und erhaben, doch kam es ihm vor, als kehrten sie ihm den Rücken zu und blickten nach außen, um den Platz zu bewachen.

Eine grimmige Entschlossenheit breitete sich plötzlich in seinem Herzen aus. Soso. Ins Kloster eindringen wollte der Fremde mit seinen ihm so hündisch Ergebenen! Und seine Habe zurückerobern? Sollten sie nur kommen! Er und seine Glaubensbrüder würden sich schon wehren wissen!

»Heute Nacht noch, sagst du?«

Pater Adelmus verschüttete fast den Kräuterwein, den er sich zu Martinus' Erzählung eingegossen hatte. Er ließ sich schwer auf die rohe Holzbank in seiner Kräuterstube fallen.

»Er weiß nicht, dass ich wieder genesen bin!«, sagte Ingulf mit fester Stimme und deutete auf sein Schwert. »Ich werde diesen willenlosen Dienern des Bösen den Schädel spalten, wenn es nötig ist!«

»Und ich werde Euch dabei helfen«, rief Dunstan von Ely, der Küchenmeister, und schwang eine dicke, lange Hartwurst wie eine Streitaxt.

»Deine Wurst mag schmackhaft und würzig sein, aber gegen wütende Sachsen und stinkende Dämonen wird sie wenig ausrichten«, knurrte Benno von Uppsala, der Schmied.

»Ich könnte bis zum Abend für jeden eine schöne, harte Keule schnitzen, die für den Kampf gegen übelgesinnte Gestalten bestens geeignet ist«, erklärte Machar von Aberdeen, der ein geschickter Tischler war und schon den Ziehbrunnen im Hof konstruiert hatte. Insgesamt waren es noch vier weitere Mönche, die Adelmus in das Geschehen eingeweiht hatte. Bei allen anderen zog er es zunächst noch vor, abzuwarten, denn kopflose Reaktionen aller Art konnten sie jetzt überhaupt nicht gebrauchen.

»Sie wissen ja nicht, dass wir es nun auch wissen«, gab Martinus zurück. Adelmus' besorgtes Gesicht hatte ihn kurz verunsichert, aber nun fühlte er sich entschlossener denn je.

»Warum braucht er eine Gruppe von sächsischen Söldnern und holt sich seinen Kram nicht selbst?« Das kam von Bláán, dem Vierschrötigen, der von der Insel Skye stammte und einen so merkwürdigen Akzent hatte, dass er schwer zu verstehen war – außer jetzt.

»Weil er es nicht kann!«, rief Martinus. »Ich habe selbst gesehen, wie er vor dem Steinkreis jenseits des Moores zurückwich! Er weigerte sich, ihn zu betreten. Mir selbst dagegen ist es nicht schwergefallen!«

»Du bist in den heidnischen Steinkreis eingetreten?«, fragte Machar entsetzt.

»Das wundert mich nicht«, entgegnete Ingulf. »Er scheut heilige Stätten, egal ob es ein vorzeitlicher Platz oder unser Kloster ist.«

Adelmus schwieg. Er starrte auf Dunstans Hartwurst. »Sag an«, sagte er nun langsam an den Küchenmeister gewandt, »wie hast du diese Wurst zubereitet?«

»Nun, aus bestem luftgetrockneten Wildschweinfleisch, Speck, Knoblauch, Fenchel, Zwiebeln und gestoßenem Wacholder«, erklärte Dunstan fachmännisch. »Anschließend sanft über Buchenholz geräuchert.«

»Was tut das hier zur Sache?«, empörte sich Benno.

»Die Sachsen sind keine Söldner«, antwortete Adelmus, »sie folgen ihm freiwillig. Und ich frage mich, warum.«

»Weil sie sich fürchten! Der Fremde ist sehr angsteinflößend!«, sagte Martinus.

»Pah! Warum fürchten wir uns dann nicht?«, fragte Bláán.

»Wir fürchten uns auch. Aber wir lassen uns nicht einschüchtern«, meinte Benno.

»Aber die Sachsen sind nicht gerade als Angsthasen bekannt«, wandte Bláán ein.

»Wir haben den rechten Glauben! Das stärkt uns! Den Sachsen aber fehlt das Vertrauen in Gott!«, rief Dunstan.

»Ich meine noch gehört zu haben, dass er Macht und Wohlstand versprach, wenn sie ihm folgten«, sagte Martinus.

Adelmus wandte sich an Martinus. »Wie sah Ælfræd aus, als du ihn bei den Tumuli erblicktest?«

Martinus überlegte kurz. Seine verschwommene Erinnerung hatte sich rasch wieder geklärt. »Er wirkte mager und blass«, erklärte er nun. »Sein Gewand schlotterte um seinen Körper.«

»Das ist es.« Adelmus sah vielsagend in die Runde. »Die Sachsen haben nichts zu essen. Sie sind neu in dieser Gegend und ihre Ernte war schlecht letztes Jahr. Daher sind sie anfällig für die Einflüsterungen des Dämons. Sie wollen glauben, dass er Recht hat. Das macht sie gefügig.«

Dunstan sah plötzlich erschrocken aus. »Willst du etwa meine Wurst diesen Gottlosen überlassen?«, fragte er ungläubig.

»Es wäre in der Tat ein schöner Traum, wenn sie ihr Leid beenden könnten, nur, wenn sie ein paar Dinge aus unserem Kloster rauben«, murmelte Machar.

Ingulf starrte vor sich hin. »Ich frage mich, was geschieht, wenn wir uns hier im Kloster schlagen.«

»Die Sachsenschädel machen Bekanntschaft mit harten Holzklöppeln!«, frohlockte Machar. »Und mit eurer Klinge!«

»Ja. Und das wird Valnir die Tore öffnen.« Adelmus' Stimme wirkte jetzt hart und bestimmt.

»Warum denn das?«, wollte Bláán wissen.

»Weil er sich vom Kampfe anderer nährt. Wenn Blut vergossen wird, der Hass regiert und das Leid erblüht, wird er größer und stärker. Oh, wie dumm ich war! Fast wäre ich erneut auf ihn hereingefallen! Der Kampf wird diesen Ort entweihen, und er kann ihn betreten.«

»Und seine Dämonen werden über uns herfallen! Gütiger Gott!« Benno bekreuzigte sich dreimal hintereinander.

»Aber wenn wir den Kampf auf andere Weise führen«, rief Martinus und deutete auf Dunstans Wurst, »dann haben die dämonischen Kräfte weniger

Macht!«

Adelmus wandte sich an Machar. »Haben wir ausreichend Balken und Bretter zur Verfügung?«

»Aber ja«, sagte Machar verdutzt, »der Holzschuppen ist voll davon! Wir könnten ein ganzes Haus davon bauen!«

»Was hast du vor?«, fragte Benno stirnrunzelnd.

»Das Problem ist, dass eine ausgehungerte, aufgebrachte Meute des Denkens nicht mehr sonderlich mächtig ist«, sagte Adelmus. »Wir wissen auch nicht, wie genau sie vorgehen werden. Werden sie versuchen, unser Tor aufzubrechen? Werden sie versuchen, mit Leitern unsere Mauer zu überwinden?«

»Ob sie womöglich versuchen werden, alles in Brand zu stecken?«, ließ sich Bláán vernehmen.

»Wenn sie Vorräte erbeuten wollen? So dumm sind die Sachsen nicht einmal, wenn sie betrunken sind!«, sagte Ingulf. »Und Valnir wird das auch nicht wollen – schließlich will er ja deine magische Figur an sich reißen!«

»Dem traue ich zu, dass ihm Flammen nichts ausmachen! Jedenfalls weniger als Weihwasser!«, grunzte Machar verdrießlich.

»Das heißt, sie sollten gar nicht erst in die Nähe unseres Klosters gelangen«, stellte Bláán fest.

»Das wäre mir auch lieber«, bekannte Martinus.

»Wir müssen dafür sorgen, dass die Sachsen nicht im ganzen Pulk angreifen«, sprach Adelmus jetzt fest und ruhig. »Wir müssen sie vereinzeln. Und dann bekommt jeder das, was er braucht, um friedlich zu werden.«

»Genau! Jeder bekommt einen Speer ins Gedärm, einer nach dem anderen! Ein wunderbarer Plan!«, jubelte Dunstan.

»Eben nicht, du Dummkopf!« Ingulf raufte sich fassungslos die Haare.

»Aber … was denn sonst? Doch die Holzkeulen? Heißes Öl auf die Häupter? Sollen wir sie mit Äxten bearbeiten?«

Adelmus sah – wie üblich – sehr beherrscht auf Dunstan.

»Ich werde es euch erklären.«

Der Tag bestand aus harter Arbeit für das gesamte Kloster. Während der größere Teil der Mönche Bretter, Pflöcke, Balken und Bohlen heranschleppte und sich an ihnen mit Nieten und Hämmern zu schaffen machte, übernahmen einige die Wache, indem sie auf den Mauern standen und von dort und den Türmen aus Ausschau hielten. Einige hatten einen Ochsen geschlachtet und waren dabei, ihn zum Braten auf den Spieß zu stecken. Brotteig wurde geknetet und es dampfte bereits heißes Wasser in einem Kessel, bereit, Knochen, Lauch, Rüben und Bohnen aufzunehmen, um so zu einem wunderbar duftenden Eintopf zu verschmelzen.

Adelmus überwachte die Bauarbeiten vor der Klostermauer. Sein Bauplan sah vor, dass eine Art runder, von massiven Pfählen eingezäunter Platz gebaut wurde, der bis kurz vor die Klosterpforte reichte. Um ihn betreten zu können, gab es eine große Zahl von Eingängen, die allerdings über Gänge zusammengeführt wurden, die sich wiederum zusammenfügten und schließlich in einen einzigen Eingang mündeten, der sich inmitten des Hohlweges befand, der zum Kloster führte. Der Weg wurde somit von einer Art Wall unterbrochen, dessen Eingang gerade fünf Handbreit maß – gerade breit genug für eine Person, zu schmal für mehrere. Die Angreifer würden gezwungen sein, sich nacheinander hindurchzuquetschen, und müssten sich dann für rechts oder links entscheiden – und danach wieder und wieder. Den runden Platz würden sie jedenfalls nur vereinzelt und nacheinander betreten können.

»Bist du sicher, dass die Sachsen überhaupt hier entlangkommen werden?«, fragte Martinus ängstlich.

»Wo denn sonst?«, gab Adelmus zurück. »Durch den Wald etwa, wo die ganzen Brombeerbüsche wuchern? Wohl kaum. Von Süden müssten sie über die Felsen kraxeln; außerdem ist dort die Klostermauer am höchsten. Und auch vom Westen ist es unwahrscheinlich. Direkt an der Mauer beginnt unser Karpfenteich. Dort würden sie auf der Stelle bis zum Bauch versinken. Nein, dieser Hohlweg hier ist der einzig sinnvolle Weg zu uns. Selbst für ausgemergelte Sachsen, die nicht mehr klar denken können.«

Der Tag schritt voran. Martinus beäugte zweifelnd die Konstruktion hinter dem Eingang. Der Irrgarten, den Pater Adelmus entworfen hatte, war jetzt deutlich zu erkennen. Die so entstandenen engen Gänge waren unterschiedlich lang, wanden sich um mehrere Ecken, und mündeten schließlich auf den runden, von hohen Palisaden vor der Klostermauer gebildeten Platz, in dessen Mitte bereits ein großes Feuer brannte, über dem sich der gehäutete Ochse bereits seit Stunden drehte und den kräftigen Duft gebratenen Fleisches verströmte. Über einer weiteren, kleinen Feuerstelle blubberte die Suppe, auf Tischen wurden aufgeschnittene Käselaibe, das frischgebackene Brot, Speck und Würste platziert. Hinzu kamen Schüsseln mit Haferbrei, Blutklöße und Schmalzgebäck.

»Wir lassen uns den unheiligen Angriff viel kosten«, bemerkte Dunstan sauertöpfisch, der es schwer verwinden konnte, seine herrlichen Würste den Sachsen vorzusetzen. »Ein paar Schläge mit harten Knüppeln wären wesentlich billiger gewesen.«

»Oder unermesslich teurer«, grunzte Ingulf.

»Ich jedenfalls werde mich den sächsischen Horden nicht freiwillig unterwerfen! Der Erste, der mir zu nahekommt, wird meinen Knüppel auf seinem Schädel spüren!«

»Bestückt nun noch das Labyrinth!«, befahl Adelmus mit lauter Stimme. »Und dann zieht euch zurück! Wir verrammeln das Hauptportal und verschanzen uns im Hof!«

»Männer! Der große Valnir hat uns zusammengerufen, um uns Heil zu bringen!«

Ælfræds Stimme war brüchig und zitterte, als er seine Rede auf dem kleinen Dorfplatz der Sachsen hielt. Alle Männer und einige Frauen waren zusammengekommen, dazu ein paar halbwüchsige Knaben, alle ausgerüstet mit schartigen Kurzschwertern, Äxten, Lanzen und Knüppeln. Das Feuer der Fackeln, die einige von ihnen in den abgehärmten Händen hielten, erwärmte die frierenden, mageren Körper ein wenig.

Valnir stand abseits im Schatten, groß und dunkel. Die langen Haare flatterten im Abendwind. Wäre etwas von dem Fackelschein auf sein Gesicht gefallen, hätte man ein zufriedenes Lächeln erkennen können. Doch im Dämmerlicht sah ihn kaum jemand, und doch spürten alle eine angstvolle und dennoch wütende Entschlossenheit, die sich ihrer Herzen bemächtigt hatte.

»Eadgar! Uhtric! Hroðulf! Pæga! Wynnestan! Oswine! Sigeberht!«, fuhr Ælfræd fort, und mit Blick auf die bewaffneten, verbissen blickenden Frauen: »Und ihr tapferen Kämpferinnen Æðelþrið, Eoforhild und Mildþryð! Und alle anderen! Unser Leid wird bald ein Ende haben! Lasst uns losziehen gegen die bigotten Mönche, die gottesfürchtig tun, aber ein Leben in Saus und Braus führen und sich nur um sich selbst kümmern! Sie sind schuld an unserem Elend!«

»Woher weißt du das so genau?«, meldete sich ein alter Mann mit einem kunstvoll geflochtenen weißen Bart zu Wort.

»Weil sie gut zu essen haben! Und niemandem etwas abgeben!«, rief Ælfræd.

»Was können die Mönche dafür, dass unsere Ernte so schlecht war? Wir könnten sie höchstens um Hilfe bitten. Warum tun wir nicht das erstmal?«

»Dank Valnir wissen wir, dass dies zwecklos ist«, gab Ælfræd zögerlich zurück.

»Und woher will dieser Valnir das wissen?«, rief eine junge Frau mit blonden Zöpfen.

»Valnir weiß es! Er hat uns allen Wohlstand und Macht versprochen, wenn wir ihm folgen! Und das werden wir jetzt tun! Für uns und unsere Kinder! Und unser Volk!«

Die Luft wurde plötzlich schwer. Ein fauliger, kranker Geruch breitete sich aus. Valnir war in den Kreis getreten. Plötzlich war es, als sei es deutlich kälter geworden.

»Seid ihr wirklich jene ruhmreichen Sachsen, die sich vor nichts fürchten, und die sich Sieg um Sieg mit Kraft und Mut erkämpft haben?« Seine Stimme war tief wie eine rostige Knarre und rumpelte gleichzeitig wie Donner. Der ganze Platz, alle Häuser, das ganze Dorf schien von ihm zu vibrieren. »Mir scheint, dass ihr eher wie kleine, verängstigte Kinder seid, die sich ihrem Schicksal fügen und eher zugrunde gehen, als sich zu nehmen, was ihnen zusteht!«

»Das ist nicht wahr!«, rief ein rotbärtiger Mann namens Uhtric. »Ich werde kämpfen, beim Wodan!«

»Bei meiner Seele, ich auch!«, tönte es von der Seite. Es war Pæga, einer der

Jäger.

Valnir sah sich lächelnd um und blickte jedem in die Augen. »Ihr hungert seit Monaten. Dünn seid ihr geworden, euch steht die Schwäche und die Krankheit in die Gesichter geschrieben.«

»Meine Kinder werden nicht weiterhin hungern!«, rief Hroðulf, der Hufschmied.

»Glaubt ihr, ihr habt dies verdient? Dass es euer Schicksal ist, womöglich verdient? Nein! Das ist das Werk jener verfluchten Mönche, die einen Fluch über euch ausgesprochen haben, über eure Äcker, eure Häuser! Wollt ihr das einfach so hinnehmen?«

»Nein!«, riefen mehrere Stimmen aus allen Richtungen.

Die Menge schrie durcheinander. Schnell verwandelten sich die dürren, schmutzigen Gesichter in schreiende, wutverzerrte Fratzen. Auch die Zögerlichen stimmten nach und nach ein und schließlich stimmten alle unter Oswine, dem Sänger, ein altes Kriegslied an.

»So lasst uns denn losziehen! Auf zum Kloster!« Ælfræd schwang sein Kurzschwert und fuchtelte damit in Richtung der klösterlichen Anhöhe.

6. Die Sachsen greifen an

Im Kloster hatte man das Eingangsportal verriegelt und zusätzlich mit Balken verstärkt. Die Sonne war hinter den waldigen Hügeln versunken, die im Abenddunst blassgrau aussahen und viel ferner wirkten als sonst. Der Himmel war bereits nachtblau und zeigte nur am Horizont noch ein fahles Gelb. Die Bäume wirkten nun schwarz und finster, und ihre Zweige und Blätter verschmolzen miteinander zu einem unheilvollen, verwobenen Netz aus Schatten und Nebel.

Machar hatte nun doch eine Anzahl von Knüppeln gefertigt und verteilt – »Für alle Fälle«, hatte er geknurrt. Bláán und Benno hatten sich auf den Glockenturm begeben, um rechtzeitig Alarm geben zu können, sollten die anrückenden Sachsen doch unerwartet angreifen oder die Mauer überwinden. Die Mitbrüder und Novizen waren sorgfältig instruiert und der stets die Verdammnis ahnende dicke Pater Cyprianus war in die Basilika abkommandiert, um dort für das Heil aller zu beten. Ingulf schritt beherrscht und still im Innenhof auf und ab, mochte aber die Hand nicht von seinem Schwert lassen.

Martinus hatte sich neben Adelmus auf der Klostermauer verschanzt und blickte von dort aus vorsichtig in die Tiefe. Die Mauer maß an dieser Stelle fast zwei Perchen[IV], an den anderen Seiten war sie sogar noch höher. Adelmus hatte zweifellos recht – sie war schwer zu überwinden. Sollten Leitern angelehnt werden, würden die Brüder sie mit ihren Stangen und Mistgabeln zurückstoßen. Martinus fühlte eine eigenartige Mischung aus ängstlicher Erwartung und Kampfbereitschaft. Was würden die Sachsen wohl machen, wenn sie an die neu errichtete Holzpalisade mit ihrer verwirrenden Konstruktion von Gängen und Abzweigungen kamen? Waren sie von Sinnen vor Hunger? Besaßen sie noch die Aufmerksamkeit für all die Dinge, die für sie bereits lagen? Oder standen sie

---

[IV] ca. 10 Meter

völlig unter dem Bann des Valnir und folgten seinem Befehl?

Während er noch fieberhaft alle möglichen Szenarien innerlich durchspielte, wehte ihm plötzlich ein eigenartiger Duft um die Nase, der ihn sofort an das klösterliche Krankenzimmer erinnerte, wo er noch vor kurzem den todkranken Ingulf gepflegt hatte – Eiter, Urin, Schweiß ... In der Stille des sachten Windhauches hörte er jetzt ein paar schmatzende Geräusche – wie die nassen, schweren Lappen, die auf Steine klatschen, wenn er dazu verdonnert war, die Treppenstufen zu schrubben. Doch hier war nur die Mauer, der Wehrvorsprung, der kleine Eckturm, die etwas weiter entfernte Ostmauer ... und genau dort bewegte sich etwas.

Im Zwielicht erkannte er zwei haarige Pranken, die seitlich neben dem Türmchen auftauchten und sich in den Mauersteinen festkrallten. Kurz darauf tauchte ein gedrungener, gehörnter Kopf mit abstehenden, zerfransten Ohren auf. Ein massiger, borstiger Körper folgte. Dann wuchtete das Wesen einen fetten Bauch und ein dickes Hinterteil hinterher und hockte sich auf die Mauer. Mit rötlich glimmenden, eng zusammenstehenden Augen glotzte es in seine Richtung. Hin und wieder öffnete es den Mund, ließ ein paar glucksende und schmatzende Laute hören und zeigte eine Reihe spitzer Zähne, die an das Gebiss eines Wolfes erinnerten.

Martinus griff angstvoll an Adelmus Ärmel.

»Ja, ich sehe es auch.« Adelmus' Stimme war so leise wie eine Stubenfliege, und er bewegte kaum seine Lippen.

Inzwischen waren noch weitere der abstoßenden Wesen aufgetaucht und hatten sich auf der Mauer niedergelassen, um von dort aus unverwandt zu ihnen hinüberzustarren. Einige waren groß und massig, andere waren auch kleiner. Die meisten hatten ein zottiges Fell, ein paar wenige wirkten jedoch fast nackt und hatten nur ein paar spärliche Borsten am Körper. Martinus beobachtete die geisterhaften Gestalten mit Schaudern. Ein besonders großer, fetter Dämon kratzte sich beständig den gewaltigen, bleichen Bauch, der im Mondlicht speckig glänzte, und ließ ein paar knatternde Fürze ertönen. Ein anderer, eher dünner, mit faltiger, schlaffer Haut, ziegenböckigem Bart und langen, gewundenen Hörnern hatte sich am Eckturm festgekrallt und verharrte dort bucklig und schniefend, als habe er eine Erkältung. Zwischendurch würgte er und hustete blassen Schleim hervor. Ein widerwärtiger Gestank weht jetzt herüber und zwang Martinus, seine Nase tief in seiner Kutte zu versenken.

»Bleibe ganz ruhig«, hauchte Adelmus. »Sie werden nichts tun, solange wir ihnen keine Macht dazu geben.«

Martinus griff unter seine Kutte und umklammerte den warmen, kleinen Lederbeutel. Sofort wurde er ruhiger und gefasster. Selbst der Gestank machte ihm mit einem Mal weniger aus.

Dann hörte er es. Weit entfernte, sich langsam nähernde, stampfende Schritte. Sie waren nicht ganz so regelmäßig wie die einer Armee, aber genauso unerbittlich. In einiger Entfernung waren nach und nach brennende Fackeln zu erkennen.

»Sie kommen!«, zischte Dunstan, der nur einige Yards entfernt auf der Lauer lag.

Die Menge marschierte geschlossen, doch fielen schon bald die Schwächsten zurück. Valnir ging als letzter und schien großen Wert darauf zu legen, möglichst weit zurückzubleiben. Majestätisch schickte er sich schließlich an, der kämpferischen Horde zu folgen, und so manchem aus der Nachhut war es, als folgten ihm noch zusätzlich einige rattenhafte Gestalten. Als sie den Hügel hinaufschritten, kamen sie schnell ans Keuchen. Der Mond beleuchtete die alten Bäume. Plötzlich schien selbst den wildest entschlossenen Kämpfern der Ort wie verwünscht. Ob der Gott der Christen womöglich doch mächtiger war als gedacht?

Der Hunger trieb sie erbarmungslos nach vorne. Bald waren sie in den Hohlweg eingeschwenkt, der zum Kloster führte. Die hohe Mauer kam bereits in Sicht sowie der Glockenturm. Alles war still. Nur der Wind strich durch das hohe Gras, durch die Zweige der Eichen, und man hörte sonst nur den Atem der zu allem entschlossenen Krieger.

Dann hielten sie inne.

»Was, bei allen Mächten der Finsternis, ist das?«

Wynnestan, ein alter, wild tätowierter Krieger mit kahlrasiertem Schädel stand wie angewurzelt da. Vor ihm und allen anderen stand eine massive Palisade aus wuchtigen Holzmasten, allesamt mehr als sieben Ellen hoch und unüberwindlich. Auf der einen Seite stieß sie an die Klostermauer, auf der anderen an hohe Felsen. In der Mitte befand sich, von zwei brennenden Laternen flankiert, ein schmaler dunkler Spalt.

»Ist das der übliche Eingang?«, wollte Eadgar, einer der Bauern, wissen.

»Ich weiß es nicht«, murmelte Ælfræd. »Ich dachte, so ein Klosterportal ist größer.«

»Vielleicht ist es eine Falle?«, argwöhnte Sigeberht, ein junger, schlaksiger Mann mit zottigem schwarzem Haar.

»Woher sollten die Mönche wissen, was wir vorhaben, du Narr?«, ereiferte sich Uhtric.

»Das ist wahr! Aber es erscheint mir dennoch eigenartig, dass er so schmal ist. Wie wollen die mit ihren Eseln und Karren hindurch kommen?«

»Beim Tír! Denkst du, die machen etwas, was ihnen selbst schadet?«, mischte sich Hroðulf ein. »Wehranlagen enthalten Wachtürme, benutzen Zugbrücken, Wassergräben und vieles mehr – aber nicht ungeschützte Eingänge mit Laternen wie diesen hier!«

»Ich gehe dort jetzt hinein!«, erklärte die weizenblonde Mildþryð.

»Ihr tapferen Mannen! Eine Frau will euch vorangehen!«, spottete Oswine.

»Ich gehe voran!«, sagte Ælfræd und biss die Zähne zusammen.

»Ich folge dir auf dem Fuße!«, zischte Wynnestan.

»Wir gehen alle!«, rief Pæga.

Mulmigen Gefühls näherte sich Ælfræd dem Eingang. Dahinter war nichts als Finsternis. Er ergriff eine der beiden Laternen, die lose an einem Haken hing, packte sein Schwert ein wenig fester und leuchtete vorsichtig ins Unbekannte. Nicht einmal zwei Ellen weiter stieß er auf eine wuchtige Wand. Fast wäre er mit dem Kopf dagegen gestoßen. Ein kurzes Leuchten mit der Laterne zeigte ihm, dass sich der Weg an dieser Stelle gabelte.

»Hier geht's nur zur einen oder anderen Seite«, flüsterte er. Wynnestan war direkt hinter ihm. »Dann nimm du die eine, ich die andere«, zischte der zurück. »Nur so finden wir den richtigen Weg.« Er instruierte die anderen von dem

Problem und drückte sich dann durch die schmale Öffnung. »Die anderen machen es genauso!«, erklärte er Ælfræd.

Alle rückten nach und nach auf und verteilten sich an den Abzweigungen. Vorsichtig, seine Mannen hinter sich wissend, pirschte sich Ælfræd voran. Nach wenigen Schritten stand er vor dem gleichen Problem. Eine massive Wand versperrte den Weg und zwang, nach rechts oder links zu gehen.

»Wir müssen uns wieder aufteilen«, flüsterte er zu Uhtric, der direkt hinter ihm war.

Ælfræd wurde es noch unheimlicher als ohnehin schon. Im Augenwinkel erkannte ein wenig beruhigt, dass sich bereits viele Mitstreiter in den Gängen befanden. Aber dadurch, dass sie sich immer aufteilten, wurden die Gruppen immer kleiner. War das ein raffinierter Plan? Wenigstens war er nicht völlig allein. Und die Mönche würden gegen sein Kurzschwert wenig ausrichten können. Er umklammerte den Griff, dass seine Knöchel schmerzten. Sollten sie nur kommen! Aber die Gänge waren eng, gefährlich eng. Bei einem Angriff wäre er völlig ungedeckt. Und leider war er der erste, der jetzt vorgehen und langsam und vorsichtig um den Pfosten herum lugen musste. Ein verdächtiger Lichtschein brachte sein Herz zum Klopfen.

Er war überrascht. Um die Ecke war nichts als eine hell und freundlich leuchtende Laterne, die dort an einem Balken hing. Allerdings war dort auch wieder eine Wand, die Gänge zu der einen wie der anderen Seite erkennen ließ.

Er blickte hinter sich, machte den Nachfolgenden ein Zeichen und begab sich in den rechten der beiden Gänge. Innerlich betete er, der große Heimdall möge seine Schritte auf den richtigen Weg lenken. Nach wenigen Schritten war auch dieser Gang zu Ende. Noch einmal musste er ängstlich um die Ecke spähen.

Wieder brannte hoch über seinem Haupt eine Laterne. Und dort war noch etwas anderes.

Direkt vor seiner Nase hing eine Wurst. Seine ausgehungerten Sinne atmeten sofort den Duft von Fleisch, Rauch und Kräutern. Wie im Traum griff er danach. Die dünne Kordel, an der sie vom Balken hing, riss leicht. Dann biss er hinein.

Er ließ sich kaum Zeit zum Kauen, so gierig stopfte er sich das köstliche Zeug in sich hinein.

»Was tust du da, Ælfræd?«

Æðelþrið war zu ihm aufgeschlossen. Ihr blasses, verhärmtes Gesicht war voller Angst. Verwirrt hielt es ihr die bereits halb verspeiste Wurst hin.

»Hast du davon gegessen? Was ist, wenn sie vergiftet ist?«, wisperte sie entsetzt.

»Ich merke nichts«, flüsterte Ælfræd zurück. »Im Gegenteil: ich spüre ein Wohlbehagen wie seit langem nicht!«

Æðelþrið schnappte nach der Wurst, schnupperte einen langen, andächtigen Zug und biss dann kraftvoll hinein. Dann kam Sigeberht um die Ecke. Er starrte fassungslos auf den Rest der Wurst in Æðelþriðs Händen. »Hier gibt's zu essen!«, hauchte sie.

Sie drängten sich weiter. Plötzlich traten sie ins Freie. Sie standen am Rande eines runden Platzes.

Über ihnen leuchteten die Sterne. Und der Mond beschien das Paradies. Direkt vor ihnen, in der Mitte des Platzes, steckte ein gebratener Ochse am Spieß. Das Feuer unter ihm glomm heiß und rot und beschien das knusprig gebratene Fleisch. Etwas weiter hinten dampfte ein Eintopf in einem Kessel. Überall an den Wänden der Runde standen Tische, auf denen sich Brot, Käselaibe, Speck, Würste und Klöße stapelten. Auf einem stand ein Fass mit Bier, daneben Schalen mit Rüben, Äpfeln und Birnen sowie ein großer Rosinenkuchen mit Sirup.

Ælfræd stand zunächst da wie erstarrt. *Bei Frīg!* Das musste ein Fiebertraum sein, so wie einer von denen, die er erst letzten Winter gehabt hatte, als alle dachten, er würde sich nun zu seinen Vorvätern versammeln. Aber der kühle Wind, der Geruch des Rauches und des Bratens sagten ihm, dass dies real war, so real wie seine Genossen, die nun auch von allen Seiten den Platz betreten hatten. Sie waren wohl ebenso andächtig wie er, doch nicht ganz so verwirrt, denn sie drängten sich an ihm vorbei und machten sich sogleich über die ganzen Herrlichkeiten her.

»Hier, Freund, trink!«

Hroðulf hielt ihm einen Humpen Bier hin. Ælfræd nahm ihn verdattert, erkannte jetzt, um was es sich handelte, und trank einen kleinen Schluck. Dann trank er einen großen, dann einen noch größeren, und dann leerte er den Humpen in einem Zug. Mit einem Schlag wurde er lebendig. Er stürmte auf den Ochsen zu, säbelte sich ein Stück Fleisch ab und schlug seine Zähne voller Entzücken hinein. Noch kauend und schmatzend stolperte er zu einem der Tische, riss sich dort etwas frisches Brot ab und stopfte es sich in den Mund. Gleichzeitig hatte er das Bierfass ausgemacht. Er eilte dorthin, konnte es kaum ertragen, dass noch andere vor ihm dabei waren, sich einzuschenken, doch endlich kämpfte er sich vor, hielt er seinen Humpen unter den Hahn und füllte ihn mit schäumendem, dunklem Ale.

Uhtric torkelte auf ihn zu, um sich ebenfalls seinen Humpen zu füllen. Er hatte offenbar schon mehrere davon intus. Seine Wangen und seine Nase waren gerötet und sein Bart glänzte vor Ochsenfett.

»Was für ein Fest!«, sagte er kauend. »Jetzt fehlt nur noch Musik!«

Ælfræd hielt erstmalig inne und schaute sich um. Außer dem verhaltenen Prasseln des Feuers war es still. Im Schein des Feuers sah er all seine Freunde, Weggefährten und Kampfgenossen nichts als essen und trinken. Der erste Anflug von Gier und Unmäßigkeit war verschwunden; alle hatten verstanden, dass genug da war. Einige Frauen hatten begonnen, Vorräte einzusammeln und in Leintücher zu packen. Es herrschte eine Ruhe und ein Frieden, an den er sich kaum erinnern konnte.

7. Die Verwandlung

Martinus beobachtete von der Klostermauer aus die mampfenden und zechenden Sachsen mit ungläubigem Entzücken. Jeglicher Willen zum Kampf schien vollkommen verflogen zu sein. Verstohlen sah er immer wieder zu den kauernden, zottigen Gestalten auf der Klostermauer hin, die aber nach wie vor nur herumglotzten.

Ungeachtet dessen schickte sich nun Adelmus an, auf die Mauer zu steigen, um zu den Sachsen zu sprechen. Er winkte Bruder Merwyn herbei, der sich mit zwei brennenden Fackeln daran machte, zu ihm emporzuklimmen. Mit einem ausladenden Winken gab er Bláán und Benno auf dem Turm ein Zeichen. Gleich darauf begannen die Glocken zu läuten. Flankiert von Merwyn und Dunstan stieg Adelmus nun aus dem Schutz der dicken Mauer auf und trat mit den beiden im Fackelschein auf die Empore.

Die Sachsen erschraken beim Klang der Glocken. Jegliches Kauen und Schlucken kamen zum Stillstand. Alle blickten angstvoll in Richtung des vom Mond beschienenen Glockenturmes, von dem die mächtigen Klänge kamen. Auf der nahen, hohen Klostermauer erschien nun ein alter, ehrwürdig aussehender Mönch, begleitet von zwei Fackelträgern. Augenblicklich verklang der Glockenschlag.

Adelmus blickte feierlich auf die Menschen, die tief unter ihm um den gebratenen Ochsen herumstanden und nun zu ihm emporstarrten. Dann begann er langsam und volltönend in die Stille hineinzusprechen: »Verehrte Sachsen! Werte Nachbarn unseres Klosters! Ihr seid willkommen in Frieden. Ihr seht: ich und meine Brüder hier sind unbewaffnet. Wir sind keine Männer des Krieges, sondern des Friedens. Nach unserem tiefen Glauben sind wir alle Brüder und Schwestern – Sachsen wie Kelten, Angeln wie Wikinger. Esst euch satt, nehmt, so viel ihr wollt. Gebt davon euren Kindern und euren Alten. In diesem Land soll niemand Hunger leiden, und fehlt es euch an etwas, so werden wir euch helfen.«

Adelmus sah in angespannte, ehrfürchtige Gesichter. »Wir sind nicht eure Feinde. Wir wissen, dass Valnir der Dunkle euch beredet hat. Und was er euch auch immer gesagt hat: er hat euch belogen! Er hat euch eingeredet, ausgerechnet uns anzugreifen, weil er euch benutzen wollte für seine eigenen Zwecke. Ihr seht: Wir sind bereit, in Zeiten der Not mit Euch zu teilen. Hätten wir von eurer Not gewusst, wären wir bereits viel früher zur Stelle gewesen. Wir stehen auch in Zukunft an eurer Seite – er nicht.«

»Valnir ist sehr mächtig!« Das kam von Hroðulf, der als Erster seine Sprache wiedergefunden hatte.

»Wenn er so mächtig ist: Warum braucht er euch für einen Angriff? Wenn er euch so gut will, warum gab er euch nicht das, was ihr so dringend brauchtet? Wenn er tatsächlich dafür hätte sorgen wollen, dass alles gut weiter geht – warum hat er nicht erst mit uns geredet, anstatt gleich einen Krieg anzuzetteln?«

»Er sagte uns, er habe mit euch geredet«, rief Ælfræd.

Adelmus blickte ihn an. »Ja, das hat er«, sprach er langsam. »Aber nicht wegen euch. Er hat ein eigenes Ziel. Er glaubt, Anspruch auf etwas zu haben, was er in unserem Besitz vermutet. Etwas Wertvolles, was seine Dämonen bei einem grausamen Überfall übersehen hatten. Aber es gehört ihm nicht. Das ist der wahre und einzige Grund, weshalb er hier Einlass begehrt. Ihr seid ihm völlig egal. Aber er braucht euch für seine dunkle Mission, denn er selbst kann heilige Stätten nicht betreten.«

Ælfræd starrte Adelmus an. Etwas in seinem Inneren hatte mit einem Schlag etwas erkannt. Sein Gesicht war plötzlich ganz verändert. »Du sagst die Wahrheit!«, sagte er fest. Ein Raunen ging durch die ganze Gruppe.

Ælfræd blickte beschämt. Eine Weile sah er zu Boden. »W… wir danken euch…«, brachte er schließlich hervor.

»Ihr seid der Anführer?«, fragte Adelmus. »Nun denn, kommt her. Tretet ein in unser Kloster. Nehmt zwei eurer Männer mit, wenn Ihr wollt. So können wir alles Weitere besprechen.«

Er wies die Mönche an, die Klosterpforte zu entriegeln und zu öffnen. Dunstan und Ingulf traten vor das Kloster und entfernten einige dafür vorbereitete Planken an der Rückwand der massiven Palisade, die den runden Platz begrenzte, hinter der die Sachsen sich befanden. Ingulf streckte seinen Oberkörper hinein und winkte dem sichtlich verirrten und reuigen Ælfræd zu. Zusammen mit Hroðulf und Wynnestan tapste dieser auf die Männer zu, zwängte sich durch die Lücke und folgte ihnen mit seinen beiden Mitkämpfern zur Klosterpforte.

Adelmus war von der Mauer herabgestiegen und erwartete ihn im Hof. Ælfræd sah sich vorsichtig um. Er blickte auf den Klosterhof, wo Mönche verschiedenen Alters standen, alte, junge, mittelalte, weißhaarig, kahl, schwarzhaarig, rot, blond, lockig, glatt, alle in ihren Kutten. Einige trugen Fackeln, die meisten standen aber nur neugierig oder ängstlich da und beobachteten das Geschehen. Einzig der Ritter, der ihn hier ins Innere geleitet hatte, trug ein Schwert.

»Kommt her und setzt euch.«

Adelmus geleitete die Gäste zu einem wuchtigen hölzernen Tisch, den die Mönche in den Hof gestellt hatten und um den mehrere Schemel standen. Ælfræd, Hroðulf, Wynnestan, Ingulf, Adelmus, Machar und Bláán setzten sich in die Runde, während Martinus in Adelmus Schreibstube lief, um Pergament, Tinte und Feder zu holen.

»Gebt uns Kunde, was Ihr benötigt: Saatgut, Werkzeug, oder auch das reine Wissen. Wir werden versuchen, Euch alles zu verschaffen, was ihr benötigt, um hier neben uns ein zufriedenes und reiches Leben führen zu können«, sagte Adelmus, das Pergament glattstreichend. Er griff nach der Feder und tauchte sie in die Tinte.

»Oh, wir brauchen mindestens fünf Säcke Hafer! Und ebenso viele Säcke Gerste und Hirse!«, sprudelte Wynnestan hervor.

»Und Pferdebohnen!«, sagte Hroðulf. »Und Erbsen! Drei Säcke jeweils!«

»Ich sehe, Ihr seid bescheiden«, sagte Adelmus, der sorgfältig die Liste anlegte. »Wir geben Euch noch drei Säcke Emmer dazu.«

»Wir haben außerdem ein neuartiges Getreide, das Roggen genannt wird«, ergänzte Dunstan von hinten, der jetzt ausgesprochen friedfertig wirkte. »Es eignet sich schlecht für Brei, aber umso besser für Brot!«

Adelmus notierte zwei weitere Säcke Roggen. »Einige unserer Brüder werden zu Euch kommen und im Anbau von Lauch, Rüben, Fenchel, Sellerie, Kürbissen und Gurken unterweisen«, fügte er hinzu.

»Lauch! Das kennen wir auch!«, sagte Ælfræd leise. »Doch er wollte diesen Herbst nicht so recht wachsen.«

Martinus war berührt von der friedlichen Zusammenkunft. Ein leises Gefühl des Triumphes stieg in ihm auf. Valnir war gescheitert, ganz klar! Nie würde es ihm gelingen, diesen heiligen Ort zu betreten. Grimmig blickte er auf die Dämonen auf der Klostermauer, die noch immer zu ihnen hinunter stierten und sich die Bäuche kratzten.

Er bemerkte ebenso wenig wie alle anderen das Unheil. Plötzlich erhob sich ein quiekendes Gebrüll.

»Sünder! Heiden! Sterbt, ihr Ausgeburten der Hölle!«

Pater Cyprianus stand plötzlich fett und massig inmitten der Runde. Sein Kopf war knallrot, seine Augen blutunterlaufen. Er war offensichtlich betrunken und schnaubte wie ein wilder Eber. Er hielt einen Spieß in seinen speckigen Händen, den er aus der Fleischhauerei entwendet hatte. Mit einem brüllenden Anlauf rammte er ihn Ælfræd mitten in den Unterleib, dass das Blut spritzte.

Ein Zucken durchdrang alle Dämonen auf der Mauer. Martinus bemerkte, wie sie plötzlich alle ihre Haltung verändert hatten. Einige hatten sich aufgerichtet, andere hatten ihr Hinterteil gehoben, als würden sie zum Sprung ansetzen. Dann fauchten sie im Chor, als würden sie einen satanischen Gesang anstimmen.

Dunstan ergriff mechanisch seinen Knüppel und ließ ihn auf Pater Cyprianus' Schädel niedersausen. Der fette Mönch sank sofort schlaff in sich zusammen und klatschte auf den Boden wie ein nasser Sack.

»Bei allen Engeln und Heiligen! Schnell, bringt Binden, Branntwein und Weidenrinde! Legt ihn hier auf den Tisch! Wir müssen die Blutung stillen!« Pater Adelmus war außer sich. So hatte Martinus ihn noch nie gesehen. Er blickte angstvoll auf den verletzten Sachsen – und auf die Klostermauer. Zu seinem Entsetzen bemerkte er, dass die Dämonen begonnen hatten, in den Klosterhof hinabzuklettern.

»Schafft mir diesen törichten Mitbruder aus den Augen! Bindet ihn und sperrt ihn ein!«, rief Adelmus mit Blick auf den betäubten Pater Cyprianus, dessen dicker Bauch sich wie ein Hügel auf dem Klosterhof erhob.

Ælfræd röchelte und zitterte. Adelmus schnitt sein Gewand auf und drückte ihm ein mit Branntwein getränktes Leinsäckchen auf die Wunde. »Keine Angst!«, sagte er fest zu Ælfræd. »Wir werden euch retten! Vergebt uns, was unser unseliger Mitbruder euch angetan hat!«

Sein Blick heftete sich auf Martinus. »Wir brauchen die Heilkraft, die in deinem Talisman ist! Die lebendige Kraft der Enaid! Sofort!«, flüsterte er.

Martinus griff unter seine Kutte und griff den schwarzen, warmen Lederbeutel, der an seinem Herzen ruhte. Aus den Augenwinkeln registrierte er, wie die Dämonen jetzt alle im Klosterhof gelandet waren. Einige von ihnen begannen, auf sie zuzukriechen. Die anderen Mönche schienen sie noch nicht bemerkt zu haben. Martinus hörte bereits ihr Grunzen und Schmatzen.

Ingulf war der einzige. »Sie kommen. Diese widerlichen Biester!«, zischte er. Er erhob sich und griff sein Schwert.

Martinus holte den Beutel hervor, öffnete ihn und holte die silberne Figur hervor. Der käsige, lange dünne Dämon mit den Bockshörnern stieß sofort einen würgenden Schrei hervor, der sich wie ein gespenstisches Triumphgeheul anhörte. Die anderen begannen, wie im Chor zu heulen.

Martinus wandte seinen Blick von der dunklen Bedrohung ab, obwohl der Gestank von Unrat und Fäulnis bereits an seine Nase drang. Er drückte die Figur der Enaid auf Ælfræds Wunde. Der magere Mann stöhnte kurz auf, doch dann entspannte sich sein schmerzverzerrtes Gesicht. Augenblicklich hörte er auf zu bluten.

»Er wird bereits morgen vollständig genesen sein«, sagte Adelmus zu Hroðulf.

»Was ist das für ein Wunderzauber?«, fragte Wynnestan. Es klang eher wie ein Röcheln als Sprechen, so entgeistert war er. Dann schoss er wie ein Blitz in die Höhe und ergriff sein Kurzschwert. Auch er hatte nun die schattenhaften Wesen bemerkt, die sie jetzt umkreisten und sich von allen Seiten grunzend näherten.

Adelmus griff Martinus' Hand. »Stecke sie wieder ein und bringe dich in Sicherheit! Fliehe in die Krypta! Sie werden es nicht wagen, dir bis dahin zu folgen! Wir kümmern uns um die hier oben!«

Martinus drückte die Figur in den Beutel und rannte sofort los. Augenblicklich setzte einer der Dämonen zum Sprung auf ihn an, wurde aber sofort von Dunstans Knüppel mit einem kräftigen Schlag zwischen die Hörner ins Reich der Träume geschickt. Martinus sah mit ungläubigem Staunen, wie Pater Adelmus den Spieß von Pater Cyprianus einer der haarigen Gestalten in die Seite stieß, die laut aufjaulte und sich vor Schmerzen krümmte. Eine weitere bekam Machars Keule zu schmecken, während wiederum andere Mönche den zottigen Wesen ihre Fackeln ins Gesicht donnerten.

Martinus rannte, so schnell seine Beine ihn trugen. Er spürte, dass er verfolgt wurde, hatte aber keine Zeit, sich noch umzusehen. Er flog geradezu in Richtung der Klosterkirche, wuchtete das schwere Portal auf und schloss es scheppernd hinter sich. Während er schon gierige, wuchtige Schläge und Tritte gegen die Türflügel donnern hörte, schob er innen den Riegel vor, der ob der von außen dagegen hämmernden Dämonen sofort zu knacken und ächzen begann. Er eilte ins Mittelschiff, stürzte dort die enge Treppe hinunter in die Tiefe und öffnete die schwere Tür zur Krypta. Ein krachendes, splitterndes Geräusch verriet ihm, dass die Kirchentür nachgegeben hatte. Die sofort einsetzenden schnaubenden und nass klatschenden Schritte hallten im Gewölbe und mischten sich mit dem wildschweinhaften Knurren und Grunzen. Trotz seiner zitternden Hände gelang es ihm, die Tür der Krypta fast lautlos hinter sich zu schließen. Er drehte den Schlüssel im eisernen Schloss, eine Handarbeit von Benno von Uppsala, die der Schatzkammer eines reichen Fürsten alle Ehre gemacht hätte. Keuchend rang er nach Luft und lehnte sich gegen die mächtige, kalte Mauer.

In der Krypta war es stockfinster. Nur eine einzige Kerze brannte am Altar, und sie wirkte in der Dunkelheit so hell wie die Erscheinung eines Engels. Laurentius, der älteste des Ordens, kümmerte sich um die Krypta, sorgte stets für

Kerzen und Blumen und hatte auch am heutigen Abend seine Pflicht nicht vergessen. Martinus schlich sich zitternd zur Altarapsis, kniete dort nieder und faltete, den kleinen warmen Lederbeutel umschließend, die Hände. »Hilf mir, oh mein Gott!«, flüsterte er. »Oh Herr Jesus, beschütze uns vor dem Bösen. Gib uns die Kraft, die Weisheit und die Demut, uns zu erwehren des Verderbens, das uns umgibt ...«

Der Lederbeutel in seinen Händen schien sich noch mehr zu erwärmen. Martinus war es, als pulsiere etwas darin.

Ein Geräusch ließ ihn herumfahren.

Im Licht der einzigen Kerze konnte er schemenhaft erkennen, dass sich die Tür der Krypta geöffnet hatte. Zwei rote Augen durchdrangen die Dunkelheit wie glühende Kohlen. Das Wesen schniefte und röchelte, als habe es eine Erkältung.

Martinus starrte in die glimmenden Augäpfel, die ihn lidlos anglotzten wie eine menschliche Spinne. Ohne den Blick abzuwenden, fingerte an dem kleinen Lederbeutel, öffnete ihn und holte lautlos die kleine, filigrane Figur hervor, die warm in seiner Hand Platz fand. Er war mit einem Mal völlig konzentriert; sein Herz schlug heftig, aber gleichmäßig, sein Rücken richtete sich gerade auf und sein Atem ging langsam und tief.

Der Dämon machte ein paar schleppende Schritte auf ihn zu. Die Bockshörner schimmerten ein wenig im Schein der Kerze und auf seinem Buckel sträubten sich ein paar spärliche, aber dicke hornige Haare, die wie Nadeln aussahen und sich bewegten wie Finger. Die schlaffe Haut schlenkerte schwer und faltig mit seinen Bewegungen mit und glänzte wie mit Talg eingerieben. Schleim rann ihm aus Mund und Nase, blieb zum Teil in seinem Ziegenbart hängen, teils tropfte er auf den Steinboden. Sein Gesicht verzog sich, als würde er irre grinsen, und er bleckte einige spitze, gelbe Zähne, die teilweise abgebrochen waren. Dann streckte er seinen langen, dünnen Arm aus und spreizte die dürren, krallenbesetzten Finger. Mühsam versuchte er zu sprechen: »Gbbmrrrrhh ... chchch ... gibbmirrr ...«

Martinus verharrte reglos und fixierte das Scheusal, das sich watschelnd auf ihn zubewegte.

»Gbb ... gibb ... mir ...*chchch* ...«

Martinus wartete noch einige Augenblicke. Dann tat einen einzigen gewaltigen Schritt und preßte dem Dämon die Figur mitten ins Gesicht. Als würde er eine Mulde in die weiche Stirn drücken, die nachgab wie weicher Lehm. Oder verwestes Fleisch.

Der Dämon brüllte. Seien Stimme schraubte sich von tiefem Rumoren hinauf bis ins höchste Gekreische. Sein Körper wurde geschüttelt wie von Krämpfen, und dort, wo Martinus' Hand auf seine Stirn drückte, entwickelte sich beißender Rauch mit dem stechenden Geruch, den Martinus von verschmortem Fett und ausgebrannten Wunden kannte.

Entsetzt prallte Martinus zurück, die Figur der Enaid umklammernd. Der Dämon krümmte sich zusammen und wälzte sich zuckend auf dem Boden, eine nasse, fettig glänzende Spur von Unrat auf dem heiligen Boden hinterlassend. Die Schreie, die er ausstieß, waren nicht von dieser Welt, dessen war sich Martinus sicher, ebenso wie der Geruch von Exkrementen und Verwesung, die das abstoßende Wesen von sich gab. Martinus bedeckte voller Abscheu sein Gesicht mit dem Ärmel seiner Kutte. Das Gebrüll des Dämons veränderte sich zu einem schmerzvollen Jaulen und wich schließlich einem hohen Winseln. Dann wurde es still.

Martinus blickte furchtsam durch die Spalten, die seine Finger vor seinen Augen ließen. Die Krypta war jetzt erfüllt von einem weißen Dampf. Der üble Geruch war verflogen; stattdessen roch es nach verkohlten Tannennadeln – und ein wenig nach angebrannter Rübensuppe.

Vor ihm auf dem Boden lag ein dürrer, zitternder Mann. Er war vollständig nackt. Seine welke, fahle Haut sah aus wie Pergamentpapier, dünn und zerknittert, sein Gesicht war wächsern und ließ die Wangenknochen hervortreten wie bei einem Totenkopf. Aber er lebte. Martinus bemerkte ein flaches, überaus schwaches Atmen, und die Augenlider flatterten über den großen, hervortretenden Augäpfeln. Er schien noch jung zu sein, vielleicht zwanzig Jahre, und nur sein ausgezehrtes Äußeres ließ ihn greisenhaft und darb erscheinen. Keinerlei Bedrohlichkeit ging von ihm aus; nur der Eindruck von Schwäche und Hilflosigkeit.

Martinus, noch ganz unter dem Eindruck seiner eigenen Todesangst, trat schwer atmend auf ihn zu. Seine Verstörung wich augenblicklich. Fast mitfühlend beugte er sich über die zitternde Gestalt. Dann griff er ihre dürre, kraftlose Hand, die eiskalt und feucht war. Eine Träne löste sich und lief ihr über das eingefallene Gesicht.

8. Klosterleben

ch erwachte aus einem Traum, der tiefer war, als ich mich je erinnern konnte. Ich spürte noch mein Herz klopfen und meine Hand klammerte sich in das Bettlaken, als sei ich selbst dem Dämon gegenübergestanden. Mir war, als sei ich wochenlang in einer anderen Zeit, einer anderen Welt gewesen. Doch der Blick auf den Wecker auf meinem Nachttisch zeigte mir, dass es noch nicht einmal sonderlich spät war.

Noch etwas verwirrt sah ich mich um. Diese schmalen, hohen Fenster meines Turmzimmers ... waren es wirklich diejenigen, die ich gerade noch in meinem Traum gesehen hatte? In Martinus' mittelalterlicher Welt war der Turm ein Teil des sich anschließenden Hauptgebäudes gewesen, das das Dormitorium, die Bibliothek und Pater Adelmus' Krankenstation im untersten Bereich beherbergt hatte. Genau jener Gebäudekomplex, der jetzt Großvater Nevilles Haus war. Aber das würde bedeuten ... dass Neville Brooks' Arbeitszimmer die frühere Krankenstation gewesen sein musste – in der Pater Adelmus seine Kräuter und Tinkturen aufbewahrt, Ritter Ingulf gepflegt und das kranke, verkühlte Baby umsorgt hatte!

Diese Überlegungen machten mich sofort hellwach. Ich sprang aus dem warmen Bett, wusch mir das Gesicht mit dem eiskalten Wasser aus dem bereitgestellten Krug und schlüpfte in Hemd, Hose und die derben Filzpantoffeln, die mir Elizabeth bereitgestellt hatte.

Als ich mich dem Esszimmer näherte, duftete es bereits nach Bratkartoffeln. Auf dem Tisch stand das Rhabarberkompott, das Elizabeth gestern erst zubereitet hatte. Ida war schon wach und brachte stolz und wichtig die hartgekochten Eier auf einem Tablett herein, stellte es dort mit einiger Mühe, aber tapfer und entschlossen ab. Der Tisch war für ein siebenjähriges Mädchen doch sehr hoch. Dann verteilte sie die Eier in ihren Bechern sorgfältig auf die einzelnen

Gedecke und wirkte sehr stolz auf sich. Ronald erschien diesmal zeitig, bedachte mich mit einem abschätzigen Blick und blickte so gelangweilt wie möglich. Ich erwartete Großvater Neville diesmal mit Spannung und mir kribbelte der ganze Körper, als er pünktlich mit dem Gongschlag der großen Standuhr, die die Eingangshalle beherrschte, den Raum betrat und sich zu uns an den Tisch setzte.

Ich wartete nur kurz ab und stellte dann spannungsvoll meine erste Frage: »Sir... Sie sagten, das Kloster sei Mitte des neunten Jahrhunderts gegründet worden?«

Ronald rollte mit den Augen und langte nach dem gebratenen Speck.

»Ganz recht«, antwortete mein Großvater, »im Jahre 843, wie schon gesagt.«

»Gibt es Bilder, wie es damals aussah?«, forschte ich weiter.

»Nicht aus dieser Zeit, leider. Aber ich habe ein paar Zeichnungen angefertigt, die das Aussehen des Klosters zu verschiedenen Zeiten rekonstruieren. Wenn du magst, zeige ich sie dir.«

»Das wäre großartig!«

Ronald sah mich aus seinen Augenwinkeln an, als hielte er mich für einen peinlichen Streber. Wahrscheinlich dachte er auch genau das. In seiner Vorstellung war alles, was alt ist, langweilig und überflüssig. Er hatte sich stattdessen immer für moderne Technik, neue Automodelle und Fußball interessiert – und neuerdings für Mädels. Der Aufenthalt hier musste ihm vorsintflutlich und qualvoll vorkommen. Aber wenigstens das Essen schien er zu schätzen. Er schaufelte sich einen ansehnlichen Berg Bratkartoffeln auf seinen Teller und machte sich ziemlich gierig darüber her.

Als wir satt und zufrieden waren und Elizabeth begann, den Tisch abzuräumen, winkte mich Großvater zu sich, und ich folgte ihm zum Allerheiligsten, seinem Arbeitszimmer. Als ich den Raum betrat, erwartete ich einen Schauer von Erkenntnis und Erinnerung – aber nichts erinnerte an die klösterliche Krankenstation aus meinem Traum. Das niedrige Gewölbe war einer Decke mit Holzbalken gewichen, der Fußboden bestand aus Dielen anstatt Steinen, und die Wände waren vollgestellt mit Regalen und Büchern. Einzig der Kamin schien an der gleichen Stelle wie früher zu sein, nur dass er weiß gekälkt war und die rohen Steine der alten Wand nur an einigen Stellen hervortraten. Unter einem hohen Fenster stand ein wuchtiger Schreibtisch, und von der Decke hing ein eiserner Kronleuchter. Mit Hilfe eines Drehschalters flammten seine Lichter auf, zusammen mit zahlreichen Wandlampen, die das dunkle Zimmer in warmes Licht tauchten. Ich zuckte unwillkürlich zusammen von der unerwarteten Helligkeit.

Großvater schien etwas belustigt. »In altem Gemäuer zu wohnen, bedeutet nicht den Verzicht auf neuzeitlichen Komfort«, sagte er, während er die Tür hinter uns schloss. »Aber es kostet viel Geld, ein so altes Gebäude nach und nach zu modernisieren.«

Er sah aus dem Fenster, das auf die Überreste des Kreuzganges und der Kirche blickte. »Wenn ich mich einst zu meinen Vorfahren begebe, wird es hier sicherlich wesentlich moderner ausgestattet sein. Aber alles zu seiner Zeit. Ich bin kein Feind des Fortschritts, auch wenn Euch Kindern hier alles sehr verstaubt und vergessen vorkommen mag.«

»Ich bin sehr interessiert an alten Sachen, Sir«, sagte ich.

Während Großvater in einigen Schubladen herumsuchte, versuchte ich, die mittelalterliche Szenerie aus meinem Traum in meiner Vorstellung erstehen zu lassen.

»War hier nicht früher ein Gewölbe?«

»Oh ja, allerdings. Aber das Kloster war stark verfallen und das Gewölbe war eingestürzt. Außerdem wurde es im englischen Bürgerkrieg unter Oliver Cromwell noch zusätzlich zerstört und dann als Steinbruch benutzt. Das war um 1649. Die Menschen früherer Zeiten hatten oft wenig Achtung vor ihrer eigenen Geschichte. Es ist schon sehr betrüblich, wenn ich mir vorstelle, wieviel noch erhalten sein könnte, wenn weniger gebrandschatzt worden wäre.«

»Und der Kamin ist noch original?«

»Ja. Die ganze Mauer ist wohl verschont geblieben. Und du hast ja vielleicht schon gesehen, dass auch draußen noch Einiges herumsteht. Die Kirche ist ja noch gut zu erkennen, und auch der Kreuzgang. Die zahlreichen Quermauern, die von der Außenmauer abgehen, sind Überreste der alten Wirtschaftsgebäude: Ställe, Schlachterei, Kornkammern, Brauerei, Scheunen. Die Mönche bestellten schon damals Felder, hatten Obstbäume und hielten sich Rinder, Schweine und Schafe.«

»Und es gab einen Karpfenteich!«

Großvater hob die Augenbrauen. »In der Tat«, sagte er und blickte mich verwundert an. »Man nimmt an, dass es in westlicher Richtung, direkt vor der Klostermauer, einen Karpfenteich gegeben hat. Man sieht es an der Senke, die wie eine große runde Grube aussieht und noch immer erkennbar ist. Es gibt eine kleine Toröffnung in der Klostermauer dort, durch die die Mönche wahrscheinlich zum Teich gelangen konnten. Ich selbst dachte schon einmal daran, ihn erneut anzulegen.«

Er hatte inzwischen eine Mappe hervorgekramt und öffnete sie feierlich. Sie enthielt lauter großformatige Federzeichnungen: ein Grundriss, die Ansichten einiger Gebäude – und eine Gesamtansicht des Klosters im 12. Jahrhundert. Meine Augen hefteten sich wie magisch angezogen darauf. Die Zeichnung war verdammt genau. Ich erkannte sofort alles wieder. Es sah genauso aus wie in meinem Traum.

Ich deutete auf den Seitenflügel des Hauptgebäudes. »Hier stehen wir jetzt, nicht wahr?«

»Ganz genau. Hier ist der Kamin, den du hier siehst, und dort ist das Fenster, vor dem dieser Schreibtisch steht. Nur, dass es damals einen Rundbogen hatte, der durch die vandalisierenden Rundköpfe[V] eingerissen wurde. Als das Kloster Anfang des 17. Jahrhunderts zum Wohnhaus um- und wieder aufgebaut wurde, wurden die Mauern neu errichtet, neue Decken eingezogen und die Fenster in zeitgenössischem Stil ergänzt. Eckig.«

»Was ist mit dem Turm, in dem mein Schlafzimmer ist?«

»Einer der ältesten Teile des Klosters. Ein Wehrturm. Im Mittelalter waren viele Klöster befestigt wie Burgen. Das war wohl auch notwendig – es gab immer wieder Überfälle, und dagegen musste man sich wappnen.«

»Aber die Mönche konnten das?«

[V] *Roundheads* = Spitzname für die Anhänger Oliver Cromwells.

»Offensichtlich. Das Kloster hat sich lange erhalten. Man lebte aber wohl größtenteils im Frieden mit der damaligen Bevölkerung. Obwohl England ständig von Einwanderern bevölkert wurde, die nicht immer friedlich waren.«

»Sachsen?«

Großvater Neville sah interessiert zu mir herüber. »Ja, genau. Und Normannen, Wikinger, die Angeln. Hier waren vor allem die Sachsen. Aber auch die Kelten sind ab dem vierten vorchristlichen Jahrhundert hier eingewandert und haben die neolithische Urbevölkerung verdrängt. Oder sich mit ihr vermischt, so genau weiß man das nicht. Wahrscheinlich beides.«

»Diese Urbevölkerung … waren das die, die den Steinkreis jenseits des Moores gebaut haben?«

»Du erstaunst mich. Du scheinst ja bereits so Einiges an Erkundigungen eingeholt zu haben. Du bist schon dort gewesen?«

»Ja. Gestern. Ein verwunschener Ort.«

»Du sagst es. Wir Historiker wissen noch immer nicht genau, wozu diese Kreise gedient haben. Wahrscheinlich waren es magische Orte, die religiösen Ritualen gedient haben – Kulte um die Gestirne, vor allem Sonne und Mond. Deshalb wurden die Steine auch im Mittelalter oft umgeworfen oder zerschlagen – man glaubte, dies sei heidnisches Teufelszeug. Gottlob ist unser Steinkreis recht gut erhalten.«

Ich hole tief Luft. »Sagt Ihnen der Name ›Enaid‹ etwas, Sir?«

»Enaid? Das ist das walisische Wort für ›Seele‹. Wie kommst du darauf?«

»Ach«, druckste ich herum und kam mir plötzlich albern vor. Was würde ein Wissenschaftler wie Neville Brooks von den nächtlichen Träumen eines Dreizehnjährigen halten?

»Ich hatte heute Nacht einen Traum«, fuhr ich schamhaft fort. »Der Name tauchte immer wieder auf. Ich träumte auch von diesem Kloster, zu einer Zeit, in der es noch von den Mönchen bewohnt und bewirtschaftet war. Es sah genauso aus wie auf dieser Zeichnung hier. Ich war von den Eindrücken hier wohl sehr viel mehr beeindruckt als ich dachte.«

Großvater Neville schien dies zu meiner Erleichterung ganz und gar nicht lächerlich zu finden.

»Oh, das verstehe ich gut«, sagte er. »Ich habe auch schon oft von dieser Gegend geträumt. Manchmal kam es mir vor wie eine Reise in andere Zeiten. Es ist schon interessant, was es bewirkt, wenn man eintaucht in ein Thema, das einen sehr erfüllt.«

Er blätterte die Zeichnungen durch. »Wales ist nicht weit entfernt. Im Norden, Westen und Süden des *Forrest of Dean* verläuft die Grenze, nur wenige Meilen entfernt. Im 19. Jahrhundert wanderten viele Waliser hier ein, weil es in dieser Gegend reiche Kohlevorkommen gibt. Man kann noch überall die alten Minen und Fabrikgebäude sehen, wenn man die Landschaft erkundet.«

Er förderte einen alten Stich zutage. Dieser zeigte eine Figur: Die Gestalt einer jungen Frau mit einer kunstvoll hochgesteckten Frisur, die aussah, als würde sie tanzen. Ein Lachen war auf ihrem Gesicht – fröhlich und unbeschwert.

Ich kann kaum beschreiben, wie sehr mein Herz plötzlich klopfte. Ich bin mir auch noch immer völlig sicher, dass ich noch nie zuvor die Figur je gesehen oder von ihr gehört hatte. Aber wie konnte sie dennoch in meinem Traum auftauchen?

Ich versuchte, mir nichts anmerken zu lassen. Eine höhnische innere Stimme sagte mir, dass ich nicht alle Tassen im Schrank haben konnte. Mein Verstand bestand darauf, dass es eine natürliche Erklärung dafür geben musste. Ein Zufall konnte es jedenfalls nicht sein, das stand fest.

»Schau«, sagte er, »dies ist eine alte Votivfigur. Eine allegorische Darstellung von Enaid. Wahrscheinlich eine Grabbeigabe, mehrere tausend Jahre alt. Du siehst: Man hatte eine recht lebensbejahende Vorstellung vom Dasein: Lachen, Tanzen, Freude. Ungewöhnlich für die Bronzezeit, wo das Leben alles andere als einfach war. Auch die vielen Details sind einzigartig, weshalb die Echtheit auch von vielen Forschern angezweifelt wird. Leider gibt es nur diese Abbildung – die Figur selbst ist verschollen.«

Ich traute mich nicht, meinem Großvater jetzt schon von der Figur und ihrer Wirkung zu erzählen. Er würde mich für noch verrückter halten als ich selbst es bereits tat. Ich zog es vor, vom Thema zunächst etwas abzulenken.

»Das Kloster schien doch jahrhundertlang erfolgreich geführt worden zu sein«, sagte ich. »Wieso wurde es aufgegeben?«

Mein Großvater war sogleich in seinem Element. »Oh, das war sehr dramatisch. Die Mönche wurden vertrieben«, erklärte er. »Unter Heinrich VIII. wurden alle Klöster enteignet, weil er die katholische Kirche in England abgeschafft hat. Der Papst hatte ja sein Scheidungsgesuch abgelehnt. Das ist bei den Katholiken noch immer so: Einmal verheiratet, immer verheiratet. Das hat dem König nicht gefallen, und daher hat er sich vom Papst losgesagt und seine eigene Kirche begründet, die anglikanische Kirche. Das hat er dann zum Anlass genommen, zu plündern, was das Zeug hielt, denn er brauchte ständig Geld. Um die 800 Klöster hat er ausgeraubt und zerstört. Es ist kaum zu ermessen, wie viele Kunstschätze dadurch für immer verschwunden sind. Ein gieriger, unmäßiger König, dessen Schreckensherrschaft das ganze Land in Atem hielt, der Tausende Menschen hat hinrichten lassen und der sechsmal verheiratet war. Er starb 1547, und man kann sagen: er hat sich zu Tode gesoffen und gefressen. Er soll bei seinem Tod gut 350 Pfund[VI] gewogen haben.«

Mein Großvater wirkte jetzt ungemein lebendig. Jegliche Strenge und Steifheit waren verschwunden.

»Wurde es nach seinem Tode denn besser?«, fragte ich.

»Erstmal nicht. Es ging noch eine Weile hin und her. Sein einziger Sohn wurde als Zehnjähriger gekrönt und starb aber schon mit fünfzehn Jahren. Es war eine unruhige, ungewisse Zeit – niemand wusste, was kommen würde. Dann wurde es schlimmer. Mary, die Tochter seiner ersten Frau Katherina, wurde Königin. Sie wütete ähnlich wie ihr Vater und ließ massenhaft Menschen hinrichten. »Bloody Mary« hat man sie genannt. Als sie starb, wurde endlich Elizabeth I. Königin von England. Da begann eine wahrhaft große Zeit. Man nennt sie noch heute das *Goldene Zeitalter*. Eine große Blüteperiode für Kunst, Musik und Literatur. Die Zeit William Shakespeares. Das Kloster wurde damals als Hospital genutzt.«

[VI] Etwa 160 kg.

Ich hörte nur mit halbem Ohr zu, denn ich grübelte nach, wo die Figur der Enaid abgeblieben sein könnte. Wenn mein Traum wahr war – wo hatte Martinus sie gelassen?

»Es gibt eine Krypta, nicht wahr?«

»So ist es. Woher weißt du das? Kam sie auch in deinem Traum vor?«

»Ich habe schon früher gelesen, dass viele mittelalterliche Kirchen solche sicheren Rückzugsorte hatten«, erwiderte ich ausweichend.

»Nicht immer. Man konnte sich dort zurückziehen, ja. Krypten dienten aber vornehmlich der Heiligenverehrung. Gräber bedeutender Kirchenväter oder Reliquien von Heiligen befanden sich dort. In der Krypta dieses Klosters zum Beispiel ruhen die Gebeine von Ethelred, dem Begründer des Klosters. Er war auch der erste Abt.«

»Gibt es die Krypta noch?« Ich war jetzt richtig aufgeregt, das war kaum zu übersehen.

»Na, du bist ja wahrhaft neugierig! Ja, sie ist erhalten. Ich habe sie mit einem Gittertor versehen, damit sich kein Gesindel dort verstecken kann. Und die Schafe sollen auch nicht hineinlaufen.«

»Ob … ob ich sie einmal ansehen dürfte?«

Neville Brooks musterte mich von Kopf bis Fuß – wie bei einer Eignungsprüfung beim Militär. Offenbar musste er selbst einmal nachdenken, wen er da überhaupt vor sich hatte. Obwohl er ein so reges Interesse von seinen Studenten doch gewöhnt sein müsste. Aber ich war ja erst dreizehn.

»Ich denke schon. Warum nicht?«, sagte er dann.

»Vielen Dank, Sir!«

»Nenn mich nicht ›Sir‹. ›Großvater‹ scheint mir passender.«

9. Valnirs Rückkehr

Walter unterbrach für mich bereitwillig seine Arbeit. Er hatte bereits den ganzen Morgen den Rasen gemäht und das geschnittene Gras zu großen Haufen aufgeschichtet, so dass es draußen überall nach Wiese und Sonne roch. In seiner riesigen Pranke sah der große schwere Eisenring mit den vielen Schlüsseln geradezu zierlich aus, aber als ich ihn anfangs in der Hand hielt, schien er mir gut 30 Unzen[VII] zu wiegen. Er nestelte bereits klimpernd nach dem richtigen Schlüssel, als wir uns, mit Taschenlampen bewaffnet, den Überresten der Klosterkirche näherten. Überall wuchsen dort Brennnesseln, und ihr schwerer Duft mischte sich mit dem des Efeus, der die Mauern in weiten Teilen überwucherte. Ich hielt verstohlen nach dem alten Graham Ausschau, aber es war niemand zu sehen, obwohl ich die Bienenstöcke in einiger Entfernung ausmachen konnte.

Walter bückte sich und ließ seine Sichel herumsausen, und legte so uralte ausgetretene Treppenstufen frei, die ich als den Zugang zur Krypta erkannte. Als Martinus in meinem Traum dort hinabgestiegen war, hatten ihn noch die dicken, ehrwürdigen Mauern der Kirche dunkel umgeben, und die Dämonen hatten lechzend an die Kirchentür gehämmert. Heute im Sonnenlicht sah alles ganz idyllisch aus, und ich blickte mit Spannung auf das schmiedeeiserne Gittertor, das jetzt an der Stelle war, wo zu mittelalterlichen Zeiten die mächtige alte Holztür gewesen war. Walter öffnete mit einem langen dünnen Schlüssel das Vorhängeschloss und rüttelte an dem Tor. Selbst ihm gelang es nicht sofort, es zu öffnen, denn es war festgerostet. Brombeerranken hatten es zudem an die verwitterten Steine gefesselt, und er musste erneut seine Sichel zu Hilfe nehmen,

---

[VII] Etwa 850 g.

um alles freizulegen. Endlich schwang es auf und er bedeutete mir feierlich, einzutreten.

Im ersten Augenblick umgab mich nichts als Schwärze, und auch das spärliche Licht meiner Taschenlampe konnte nichts ausrichten. Ich spürte nur die dicken Spinnweben in meinem Gesicht, die sich rasch in meinen Haaren und meiner Kleidung klebrig verfangen hatten und die ich erst mit mehreren hastigen Bewegungen entfernen konnte. Als sich meine Augen langsam an die Dunkelheit gewöhnten, tauchten schemenhaft die dicken, gedrungenen Säulen der Krypta auf. Unter meinen Füßen befand sich der wohlbekannte Steinboden, der jetzt voller Moos war. Über mir befand sich das niedrige Gewölbe, schwer und wuchtig, das nun seit über tausend Jahren hielt. Ein modriger Geruch erfüllte den unterirdischen Raum, und ich vermeinte plötzlich ein eigenartig schwaches, diffuses Licht zu erblicken, das die Umgebung erfüllte – wie ein schwelender Nebel.

Ich trat ein paar Schritte vor und erblickte die Apsis mit dem Altar, der ebenfalls unversehrt war. Die plündernden Armeen König Heinrichs VIII. hatten die Krypta wahrscheinlich übersehen – oder die Mönche hatten den Eingang gut verborgen. Hier war nichts zerstört – lediglich Zeit und Natur hatten ihre Wirkung hinterlassen. Im Schein meiner Taschenlampe vermeinte ich sogar farbige Überreste von Fresken an den Wänden zu erkennen. In der Mitte der Apsis befand sich das Relief einer großen, steinernen Jesusfigur an einem Kreuz, zu dessen beiden Seiten auf großen Konsolen zwei Statuen standen, die ich durch meine religiöse Erziehung als Maria und Johannes deutete. Beide waren in staubige, helle Spinnweben vollständig eingesponnen.

»Alles in Ordnung, Junge?«, rief Walter von draußen.

»Ja, alles bestens!«, rief ich zurück. Meine Stimme hallte so sehr, dass sie sich fremd und geisterhaft anhörte.

Ich legte das Gesicht der einen Statue frei. Die Spinnweben waren fest wie dünnes Garn und machten ein Geräusch wie reißender Stoff. Das Gesicht darunter schien kaum verwittert, sondern der Stein war erstaunlich glatt, die Züge waren, dem Stil der Romanik entsprechend, einfach, aber gut zu erkennen. Ein trauerndes Frauengesicht, den Blick zum Kreuz erhoben.

Ich wandte mich um und blickte vom Altar in das Hauptschiff. Ich stand nun genau dort, wo Martinus in meinem Traum dem Dämonen begegnet war. Nur wenige Meter entfernt war die Stelle, wo er den mageren, zitternden Mann vorgefunden hatte.

Ich wurde etwas mutlos. Wenn Martinus die kleine Figur der Enaid der Nachwelt hatte hinterlassen wollen, dann hier. Aber wo? Ich müsste jede Mauerritze, jede Mulde untersuchen. Aber ich wusste noch nicht einmal, ob Martinus sein ganzes Leben hier verbracht hatte. Und derjenige, der den Stich mit der Abbildung der Figur angefertigt hatte – er musste sie ja vor sich gehabt haben. Und wer weiß, wohin sie dann gelangt war. Großvater hatte wahrscheinlich recht – sie war verschollen, vermutlich für immer.

Ich ging noch ein wenig umher, betastete die Wände, untersuchte ein paar Bodenplatten, aber ansonsten war nichts Besonderes zu entdecken. Ich begab mich wieder zum Ausgang und trottete die Stufen hinauf, wo Walter mich, geduldig auf einem Mauervorsprung sitzend, erwartete.

Elizabeth waren bereits wieder ein Haufen neuer Dinge eingefallen, die sie benötigte. Nach dem Mittagessen, bei dem sie uns mit einer kräftigen schottischen Lauch-Hühnersuppe beglückt hatte, machte sich Walter daher mit einem längeren Einkaufszettel bereit, ins Dorf zu fahren, und ich freute mich auf einen abwechslungsreichen Nachmittag. Ida war durch nichts zu bewegen, mitzukommen, denn sie hatte Quentis kennengelernt.

Quentis war ein kleiner, nicht gerade schlanker Kater, schwarz-weiß gefleckt, und saß entspannt und würdevoll auf der niedrigen, bemoosten Mauer am Eingang des Herrenhauses. Er betrachtete uns aus seinen leuchtend grüngelben Augen, als wir vor die Tür traten, und hatte sich noch nicht entschieden, ob er uns interessant oder langweilig finden sollte. Für Ida jedenfalls war er das Spannendste, was ihr seit langem untergekommen war. Alles um sie herum schien zu verschwinden – es gab nur noch den kleinen, fetten Kater. Vorsichtig bewegte sie sich in seine Richtung. Zu ihrem Entzücken ließ er sich streicheln, und schon bald hatte sie herausgefunden, wie er zum wohligen Schnurren zu bringen war. Als sie ihn jedoch auf den Arm nehmen wollte, war es ihm dann doch zu viel und er trollte sich elegant durch das Unterholz. Damit war auch Ida verschwunden und für uns fürs Erste verloren, denn nichts war ihr fortan spannender, als ihn wieder aufzuspüren.

Leider hatte sich Ronald entschlossen, diesmal mitzufahren, weil er sich langweilte. Daher fuhren wir auch nicht mit dem knatternden Motorrad, sondern mussten das Fuhrwerk nehmen. Walter erklärte aber, dass wir das ohnehin hätten tun müssen, denn Elizabeth hatte ihm noch zusätzlich den Kauf einer Pfanne und mehrerer irdener Töpfe aufgetragen.

Während ich mit Walter auf dem Kutschbock saß, fläzte sich Ronald auf der Ladefläche, auf der ein paar Strohsäcke lagerten. Mich machte seine Anwesenheit deutlich missgelaunt, denn insgeheim hoffte ich, Ceridwen wiederzusehen, und Ronald war wahrlich der Letzte, den ich dabei gebrauchen konnte.

Meine Sorge milderte sich aber, als wir auf dem Dorfplatz anhielten. Ronald zeigte wenig Interesse an den Sachen, die ich mit Walter einkaufen sollte.

»Nimm's mir nicht übel, Kleiner«, sagte er und kramte betont lässig eine Zigarette hervor. Es musste eine der letzten sein, die er noch hatte, und das Streichholz, das er mit abgespreiztem kleinem Finger anstrich, war womöglich auch das letzte seiner Art. »Aber ich ziehe es vor, mich ein wenig hier umzusehen«, erklärte er mit herabhängenden Augenlidern, die seine gelangweilte Souveränität betonen sollten, und blies weißen Rauch in die klare Luft. »Das ist ein klein wenig inspirierender für mich als Rüben zu kaufen.«

Ich nahm ihm gar nichts übel. Ich war froh, dass er sogleich die Dorfstraße entlang schlenderte. Erst drückte er sich eine Weile am historischen Ziehbrunnen herum und dann, nachdem er von Jack »The Bottle« Brodie um Geld und Zigaretten angeschnorrt worden war, verschwand er in einer Seitengasse.

»Wie finden wir ihn später wieder?«, beunruhigte ich mich dann doch.

»Das soll nicht unsere, sondern seine Sorge sein«, erwiderte Walter gut gelaunt und ich stellte überrascht fest, dass er verdammt recht hatte.

Wir machten die mir bereits bekannte Runde, vom Obst und Gemüse, das wir bei den Batesons kauften, über die Metzgerei Nesbitt, die Bäckerei Ives bis zum Haushaltswarengeschäft, das einem ausnehmend massigen Mann mit rotem Gesicht und gewaltigem Schnurrbart namens Carrington gehörte. Walter erstand dort die Töpfe und die Pfanne, erfuhr nebenbei, dass Carrington zum dritten Mal Großvater geworden war, gratulierte und schnackte dann so lange mit ihm über Gott und die Welt, dass es mir langweilig wurde. Ich schlenderte irgendwann im Laden zwischen den Regalen umher, betrachtete die Töpfe, Tassen, Tabletts, Kannen und Vasen, Mr Carringtons alte gusseiserne Registrierkasse und den abgewetzten, aber noch tapfer durchhaltenden Schilfteppich auf dem dunklen Holzfußboden. Immer wieder sah ich aus dem Sprossenfenster auf die Straße. Wo mochte Ceridwen sein? Nicht, dass sie zufällig auf Ronald treffen würde und er plötzlich seine charmante Masche anwenden würde.

Endlich war Walter fertig. Wir packten die Ware und trugen sie zu unserem Karren. Dann mussten wir noch zu »Parry's«, dem Kolonialwarenladen, um Gewürze zu kaufen. Gwillym Parry, der Inhaber, war, obwohl bestimmt noch keine vierzig, vollständig kahl, hatte aber einen dichten Vollbart von der Farbe einer geschabten Karotte und entsprechende Augenbrauen so dick wie Schuhbürsten. Während er Walter Zimt, Nelken, Sternanis und Kardamomkapseln einpackte, schwatzte seine zierliche, kleine Frau mit bemerkenswert schiefen Zähnen munter drauflos und erzählte von der wunderbaren Madagaskar-Vanille, die nächste Woche eintreffen werde. Ich stutzte etwas – sie sprach mit starkem walisischem Akzent.

Ich nahm allen Mut zusammen. »Verzeihen Sie, Mrs Parry«, brachte ich schüchtern hervor, »stammen Sie aus Wales?«

»Huch! Hört man das?« Sie riss die Augen auf und tat, als habe man sie beim Eierstehlen ertappt. Dann lachte sie. »Und ob wir aus Wales stammen! Direkt aus Tyndyrn, um genau zu sein! Also nicht weit von hier!«

»Kennen Sie zufällig ein Mädchen namens Ceridwen?«

»Meine Cousine heißt so«, meldete sich Mr Parry mit unerwartet hoher Fistelstimme. »Aber die ist schon Mitte dreißig, nur ein bisschen jünger als ich. Wie alt ist das Mädchen, das du suchst?«

»Dreizehn, vielleicht vierzehn, ungefähr so wie ich«, sagte ich.

»Also, hier im Ort kennen wir niemanden, der so hieße. Leider.« Mrs Parry wirkte ehrlich bekümmert. Sie ahnte wahrscheinlich, warum ich das fragte. Bei dem Gedanken schoss mir das Blut in den Kopf. Schon immer war ich schnell rot geworden, und ich hasst mich selbst dafür. Ronald hatte natürlich keine Gelegenheit versäumt, sich darüber lustig zu machen. Er selbst wirkte immer völlig entspannt und verstand es glänzend, seine wahren Gefühle hinter seinem gleichgültigen Gesicht zu verbregen. Wenn er denn überhaupt welche hatte.

Wir fanden Ronald schneller wieder als ich dachte. Als wir nach allen Einkäufen wie üblich im *Cunning Little Monk* einkehrten, saß er gemütlich am Tresen und ließ sich ein Ale schmecken. Er zuckte etwas zusammen und setzte augenblicklich das Glas ab, dann erinnerte er sich wieder an seine eigene Überlegenheit und genehmigte sich demonstrativ ein paar weitere Schlucke.

»Wen haben wir denn da?«, fragte Walter leutselig. »Dürfen wir uns zu ihnen setzen, junger Herr?«

Ronald machte eine generöse Handbewegung in Richtung der Barhocker. Wir setzten uns. Walter bestellte seine übliche Pint ekelhaftes Stout, ich bekam mein Ginger-Ale. Die dünne Gladys stellte es mir teilnahmslos hin, tonlos, ohne Lächeln. Ich sah zu ihr hin. Ihr Auge war schwarz-violett verschwollen, obwohl sie versuchte, es hinter einer Haarsträhne zu verbergen. Sie vermied Blicke, auch zu den anderen. Ronald warf mir einen vielsagenden Blick zu.

Walter bemerkte es jetzt auch. »Was ist denn mit deiner Gladys passiert?«, fragte er arglos zu Harry, dem Wirt, herüber, der gerade emsig die Biergläser polierte.

Harry grinste. Ein eigenartig schadenfrohes Grinsen in seinem blassen Gesicht, das mir sehr unangenehm war. Sein vorstehendes Gebiss wirkte, als würde er die Zähne fletschen. »Ach, das ist nichts Besonderes«, sagte er. »Die gerechte Strafe für ihr Ungeschick. Sie ist über ihre eigenen Füße gefallen. Dumm nur, dass sie dabei ein paar wertvolle Gläser zerschlagen hat. Was soll's. Es wird ihr eine Lehre sein.«

Es wirkte hämisch, als habe er eine bösartige Freude an Gladys' blauem Auge. Seine Zunge leckte die Mundwinkel. Sofort fand ich ihn etwas eklig und sehr unsympathisch. Das letzte Mal hatte Harry noch so unbeschwert und lustig gewirkt. Ich rutschte unruhig auf meinem Hocker herum.

Auch Walter schien die komische Stimmung zu bemerken, die plötzlich eingekehrt war. Er trank einen tiefen Zug aus seinem Glas. Etwas bedröppelt sah er zu mir herüber. »Ich denke, wir sollten jetzt nach Hause fahren«, meinte er dann.

Ich nickte, trank mein Ginger-Ale aus und sah noch, wie auch Ronald sein Glas leerte. Als ich von dem hohen Barhocker hinunterrutschte, fiel mein Blick auf den hinteren Teil der Gaststube.

An einem der runden Tische, direkt neben dem Kamin, saß ein schwarzgekleideter, hochgewachsener Mann. Er trank gerade Bier aus einem großen Steinkrug und schien uns nicht zu bemerken. Sein schwarzes Haar war mit Pomade glänzend zurückgekämmt, was seine Stirn noch höher und breiter aussehen ließ. Sein Gesicht war auffallend bleich; das konnte man sogar im Dunkel der Stube erkennen. Er hatte eine lange gebogene Nase, und ein mächtiges Kinn mit einem auffallend kleinen, dünnlippigen Mund. Seine schwarzen, buschigen Augenbrauen erinnerten an einen Wolf und wenn er die Lippen öffnete, um zu trinken, schimmerten Zähne hervor, die an die Reißzähne eines Raubtieres erinnerten.

Hastig wandte ich den Blick ab und verließ dicht hinter Walter den Pub. Ich hoffte inständig, er habe mich nicht erkannt so wie ich ihn erkannt hatte. Während Walter sich um die Pferde kümmerte, kletterte ich zitternd auf den Kutschbock und sah mich noch einmal furchtsam um.

Ronald suchte sich einen Platz auf der Ladefläche zwischen den Töpfen, Kisten und Säcken. Dann reckte er sich zu mir und deutete verstohlen mit dem Daumen zur Kneipe. »Der hat sie ja nicht alle«, raunte er. »Schlägt seine Tochter und brüstet sich auch noch damit!«

»Du meinst, er hat sie geschlagen?«, flüsterte ich zurück.

Er ließ sich auf die Strohsäcke sinken. »Ach Kleiner! Du bist ja noch so naiv!«

Walter verhielt sich auf der Fahrt nach Hause ungewöhnlich still.

»Kennst du Harry, den Wirt, schon länger?«, fragte ich ihn schließlich.

»Das ist es ja! Ich kenne Harry Doone schon eine halbe Ewigkeit! Aber heute war er mir ganz fremd. So kenne ich ihn nicht.«

»Er wirkte … böse.«

»So ist es. Böse, spöttisch … als habe er Freude daran, dass seine Tochter sich verletzt hat.«

»Glaubst du, er hat sie geschlagen?«

»Er?« Walter schwieg. »Ich kann es mir kaum vorstellen«, sagte er dann. »Aber was heißt das schon. Menschen verändern sich manchmal.«

»Könnte es einen Grund geben?«

Walter zuckte mit den Schultern. »Wahrscheinlich. Aber was weiß ich schon davon? Gladys ist erst siebzehn, ein halbes Kind noch. Was sollte sie getan haben, das ihn so ausfallend werden lässt?«

Ich überlegte. »Vielleicht muss sie nur etwas ausbaden, wofür sie gar nichts kann? Vielleicht hat er Sorgen? Oder es gibt einen schlechten Einfluss?« Ich fragte mich insgeheim, ob Walter aufgefallen sein mochte, wer im hinteren Teil des *Cunning Little Monk* gesessen hatte.

»Eigentlich war es bei Harry immer umgekehrt: Sein Vater verschwand, als er noch ein kleiner Junge war. Er hat ihn nie kennengelernt. Und seine Mutter hat ihn seine ganze Kindheit hindurch geschlagen. Er war immer derjenige, dem übel mitgespielt wurde. Wenn jemand weiß, wie schlimm es ist, misshandelt zu werden, dann er.«

Walter schnalzte mit der Zunge, um die Pferde anzutreiben.

»Nein«, fuhr er fort, »Harry wollte immer ganz anders sein als seine Eltern. Selbst als seine Frau auch noch abgehauen ist und ihn wegen eines anderen Mannes hat sitzenlassen, blieb er friedlich. Er hat sogar Scherze darüber gemacht. Er hat Gladys ganz allein großgezogen. Er nahm das alles immer so hin wie es kam. Er war immer fleißig und hat seine Arbeit gemacht.«

Er sah zu mir herüber und lachte jetzt. »Ach, vielleicht hat er einfach nur einen schlechten Tag gehabt.«

Wir näherten uns Großvaters Anwesen. Ida stand in ihrem blauen Kleidchen vor dem Tor. Sie hatte Quentis auf dem Arm und strahlte.

»Schau mal, Conny!«, rief sie. »Ist er nicht süß?« Sie rieb ihre rote Wange an seinem Kopf und flüsterte etwas in sein Ohr.

Quentis hatte die Augen halb geschlossen, schnurrte so laut, dass man es bis auf den Kutschbock hören konnte und machte den Eindruck von äußerstem

Wohlbehagen. Ein Sultan, dessen Dienerschaft alles richtig gemacht hatte, hätte nicht zufriedener sein können.

10. Blackwell Manor

Ich träumte in dieser Nacht nicht, zumindest nichts, an das ich mich erinnern kann. Zuerst war ich so erwartungsvoll, dass ich kaum einschlafen wollte, aber dann sank ich doch in einen tiefen Schlaf, bis die zwitschernden Vögel mich wieder weckten. Und doch war in mir ein sehnsuchtsvolles Gefühl, schön und schmerzvoll zugleich. Und dann merkte ich, dass es etwas mit Ceridwen zu tun hatte.

Dass die beiden Parrys nichts von ihr wussten, musste zwar nichts heißen – aber wären sie nicht die ersten, die ein walisisches Mädchen kennen würden? Wo nur konnte ich sie wiederfinden?

Großvater verkrümelte sich nach dem Frühstück sogleich in sein Arbeitszimmer. Ich half Walter zunächst beim Reparieren eines Zaunes und übernahm das Streichen des Gartentores. Dann spazierte ich noch mit Ida zwischen den alten Klostermauern herum. Ich erzählte ihr etwas von den Mönchen, die hier gewohnt und gearbeitet hatten, aber sie interessierte sich mehr für die grasenden Schafe.

Nach dem Mittagessen zog ich erneut los in Richtung des Steinkreises. Ich ging an den *Three Bad Sisters* vorbei, durchquerte wiederum das Moor, erreichte den großen Findling, und – nach einem strammen Fußmarsch – die Tumuli. Mein Herz klopfte aber nicht nur wegen der Anstrengung, als ich auf die Hügel stieg.

Leider war der Steinkreis leer. Niemand war dort, so angestrengt ich mich auch umsah. Enttäuscht stieg ich die Anhöhe hinab und betrat den magischen Platz in den Steinen.

Die steinernen Wächter wirkten so majestätisch und unbeugsam wie schon beim letzten Mal. Ich ging herum und wagte zunächst kaum, sie zu berühren; sie kamen mir irgendwie heilig vor. Aber es waren es ja ganz normale Steine, die vor mehreren tausend Jahren von ganz normalen Menschen aufgestellt worden waren.

Ich betrachtete den Stein, bei dem Ceridwen gesessen hatte. Er war der größte in der Runde, wild zerklüftet und er sah aus wie angenagt von magischen Kreaturen aus grauer Vorzeit. Und doch wirkte er standhaft, trotzig, unangreifbar. Noch immer stand er da, wie eh und je, ohne dass ihm die Zeiten und Umstände wirklich etwas hatten anhaben können.

Ich blickte an ihm vorbei, dorthin, wo Ceridwen mit ihrem Korb voller Moosbeeren in Richtung Dorf gegangen war. Ging es dort wirklich zum Dorf? Ich machte ein paar Schritte dorthin, wo ich annahm, dass dort ein Weg sein müsse. Aber alles war zugewachsen, völlig überwuchert von Brombeeren.

Hatte ich mich geirrt?

Nein. Genau hier war das Wäldchen mit den Schwarzdornbüschen, und dort war der Hohlweg gewesen, durch den sie fortgegangen war. Aber über Nacht konnten doch nicht die ganzen Brombeeren hier gewachsen sein?

Etwas verwirrt erkundete ich die übrigen Absenkungen und Durchbrüche durch den Wall um den Steinkreis, doch nichts erinnerte mich an eine Stelle, die dem Weg Ceridwens ähnlich war. Ich ertappte mich dabei, dass ich tief enttäuscht war.

Missmutig machte ich mich auf den Heimweg und grübelte darüber nach, wie ich sie nur wiederfinden könnte. Eine vernünftige innere Stimme sagte mir, dass sie sich ja kaum in Luft aufgelöst haben konnte. Aber eine andere wollte nicht schweigen. Sie war eher ängstlich und voll schlechter Erwartungen – und leider deutlich lauter als die beruhigende Vernunft. Ob ich sie niemals wiedersehen würde? Oder hatte ich von ihr nur geträumt?

Zu allem Überfluss merkte ich nach einer Weile, dass ich den falschen Weg eingeschlagen hatte. Anstatt wieder auf den großen Findling zu gelangen, stieß ich auf eine Böschung, nach der der Hügel steil abfiel. Ich blickte in ein bewaldetes Tal; hinter den dichten Baumkronen schlängelte sich ein kleiner Fluss.

Das musste das Wyetal sein, von dem schon Ingulf, der Kreuzritter aus meinem Traum, gesprochen hatte! Dann musste weit dahinter in gerader Richtung die Grenze nach Wales sein.

Ich hatte mich also nicht in Richtung von Großvaters Haus bewegt, sondern mich noch weiter davon entfernt. Mein erster Impuls war, zurückzugehen. Doch: Was sollte ich in dem großen, alten Haus? Großvater wollte ohnehin nicht gestört werden, auf Ronalds Gesellschaft legte ich nicht den geringsten Wert, und Ida war dank Elizabeth und Quentis aufs Beste beschäftigt.

Neugierig folgte ich also dem gewundenen Weg hinab ins Tal. Der Wald wurde dicht und finster und überall lagen große Gesteinsbrocken zwischen den krummen Stämmen, die sich wie Schlangen zwischen ihnen herauszuwinden schienen. Zwischendurch wurde es nass und schlammig, denn mehrere kleine Bäche und Rinnsale gluckerten talwärts. Wahrscheinlich sammelte sich in diesem Bereich das Wasser des Hochmoores und kam hier an die Oberfläche. Aus alles Richtungen krächzten und zwitscherten Vögel. Bei einer Lichtung lief ein ganzer Schwarm Fasanen nervös durcheinander, als sie mich bemerkten. Kurz danach versperrte eine niedrige Steinmauer den Weg. Als ich ihrem Verlauf folgte, kam ich an ein kleines Tor, das sich leicht öffnen ließ.

Zwischen mächtigen alten Bäumen erhob sich ein prächtiges, mehrstöckiges Anwesen. Durch die verschiedenen Seitenflügel, die sich zu einem verwinkelten Ganzen zusammenfügten, hatte es zahlreiche Giebel und Gauben, und aus den Dächern ragten fast ein Dutzend Kamine in den Himmel. Kunstvoll ornamentierte, geschnitzte Balken säumten die Dachstühle, und mehrere Erker und Balkons schmiegten sich an die dunklen Mauern. Der Bach, der mich den ganzen Abstieg schon begleitet hatte, rauschte hier in einen kleinen Teich, an dessen Ende ein Überlauf mit gusseiserner Handkurbel zu sehen war. Ein paar bunte Hühner trapsten gackernd umher.

Ich war normalerweise immer etwas scheu und zurückhaltend, aber nun betrat ich für meine Art recht unbekümmert das herrschaftliche Grundstück und spazierte neugierig auf das prächtige Haus zu. Vor einem seitlich gelegenen kleineren Haus war ein junger Bursche mit feuerroten Haaren dabei, Holz zu spalten. Als er mich bemerkte, zuckte er zusammen, als habe er einen Bergtroll oder einen Waldgeist gesichtet und starrte mich mit weit aufgerissenen Augen an.

»Ganz ruhig, Ivor. Das ist nur ein freundlicher junger Mann.«

Die Stimme gehörte einer hochgewachsenen, schlanken Frau mit schwarzen, hochgesteckten Haaren und einem langen, bodenlangen Kleid, die aus der Tür des Hauses gekommen war. Sie trat zu ihm, berührte ihn sanft an der Schulter und entwand ihm die Axt aus der verkrampften Hand. Ivor nickte noch immer verwirrt, versuchte aber dann ein scheues Lächeln.

»Verzeihen Sie«, sagte ich, »ich wollte niemanden erschrecken. Ich habe mich verlaufen.«

»Oh, mach dir keine Gedanken. Wir bekommen selten unangemeldeten Besuch. Ivor ist etwas schreckhaft und wird schnell ängstlich, wenn etwas Ungewöhnliches passiert.«

Sie wandte sich zu ihm, der noch immer stocksteif in meine Richtung starrte. »Schau Ivor, das ist netter Besuch. Gib ihm die Hand.« Aufmunternd blickte sie lächelnd in meine Richtung.

Ich trat vorsichtig zu Ivor und streckte ihm meine Hand entgegen. Ich muss sagen, ich war ganz froh, dass er die Axt nicht mehr in der Hand hielt. Er wirkte dermaßen eigenartig und verstört, dass ich nicht sicher war, wie er reagieren würde. Aber dann reichte er mir ganz normal die Hand. Eine feuchte, große Hand.

»Du bist von da oben, oder?«, fragte er plötzlich mit leiser Stimme.

»Ich bin dort eine Weile herumgewandert«, antwortete ich. »Aber ich wohne im Brooks House, bei dem ehemaligen Kloster. Ich heiße Conny. Konrad Adler.«

»Ach!« Seine Erstarrung löste sich augenblicklich. »Aber … du bist nicht von hier?«

»Nein. Ich bin erst seit kurzem hier. Ich komme aus Deutschland.«

Ein kurzes Lächeln huschte über sein Gesicht. »Oh! Genau wie mein Daddy.«

Ehe ich darauf etwas sagen konnte, legte die Frau ihren Arm um Ivors Schultern und drehte ihn in Richtung der Haustür. »Komm, mein Schatz, geh schon mal in die Küche. Ich komme gleich.«

Ivor nickte folgsam. Dann schlurfte er folgsam zum Haus und verschwand, ohne sich umzudrehen, im Eingang.

»Verzeih mir! Ich habe mich noch gar nicht vorgestellt!«, wandte sie sich wieder mir zu und reichte mir die Hand. »Ethel Cox ist mein Name. Mein Mann und ich kümmern uns um alles hier in Blackwell Manor. Ivor ist unser Sohn.« Ihre Gesichtszüge wurden schwer. »Er ist leider nicht ganz gesund. Es tut mir leid, wenn er sie erschreckt hat.«

»Oh, ich hatte eher den Eindruck, ich habe *ihn* erschreckt!«

»Ihn ängstigt alles, was er nicht kennt. Er ist oft wie ein Kind.«

»Das tut mir sehr leid. Ich hatte keine Ahnung.«

Sie lachte und wiegelte ab. »Natürlich nicht! Es ist ja alles gut!«

Ich deutete auf das Haupthaus. »Eindrucksvolles Gebäude! Dort wohnen sicherlich reiche Leute?«

»Oh, das kann man wohl sagen! Die Familie Wyeth wohnt traditionell dort. Obwohl es seit kurzem vermietet ist. Blackwell Manor ist seit Generationen in Familienbesitz.«

»Es sieht ein wenig aus wie ein Geisterschloss.«

Sie hob besorgt die Augenbrauen. »Oje, sag das bloß nicht Ivor. Er glaubt sowas sehr schnell und steigert sich dann in alles Mögliche hinein.«

»Und Ihr Mann ist auch Deutscher?«, fragte ich arglos.

Ihr Lächeln wirkte mit einem Mal seltsam starr, so wie als habe sie es eingeübt. »Nein«, antwortete sie, »das ist wieder so eine komische Idee von Ivor. Ich weiß nicht, woher er sie hat. Deswegen habe ich ihn ins Haus geschickt. Er denkt dann tagelang darüber nach und findet nicht mehr aus diesen Gedanken heraus.«

Ich merkte gleich, dass ich das besser nicht gefragt hätte. »Ach je«, sagte ich betreten, »und dann erzähle ich auch noch so etwas!«

»Nicht so schlimm. Und du kommst vom alten Mr Brooks? Da hast du aber einen weiten Weg hinter dir!«

»Das macht mir nichts. Ich bin gut zu Fuß. Aber vielleicht können Sie mir sagen, wie ich wieder nach Hause komme?«

»Das ist weit! Ich werde meinen Mann fragen, ob er dich mit dem Automobil fahren kann.«

»Das ist zu aufwändig«, wehrte ich ab. »Sagen Sie mir einfach, welchen Weg ich nehmen muss. Ich habe Zeit.«

»Nun, dort drüben ist die Straße nach St. John-on-the-Hills. Bis dahin sind es etwa drei Meilen ...«

»In Blackwell Manor bist du gewesen?«

Elizabeth trug gerade das Abendessen auf. Ronald war wie üblich noch nicht erschienen, und Ida schmiegte sich zutraulich an mich.

»Ja. Ich bin versehentlich jenseits der Tumuli weitergegangen und bin im Wye Valley gelandet.«

»Hast du die Bewohner kennengelernt?«

»Nur die Angestellten. Mrs Cox und ihren Sohn.«

Elizabeth verteilte Messer und Gabeln auf dem Tisch. »Dass Ivor krank ist weißt du auch?« Sie bemühte sich, dass es beiläufig klang, aber sie schien innerlich äußerst wissbegierig zu sein.

»Nun ja ... er wirkte tatsächlich etwas verstört.« Ich tat so gelassen wie möglich.

»Er gilt als verrückt«, legte sie nach.

»Naja. ›Verrückt‹ erscheint mir etwas übertrieben.«

»Du hast ihn gesehen?«

»Oh ja. Ich habe sogar mit ihm gesprochen.«

»Was du nicht sagst!«

Ich hielt eine Weile meinen Mund und genoss es, Elizabeth ein wenig auf die Folter zu spannen. Sie verschwand pflichtbewusst wieder in der Küche, rumorte dort eine Weile herum und erschien dann mit einem Tablett mit Butter, Brot, Essigzwiebeln und eingelegten Gurken.

»Und? Was hat er gesagt?«, forschte sie.

Ich machte eine kleine Nachdenkpause und beobachtete ihr aufmerksames Gesicht. »Nichts Besonderes«, sagte ich dann gedehnt, »Er wollte wissen, ob ich vom Hügel oben komme. Als ich ihm sagte, wo ich wohne, war er sichtlich beruhigt. Er hat mich wahrscheinlich für irgendeinen Waldgeist gehalten.«

»Oder für jemanden aus einer anderen Zeit.«

»Warum sollte er das?« Jetzt wurde auch ich neugierig.

»Das ist seine Spinnerei. Er glaubt ständig, Sachen und Menschen zu sehen, die es nicht gibt. Aber im Grunde redet er genauso, wie die Menschen von früher geredet haben. Abergläubisch bis in die Zehenspitzen.«

»Vielleicht hätte er dann im Mittelalter als völlig normal gegolten«, meinte ich.

Großvater Neville betrat den Raum, und damit war die Unterhaltung schlagartig beendet. Richtig, es war Punkt sechs Uhr. Man hätte die Uhr nach ihm stellen können.

11. Engel und Teufel

Die Tage vergingen und für uns kehrte der Alltag ein. Ich stellte eines Tages fest, wie vertraut mir das Haus und die Umgebung inzwischen geworden waren, obwohl wir erst wenige Wochen hier lebten. Sogar Ronald schien sich mit der neuen Situation abgefunden zu haben. Er hatte im Dorf einen kleinen Buchladen entdeckt, der von Ms Rymer geführt wurde, einer etwa dreißigjährigen, schlanken, dunkelhaarigen Dame, die gerne schottisch karierte Röcke und schwere Ohrgehänge trug und deren große grüne Augen durch die dunkel getuschten langen Wimpern und den grauen Lidschatten mich an Quentis' leuchtende Katzenaugen erinnerten. Ronald schien aber noch weitaus Tieferes in ihr zu sehen, und ich war mir nie sicher, ob er wegen der Bücher oder wegen Ms Rymer den Buchladen so oft besuchte. Immerhin bestellte er sich Bücher von Charles Dickens, Thomas Hardy und E. M. Forster, was unseren Großvater dazu veranlasste, die Bücher mit ein paar Shillingen zu bezuschussen. Auch Dorothy Sayers war schonmal dabei, und Conan Doyle, sowie mehrere Bücher von einem gewissen D. H. Lawrence, die Ronald mir vorenthielt, »weil das noch nichts für mich sei«. Ich weiß gar nicht, ob Großvater die Bücher alle kannte; zunächst inspizierte er jedenfalls die Neuerwerbungen, um sie dann als »lehrreich« oder anders hochwertig abzusegnen, bis er es dann schleifen ließ, weil er sich sicher genug war, dass seine Enkel keinen Schund kauften. Lediglich James Joyce bezeichnete er einmal als »verrückten Spinner«. Verbieten tat er aber nichts.

Ab und zu brachte Merrett, der Briefträger mit den knallroten Wangen, der alles mit dem Fahrrad erledigte, einen Brief von unserer Mutter. Es schien ihr sogar besser zu gehen, obwohl sie uns sicher schmerzlich vermisste. Ich hatte ihr immer wieder Briefe geschrieben und von Großvater, dem Haus und der

Gegend erzählt, von Walter, Elizabeth und Quentis, den Schafen, den Bienenstöcken und den Brombeeren, die jetzt gerade reif wurden. Es tat ihr wohl gut zu wissen, dass es uns gut ging.

Inzwischen hatte ich die Gegend gut erforscht und auch das Haus ordentlich inspiziert. Ich hatte hinter fast alle Türen geblickt und die Zimmer untersucht. Einige dienten Großvater als eine Art Speicher für diverse Antiquitäten und waren vollgestellt mit Truhen, alten Holzstatuen, verbeulten Rüstungen und Helmen aus dem Elisabethanischen Zeitalter und antiken Waffen. Lediglich das Zimmer im ersten Stock, das erste an der großen Holztreppe, war stets verschlossen.

Ich maß dem zunächst keine Bedeutung bei; ebenso vermied ich, Großvaters private Gemächer zu betreten. Ich hatte das Gefühl, das ginge mich nichts an und respektierte den Teil der oberen Zimmer als seinen heiligen Bereich.

Verschlossene Türen hatten mich leider schon immer gereizt. Als Großvater wieder einmal in der Bibliothek verschwunden war, pirschte ich erneut die ehrwürdige Holztreppe hinauf. Ich steuerte auf die Tür zu und drehte den Knauf.

Ich rüttelte noch ein wenig, aber es war nichts zu machen. Das Zimmer war wirklich *immer* zu. Ob Walter den Schlüssel hatte?

Ich fand unten nur Elizabeth vor und fragte nach dem Zimmer. Sie wurde sofort ernst und hob abwehrend die Hände.

»Ich kann dir den Schlüssel nicht geben«, sagte sie verhalten. »Es ist das Zimmer von Mrs Brooks. Ich mache dort einmal im Monat sauber, aber ansonsten hat dein Großvater verfügt, dass es abgeschlossen bleibt.«

»Aber warum?«, fragte ich enttäuscht. »Großmutter ist doch schon mehr als fünfzehn Jahre tot. Selbst Ronald hat sie nur einmal als Baby gesehen.«

»Mr Brooks möchte dennoch nicht an ihren Tod erinnert werden«, gab sie zurück. »Und es steht mir nicht zu, dem zu widersprechen.«

Mir wurde erst jetzt bewusst, dass von unserer Großmutter nie gesprochen wurde. Nirgendwo hing ein Bild, nichts verwies darauf, dass sie einst hier gelebt hatte. Ich selbst erinnerte mich nur verschwommen an jenes Photo, wo Großvater Neville – damals noch schwarzhaarig und schwarzbärtig – meine Mutter als Baby in den Armen hielt. Aber nirgendwo war ein Hinweis auf meine Großmutter.

Sonntags gingen wir allesamt in die Kirche, worauf Großvater großen Wert legte. Allerdings hatte ich oft den Eindruck, dass er nicht ganz bei der Sache war und der Predigt von Reverend Chandler gar nicht zuhörte. Ronald fügte sich der Maßnahme, wahrscheinlich weil er erkannt hatte, dass Murren ohnehin zwecklos war. Er vertrieb sich die Zeit während der Messe, Leute zu beobachten und mich durch ein paar dezente Gesten auf lustige bis peinliche Details aufmerksam zu machen. Ronald hatte die eigenartige Gabe, zu grinsen, ohne zu grinsen. Man sah sein Grinsen irgendwie, aber nichts in seinem Gesicht verriet wirklich etwas davon – nur mir. Einmal genügte ein leichter Augenaufschlag von ihm, und ich bemerkte sofort den Spaziergang unzähliger Läuse auf den Zöpfen eines keinen Mädchens ein paar Plätze weiter. Ein anderes Mal war es der nach Schweiß und abgestandenem Lavendel riechende Haarknoten der alten Mrs Watts direkt vor uns, und ich sah Ronalds angeekeltes Naserümpfen, ohne dass er wirklich etwas machte. Aber natürlich machte er die ganze Zeit etwas – ich brauchte nur verstohlen zu ihm herüberzuschauen und wusste es, wenn er wieder etwas entdeckt hatte. Im Gegensatz zu Ronald fiel mir Selbstbeherrschung verdammt schwer, und es war für mich qualvoll, nicht lachen zu dürfen, wenn alles um mich herum so andächtig war. Ich versuchte dann krampfhaft, mich auf etwas anderes zu konzentrieren, bekam einen roten Kopf und fing gegen meinen Willen an, zu wimmern, weil mein Gelächter hinauswollte. Wenn ich etwas mal so richtig lustig, lächerlich oder beknackt fand, war es, als würde eine Lawine losgetreten. Das hatte mein Bruder schnell herausgefunden. Einmal blickte er vielsagend schräg vor uns nach unten, und ich sah den gewaltigen Hintern von dem dicken Mr Clutterbuck. Seine Hose spannte sich darüber wie eine Wurstpelle. Die Hosennaht war gerade dabei, aufzuplatzen, und ließ bereits eine Schneise von weißem Innenfutter erkennen. Gelblich verfärbtes Innenfutter. Mit einer Tendenz zu Braun.

Das war zuviel für mich.

Ich konnte nicht anders – ich erhob mich betont demütig, tat meinen andächtigen Kniefall und machte, dass ich vor die Kirchentür kam, um dort dermaßen abzulachen, dass ich kaum atmen konnte und mir die Tränen herunterliefen. Wie schon oft taten mir die Bauchmuskeln richtig weh, und ich musste wirklich manchmal aufpassen, mir vor Lachen nicht in die Hose zu pinkeln. Wahrscheinlich war das sogar das eigentliche Ziel meines Bruders ... jedenfalls traute ich ihm das zu. Wenn Ronald es geschafft hatte, bei mir einen solchen Lachanfall zu erzeugen, wirkte er immer sehr zufrieden und ein stilles Lächeln überzog sein Gesicht, das alle anwesenden Gläubigen sofort als religiös entrückt bezeichnet hätten – im Gegensatz zu mir, der ich Gefahr lief, meinen guten Ruf zu verlieren.

Großvater löste das Problem, indem er sich fortan zwischen uns beide setzte. Das erzeugte zwar sofort die Aura der Ehrfurcht, machte es aber nicht wirklich besser. Der Gedanke, neben Großvater Neville die Fassung zu verlieren, machte den Druck nur noch stärker. Ronalds giftige Saat war nämlich aufgegangen. Genau wie er hatte ich eine besondere Aufmerksamkeit für Besonderheiten, Fehler und peinliche Details meiner Mitmenschen entwickelt, und so sah ich mich genötigt, mich auf den Verlauf der Predigt zu konzentrieren oder ein paar traurige Gedanken hervorzuholen. Oder ich konzentrierte mich auf die Engel. Überall waren sie, als Statuen in goldenen Gewändern auf verschnörkelten Konsolen an den Wänden, auf den Glasfenstern oder auf den Deckengemälden über dem Altar – stehend, schwebend, singend. Ich stellte mir dann immer vor, wir seien allezeit von Schutzengeln und guten Geistern umgeben. Ob es auch lachende Engel gab?

Am ersten Montag im August fuhr Großvater Neville mit Ronald und mir nach Gloucester. Großvater wollte ausschließlich in die Bibliothek, ließ uns aber die freie Wahl, was wir mit unserer Zeit anfangen wollten, Hauptsache wir waren pünktlich am Nachmittag am Hauptbahnhof. Er empfahl uns den Besuch der Kathedrale, aber das war mit Ronald nicht zu machen, der sich für völlig andere Dinge interessierte.

Großvater versuchte es gar nicht erst, ihn zu bekehren. Ihn interessierte es vor allem, dass Pünktlichkeit und Verabredungen eingehalten wurden. »Ich bitte darum, dass ihr euch um vier Uhr nachmittags am Bahnhof wieder einfindet. Bis dahin werde ich mich im Magazin aufhalten – also dort, wo die seltenen, wertvollen und der Öffentlichkeit nicht zugänglichen Bücher einsehbar sind. Es sind wieder interessante Neuerwerbungen eingetroffen, in die ich mich zu vertiefen gedenke. Also nutzt eure Zeit, so wie es euch sinnvoll erscheint.«

Gloucester war keine große Stadt, aber im Vergleich mit St. John-on-the-Hills wirkte sie riesig auf mich. Ronald latschte, mit seiner Sommerjacke und seiner Ballonmütze bekleidet, die Hände in den Hosentaschen, lässig die Hauptstraße entlang, als sei er der gräfliche Eigentümer der Stadt und besichtige seine Ländereien. Ich wollte gar nicht wissen, was er vorhatte, und hoffte nur, er würde nicht etwas Unvernünftiges tun, was Großvater gegen uns alle aufbringen könnte. Andererseits traute ich Großvater durchaus zu, zwischen uns unterscheiden zu können.

Ich entschloss mich tatsächlich, seinen Rat zu befolgen, und ging in Richtung der Kathedrale. Es kam mir wie eine Ehrensache vor, sich so ein Bauwerk anzuschauen, wenn man schonmal die Gelegenheit dazu hatte. Allein schon, um nicht so banausenhaft zu sein wie Ronald, der wahrscheinlich stattdessen in ein Pub eingekehrt war. Das war schon immer so gewesen – ich war der eher stille, in sich gekehrte Musiker, Ronald der weltgewandte Strahlemann. Irgendwie hatte ich auch jetzt das Bedürfnis, mal alleine zu sein an einem denkwürdigen Ort, der für Andacht und Einkehr gebaut worden war. Außerdem war es sehr schwül. Eine drückende Augusthitze war heute und ich schwitzte – ein günstiger Zeitpunkt also für alte, kühle Steinmauern. Schwer zu finden war sie nicht; selbst in schmalen Gassen war ihr hochaufragender Turm zu sehen, der die ganze Innenstadt überragte.

Ich ging mit einer Stimmung auf das erhabene Gebäude zu, als erwarte mich etwas Dramatisches, Unheimliches. Schon der erste Eindruck ließ mich erschauern: Hoch oben glotzten steinerne Gargoyles auf mich herunter, die mich verdammt an die Dämonen aus meinem Traum erinnerten. Es sah fast so aus, als hätten die Steinmetze sie vom lebenden Modell, von wirklichen Teufeln, abgenommen, so echt sahen sie aus. Aber soweit ich wusste, waren diese Wasserspeier deshalb so gestaltet, um ebensolche Teufel abzuwehren? Wusste man gar, wie teuflische Dämonen aussehen? Womöglich, weil man sie tatsächlich gesehen hatte?

Diese Gedanken beruhigten mich nicht gerade. Ausgerechnet in einer geschäftigen Stadt meine Albträume aufgefrischt zu sehen, machte mich noch zusätzlich nervös. Es ist schon ziemlich unangenehm, wenn man nicht genau weiß, welche Ängste letztendlich harmlos (weil nur eingebildet) sind und welche dann doch nicht. Zu allem Überfluss türmten sich auch noch dicke schwarze Wolken am Himmel auf. Windböen kündigten ein Gewitter an und erzeugten eine Stimmung von Angst, die ich plötzlich nicht mehr losbekam. Plötzlich waren die Dämonen, von denen sich Martinus verfolgt wusste, als er in die Krypta flüchtete, für mich in diesem Moment genauso real wie für ihn. Nur, dass ich leider keinen schwarzen Lederbeutel mit einem heiligen Talisman besaß, der mich retten konnte.

Ich beschleunigte meine Schritte und eilte auf das Eingangsportal zu. Die ersten Regentropfen klatschen mir ins Gesicht, und ich war gleichermaßen unruhig und froh, das schwere Portal zu öffnen und das Innere zu betreten.

Drinnen war es angenehm kühl, dunkel und still. Durch die hohen Fenster fiel Lichtschein ein, und die zahlreichen brennenden Kerzen zeugten von geschäftigen, frommen, vor allem aber lebenden Mitmenschen, die ebenso pflichtbewusst wie andächtig ihre Arbeit verrichteten. Die mächtigen runden Säulen stützten ein gewaltiges und doch ungeheuer filigran wirkendes Gewölbe, wie große, alte Bäume mit dichtem Geäst. Ein Chor probte gerade ein wunderschönes Lied, das den ganzen Raum erfüllte, und eine Frauenstimme schwebte über allem wie die Stimme eines Engels. Plötzlich erschien es mir so, als habe ich eine entrückte Welt, eine Art Vorstufe zum Paradies betreten. Meine Ängste waren auf einen Schlag verschwunden.

Draußen hallte ein Donnerschlag, das Gewitter tobte sich jetzt ordentlich aus. Na egal. Hier war es schön trocken. Ich schlenderte andächtig durch die Seitenschiffe, vorbei an der Grabstätte des alten König Edward, dessen liegende

Statue friedlich zu schlafen schien, und erreichte eine kleine, aber wuchtige Tür an der Seite. Sie ließ sich leicht öffnen. Sie führte in den Kreuzgang.

Es war mir, als beträte ich einen Traum. Die langen Gänge waren voller Säulen, die sich fächerartig nach oben verzweigten und das Gewölbe bildeten wie in einem verwunschenen Wald, der in die Unendlichkeit führte. Staunend wandelte ich die Laubengänge entlang, schaute auf die verschlungenen Ornamente, erkundete die Nischen, die ab und zu auftauchten, und betrachtete die bunten Fenster, die lauter biblische Geschichten darstellten. Wieder waren lauter Engel dabei, viele mit Musikinstrumenten: Posaunen, Trompeten, Schalmeien, Harfen, Violinen, singend und sogar tanzend. Darstellungen von Obstbäumen, Brunnen und Blumen waren dort, von Vögeln und Schafen, und sogar ein Regenbogen erstrahlte in einem der Spitzbögen. Wer auch immer die Fenster gestaltet haben mochte: Er hatte Sinn für Schönes und Vergnügliches. Eigenartig – genau wie die tanzende Enaid.

Wo nur mochte sie geblieben sein?

Wäre ich Martinus gewesen, ich hätte die Figur gehütet wie meinen Augapfel und irgendwann jemandem weitergegeben, zu dem ich größtes Vertrauen habe. Und wenn es diesen Menschen nicht gegeben hätte, hätte ich sie versteckt, in der Hoffnung, dass ein wohlgesonnener Mensch sie entdeckt und nicht Valnir oder einer seiner Handlanger. Also an einem heiligen, nicht durch Gewalt oder Niedertracht entweihten Ort.

Ich merkte, dass ich die Zeit völlig vergessen hatte. Ich lenkte meine Schritte wieder in Richtung der Hauptkathedrale. Der Chor sang noch immer, und wieder tauchte ich ein in die mystische Atmosphäre. Hier würde sich Valnir garantiert nicht wohlfühlen. Viel zu viel Schönheit, viel zu viel Glück. Ich musste an die zufrieden zechenden Sachsen denken.

Ich trat nach draußen. Das Gewitter hatte sich verzogen. Jetzt war es wieder hell. Die Wiesen dampften, von den Bäumen tropfte noch das restliche Wasser. Die Turmuhr schlug zwei Uhr. Ich hatte also noch Zeit.

Über der Stadt erschien ein Regenbogen, genau wie in dem Kirchenfenster. Ich weiß nicht mehr, ob ich damals wirklich daran glaubte, dass unsere Mutter geheilt werden könnte und dass alles gut werden würde. Tatsache ist, dass ich es glauben *wollte*. Ich klammerte mich an alles, was ein Hinweis darauf sein konnte, so wie dieser Regenbogen, der verkündete, dass das Unwetter vorbei ist, und wie die Kathedrale, die mir Schutz und Trost gegeben hatte und ihren Fenstern mit den schönen Bildern vom Leben.

Da ich nicht so recht etwas mit mir anzufangen wusste, machte ich mich auf den Weg zurück zur Bibliothek. Vielleicht war ja auch für mich dort etwas Interessantes zu finden. Und was Großvater dort erforschte, machte mich ohnehin neugierig.

Ich fand sie ohne Probleme wieder, erklomm die breiten Stufen und erkundigte mich nach Großvater. Die ältliche Dame mit der kleinen, runden Brille beäugte mich, als sei ich ein erstaunliches Buch aus vergangenen Zeiten.

»Du bist Konrad Adler? Dein Großvater hat dich bereits angekündigt. Du findest ihn im Magazin. Die Treppe dort, dann links den Flur entlang. Melde dich dort bei Bibliothekar Todd, er wird dich zu ihm einlassen.«

Sieh da, Großvater hatte also mit mir gerechnet! Nicht ohne Stolz tänzelte ich die Treppe hinauf und strebte auf die massive Eichentür zu, die von der Tür zum Bibliothekarsbüro flankiert war. Ich wollte schon anklopfen, als ich erstarrte.

Ich hörte Stimmen. Und ich kannte eine von ihnen.

Wie ein Krächzen, das an eine rostige Knarre erinnerte. Und dann wieder wie das Grunzen eines Wildschweins, denn die Stimme schwoll zu einem bedrohlichen Donner an.

Mein Herz klopfte. Und doch verhielt ich mich mucksmäuschenstill und drückte mein Ohr an die Bürotür.

»Ich habe Ihnen doch so schnell als möglich Bescheid gegeben!«, sagte eine dünne, höhere Stimme, vermutlich die des Bibliothekars.

»Aber Sie wussten doch, dass er heute kommen würde! Wieso erfahre ich das erst jetzt?«

»Woher soll ich das denn gewusst haben? Er pflegt seine Ankunft nicht anzukündigen. Warum sollte er auch? Er ist einer der Unterstützer unserer Bibliothek. Er kann hier ein- und ausgehen, wie es ihm beliebt.«

Der Fremde stieß ein Fauchen aus wie das eines Raubtieres.

»Welche Bücher studiert er gerade? Ich will es wissen!«, herrschte er den Bibliothekar an.

»Aber das weiß ich doch nicht! Ich kann ihn doch nicht überwachen! Und es gibt keine Gucklöcher zum Magazin!«

Ich vernahm ein Knurren, gefolgt von heftigem Atmen.

»Jetzt regen Sie sich doch nicht so auf ...«

»Sehen Sie nach! Sofort!« Es klang jetzt wie ferner Donner, so wie kurz vor einem Unwetter, wo sich der Himmel schon grün-grau verfärbt und der Sturm jeden Moment ausbrechen wird.

»Das ist nicht möglich. Er hat sich jede Störung verbeten und ich gedenke das zu respektieren.«

Alle Achtung. Den Bibliothekar hatte er offenbar noch nicht vollständig in der Hand. Wer weiß, wie lange noch.

Anstatt an der Bürotür zu klopfen, drehte ich den Knauf zur schweren Tür des Magazins. Sie schwang lautlos auf, und ich drückte mich hindurch.

Großvater saß hinter einigen Regalen an einem großen Pult an einem hohen Fenster und war in ein dickes Buch vertieft. Das Geräusch meiner Schritte auf den knarrenden Holzdielen ließ ihn unwillig auffahren. Als er mich erblickte, entspannten sich seine Gesichtszüge.

»Du bist es«, stellte er befriedigt fest. »Interessierst du dich womöglich auch für den alten Kram hier?«

»Oh ja. Sehr sogar. Obwohl ich noch nicht so viel davon verstehe«, antwortete ich.

»Das kommt mit der Zeit ... und mit dem Wissen. Schau einmal, da du dich doch neulich so für das mittelalterliche Klosterleben interessiertest ...«

Er zog ein uraltes Buch heran, das aussah, wie ich mir ein altes Zauberbuch vorstelle. Es war in Leder gebunden und seine Seiten waren offenbar aus echtem Pergament.

»Es ist ein Heilkundebuch aus dem 12. Jahrhundert«, bemerkte er und zog sich ein paar dünne Seidenhandschuhe über. »Man sollte es nicht mit bloßen Händen berühren«, fügte er hinzu. »Es wird einem Abt von St. John-on-the-Hills zugeschrieben, Adelmus von Rochester.«

Adelmus von Rochester! Ich glaubte meinen Ohren nicht zu trauen.

Großvater schlug das ehrwürdige Buch auf. Es war über und über mit Schriftzeichen bedeckt, die phantastisch aussahen, aber für mich keinen Sinn ergaben. Hinzu kamen auf fast jeder Seite zahlreiche farbige Zeichnungen, die Pflanzen darstellten, aber auch menschliche Gliedmaßen, sogar Organe. Und hin und wieder Teufel und Dämonen.

»Es ist in einer damals gebräuchlichen Form des Kirchenlateins verfasst«, erklärte Großvater Neville. »Und dann wieder in einer Sprache, die mysteriös ist. Ich vermute entweder einen damals gebräuchlichen regionalen Dialekt oder womöglich eine Art Sondersprache, die entwickelt wurde, um geheime Informationen nur unter Fachleuten auszutauschen.«

»Ich wusste nicht, dass damals schon so genau die menschliche Anatomie erforscht wurde«, sagte ich.

»Das war auch etwas, was nur wenige taten. Offiziell lag alles in Gottes Hand, man sollte nur demütig sein und glauben. Aber es gab immer wieder Gelehrte, die der Auffassung waren, dass Gott ihnen ihren Verstand gegeben habe, damit sie ihn anwendeten - was sie dann auch taten. Aber die meisten konnten diesem Wissen nicht folgen und hielten dann alles, was ihnen unverständlich war, schnell für Teufelszeug. Daher musste man immer wieder darlegen, wie gut und gottgefällig dieses Tun ist. Aber du siehst den Zwiespalt, der sich da auftat, auch in diesen Zeichnungen hier. Die Krankheiten sind als Teufel dargestellt, die heilbringenden Behandlungen als Engel. Das hat schon damals jeder Bauer verstanden.«

Er blätterte vorsichtig weiter. Dann stieß er auf eine Seite, wo auf dem Bereich nahe dem Bund ein wenige Inches großes Rechteck herausgeschnitten war. Dies wiederholte sich auf den folgenden Seiten, immer an der gleichen Stelle.

»Was ist das dort?«, fragte ich.

»Ich weiß es nicht«, sagte er grübelnd. »Diese Aussparung wurde vor langer Zeit angebracht, man sieht es an der Verfärbung der Schnittränder. Aber ich weiß nicht warum. Ich vermute, dass etwas, was man als verfänglich oder gar blasphemisch erachtet hat, entfernen wollte.«

Mich durchzuckte eine Idee. Nervös sah ich zur Tür.

»Lass uns das Buch wegschließen«, sagte ich.

Großvater Neville sah mich erstaunt an. »Warum? Interessiert es dich nicht?«

»Doch. Sehr. Ich erkläre dir gleich, warum. Aber es interessieren mich auch noch andere.«

Er verstand bemerkenswert schnell und klappte augenblicklich das Buch zu, ohne weitere Fragen zu schnellen. Mit erstaunlicher Behändigkeit packte er das große schwere Manuskript, eilte damit zum Tresor, einem wuchtigen stählernen Schrank, und legte es dort auf eine Ablage, um unverzüglich zu seinem Platz zurückzukehren.

In diesem Moment klopfte es. Dann öffnete sich die Tür. Ein alter, kleiner Mann mit schlohweißem Haar betrat den Raum.

»Verzeihen Sie, Herr Professor Brooks!« Ich erkannte seine Stimme als die des Bibliothekars. »Ich wollte nur nachfragen, ob alles in Ordnung ist. Benötigen Sie etwas?« Damit huschte er in unsere Richtung und inspizierte mit hastigem Blick die Bücher auf Großvaters Pult.

»Was soll ich benötigen? Ich habe alles, was ich brauche. Aber wenn Sie eine Tasse Tee für mich hätten, wäre es äußerst zuvorkommend.«

Ronald kam für seine Verhältnisse pünktlich zum vereinbarten Treffpunkt. Wir bekamen unseren Zug wie geplant. Er tat wie üblich leicht gelangweilt, und auf meine Frage, was er die ganze Zeit gemacht hatte, sagte er nur »Herumgelaufen.« Er wirkte müde und schlief auf der Zugfahrt fast ein. Als Walter uns wie verabredet mit dem Fuhrwerk abholte, lümmelte er sich wie gewohnt auf die Strohsäcke der Ladefläche, während Großvater und ich zu Walter auf den Kutschbock kletterten.

Großvater erwähnte unsere Unterhaltung mit keinem Wort. Beim Abendessen fiel ich hungrig über die Bratwürste her, die Elizabeth für uns gemacht hatte, und auch Ronald haute ordentlich rein. Großvater überreichte mir noch mit vielsagendem Blick ein Buch aus seiner Bibliothek über das heilkundige Wirken einer gewissen Hildegard von Bingen, von der ich damals noch nie etwas gehört hatte. Ich nahm es mit in mein Bett und schmökerte noch etwas darin, bis mich ein Rumpeln, gefolgt von schnellen Schritten aufhorchen ließ. Es kam von unten, und dann vernahm ich ein Würgen und Stöhnen, das mir das Blut in den Adern gefrieren ließ.

Zitternd ergriff ich den Kerzenleuchter auf meinem Nachttisch, schlüpfte aus dem Bett und lauschte an meiner Tür. Dann öffnete ich sie und stieg die Wendeltreppe hinab.

Die Geräusche kamen tatsächlich aus dem Erdgeschoss, und zwar aus dem Bad. Ein schmaler Lichtspalt unter der Tür zeigte mir, dass dort etwas stattfand. Jemand schien sich in höllischen Schmerzen zu winden. Ich schritt auf die Tür zu und öffnete sie.

Ronald kniete vor dem Klo und rülpste einen gewaltigen Schwall bräunlicher Kotze in die Schüssel. Er war käseweiß, fast grün im Gesicht, auch wenn das weiße Lampenlicht diesen Eindruck noch betonte.

»Ron, was ist? Bist du krank?«

Ronald atmete schwer und blickte erschöpft zu mir. In diesem Moment war seine übliche Blasiertheit völlig verschwunden, er wirkte nur elend und mickrig.

»Scheiß Whisky«, ächzte er.

»Du hast in Gloucester Whisky gesoffen?«

»Habs halt mal probiert.«

Er würgte erneut und eine weitere Ladung Mageninhalt schoss in das Klo. Er atmete wie ein Ertrinkender, der endlich wieder Luft bekommt. »Das mach ich nie wieder!«, brachte er leidend hervor. Er stützte sich auf die Klobrille, langte nach Papier und wischte die Spritzer ab. »Oh Mann!«

»Na, die Erfahrung machen wohl viele«, tröstete ich ihn. Er nickte ergeben. »Puah, hoffentlich ist jetzt Schluss damit«, murmelte er erschöpft. Seine Stirn war mit Schweißperlen bedeckt.

»Ist bestimmt alles draußen«, meinte ich. »So viel hat im Magen ja gar nicht Platz.«

»Hast du eine Ahnung«, sagte er. Im nächsten Moment stürzte er wieder zur Kloschüssel und spritzte drei weitere Ladungen Flüssigkeit aus sich heraus.

»Na, das war bestimmt nicht nur Whisky«, stellte ich fest.

Ronald tat mir wirklich leid. Ich konnte seine hochnäsige Art nicht ausstehen, aber jetzt wirkte er so hilflos und schwach, dass ich nur hoffte, dass er jetzt alles überstanden hatte.

»Nein«, würgte er schließlich. »Ich habe eine kleine Tour durch ein paar Pubs gemacht. Mal ein Ale dort, ein Bier da … ein Stout und halt ein paar Whiskys. Merk's dir: Mach nie so einen Blödsinn. Du siehst ja, was das mit einem macht.«

Ich weiß in der Tat nicht, wie es Ronald in der Nacht noch ergangen ist. Ich jedenfalls begab mich zurück in mein Bett und tauchte schon bald so tief in einen Traum ein, dass ich nichts mehr um mich herum mitbekam.

12. Anne, die Apothekerin

ehnige, kräftige Hände waren es, die flink und routiniert arbeiteten. Richard Lees Hände. Gerade war er dabei, Weidenrindentinktur in Flaschen abzufüllen. Er hatte dazu einen großen Trichter mit einem Tuch ausgekleidet und goss die trübe, braune Flüssigkeit sorgfältig hinein, so dass sie deutlich klarer und heller in die grünlichen Flaschen rann. Kein Tropfen ging daneben.

»Hiermit haben wir wieder einen guten Vorrat«, erklärte er seiner Tochter Anne, die aufmerksam dabeistand und wie üblich jedem Wort ihres Vaters gebannt lauschte. »Den werden wir auch brauchen. Weiß der Teufel, was das für eine Krankheit ist, die unser Land gerade heimsucht.«

Die Heilung von Menschen war Richard Lees Passion. Unermüdlich experimentierte er mit den verschiedensten Materialien, kaufte exotische Wurzeln und Blätter von fahrenden Händlern aus den fernsten Ländern, reiste in ganz England herum und traf gelehrte Männer, um sich über neueste Erkenntnisse der Medizin zu informieren. Im Jahre 1548 hatte er sogar John Kayes, den königlichen Leibarzt, in London treffen dürfen.

Gelegentlich durchstreifte er die umliegenden Dörfer und Höfe, um sich Informationen über alte bewährte Hausmittel zu beschaffen, die den gelehrten Experten bislang entgangen waren. Böse Zungen behaupteten sogar, er hole sich bei heidnischen Hexen Rat, oder beim Teufel selbst. Dagegen sprach aber sein segensreiches Wirken; weit über St. John-on-the-Hills hinaus war er bekannt, und selbst die Fürsten von Gloucester holten seinen Rat ein, wie auch der Bischof selbst.

In den letzten Jahrzehnten hatte die Pest England mehrfach heimgesucht. Das ehemalige Kloster, mitten im *Forrest of Dean* gelegen, diente in diesen Zeiten als Pesthaus. Abgelegen wie es war, konnten hier die Kranken vom Rest der

Bevölkerung isoliert und betreut werden. Doch diese neue Krankheit war anders.

Besonders junge, kräftige Männer bekamen plötzlich hohes Fieber. Innerhalb kürzester Zeit wurden sie von schlimmen Schweißausbrüchen gepeinigt. Die meisten starben bereits innerhalb eines einzigen Tages. Bereits viermal hatte die Seuche England heimgesucht, und nun, 1551, schien sie ein fünftes Mal zu wüten.

Ein heftiges Pochen an der Tür ließ Richard und Anne zusammenzucken.

»Öffne!«

In der Tür zu Richard Lees Materialistenstube, die Anne entriegelte, stand ein Soldat in voller Rüstung. Ein Offizier mit schwarzer Ballonhose, engem Mühlsteinkragen, verziertem Harnisch und langem Degen an der Seite. Sein Helm schimmerte silbern im Gegenlicht.

Richard eilte auf ihn zu. »Sir Rackham! Wer ist krank?«

»Drei meiner Männer.«

»Seit wann?«

»Seit heute morgen. Sie klagten über Kopfschmerzen und Übelkeit, so dass wir erst dachten, es sei von zu viel schlechtem Wein. Aber dann begannen sie, heftig zu zittern und bekamen starke Schmerzen. Und sie haben vor irgendetwas Angst.«

»Ihr müsst sie sofort von den anderen wegbringen. So müsst ihr mit jedem verfahren, der diese Symptome zeigt. Am besten bringt ihr sie hierher ins Hospital. Ich werde dort sein.«

»Können wir bis dahin etwas für sie tun?«

»Gebt ihnen viel zu trinken. Aber nur frisches Quellwasser. Oder Bier. Berührt sie nicht mit bloßen Händen, wickelt eure Hände in Tücher. Verbrennt diese, wenn ihr sie hierher geschafft habt.«

»Wir werden es genauso tun, wie Ihr gesagt habt!« Sir Rackham wandte sich zum Gehen.

»Wartet!« Richard trat zu ihm. »Achtet darauf, dass Eure Männer sich öfter waschen. Vermeidet den Kontakt zu Ratten und Vögeln.«

»Ihr meint, sie tragen die Krankheit?«

»Ich vermute es, ja. Daher müsst ihr auch dafür sorgen, dass euer Essen nicht mit ihnen in Berührung kommt.«

Der Offizier gab den drei draußen wartenden Soldaten einen Wink. Sie bestiegen ihre Pferde und jagten davon.

Richard sah zu Anne. »Es gibt zu tun. Wir brauchen den Mohnsaft in reichlicher Menge, das wird ihre Schmerzen lindern. Vielleicht vertreibt es auch die bösen Geister, die sie derzeit zu sehen glauben. Dazu fünf Flaschen von der Weidentinktur. Vielleicht gelingt es uns damit, das Fieber zu senken. Und nimm eine große Flasche Branntwein mit. Ich nehme den Kessel und den Sack frischer Tücher.«

Anne war bereits geübt im Zusammenstellen der Arzneien. Sie packte noch zusätzlich Löffel und Becher in den Korb, feste Kordel und einige Lappen. Richard ergriff seinen breitkrempigen Schlapphut. Dann machten sie sich auf den Weg.

Richard Lees Apotheke hatte bereits in den Zeiten der Mönche als Labor und Kräuterstube gedient. Er selbst lebte mit Anne im Stockwerk darüber, dort wo früher die Räumlichkeiten der Äbte gewesen waren. Das Hauptgebäude, in denen die Mönche früher speisten und schliefen, war nun das Hospital. Die Kranken waren auf Strohlagern im früheren Dormitorium untergebracht. Um zum Hospital zu gelangen, musste man die Apotheke verlassen und den Hof überqueren. Das war auch gut so, denn ausgerechnet diese Seuche ließ die Elenden aufs Heftigste schwitzen, so sehr wie Richard es noch nie zuvor jemals gesehen hatte. Dazu sonderten sie einen derart stechenden Geruch ab, dass jedermann schnell übel wurde, wenn er auch nur in die Nähe kam. Die akut bedürftigen Kranken lagerten in einem großen Saal, doch die anderen – zumeist verwundete Soldaten – wurden auf die früheren Zellen verteilt, denn Richard hielt es für extrem wichtig, sie von den anderen zu isolieren. Schon in den Zeiten der Pest hatte er es so gemacht, und er hatte stets recht behalten.

»Woher rührt dieser entsetzliche Gestank?« Anne war es gewohnt, über alles Fragen zu stellen, was immer es auch war, und Richard pflegte ihr immer zu antworten.

»Ich weiß es nicht«, musste er diesmal zugeben, »aber übler Geruch verweist immer auf Vorgänge von Fäulnis und Zersetzung. Über den Schweiß gelangt das Kranke aus dem Körper an die Oberfläche, und da die Kranken so heftig schwitzen, müssen wir ihnen so viel Flüssigkeit wie möglich zurückgeben.«

Die Kranken, die an dem litten, was auf dem Kontinent bald der »englische Schweiß« genannt wurde, starben meist innerhalb eines einzigen Tages. Ihre Leiber wurden außerhalb der Klostermauern verbrannt, samt ihrer Kleidung. Die Soldaten, die gleich eintreffen würden, waren wieder die ersten, die den großen Saal bevölkern würden – vermutlich wieder nur für einen Tag.

Sie ließen nicht lang auf sich warten. Das Hauptquartier war einige Meilen entfernt, in einem neu erbauten Anwesen, das die Einheimischen »Blackwell Manor« nannten – wegen der Quellen, die in den undurchdringlichen schwarzen Wäldern an die Oberfläche traten. Doch die Militärstraße war gut ausgebaut; sie führte durch das Dorf, das noch vor ein paar Jahrhunderten eine kleine sächsische Siedlung gewesen war, und bald darauf schloss sich der Pfad an, der sich bis an die mächtigen Klostermauern hinaufschlängelte. Gleich zwei Pferdekarren fuhren nun durch den großen Bogen in den Klosterhof ein, dort, wo Richard ein Feuer entfacht hatte, über dem der große Kessel hing, in dem das Wasser bereits zu sieden begann.

Richard trat auf die Karren zu. Etwa zwölf schwitzende Männer lagen darauf, sechs auf jedem. Ein ekelerregender Geruch entströmte ihnen.

»Sagte Euer Offizier nicht, es wären nur drei?«

»Inzwischen sind es zwölf«, entgegnete der Anführer kurz. »Heilt sie, auf dass sie baldigst wieder ihren Dienst tun können.«

»Gemach«, sagte Richard. »Ich bin Arzt und Apotheker, aber kein Zauberer. Ich werde tun, was ich kann.«

»Das möchte ich Euch auch raten! So wahr ich Robert Gray heiße!«

Richard ignorierte den feindseligen Ton. Er betrachtete den Anführer: Ein hagerer, noch junger Mann mit Knebelbart, Rüschenkragen und einer Fasanenfeder am Helm, um seinen Stand zu betonen. Er hatte eine dünne, lange Nase und sehr dünne Lippen, die sich so über den Kiefer spannten, dass sie stets die Zähne verdeckten, so als habe er gar keine im Mund. Der Mensch war Richard sofort so unsympathisch, dass er innerlich Ekel empfand – fast mehr als vor dem Geruch der Kranken. Auch Anne spürte, wie ihr Vater ruhig und betont freundlich wurde. Diplomatisches Handeln tat hier not. Es war immer gefährlich, wenn Unsicherheit und Befehlsgewalt sich in einer Person vereinigten.

»Es geschehe, wie Ihr sagt. Bringt die Männer in die Krankenzimmer«, sagte Richard schlicht.

Der Anführer machte eine zackige Handbewegung.

»Halt! Umwickelt Eure Hände mit diesen Lappen!«, rief Richard, und schickte sich an, sie den Soldaten anzureichen, die von ihren Pferden abgestiegen waren, um ihre kranken Kameraden auszuladen.

»Wollt Ihr uns belehren, wie wir unsere Handreichungen zu verrichten haben?« Das Gesicht des Anführers wechselte von säuerlicher Verachtung zu verärgertem Stolz.

»Durchaus.«, sagte Richard. »Es dient Eurem Schutz und sorgt vor, dass Ihr Euch nicht ebenfalls ansteckt. Was Gott verhüten möge.«

»Ihr unterstellt, ich sei zu unbedarft, um es zu händeln?«

»Aber nicht doch! Doch woher solltet Ihr etwas wissen, das selbst ein Arzt nicht genau weiß?«

»Wir haben einen Heilkundigen in unseren Reihen, der uns bestens instruiert hat.«

Mit diesen Worten trat eine hochgewachsene Gestalt aus dem Schatten hinter den Karren hervor. Der Mann war ganz in schwarz gekleidet, war auffallend bleich und hatte schwarze Augenbrauen, gesträubt wie das Fell eines Wolfes. Über seiner hohen Stirn fiel sein pechschwarzes Haar bis auf die Schultern und umrahmte das gespenstische Gesicht wie die Nacht den Mond. Seine Augen hatten Farbe und Kälte von Eis, und sein kleiner Mund unter der langen Nase und über dem mächtigen Kinn entblößte ein paar spitze Zähne – wie die eines Raubtieres.

Richard fixierte den Fremden mit dem Blick eines Wissenden. Hier war Vorsicht geboten, und gleichzeitig musste man Einhalt gebieten, wenn man Gutes tun wollte.

»Nun, wenn Ihr so gut Bescheid wisst – warum heilt nicht Ihr die Kranken?«, sagte er zu dem Fremden.

»Mir fehlen die Mittel, die Ihr zur Verfügung habt.« Die Stimme des Fremden hörte sich frostig und rasselnd an – wie von einer rostigen Knarre. Er lächelte jetzt und wirkte jetzt wirklich wie ein menschlicher Wolf. »Lasst uns zusammenarbeiten, werter Mister Lee.«

»Ich glaube nicht, dass ich die Zusammenarbeit mit jemandem brauche, der im Begriffe ist, seine Patienten ins Verderben zu führen, und noch dazu dabei ist, die Gesunden in möglichst hoher Zahl zu Kranken zu machen.«

Das Lächeln des Fremden wich nicht aus seinem Gesicht. Er schien sich fast über Richards Antwort zu freuen.

»Woher nehmt Ihr die Arroganz, mich abzuweisen, wo ich doch die besten Absichten habe?«, flötete er und bleckte die scharfen Zähne. »Soweit mir bekannt ist, halten sich Eure Heilerfolge in Grenzen. Wer sagt uns denn, dass Ihr nicht die Euch Anvertrauen mit Euren eigenwilligen Methoden umbringt?«

Richard blieb ruhig. »Ich habe keine Zeit, mich mit Euch über Eure Ehre und Fähigkeiten auseinanderzusetzen. Respektiert es, dass ich Eure Anwesenheit hier nicht dulde. Verzeiht, wenn ich nun Wichtigeres zu tun habe. Die Patienten brauchen meine Hilfe.«

Mit diesem Worten ließ er den Fremden stehen und dirigierte die Soldaten, die die stöhnenden und teilweise heftig phantasierenden Kranken ins Hospital schleppten. Gottlob hatten sie Richards Anweisung mit den Lappen befolgt.

Einige Frauen aus dem Dorf begannen sofort, den Kranken mit kalten Tüchern den Schweiß abzuwischen und ihnen frisches Wasser einzuflößen. Es waren vier, und sie gehörten mittlerweile zum festen Personal der Einrichtung. Noch war es für Richard ein Rätsel, warum Frauen und Kinder fast nie an der mysteriösen Seuche erkrankten – es waren fast ausschließlich junge, kräftige Männer, vor allem Soldaten und solche aus höheren Kreisen, weshalb die Adeligen aus der Gegend hohe Summen an Geld bereitstellten, um die ärztliche Kunst zu unterstützen. Immerhin war im letzten Monat der Cousin des Barons von Barkley von der Krankheit genesen, den Richard fast rund um die Uhr versorgt hatte. Er hatte seinen Körper mit Branntwein abgerieben, so viel Wasser und Bier eingeflößt, wie er konnte, und regelmäßig Mohnsaft verabreicht. Mit kalten Essigwickeln um die Beine und einer ordentlichen Dosis Weidenrindentinktur hatte er das hohe Fieber senken können und nach einer Woche hatte der Kranke begonnen, sich zu erholen. Aber was sollte er nur tun, wenn auf einmal so viele Kranke eingeliefert wurden?

Er packte den Kessel mit dem dampfenden Wasser und schüttete es in einen Holzzuber. »Wascht Eure Hände mit heißem Wasser ab«, wies er sie Soldaten an. »Werft die Lappen ins Feuer.« Sie taten, wie ihnen geheißen.

Richard trat zu dem Anführer. »Ihr seid ein umsichtiger und tapferer Mann, Robert Gray«, sagte er ihm. »Sir Rackham wird sich glücklich schätzen, Euch in seinem Regiment zu haben! Selten habe ich gesehen, wie jemand so entschlossen handelt und ohne zu zögern das Richtige tut.«

Gray starrte ihn bewegungslos an. Dann stieß er ein billigendes Grunzen aus und gab per Handzeichen den Befehl zum Aufsitzen.

»Braucht Ihr noch etwas?«, fragte er Richard kurz und zackig.

»Nun: Ein paar Fässer Bier wären wichtig, ebenso einige Gallonen Branntwein. Die weiteren Arzneien stelle ich selbst her.«

»So sei es! Ich kümmere mich darum!«

»Euch schickt wahrlich der Himmel! Geht mit Gott!«

Der Anführer verzog keine Miene, nickte gefällig und gab Signal. Damit setzten sich Karren und Reiter in Bewegung. Der Fremde war verschwunden. Niemandem schien es aufzufallen.

»Warum warst du so freundlich zu diesem widerwärtigen Mann?«, flüsterte Anne. »Er hat doch alles falsch gemacht und wollte nichts einsehen!«

»Solche Leute muss man so behandeln«, murmelte Richard. »Sie kennen nur Freund oder Feind. Widerspricht man ihnen, so halten sie einen sofort für einen Gegner und tun alles, um einen zu vernichten.«

»Aber bei dem abscheulichen Fremden warst du anders!«

»Es gibt Menschen, mit denen lohnt es sich nicht mehr, lange zu reden. Es ist sinnlos, weil sie bereits zu tief von der Finsternis erfüllt sind. Man muss sie strikt am Handeln hindern.«

Der Tag war nun zu Ende und Richard setzte sich erschöpft an den Tisch seiner Stube, um ein Stück Brot mit Schmalz zu essen. Anne schenkte ihm einen Humpen Wein ein und er nahm einen großen Schluck.

»Morgen früh musst du als Erstes Brombeeren sammeln gehen«, sagte er zu Anne. »Sie helfen den Fieberigen, sich gegen ihre Krankheit zu wehren.«

»Woher hast du all dieses Wissen, Vater?«

»Ach … wenn es nur Wissen wäre! Vieles ist nichts als Experimentieren. Wenn man die Krankheiten genau verstehen könnte, wüsste man auch, wie man sie bekämpft.«

»Würden die meisten Ärzte jetzt nicht Aderlässe vornehmen?«

»Das ist wohl wahr! Doch ich scheue mich davor. Ich habe noch nie gesehen, dass es Kranken dadurch besser geht. Es sei denn durch Blutegel.«

Er stürzte noch einen ordentlichen Schluck Wein hinunter.

»Du hast mir schon viel erklärt«, sagte Anne. »Und du hast mich das Lesen gelehrt. Kann ich mir dein Wissen durch Bücher erwerben?«

Richard Lee betrachtete seine Tochter. Sie sah seiner verstorbenen Frau sehr ähnlich, oh ja, verdammt ähnlich. Und diese Neugierde, dieses Wissbegierige … das kannte er auch von ihr. So war auch er, und genau das hatte sie immer so verbunden.

»Bücher sind wie Menschen: sie können weise und gelehrt sein, oder aber falsch und voller Irrtümer«, antwortete er schließlich. »Sie wurden ja stets von Menschen geschrieben, und Menschen sind fehlbar. Aber auch ich habe vieles von meinem Wissen aus Büchern gelernt. Wir müssen sie nur mit unserem eigenen Wissen und unserer Erfahrung verbinden.«

Anne verschwand kurz in der Küche und kam kurz darauf mit einer dampfenden Pfanne zurück.

»Ich habe uns Speck gebraten«, sagte sie. »Du wirst morgen deine ganze Kraft brauchen.«

Richard spießte sein Messer hungrig in die brutzelnden und würzig duftenden Fleischstücke. Genau das richtige nach diesem anstrengenden Tag. Dreizehn Jahre war seine Tochter alt, aber sie verhielt sich, als sei sie erwachsen.

Trotz allem Schmerz, den er im Leben bereits erlitten hatte, war er doch vom Glück gesegnet.

13. Ratten im Hospital

Bereits im Morgengrauen erhob sich Richard von seinem Lager, um sich anzukleiden und dann gleich zum Hospital zu eilen, um dort nach dem Rechten zu sehen, ein Feuer zu machen und erneut heißes Wasser zu bereiten. Anne hatte unruhig geschlafen, ähnlich wie sie es bei ihrem Vater wahrgenommen hatte. Sie hatte einen eigenartigen Traum gehabt – sie stand, mit noch vier anderen in einem Kreis und sie hielten sich an den Händen. Es waren drei Jungen und außer ihr noch ein Mädchen, und sie alle sangen etwas. Eine eigenartige Kraft wohnte in dieser Gemeinschaft, und sie erwachte wie aus einer magischen Vision.

Anne stand gleichzeitig mit ihrem Vater auf, schlüpfte in ihr Kleid, nahm den Mantel, griff sich den Korb, band ihre Stiefel, setzte ihre Haube auf und marschierte los. Sie ging an der Kirche vorbei, passierte die verfallenen Stallungen, stieg einen Abhang hinunter und betrat das Marschland. Dort standen drei uralte, mannshohe Steine, die selber wie verwandelte Soldaten aussahen.

Es war nass und sumpfig dort, aber sie hatte gelernt, die trockenen Stellen zu erkennen. Die Zeit der Moosbeeren war schon vorbei, aber die Brombeeren konnten nun, da der Sommer vorbei ging, zuhauf gesammelt werden.

Jetzt, im Herbst, waberte der Morgennebel über dem Boden. Die Luft schmeckte frisch und kalt. Die Sonne erleuchtete bereits gelb den Himmel, aber aufgegangen war sie noch nicht. Ihr zartes Licht mischte sich mit der letzten graublauen Düsternis der Nacht, und noch schien hinter jedem Busch ein Kobold oder Leprachaun zu lauern.

Anne fand die ersten üppig bestückten Brombeersträucher in der Nähe des großen Findlings, der hell und mächtig die Sumpfebene beherrschte. Sie pflückte die kleinen, schwarzen Früchte emsig und ununterbrochen, aber der Korb schien sich kaum zu füllen. Als alles, was reif war, abgeerntet schien, setzte sie ihren Weg fort in Richtung der heidnischen Tumuli, vor denen die Priester stets warnten.

Die Bäume auf den Hügeln schienen auf sie zu warten, und es war schwer zu entscheiden, ob sie feindselig oder nur erwartungsvoll blickten. Bedächtig erklomm sie die Anhöhe. Die Düsternis der Szenerie mischte sich eigenartig mit dem goldenen Licht, das der Sonnenaufgang nun verströmte.

Anne trat zwischen die wartenden Bäume. Direkt unter ihr breitete sich eine runde Lichtung aus, gesäumt von den Hügeln. Eine Gruppe von groben Steinen bildete einen Kreis – wie Wächter, die seit Urzeiten hier standen. Anne erinnerte sich jetzt an die Mythen der Alten, die immerfort erzählt wurden. Jetzt, da sie an einem solch magischen Ort war, begann sie fast, an die Anderswelt zu glauben.

Sie rief sich alles in den Sinn, was sie von ihrem Vater gelernt hatte. Glaube nur das, was du siehst! Misstraue deinem ersten Eindruck! Überprüfe alles, was dir mitgeteilt wird!

Es waren nur Bäume. Nur Steine. Und in der Lichtung, mitten im Steinkreis, stand jemand. Kein Kobold, kein Gnom.

Anne stieg vorsichtig den Hügel hinab. Das Gras war voller Tau und rutschig, und es duftete überall nach feuchter Erde. Sie trat durch die mächtigen Steine. Alles war real, keine Geister, keine Feen. Nur ein Junge, etwa in ihrem Alter. Er trug eine Mönchskutte. Seltsam. Und gefährlich.

»Du solltest nicht in diesem Aufzug hier erscheinen. Das ist nicht gut.« Sie hatte sofort die verhaltene Angst, er sei in Gefahr.

»Wer sollte sich daran stören?« Seine Stimme war hell, jugendlich. Angenehm.

»Na, die Königstreuen! Ihr Mönche wurdet doch alle verjagt und ermordet!« Sie schlug die Hand vor den Mund. Es war ihr, als habe sie etwas Falsches gesagt.

»Ich lebe«, stellte der junge Mönch fest.

»Aber nicht mehr lange, wenn du nicht aufpasst! Unser junger König Eduard … er setzt doch fort was sein schrecklicher Vater begonnen hat!«

»Es kümmert mich nicht. Ich habe mich schon gegen größere Dämonen zur Wehr gesetzt.«

»Ich rede nicht von Dämonen! Ich rede von Soldaten! Von zornigen Männern und Frauen! Von Dienern der neuen Kirche!«

»Wo ist der Unterschied?«

Anne war einen Moment sprachlos. »Wie meinst du das?«, fragte sie schließlich.

»Sind von einer bösen Idee besessene Menschen nicht den Dämonen gleich?«

Der junge Mönch wanderte ein wenig herum, ohne sie aus den Augen zu lassen. »Was sammelst du da in deinem Korb?«, fragte er nach einer Weile.

»Brombeeren. Für meinen Vater.«

»Oh. Möchtest du ihm damit eine Freude machen?«

»Ja. Und nein. Er braucht sie. Ich möchte ihm helfen.«

»Und wobei sollten die Brombeeren nützen?«

»Er sagt, sie helfen den Kranken, sich selbst zu helfen.«

»Den Kranken?« Er wirkte jetzt deutlich wacher. »Ist dein Vater ein Heiler?«

Die Sonne war jetzt aufgegangen und tauchte alles in ein goldenes Licht. Die Steine schimmerten jetzt, als hätten sie goldene Rüstungen.

Anne wurde jetzt ruhiger. »Mein Vater ist Materialist«, sagte sie. »Er sammelt Kräuter, Wurzeln, Steine, Blüten … und Beeren. Er macht daraus Tinkturen, Essenzen, Elixiere, Aufgüsse … er ist der bekannteste Apotheker der Region. Richard Lee. Du hast bestimmt schon von ihm gehört! Sein Labor ist im ehemaligen Kloster.«

Der junge Mönch schien erst verunsichert, dann aber traurig. »Gibt es das Kloster nicht mehr?«, fragte er nach einer Weile.

»Oh doch!« Anne biss sich auf die Lippen. Noch konnte sie nicht so recht einordnen, wen sie da eigentlich vor sich hatte.

»Verzeih mir, ich habe mich gar nicht vorgestellt!«, wechselte sie das Thema. »Mein Name ist Anne Lee!«

Der Mönch lächelte. »Mein Name ist Martinus.«

»Und wo lebst du?«

»Ach … ganz in der Nähe.«

Er deutete auf Annes Korb. »Ich interessiere mich auch für die Heilkunst. Ich habe viel von meinem Meister gelernt.«

»Die Heilkunst ist wie ein Kampf gegen die bösen Geister. Manchmal weiß man nicht, gegen wen oder was man kämpft.«

»Ja. Wie gegen Dämonen. Aber es gibt immer ein Mittel gegen sie.«

»Was sollte das sein?«

Martinus trat an sie heran. Eine ganze Weile betrachtete er sie. »Du erinnerst mich an Enaid«, sagte er dann.

»Wer ist Enaid?«

»Nun …« Er wirkte etwas verschämt. »Enaid bedeutet bei den alten Kelten ›Seele‹. Sie verkörpert alles, was schön ist, was lebendig und glücklich macht. Der Duft des Grases, der blühenden Rosen … der Geruch von frisch gebackenem Brot, von einer dampfenden Suppe. Das Licht der Morgenröte. Das Funkeln der Sterne. Das Zwitschern der Vögel, das Summen der Hummeln und Bienen. Der Klang von Musik. Das Lächeln eines lieben Menschen. Der Gesang der Engel.«

Anne stand da wie gebannt. »Das ist das Schönste, was ich je gehört habe«, sagte sie. Sie starrte Martinus in die Augen. »Ich … ich hätte nie gedacht, so etwas von einem Mönch zu hören.«

Martinus blickte zu Boden. »Ich hatte nie die Gelegenheit, das jemandem wie dir zu sagen. Wir Mönche leben in strenger Einkehr.«

»Das ist sehr schade.«

»Ja. Vielleicht.«

Er stocherte mit seinen groben Lederschuhen im Boden herum, als male er magische Zeichen. Aber wahrscheinlich war er einfach nur verlegen.

»Wieso lebst du in einem Kloster? Magst du niemals eine Frau haben? Und Kinder? Eine Familie?«

Martinus zuckte mit den Schultern. »Für mich war das Kloster das Beste«, sagte er. »Meine Eltern starben, als ich geboren wurde. Die Mönche gaben mir ein Zuhause. Alles, was ich bin, verdanke ich ihnen.«

»Und alles, was du weißt, hat dir dein Meister beigebracht!«

»Ja so ist es! Er heißt Adelmus und ist ein wahrhaft weiser Mann! Er ist streng, aber auch gütig. Er ist für mich das, was andere einen Vater nennen.«

»Das ist schön. Ich habe wenigstens einen Vater. Aber meine Mutter ist tot.«

»Da musst du wohl sehr tapfer sein.«

»Ich versuche es.«

Martinus schwieg eine Weile.

»Es gibt da etwas, das gegen Dämonen hilft. Damit meine ich nicht nur Geister, Teufel und Unholde. Oder böse Menschen. Ich meine alles, was Verderben bringt. Auch Krankheiten, Wahnsinn und Trübsal.«

»Das könnte ich wahrlich gut brauchen! Wir wissen derzeit gar nicht, was wir für die vielen Männer tun können, die in unserem Hospital mit dem Tode ringen!«

Martinus wandte sich zu Anne. »Dann war es Gottes Wille, dass wir uns heute hier treffen! Ich besitze etwas, das die Kraft gibt, Kranke zu heilen und Verderben abzuwenden. Ich möchte, dass du es auch hast.«

Anne wusste nicht recht, was sie davon halten sollte. Mittelalterlicher Aberglaube? Religiöser Eifer? Irrsinn? Aber Martinus wirkte ... so normal. So *echt*.

»Es ist eine kleine Figur«, sagte er verhalten. »Die Figur der Enaid. Du wirst sie erkennen, wenn du sie in Händen hältst.«

»Wie bekomme ich sie?«

»Ich habe sie versteckt. In einem Buch.«

»In welchem Buch?«

»Ich hoffe inständig, dass es dir zugänglich ist. Dein Vater wird es kennen. Es ist eine Handschrift, die mein Meister, Adelmus von Rochester, verfasst hat, und an der ich ein wenig mitgewirkt habe. Das Buch dokumentiert unser Wissen über die Heilkunst. Das Sammeln von Kräutern und Wurzeln, das Brauen von Tränken, das Versorgen von Wunden ...«

Er wirkte jetzt aufgeregt. »Ich habe in diesem Buch auf mehreren Seiten ein kleines Stück herausgeschnitten, so dass ein kleines Fach entstand. Ich habe die Figur der Enaid dort hineingelegt. Dort wirst du sie finden.«

»Und warum gibst du sie mir nicht direkt?«

»Weil ich sie dann nicht mehr habe.«

Anne schwieg verwirrt. Irgendwie schien in Martinus' Argumentation ein Fehler zu sein.

»Das heißt ... wenn ich sie selber finde, haben wir sie beide?«

»So ist es.«

Das entbehrte jeder Logik. Aber vielleicht musste sie das auch nicht verstehen. Martinus jedenfalls schien genau zu wissen, wovon er sprach. Sie entschloss sich, alles erst einmal so hinzunehmen, wie er sagte.

»Wie wird mir diese Figur nützen?«, setzte sie das Gespräch fort.

»Das wirst du erkennen, sobald du sie in Händen hältst«, erklärte Martinus. »Du wirst die lebendige Kraft spüren, die in ihr ist. Aber eines ist wichtig: du musst es reinen Herzens tun. Lege die Figur den Kranken auf, auf ihre Wunden, ihr Herz, ihre Stirn ...«

Er sah sie an, als überprüfe er, ob Anne ihm glaubte. »Alles Verderbende wird dich fürchten, so mächtig es auch erscheint«, schloss er.

Anne zuckte zusammen. Sprach er von jenem unheimlichen Fremden, der sie heute so bedrängt hatte?

Martinus schien ihre Gedanken lesen zu können.

»Ja. Auch er wird dich fürchten«, sagte er.

Als Anne mit ihrem nun vollen Korb zum Hospital zurückkehrte, standen wieder die Soldaten im Hof. Wieder waren sie dabei, schwitzende, schwer atmende Männer abzuladen. Anne zählte sieben. Auf dem zweiten Karren waren wie bestellt die Fässer mit Bier, sowie die Gallonen Branntwein. Der Zuber dampfte mit frisch aufgekochtem Wasser, und der Kessel war bereits wieder neu mit sprudelndem Wasser gefüllt. Richard gab Anweisungen, wo die Kranken hinzulegen seien. Auch Robert Gray, der Anführer mit der Fasanenfeder, war wieder da. Er saß in gewohnt hochmütiger Haltung auf seinem Pferd und begutachtete das Tun seiner Männer. Von dem Fremden fehlte noch immer jede Spur.

Richard blickte erleichtert, seine Tochter zu sehen. Er winkte eine der älteren Frauen heran. »Nehmt diese Früchte und gebt den Kranken davon. Wer sie nicht schlucken kann, für den müssen wir sie zu Saft pressen!«

Anne war so aufgeregt, dass sie Mühe hatte, zu sprechen. »Vater! Ich suche ein altes Buch!«

»Wir haben jetzt nicht die Zeit, Bücher zu lesen«, rief Richard unwillig. »Zeige den Soldaten unsere Vorratskammer, auf dass die Fässer dort abgestellt werden können! Lass eines der Fässer direkt in den Krankensaal bringen! Und dann müssen wir die Körper der Leidenden mit Branntwein einreiben!«

Anne legte ihren Mantel ab, zog sich den Leinenkittel an, einer von vielen, den ihr Vater hatte fertigen lassen, umwickelte sich die Hände mit Tüchern und begab sich in den Krankensaal.

Ein ekelerregender Gestank schlug ihr entgegen. Sie nahm eines der in Kräutersud getränkten Tücher dankbar an, das ihr eine der Frauen reichte, und knüpfte es vor ihr Gesicht. Der Geruch von Minze und Kamille machte es erträglicher. Von allen Seiten war Stöhnen und Wimmern zu vernehmen. Anne näherte sich dem ersten Strohlager. Ein junger Mann lag darauf, die Augen weit aufgerissen. Er starrte an die Zimmerdecke, als sähe er den Teufel dort. Sein ganzer Körper schlotterte, und seine Haut war nass wie der Sumpf des Marschlandes. Schweißtropfen von der Größe von Erbsen bedeckten seine Stirn und rannen alsdann wie dicke Perlen die Wangen hinunter; sie nässten sein Haar, tränkten das Stroh, durchfeuchteten Kragen, Hemd und Hose.

Anne nahm den Humpen neben seinem Bett und füllte ihn mit Bier. »Trinkt!« Sie hielt ihm den Humpen direkt unter die Nase, ergriff den nassen Kopf und stützte ihn. Seine Schlagader trat hervor und pochte wie wild. Sie versuchte, ihm das Bier einzuflößen. Er behielt nichts bei sich. Sein Kiefer war so verkrampft, dass ihm alles wieder aus dem Mund lief. »Ihr müsst trinken!«, flehte Anne.

Auf dem Lager neben ihr rang ein Mann gerade nach Luft. Wahrscheinlich hatte er sich an seinem eigenen Auswurf verschluckt. Anne und eine weitere Frau eilten ihm zu Hilfe; und gemeinsam gelang es ihnen, den Mann umzudrehen.

Sie drehte sich um und sah ihren Vater, wie er dabei war, einen der Kranken auszuziehen, um dessen Körper mit Branntwein einzureiben. Tod und Siechtum waren überall. Wie eine gewaltige Welle des Verderbens, gegen das ihre kümmerlichen Mittel nicht ausreichten. Als sprössen die Triebe des Todes schneller hervor, als dass man sie ausreißen konnte.

Entschlossen stand sie auf und eilte aus der Tür. Die Soldaten hatten gerade das letzte Fass in die Vorratskammer gewuchtet und schickten sich an, fortzureiten. Annes Blick fiel auf Robert Gray, der nach wie vor stocksteif auf seinem Pferd saß. Sein Mund wirkte verbissen, die dünnen Lippen waren gar nicht mehr zu sehen. Er war aschfahl, und seine Augen schienen auf nichts zu blicken. Er stierte unverwandt in die Ferne.

Anne ging auf ihn zu und blickte auf den verkrampften Mann. Ein beständiges Zittern erfüllte den in die prächtige Rüstung gezwängten Körper, die Fasanenfeder wehte im Herbstwind und zuckte gelegentlich, wenn es den Mann schüttelte. Von seiner Nase tropfte der Schweiß.

»Ihr seid krank!«

Gray rührte sich nicht. Seine Hände umkrampften die Zügel seines Pferdes, dass die Knöchel weiß hervortraten.

»Edler Herr! Ihr müsst hierbleiben! Ihr müsst versorgt werden! Lass Euch beim Absteigen helfen!«

Zwei Soldaten blickten bestürzt in Grays Richtung. In diesem Moment kam Leben in ihn.

»Was redest du für Unfug, dummes Kind!«, presste er hervor. »Ich habe nichts, *nichts*, verstanden?« Er hatte merklich Mühe, deutlich zu sprechen.

»Wenn Ihr mit Euren Leuten zurückreitet, seid Ihr eine Gefahr für alle!«, sagte Anne fest. Sie wusste genau, was ihr Richard beigebracht hatte, und rückte von diesem Wissen nicht ab.

»Aus deinem Mund spricht der Teufel! Du willst mich verfluchen, du kleine Hexe!« Gray spie die Worte regelrecht aus. Dann wandte er sich an seine Männer. »Aufsitzen!«, kreischte er.

Alle folgten, wie sie es gewohnt waren. Der Anführer galoppierte als erstes davon. Die Reiter folgten, dann setzten sich die Karren in Bewegung. Das Rasseln der Pferdegeschirre und das Getrappel der Hufe entfernte sich und verklang bald in der Ferne.

Anne sah sich um und stellte schaudernd fest, dass plötzlich überall Ratten auf dem Boden herumliefen. Sie schwärmten in Massen auf dem ganzen Klosterhof herum, eilten in alle Ecken, wuselten in Richtung des Hospitals. Anne hob den Kopf.

Mitten im Torbogen stand der Fremde. Ein eigenartiges Lächeln umspielte seinen kleinen, teuflischen Mund, als habe er Mühe, sich das Lachen zu verkneifen. Die Ratten umwimmelten ihn, als würden sie seinem weiten, schwarzen Mantel entströmen.

»Was tut Ihr hier?«, rief Anne. »Seid Ihr gekommen, um zu helfen?«

»Oh, gewiss. Ich helfe immer gern.« Die Stimme hörte sich wirklich an wie eine rostige Knarre. Wie konnte ein Mensch so sprechen?

»Gut. Als Erstes sorgt dafür, dass die Ratten verschwinden.«

»Wie sollte ich das tun?«

»Nun, sie kamen doch mit Euch. Also nehmt sie wieder mit.«

Der Fremde schmunzelte. »Für ein so junges Mädchen bist du ausgesprochen unverfroren.«

»Es gibt Dinge, die sind nun mal so wie sie sind. Und so benenne ich sie. Ob es Euch gefällt oder nicht.«

Eine Ratte versuchte, an Annes Schuh zu nagen. Sie gab ihr einen Tritt.

»Ich glaube, dass Du Zugang zu etwas hast, was mir gehört«, sagte der Fremde. »Ich will es haben. Beschaffe es mir, und ihr werdet all Eure Sorgen los sein.«

»Was sollte das sein?«

»Ein Talisman. Eine kleine metallene Statuette, kaum einen Daumen groß. Sie stellt eine tanzende Frau dar.«

»Davon habe ich noch nie etwas gehört. Warum kümmert ihr Euch nicht selbst darum?«

»Das tue ich doch bereits.« Der Fremde deutete höhnisch auf die Massen von Ratten und das Stöhnen aus dem Hospital.

Anne sah ihn verächtlich an. »Ihr wollt mir also weismachen, das alles käme von Euch, die ganze Pestilenz? Nun, dann beweist mir, dass Ihr diese Macht habt! Dann werde ich sehen, was ich für Euch tun kann!«

Der Fremde lachte. »Du bist ein forsches Frauchen, fürwahr! Doch denke daran, an die wundervolle Zeit, die dein Vater und du haben könntet: das Ende der Seuche, Ruhm und Ehre dem Arzt, der all das bezwang! Es kostet dich nur ein wenig Suche und Nachforschung!«

»Dann beweist mir erst Eure Macht über das Getier hier! Mit Scharlatanen verhandle ich nicht!«

Der Fremde stieß ein Schnauben aus.

»Ich kehre morgen zurück«, sagte er dann. »Wenn es dann für Euch alle nicht zu spät ist.«

»Das liegt in Gottes Hand.«

»Ach ja?« Der Fremde trat einen Schritt auf Anne zu und deutete über die Hügel. »Morgen wird sich der größte Teil des Regimentes von Sir Rackham angesteckt haben.«

»Woher wollt Ihr das wissen?«

»Du hast selbst gesehen, dass der Anführer des Trupps krank ist.«

»Das habe ich. Er wollte nicht wahrhaben, wie krank er ist.«

Der Fremde grinste. »Ganz genau«, lächelte er. »Es ist doch immer faszinierend, dass Menschen ihre Wunschbilder der Realität vorziehen. Dank dieses Dummkopfes Robert Gray wird die Krankheit an alle weitergegeben. Idioten sind so hilfreich. Und immer findet man welche. Glaube mir, kleines Fräulein: dagegen wirst du niemals ankommen.«

Er wandte sich um, sein schwarzer Mantel rauschte. Eine Wolke bestialischen Gestanks drang an Annes Nase. Dann verschwand er hinter dem Torbogen wie ein Schatten.

Die Ratten liefen plötzlich zusammen. Hunderte kleiner grauer Tiere huschten von allen Seiten herbei, und strömten dem Torbogen entgegen, hinaus aus dem Kloster. Nach wenigen Augenblicken waren sie alle verschwunden.

14. Grays Kopf

hne zu atmen wartete Anne noch eine Weile. Lauerte der Fremde noch irgendwo?

Dann kehrte ein wenig Ruhe ein in ihre Seele. Sie erneute noch das Wasser im Kessel, aber dann schlich sie sich doch in die Apotheke und begann, die Schränke und Regale zu durchstöbern. Wo nur bewahrte ihr Vater die ganzen Schriften auf?

Sie durchforstete die ganze Apotheke: die Kräuterstube, das Lager, dann das Labor. Es dauerte eine Weile, bis sie in einem der Regale, das vollgestellt war mit Flaschen, Phiolen, Dosen, Töpfen und unterschiedlichen Utensilien wie Mörsern, Kolben, Zangen, Trichtern und Pfannen tatsächlich etwas fand. Es sah aus wie eine große, lederne Mappe, besser noch wie ein Buch, gedunkelt von der Zeit und hinter den ganzen Gegenständen fast nicht zu sehen. Sie räumte die einzelnen Objekte, von denen einige ein beträchtliches Gewicht hatten, beiseite, und zerrte das versteckte Buch hervor. Es war dick und schwer, und sie wuchtete es mit einiger Kraft zu dem niedrigen Holztisch, an dem Richard immer seine Rezepturen aufzuschreiben pflegte.

Sie schlug es auf.

Die Schrift war schwer zu entziffern. Es war eine alte Handschrift, offenbar sehr sorgfältig ausgeführt, aber die Lettern waren so altertümlich und fremd, dass sie bei jedem Wort genau hinschauen musste. Zu allem Übel war alles in Latein, so dass sie alle ihre spärlichen Kenntnisse einsetzen musste, um wenigstens zu erschließen, wovon die Worte sprachen. Allerdings waren überall Zeichnungen, die meisten in vielen Farben, die das Beschriebene bildlich unterstützten. Bilder von Pflanzen, Wurzeln, Tieren. Immer wieder waren dämonische Wesen abgebildet, eigenartige Tiermenschen mit Hörnern, Schwänzen, Hufen und raubtierhaften Zähnen. Einige Textpassagen waren in einem völlig unverständlichen Kauderwelsch geschrieben, deren Sinn Anne nicht erschließen konnte.

Sie blätterte weiter.

Und dann sah sie es. Direkt dort, wo die Buchseiten miteinander vernäht waren, klaffte eine Art Fach, hervorgerufen dadurch, dass auf mehreren Seiten hintereinander ein kleines Rechteck herausgeschnitten war. Ein kleiner schwarzer Lederbeutel lag darin.

Zögerlich, fast andächtig griff Anne danach. War darin die heilkräftige kleine Figur, von der Martinus erzählt hatte? Der Talisman, nach dem der unheimliche Fremde suchte?

Hastig löste sie das schmale Band, das die Öffnung des Beutels zusammenhielt. Sie griff mit Daumen und Zeigefinger hinein und ertastete das, was darin war. Es war warm, filigran und wohl aus Metall.

Sie zog es heraus.

Es war tatsächlich eine kleine Figur. Eine lachende, tanzende Frau. Ihr Haar war zu einer kunstvollen Frisur geflochten und ihr Gewand folgte dem Schwung ihres Tanzes. Es wirkte wie die Verkörperung des puren Lebens, der Freude, der Lust am Dasein. Eine eigenartige Kraft ging von ihr aus. Anne spürte plötzlich Zuversicht, Standhaftigkeit – und vor allem war jegliche Furcht verschwunden.

Mit grimmiger Entschlossenheit packte sie die Figur, verließ das Labor und marschierte stramm auf das Hospital zu. Ihre Schritte wurden immer schneller, und schließlich stürzte sie in den Saal und hastete auf den jungen Mann zu, der noch immer von Schweiß bedeckt war. Inzwischen war jegliche Farbe aus seinem Gesicht gewichen, sein Atem ging flach und war schnell und hechelnd. Er war offenkundig nicht mehr bei sich, seine Augen hatten sich noch oben verdreht und unter den halbgeschlossenen, flatternden Lidern sickerte eine gelbliche Flüssigkeit.

Er war im Todeskampf. Es war höchste Zeit.

Anne drückte ihm die kleine Figur der Enaid mitten aufs Herz. Der Körper schien sich mit einem Mal aufzubäumen. Alle Gliedmaßen begannen zu vibrieren, so, als sei der Blitz in ihn gefahren. Der Kranke riss die Augen weit auf und tat einen unendlich tiefen Atemzug. Dann stieß er einen markerschütternden Schrei aus – eine Art Brüllen und Röcheln, ein Ringen mit dem Tod.

Entsetzt zuckte Anne zurück. Ihr Herz klopfte wie wild. Panisch starrte sie auf den sich windenden Körper vor ihr.

»Was ist geschehen? Was hast du getan?«

Richard war herbeigestürzt und beugte sich über den jungen Mann. Er fühlte den Herzschlag, überprüfte das Atmen. Dann starrte er verständnislos zu seiner Tochter hin.

»Das ist unglaublich!«, stieß er hervor. »Sein Atem ist ruhig, sein Herzschlag stabil und kräftig. Ich hatte geglaubt, dass er in wenigen Augenblicken dahinscheiden wird! Aber er erscheint erholt … warum nur?«

Die Wangen des Kranken hatten wieder eine rosige Farbe angenommen. Er wirkte jetzt entspannt und schien friedlich zu schlafen.

»Was immer du mit ihm angestellt hast – tu dies bei allen anderen auch!«, flüsterte Richard. »Auch, wenn ich es nicht verstehe.«

Als Robert Gray zum Hospital zurückkehrte, saß er nicht mehr auf seinem Pferd. Und er hörte auch nichts von den fröhlichen Klängen, die aus dem ehrwürdigen Gebäude schallten. Er bekam nicht einmal mehr das Rumpeln des Pferdekarren mit, auf dem er zusammen mit den anderen lag. Ein Teil seiner Seele war nicht mehr auf dieser Welt – vielleicht bereits im Paradies, vielleicht auch auf direktem Weg in die Hölle. Sein Köper war nur noch ein einziges schwitzendes, verkrampftes, stinkendes Stück Fleisch.

Richard hatte auf Anraten Annes Spielleute einkehren lassen, fahrende Musiker, die wie von Gottes Hand geschickt an St. John-on-the-Hills mit ihrem Planwagen vorbei fuhren und ihre Scheu vor Dahinsiechenden und Kranken angesichts der Testoons[VIII], die ihnen dafür winkten, schnell verloren. Es waren

---

[VIII] englische Silbermünze, damaliger Name für den Shilling (= $1/20$ Pfund Sterling)

sechs Männer und Frauen, die Laute, Hurdy-Gurdy, Dudelsack, Krummhorn, Rebec[IX], Trumscheit[X] und Tabor[XI] spielten, sowie eine Tänzerin mit einem bunten Rock und wilden, schwarzen Locken und einer tiefdunklen, melancholischen Stimme, die wunderbar zu den Liebesliedern passte, die sie vortrug. Es erklangen Tänze, Trinklieder und sehnsuchtsvolle Balladen, die die Herzen der Genesenden mit Freude, Lebenslust und Sehnsucht erfüllten. Die grazilen Bewegungen und die schauspielerische Gestaltung der hübschen jungen Tänzerin brachte viele zum Lachen, und auch einige zum Weinen. Einer der wackeren Kämpfer, der noch vor wenigen Stunden an der Pforte zum Reich des Todes stand, war sogar wieder kräftig genug, um ein paar Tanzschritte mitzumachen.

Die mehr als dreißig Kranken, die auf insgesamt vier Karren neu angekommen waren, wurden in Windeseile heruntergehoben und auf die Strohlager verfrachtet, die Richard und die Frauen im Hof hergerichtet hatten, da der Saal bereits voll war. Es grenzte an ein Wunder, dass die Männer die Fahrt zum Hospital überlebt hatten. Lediglich Robert Gray wurde, seinem Rang entsprechend, in den ersten Stock getragen – dorthin, wo früher die Mönchszellen gewesen waren – und dort auf eine Pritsche gelegt.

Anne blieb ruhig. Einem Kranken nach dem anderen legte sie die wundersame kleine Figur auf, und jedes Mal, wenn sie dies tat, konnte sie innerhalb weniger Augenblicke sehen, wie die Kranken ins Leben zurückkehrten. Wenn ihr Bewusstsein zurückkehrte, vernahmen sie als erstes die Musik, und wenn sie dann Annes Gesicht wahrnahmen, vermeinten einige dann, sie seien bereits im Reich Gottes angekommen.

Dann besann Anne sich des todkranken Anführers. Ein unangenehmes Gefühl der Verachtung breitete sich in ihrem Herzen aus, als sie an den arroganten, törichten Befehlshaber dachte, der durch seine Eitelkeit die ganze Truppe in Todesgefahr gebracht hatte. Dennoch stieg sie die Stufen hinauf und betrat seine Kammer. Dort lag er, nass vor Schweiß, bleich, übelriechend, mit dem

---

[IX] frühe, birnenförmige Form der Geige

[X] großes, altes Bassinstrument, oft mit nur einer einzigen Saite

[XI] Schnarrtrommel

gleichen fliehenden Atem wie alle, die an dieser Krankheit im Begriff waren, zu sterben. Ein eigenartiger, schwarzer Flaum wuchs ihm aus den Ohren und bedeckte Hals und Nacken bis auf die Schultern. Einige dicke, schwarze Haare mischten sich darunter, die aussahen wie Wildschweinborsten.

Was hatte Martinus gesagt? *»Du musst es mit reinem Herzen tun!«* Anne nahm die Figur in ihre zierliche Hand und drückte sie Robert Gray auf die Brust. Ein leichtes Zittern durchströmte seinen Körper, er keuchte ein paar Male, und öffnete seine Augen.

»Ihr … ihr habt mich verflucht, ihr Teufelsbande«, japste er unter ständigem Zittern.

»Nein. Ihr habt euch angesteckt, mit der gleichen Krankheit wie eure Kameraden«, sagte Anne.

»Welch satanisches Reden! Ein Robert Gray bekommt nicht die Krankheiten des gemeinen Fußvolks! Es ist euer Fluch … ich weiß es!«

»Was für ein Unsinn! Ganz hohe Herren haben diese Krankheit bekommen! Ein wenig mehr Demut stünde Euch gut zu Gesicht!«

»Was weiß ein dummes kleines Mädchen schon!«, würgte er hervor. »Ich glaube an Valnirs Wort! Er hat erkannt, dass ich für etwas Großes bestimmt bin! Ich werde euch alle …«

In diesem Moment krampfte er zusammen. Aus allen Poren schien der Schweiß zu strömen. Sein Kiefer sperrte sich auf und blockierte und ließ seine dicke, aufgedunsene Zunge erkennen. Anne legte die Figur auf seine Stirn.

»Aaah!«

Die Verkrampfung löste sich schubweise auf. Gray zuckte und hechelte wie ein tollwütiger Fuchs, Schaum rann aus seinen Mundwinkeln. Dann atmete er tief durch und Tränen rannen aus seinen Augen.

Anne wollte ihn erneut an seiner Brust berühren. Er krümmte sich augenblicklich zusammen. »Neiiiin!«, schrie er. »Nicht mehr schlagen! Bitte nicht!«

»Bleibt ruhig! Niemand kann Euch hier etwas anhaben!«, stammelte Anne verwirrt. Gray hatte die Beine angewinkelt und sich zusammengekauert wie ein verängstigtes Kind. Sie machte einen neuen Versuch. Jetzt überkam sie ein unerwartetes Gefühl von Mitleid. Gray heulte und jaulte wie ein geprügelter Hund, ähnlich hoch und ähnlich schmerzvoll. Anne bemerkte zudem, dass er auf sein Lager uriniert hatte.

Erneut drückte sie ihm die Enaid auf die Stirn.

»Nein! Hört auf damit, Vater! Nicht mehr schlagen! Nicht mehr, bitte!«, wimmerte Gray und hielt seine Gliedmaßen schützend über seinen Bauch. Doch plötzlich entspannte er sich. Während er still weiterweinte, ließ er sich nun sanft auf den Rücken drehen. Er konnte nun seine Beine ausstrecken. Nochmals drückte Anne ihm die Figur auf den Körper, diesmal genau auf seinen Magen. Er holte tief Luft, sein Körper krümmte sich nach oben wie ein angespannter Bogen. Dann sackte er kraftlos auf sein Lager und atmete ruhig.

Anne packte die kleine Figur sorgfältig in den schwarzen Beutel zurück und hängte ihn sich um den Hals. Leise zog sie sich aus Grays Kammer zurück und schloss die Tür. Sie stieg wieder die Treppe hinab, zurück in den Krankensaal.

Die Spielleute sangen.

Zeitvertreib,
mit Freunden die ich lieb
bis ich sterb'
ist dies ein freudvoll Sport.

Jagd, Gesang
und Tanz stiehlt mir kein Dieb,
was Gott mir schenkt
bringt Trost an jeden Ort![XII]

»Ihr wart bei Gray, unserem Anführer, nicht wahr?«

Es kam von Thomas, einem vierschrötigen Soldaten, der noch vor wenigen Stunden im Delirium gewesen war, und dessen massiger Körper mit seinen Zuckungen und Schreien den ganzen Saal schier zum Beben gebracht hatte. Nun war er ohne Fieber, hatte ausreichend getrunken und wieder Farbe im Gesicht. Er lächelte schwach und schob sich eine Brombeere in den Mund.

»Ich schulde Euch großen Dank. Ihr habt mich vom Tode zum Leben geholt! Doch bei Gray wird Euch das nicht gelingen!«

»Warum nicht?«

[XII] *Pastime with good company* ist ein Lied, das König Heinrich VIII komponiert und getextet hat und eines der bekanntesten Lieder seiner Zeit war.

»Weil er der größte Hundsfott ist, den ich jemals habe kennenlernen müssen. Wer so krank im Kopf ist, kann nie wirklich geheilt werden! Ihr müsstet dazu erst einmal seine gottverfluchte Birne gesund machen!«

»Ich weiß«, sagte Anne.

Der Abend war gekommen. Richard und Anne hatten sich an einem der kleinen Bäche gewaschen und frische Kleidung angezogen. Erschöpft, aber zufrieden saßen sie in ihrer Stube. Im Kamin prasselte ein Feuer und eine dicke Bohnensuppe mit Speck blubberte im Kessel.

Richard wirkte abwesend. Sein Blick ging in die Ferne.

»Was ist mit dir, Vater?«, fragte Anne nach einer Weile.

Richard erwachte wie aus einem Traum. »Ach …«

Er langte nach dem Laib Brot und schnitt sich eine dicke Scheibe ab. »Ist die Suppe fertig?«, erkundigte er sich.

»Ja, gewiss.« Anne griff Richards Teller, ging zum brodelnden Kessel und schöpfte ihm eine große Kelle auf den Teller.

Richard blickte wie träumend auf seinen Teller mit Bohnensuppe. »Heute ist ein Wunder geschehen«, sagte er dann. »Alle Kranken sind genesen. Alle! Nicht einer ist gestorben! Das kann nicht mit rechten Dingen zugehen.«

»Warum nicht? Es gibt doch manchmal Wunder.«

»Das mag sein. Jedenfalls hat dieses Wunder nichts mit meiner Heilkunst zu tun.«

Anne betrachtete ihren Vater. War er gekränkt, weil nicht er die Menschen geheilt hatte, sondern etwas anderes? Oder war er nur verwirrt?

»Du hast mich gelehrt, dass es nicht die Ärzte, Kräutersammler und Alchemisten sind, die heilen, sondern letztendlich immer die Menschen selbst«, sagte sie. »Wir Heilkundigen helfen ihnen nur dabei.«

»Das ist wahr«, antwortete Richard. »Doch woher stammt diese gewaltige innere Kraft, die diese monströse Krankheit so vertilgt hat? Die Männer waren alle bereits dem Tode näher als dem Leben.«

»Sie stammt hierher.«

Anne holte den kleinen schwarzen Beutel hervor, der um ihren Hals hing, öffnete ihn und holte die Figur heraus.

Richard starrte auf die kleine Figur. Lange konnte er den Blick kaum abwenden.

»Es ist also wahr«, murmelte er.

»Du wusstest davon?«

»Was ist schon Wissen? Ich hörte Geschichten, Legenden, Gerüchte … ich habe sie immer für Wunschbilder gehalten, geboren aus Hoffnung, aber weniger aus der Wahrheit.«

Er deutet fast zaghaft auf die Figur der Enaid. »Wo hast du das her?«

»Sie war die ganze Zeit hier. Verborgen in einem uralten Buch, das hinter lauter Flaschen und Instrumenten versteckt war.«

»Aber wie kamst du dazu, danach zu suchen? Das Buch mag dort seit über hundert Jahren liegen!«

»Ein junger Mönch hat mir davon erzählt.«

Richard sah sie an, als sei sie ein Gespenst. »Ein junger Mönch!«, wiederholte er tonlos.

»So ist es.«

Richard genehmigte sich einen großen Schluck heißen Brennnessel-Pfefferminz-Tee und verbrannte sich die Zunge.

»Erzähle niemandem davon! Und zeige sie niemandem!«, prustete er. »Und erwähne niemals diesen Mönch!«

»Warum? Er wirkte sehr freundlich …«

»Das mag wohl sein. Aber es ist gefährlich, mit Personen in Verbindung zu stehen, die katholisch und damit papsttreu sind. Es gibt viele missgünstige Menschen auf dieser Welt.«

Anne fiel plötzlich Robert Gray ein und sein merkwürdiges Heulen und Schreien, sein angstvolles Flehen, sein Vater möge ihn nicht mehr schlagen.

Richard grübelte eine Weile, als sie es schilderte. »Robert Gray ist ein böser, verblendeter, dummer Mensch«, sinnierte er dann. »Er ist voller Hass. Aber kein Mensch wird so geboren.«

»Meinst du, er hat sich an etwas erinnert, als er anfing zu weinen? Als er seinen Vater anrief, er möge mit den Schlägen aufhören?«

»Zweifellos. Es wäre eine Erklärung für seinen üblen Charakter. Wenn man einen Hund zu oft prügelt, knurrt und beißt er irgendwann nach jedem. Weil er jeden für einen Feind hält.«

»Aber warum wird jemand dann so hochnäsig und verächtlich?«

»Weil er sich rächen will. Er will besser und mächtiger, größer und schöner sein als alle anderen. Er will Macht haben, um alle zu erniedrigen oder gar zu vernichten, die er stärker oder klüger wähnt als sich selbst. Weil er sich insgeheim noch immer für jenen geprügelten, hilflosen Hund hält, der er einst war.«

»Aber ... müsste nicht gerade er wissen, was Unterdrückung bei Menschen Übles anrichtet? Besonders er müsste doch wissen, wie schlimm das ist! Warum werden solche Menschen nicht Priester oder Heiler?«

»Die Idee der Rache ist verführerischer, als es einfach besser zu machen.«

Anne sank erschöpft, aber unruhig in den Schlaf. Sie hatte einen eigenartigen Traum von tanzenden Gestalten, die um ein Feuer zu einer fremdartigen, rhythmischen Musik von Trommeln und Harfen herumtanzten. Sie waren mit Fellen bekleidet, andere hatten nackte Oberkörper, die bemalt oder gar tätowiert waren, einige trugen Masken, die an Eber oder Stiere erinnerten. Im Zentrum stand ein großer schlanker Mann, der in einen weiten Lederumhang gehüllt war und ein Hirschgeweih auf dem Kopf trug und der mit einem langen Stab das Geschehen zu dirigieren schien. Frauen und Kinder standen und saßen dabei, lachten und klatschten in die Hände. Schemenhaft erkannte sie den Steinkreis mit den mächtigen Stelen, in denen das Fest stattfand. Sie umgaben die Feiernden wie schützende Wächter.

Anne erwachte durch ein bedrohliches Knurren, gefolgt durch eine Art Rülpsen. Voller Entsetzen riss sie die Augen auf und versuchte, in der nächtlichen Finsternis etwas zu entdecken.

In dem anderen Schlafraum nebenan, dem ihres Vaters, war etwas. Es hörte sich an wie ein Tier. Ein großes Tier. Und dann bemerkte sie einen üblen Geruch, der umso fürchterlicher wurde, je mehr sie sich der Tür zu Richards Zimmer näherte.

Lautlos öffnete sie die Tür und spähte in das Zimmer. Eine überwältigende Wolke von grauenhaftem Gestank schlug ihr entgegen.

Das Mondlicht fiel fahl und silbern in die kleine Schlafkammer und erhellte sie nur spärlich. Doch es war für Annes Augen hell genug, um zu sehen, was dort war.

Ein schwarzes, zottiges Wesen, groß wie ein Schafsbock, mit Hörnern und einem nackten, wurmartigen Schwanz kauerte auf Richards Brust. Es sah aus wie eine riesenhafte Ratte – und doch hatte es etwas Menschliches. Grunzend und schmatzend beugte es sich über den schlafenden Richard. Es leckte mit seiner Zunge über sein Gesicht und hauchte seinen fauligen Atem in seinen Mund.

Anne stockte der Atem. War das einer jener Nachtalben, von dem die Alten immer erzählten? Ein Dämon der Nacht, ein Bote des Bösen?

Eine Diele knarrte unter Annes Füßen. Das Wesen fuhr herum und starrte sie an. Zwei eng zusammenstehende Augen, die leuchteten wie rotglühende Kohlen. Es fauchte und buckelte wie eine Katze, die zum Sprung ansetzt, und entblößte ein Gebiss mit langen, scharfen Zähnen.

Anne starrte zurück. Sie stand starr und unbeweglich. Nur ihre Hand näherte sich langsam, unendlich langsam ihrer Brust. Dorthin, wo der kleine, schwarze Lederbeutel hing. Dann umfassten ihre klammen Finger den Beutel, und sofort durchströmte sie eine warme Zuversicht. Still und ruhig fuhr sie mit zwei Fingern ins Innere, griff die kleine Figur und zog sie heraus.

In diesem Moment sprang der Dämon auf sie zu. Er riss sie mit seinem Gewicht um, so dass sie mit dem Rücken auf den Holzboden knallte. Noch während des Falls drückte Anne ihm die kleine Figur gegen den Körper.

Das Jaulen, das das hässliche Wesen ausstieß, war nicht von dieser Welt. Noch nie hatte Anne einen solchen Schrei gehört. Das rattenhafte Geschöpf war rückwärts von ihr weggesprungen und führte einen wahren Tanz auf. Kreuz und quer hüpfte, torkelte, wälzte es sich durch die Stube, stieß mit dem Kopf so heftig gegen den Bettpfosten, dass es den Schädel hätte bersten können, um sich schließlich benommen zuckend und krampfend in einer Ecke zwischen Wand und Trägerbalken zu verkeilen.

Anne trat vor und presste ihm die Enaid mitten ins Gesicht. Es ergab ein Geräusch, wie wenn Wasser auf siedendes Öl trifft. Das Wesen brüllte jetzt wie ein Stier, um gleich darauf zu quieken. Sein Atem ging hechelnd wie im Todeskampf. Etwas schwelte plötzlich. Qualm trat aus seinen Ohren, aus dem Maul, aus dem After. Dann gab es einen lauten Knall, Fetzen von Fell, Gliedmaßen, Knochen und Hörnern flogen nach allen Seiten. Etwas Nasses klatschte gegen Annes Arm, dann war es still. Eine Art Nebel erfüllte den ganzen Raum, der jetzt nach angebrannten Haaren und verschmorten Wurzeln roch. Anne erkannte mit Schaudern, das einige riesenhafte, fette, blasse Maden sich auf dem Boden herumwanden, bis auch sie schrumpelten und sich in beißenden, weißen Dampf auflösten.

»Was ist geschehen?«

Richards schwache Stimme drang durch den fahlen Dunst zu Anne.

Anne eilte zu ihrem Vater. Er fieberte, und er war nass vor Schweiß.

»Es ist nichts«, sagte Anne so ruhig sie konnte. »Du hast schlecht geträumt.«

Sie presste ihm die Enaid sanft, aber kräftig aufs Herz. Richard atmete tief. Dann schließ er friedlich ein. Sein gerade noch hechelnder Atem war ruhig und regelmäßig.

Anne legte ihm die Hand aufs Herz, das kräftig und gesund schlug. Als sie sich umsah, war das Schlafzimmer wieder wie vorher. Nichts mehr erinnerte an das, was hier gerade geschehen war. Als wäre es nur ein böser Traum gewesen.

15. Der Kurpfuscher

 »Mir scheint, Ihr habt die Krankheit besiegt. Euch gebührt mein ganzer Dank.«
Sir John Rackham hatte kaum geendet, als Hufgetrappel eine Gruppe von Reitern ankündigte. Richard war noch blass und zitterte vor Schwäche, aber er war bereits wieder in der Lage gewesen, aufzustehen und sich anzukleiden. Quer über den Hof, aus der Tür zum Krankensaal, erscholl der Klang einer vollen Männerstimme zum Klang einer Harfe. Die Spielleute hatten bereits in den frühen Morgenstunden mit ihrer Musik begonnen, und der kleine Sack Geld, den Sir Rackham ihnen hatte zukommen lassen, hatte ihre Begeisterung für ihre Kunst erneut entfacht.

»Ihr habt ungewöhnliche Methoden, Kranke zu behandeln, Richard Lee. Waschungen. Bier und Wasser. Brombeeren. Und auch noch Musik«, bemerkte Sir Rackham noch, als fünf Reiter im Torbogen erschienen und auf den Hof ritten. Ihre dunkle und festliche Kleidung ließ auf hohe Würdenträger mit einer Leibgarde schließen. Sie hielten geradewegs auf Richards Apotheke zu und hielten nur wenige Fuß entfernt von ihnen an.

»Sir Walter Denys, der Hohe Sheriff von Gloucestershire!«, verkündete einer der Begleiter, ein jüngerer Mann mit Helm.

Der Sheriff trug einen festlichen Ornat mit Mühlsteinkragen, Barett und einer goldenen Kette um den Hals. Er blickte ernst, aber keineswegs unfreundlich, wogegen der dritte im Bunde, ein dicker Mann mit schwarzem Hut, geröteten Wangen und gewaltigem Doppelkinn ausgesprochen griesgrämig und abschätzig dreinblickte. Er erinnerte fatal an eine Kröte, wozu auch die zahlreichen Warzen auf Kinn und Wangen beitrugen.

Die Männer stiegen ab. Der Sheriff steuerte direkt auf Richard zu. »Seid Ihr Richard Lee, der Heiler und Materialist?«

»Der bin ich«, antwortete Richard.

»Ich bin in offizieller Eigenschaft hier. Man wirft Euch Kurpfuscherei vor. Ich bin hier, um die Vorwürfe zu überprüfen.«

»Was ist das für ein Unsinn!«, meldete sich Sir Rackham zu Wort, »Richard Lees Heilkunst hat mein gesamtes Bataillon gerettet! Meine Männer wären ohne ihn vermutlich alle tot!«

»Ob das Unsinn ist, vermag nur ein Fachmann zu beurteilen«, ließ sich der dicke Begleiter des Sheriffs nun vernehmen.

»William Painswick, Leibarzt des *Earl of Gloucester*«, stellte der Sheriff ihn vor.

»In Ordnung«, sagte Richard. »Kommt herein in mein Haus. Stellt mir Eure Fragen.«

Während der behelmte Wachmann und seine zwei Mannen draußen blieben, begaben sich der Sheriff und der Arzt zu Richard in die Stube. Sir Rackham folgte ihnen, und auch Anne kam herein und setzte sich etwas abseits auf die Bank neben dem Kamin.

»Ich wünsche nicht, dass dieses Weibsbild zugegen ist«, sagte der Arzt und deutet auf Anne.

»Sie ist nicht nur meine Tochter, sondern auch meine Assistentin und beste Mitarbeiterin«, erklärte Richard.

»Sie mag bleiben«, entschied Sir Denys. Sie nahmen alle an Richards massivem Holztisch Platz und ließen sich Wein kredenzen.

»Nun, werte Herren«, begann Richard. »Wie kommt es zu der ungeheuerlichen Behauptung der Kurpfuscherei? Ich führe meine Behandlungen mit dem besten Wissen und Gewissen durch und informiere mich stets aus den seriösesten Quellen über aktuelle neue Erkenntnisse. Selbst mit dem Leibarzt des Königs pflege ich Umgang.«

Dies machte augenscheinlich Eindruck. Der Sheriff und Sir Rackham hoben die Brauen und sahen Richard anerkennend an.

»Uns ist zu Ohren gekommen, dass Ihr die Kranken wascht«, sagte der Arzt und schob verächtlich seine fleischige Unterlippe vor. »Jeder Heilkundige weiß, dass Wasser schädlich ist. Kein Mensch, der bei Verstand ist, wäscht sich.«

»Wenn dies so wäre, müssten ich und meine Tochter schon lange tot sein, denn wir waschen uns täglich«, sagte Richard.

»Wollt Ihr mich der Unkundigkeit bezichtigen?«

»Sicher nicht. Doch auch Ihr könnt irren. Jedenfalls habe ich den Kranken nicht geschadet, wie Sir Rackham bereits bezeugt hat. Nicht einer von ihnen ist gestorben, obgleich sie alle an einer Krankheit litten, die normalerweise innerhalb eines Tages zum Tode führt. Die Waschungen befreien die Kranken von Unrat und Tod und verhindern, dass die Krankheit erneut in sie einzieht.«

»Sie haben die Kranken sogar genötigt, Wasser zu trinken!«

»Ganz recht. Sie litten großen Durst, was bei der Menge an Schweiß, den sie ausschieden, nicht verwunderlich ist. Sie wären sonst innerlich ausgetrocknet.«

»Und das Bier, das Ihr ihnen eingetrichtert habt? Ist dies hier ein Hospital oder ein Wirtshaus?« Das Gesicht des Arztes hatte sich vor Empörung rötlich verfärbt. Ein Netz von violetten Äderchen trat auf seinen Wangen und seiner großen, runden Nase hervor, die Anne an die knotigen Verwachsungen mancher Bäume erinnerte.

»Das Bier erfüllt viele Funktionen: Es ist sauber, der Hopfen beruhigt, es fügt dem Körper Trank hinzu und ist wie flüssiges Brot, das nährt. Die Kranken sind, wenn sie im Fieber sind, nicht in der Lage, feste Nahrung bei sich zu behalten.«

»Ha! Und dieser Mummenschanz mit Musik und Tanz? Was soll dieser sinnlose Unfug?«

»Es ist kein Unfug. Musik macht den Männern Mut. Sie macht sie fröhlich und lebendig, der Wille nach Leben und Freude kehrt zurück. Sie genesen schneller dadurch.«

»Das ist der größte Irrsinn, den ich je gehört habe!«

»Darf ich Euch erinnern, dass Musik bei der Kriegsführung eine große Rolle spielt?«, meldete sich Sir Rackham zu Wort. »Auch sie macht den Männern Mut, wenn sie in die Schlacht ziehen! Und die Feinde erzittern beim Klang unserer Fanfaren!«

»Auch ich muss bekunden: Musik hat mich schon in manch schwerer Stunde erfreut«, sagte der Sheriff. »Selbst unser König Heinrich pflegte die Laute zu spielen und schrieb Lieder.«

Der Arzt schnappte nach Luft und kniff die dicken Lippen zusammen. »Ich habe einen wichtigen Kronzeugen, der uns über Euer verwerfliches Tun genau berichtet hat!«, stieß er nun hervor.

»Nun, wer ist es?«

Der Arzt sah sich unruhig um, und versuchte, durch Richards Butzenfenster auf den Hof zu spähen.

»Er hatte zugesagt, bei dieser Vernehmung zugegen zu sein!«, sagte er missmutig. Er wuchtete seinen massigen Körper auf und wankte zur Tür, öffnete sie und sprach mit dem Wachmann. Sichtlich beruhigt kehrte er dann zum Tisch zurück. »Er ist eingetroffen«, sagte er befriedigt. »Die Wache wird ihn hierher geleiten.«

Er setzte sich wieder an den Tisch, ergriff seinen Kelch und trank einen großen Schluck von Richards Wein. »Er ist ein Heilkundiger wie ich«, erklärte er. »Sein Name ist Valnir. Er verfolgt die Machenschaften des Richard Lee seit Tagen mit großer Sorge. Er hält sie für Hexenwerk. Eine Sorge, die ich teile!«

Anne stockte der Atem. Wer hatte diesen Namen kürzlich erwähnt? War es nicht Robert Gray gewesen?

Es pochte an der Tür und der Wachmann trat ein.

»Nun, was ist mit Herrn Valnir?«, fragte der Sheriff.

»Nun … er bittet darum, mit der Musik aufzuhören. Er könne sie nicht ertragen. Solange sie erklingt, sehe er sich außerstande, den Hof zu überqueren.«

»Dann mögen die Spielleute augenblicklich schweigen!«, polterte der Arzt.

»Ich muss sagen: Dies halte ich meinerseits für groben Unfug!«, sagte Sir Denys fest. »Ein erwachsener Mann, der sich der Heilkunst rühmt, lässt sich von harmloser Musik einschüchtern? Er möge augenblicklich hierherkommen, wenn er sich nicht lächerlich machen möchte! Ansonsten werde ich dieses Verfahren sofort einstellen!«

Der Arzt blickte verbissen zum Wachmann, der sich erneut entfernte. Es vergingen mehrere Minuten, die die Anwesenden schweigend verbrachten. Endlich öffnete sich die Tür. Der dunkle Fremde betrat die Stube.

»Seid Ihr Valnir, der Heiler?«

»J … ja. Der bin ich.«

Anne hielt den Atem an. Der Fremde sah fürchterlich aus. Er war bleich, wie mit Kalk bestrichen. Seine Augen waren blutunterlaufen, die Wangen eingefallen, und mehrere schwarzblaue Flecken hatten sich in seinem Gesicht gebildet. Er zitterte am ganzen Leib, und wenn er sprach, zeigten sich bräunlich verfärbte, teilweise abgefaulte und gar fehlende Zähne. Seine schmalen Lippen waren dünn und blau angelaufen, so wie Anne es bei Menschen gesehen hatte, die im Winter ins Eis eingebrochen und völlig unterkühlt waren.

»Ihr seht aus, als könntet Ihr die Heilkunst von Richard Lee selbst sehr gut brauchen«, spottete Sir Rackham.

Der Fremde blickte ihn hasserfüllt an, schleppte sich zum Tisch und ließ sich dort auf einen Schemel fallen.

»Ah!« Er krampfte plötzlich zusammen und verharrte gebeugt und den Kopf auf die Brust gepresst.

»Was ist mit Euch?«, fragte Richard.

»Hier … hier ist etwas … in diesem Raum …« Der Fremde würgte mehr, als dass er sprach.

»Hier ist nichts«, warf der Sheriff ungeduldig ein. »Würdet Ihr uns nun bitte mitteilen, wessen Ihr Richard Lee beschuldigt?«

Valnir atmete schwer. »Er verfügt über einen Hexenfluch«, brachte er dann hervor. »Er bedient sich heidnischer Magie, um die, die er fürchtet, zu vernichten.« Er japste ein paar Mal, bevor er weitersprechen konnte. »Und das sind die, die auf Gottes Seite stehen. Er aber paktiert mit dem Teufel!«

Während der Arzt betroffen nickte und erwartungsvoll auf den Sheriff blickte, schien dieser wenig beeindruckt.

»Nun«, sagte Sir Denys, »gewiss habt Ihr Beweise für diese schweren Beschuldigungen. Bislang erscheint mir das, was Ihr vorbringt, wenig einleuchtend. Vielmehr habe ich Belege dafür, dass Richard Lee außerordentlich segensreiche Arbeit geleistet hat.«

»Ich kenne einen Betroffenen, der Euch genau schildern kann, was Lee insgeheim verübt!« Valnir lief der Speichel au den Mundwinken, so laut röchelte er seine Empörung heraus. »Sein Name ist Robert Gray. Ich erwarte, dass er gehört wird.«

»Habt Ihr einen Patienten dieses Namens?«, erkundigte sich Sir Denys bei Richard.

»Er ist mein Truppenführer«, antwortete Sir Rackham an seiner Stelle. Meines Wissens ist er hier. Er war schwer erkrankt und auch er ist wieder genesen.«

Auf ein Zeichen des Sheriffs erschien erneut der Wachmann. Er bekam den Auftrag, Robert Gray zu holen und verschwand. Wieder vergingen schweigend verbrachte Minuten. Dann öffnete sich die Tür und Gray trat ein.

Er war in grobes, aber frisches Tuch gekleidet. Seine Blässe war einer gesunden Gesichtsfarbe gewichen, der fremdartige schwarze Flaum auf seinem Hals war verschwunden.

Valnirs Gesicht verzog sich zu einem Lächeln. »Kommt nur her, mein Freund«, säuselte er zu Gray, »und erzählt, was Euch widerfahren ist.«

Gray näherte sich folgsam dem Tisch und setzte sich folgsam auf die Tischbank.

»Nun? Erzählt uns in allen Details, was Richard Lee …«, begann Painswick, der Arzt. Doch eine energische Handbewegung von Sir Walter Denys brachte ihn zum Schweigen. »Mit Verlaub: ich möchte hier die Fragen stellen«, schickte der Sheriff hinterher. »Erzählt uns von dem, was Euch wiederfahren ist, ganz ohne Furcht.«

»Ich brachte die Kranken hierher, auf dass ihnen Heilung zuteil, werde«, begann Gray. »Es wurden immer mehr. Die Seuche griff um sich. Und dann erkrankte ich selbst.«

»Und? Merktet Ihr, dass dies der Hexenfluch des Richard Lee war?«, warf Valnir ein.

»Haltet Euch zurück«, erwiderte Sir Denys in deutlich tadelndem Ton. »Ihr seid hier kein Ankläger, sondern nur Zeuge wie die anderen Anwesenden hier auch!«

»Ich bin Richard Lee gar nicht begegnet«, fuhr Gray fort. »Nur seiner Tochter, die mich darauf hinwies, dass ich krank sei. Aber ich wollte es nicht wahrhaben. Ich empfand ihren Hinweis als Beleidigung. Das war sehr fahrlässig. Das war dumm. Ich habe dadurch mich und meine Kameraden in Gefahr gebracht.«

Er blickte auf Anne. Valnir fuhr herum. Erst jetzt entdeckte er sie und stieß ein Ächzen aus. Er heftete seine Augen auf sie.

»Wie konntet Ihr so leichtsinnig sein?«, fragte der Sheriff weiter.

»Valnir sagte mir, große Männer wie ich wären gefeit«, sagte Gray. »Es sei eine Erkrankung des Pöbels, die ich nicht bekommen könnte. Er versprach mir eine große Zukunft, weil ich so unbeugsam und edel sei.«

»Wusstet Ihr nicht, dass selbst Arthur, der ältere Bruder unseres seligen Königs Heinrich VIII., an jener Krankheit verstorben ist?«, raunzte Sir Rackham unwillig.

Gray senkte den Kopf. »Nein, das wusste ich nicht.«

Sir Denys blickte auf den dicken Arzt. »Ist das zutreffend?«

»Ja, völlig richtig«, beeilte der sich zu sagen. »Es ist keine Erkrankung des Pöbels. Im Gegenteil.«

Sir Denys blickte auf Gray. »Fahrt fort!«

»Ich erkrankte so schwer, dass ich dem Tode geweiht war. Doch als ich bereits das Bewusstsein verloren hatte, erschien mir ein Engel. Dieser Engel dort.« Er zeigte auf Anne. »Ich erwachte durch ihre Hilfe, und alle Dämonen schienen aus meinem Körper zu entweichen. Und auch die Dämonen meiner Seele.«

»Was meint Ihr damit?«, fragte der Arzt ungläubig.

»Ich bin seitdem nicht nur körperlich gesundet, ich habe auch eine alte, quälende Angst verloren, die mich mein ganzes Leben begleitet hat.«

Valnir hatte die ganze Zeit auf Anne gestiert. Jetzt riss er den Kopf herum und zischte in Richtung von Robert Gray: »Was sagst du da, du kleingeistiger Versager? Du hast nicht einmal den Mumm, Haltung zu zeigen? Gerade noch der große Anführer, jetzt ein winziges Nichts, das allen nach dem Mund redet?«

Robert Gray wirkte verunsichert, lächelte aber schwach. »Ich bin kein Nichts«, sagte er. »Ich bin kein großer Held, aber ich beuge mich niemandem. Vor allem Euch nicht. Ich sage die Wahrheit: Dieses Mädchen da hat mich von schweren Lasten befreit, und ich bin ihr dankbar dafür.«

Valnir riss den Kopf hoch, als habe er ein Gift geschluckt, und fauchte und schnaubte wie ein brünftiger Stier.

Dann richtete er sich auf und reckte sich in Richtung von Anne.

»Du hast es!«, brüllte er, und seine Stimme klang wie eine Mischung aus grunzendem Wildschwein, dem Quarzen einer Kröte und grollendem Gewitter. Sein Gesicht ähnelte dem eines Tieres; die schwarzen Brauen gesträubt, die braunen, fauligen Zähne gebleckt und das schwarze Haar, das in Büscheln ausgefallen war, wild durcheinander. Seine Augen glühten wie Kohlen. Dann sprang er wie ein wilder Keiler quer über den Tisch auf Anne zu.

Anne erstarrte. Sie sah den großen, schwarzen Fremden wie einen Schatten über sich herfallen. Plötzlich war ihr sein Gesicht ganz nah und sie spürte seinen faulig riechenden Atem. Seine stechenden Augen bohrten sich in die ihren.

»Sie … sind … *krank!*«, sagte Anne mechanisch. Es war wie in einem Traum. Alles erschien langsamer als sonst.

Valnir hielt inne. Blut lief aus seiner Nase. Schwarze Adern verästelten sich auf seiner kalkweißen Haut. Plötzlich knickte seine Nase nach innen und warf tiefe Falten. Eine blassbraune Flüssigkeit rann aus seinen Augen mit einem stechenden Geruch – wie von Kampfer und verwesenden Tieren. Er krümmte sich plötzlich zusammen und röchelte wie unter gröbsten Schmerzen. Dann sprang er mit letzter Kraft auf, humpelte und hastete zur Tür. Die Anwesenden hörten Laute, als würde er sich übergeben, ein dumpfer Schlag, dann wurde es still.

Anne trat vor die Tür. Der Hof war leer. Der fröhliche Klang einer Galliarde schallte auf den Hof.

Sie blickte nach oben. Ein großer Schwarm schwarzer Vögel flog krächzend davon.

Im Aufwachen vermeinte ich noch, ihr Krächzen und Flattern zu hören, bis sich der Traum auflöste und ich erkannte, dass ich nur sehr tief geschlafen hatte und über Annes Kampf mit Valnir nur eine einzige Nacht vergangen war.

16. Der edle Ritter

Der September kam und mit ihm auch häufigere Regentage. Doch anders als ich es aus Deutschland kannte, regnete es nie lange. Durch die Nähe zum Meer gab es immer etwas Wind, und so zogen die dicken Wolken rasch fort. Oft gab es dann am gleichen Tag noch herrliche Sonnenstunden, die den feuchten Nebel über den Wiesen zum Verschwinden brachten.

Walter zog dieser Tage oft los, um Pilze zu sammeln. Einige Male begleitete ich ihn. Er hatte ziemlich viel Ahnung und erklärte mir immer wieder eine ganze Menge. Die einzigen Pilze, die ich schon kannte, waren Steinpilze, Champignons und Pfifferlinge. Die Pfifferlinge sahen hierzulande anders aus, als ich sie von zu Hause kannte: bräunlicher und mit dünneren Stielen. Was Walter dann noch sammelte, hätte ich mich nie getraut: ein knallroter Baumpilz, von dem ich gedacht hätte, dass er teuflisch giftig sein müsste, kleine violette Pilze, die ich eher Hexen zugeordnet hätte, und solche, die eher mausgrau aussahen und von denen ich Magenkrämpfe oder Schlimmeres erwarten würde.

Walter war in seinem Element. »Hier gibt es fast vierzig verschiedene essbare Pilze«, erklärte er mir. »Hier wachsen so viele unterschiedliche Bäume, das macht diese Vielfalt aus. Aber man muss sich auskennen. Die meisten Pilze, die auf Nadelbäumen wachsen, sind ungenießbar oder giftig.« Nachdem wir mehrere Stunden durch dichten und lichten Wald, groben Steinen und feuchten Wiesen herumgelaufen waren, war Walters Korb voll mit Pilzen aller Art und Größe: schlank, knollig, blass und bunt.

»Dass du immer übertreiben musst!«, tadelte Elizabeth, als sie Walters übervollen Korb in Empfang nahm. »Das sind doch mindestens fünf Pfund! Und ich habe jetzt die Arbeit damit!«

Ich erklärte mich bereit, ihr beim Putzen zu helfen, und bald saßen Walter, Elizabeth, Ida und ich in der Küche, tranken Tee und befreiten die kleinen Gesellen von Erde, Tannennadeln und weichen Stellen. Sogar Ronald tauchte auf und ließ sich dazu herab, sich ein paar Steinpilzen zu widmen. Ida fand zu ihrem Erstaunen sogar ein paar kleine Schnecken, die zu ihrer Erleichterung nicht getötet, sondern sanft vor die Tür gesetzt wurden. »Da freuen sich die Igel«, meinte Walter grinsend.

Ida bekam noch am gleichen Tag Fieber, aber nicht von den Pilzen, sondern weil sie am gestrigen Tag in den Bach geplumpst war und sich wahrscheinlich ordentlich verkühlt hatte. Der Bach, der sich in unserer Nähe in Richtung des Severn schlängelt, ist selbst im Sommer ganz schön kalt. Schon am Morgen war sie mit Halskratzen aufgewacht. Vielleicht hatte sie sich auch bei Briefträger Merrett angesteckt, der die letzten Tage mit triefender Nase und rollendem Husten angerückt war.

»Die Grippezeit ist angebrochen«, erklärte Dr. Langford, der am späten Nachmittag nach einem Anruf Elizabeths bei uns vorbeischaute. Er maß Fieber, hörte Idas Lunge ab und fühlte den Puls. »Eine starke Erkältung, nichts Schlimmes. Sie soll viel trinken und viel schlafen. Wenn das Fieber stärker wird, gebt ihr etwas hiervon.« Er holte ein dunkelbraunes Fläschchen hervor, das zahlreiche kleine, weiße Pillen enthielt. »Bitte immer nur eine: zerstoßen, mit Wasser verrühren. Möglichst nicht auf nüchternen Magen. Maximal drei am Tag.«

Dr. Langford sah aus, wie ich mir den verrückten Hutmacher aus »Alice im Wunderland« vorgestellt hatte: zerzauste, etwas längere, silbrige Haare, eine gewaltige Nase wie ein Schnabel, auf der eine kleine runde Brille balancierte, und ein hervortretendes, spitzes Kinn. Er war spindeldürr, ganz in Schwarz gekleidet, mit einem merkwürdig hohen, ebenfalls schwarzen Hut. Außerdem lispelte er leicht und hatte den Hang, schnell und näselnd zu sprechen. Er hätte gut als Karikatur bei George Cruikshank[XIII] auftauchen können.

[XIII] George Cruikshank (1792-1872) war ein in England sehr bekannter Karikaturist und Buchillustrator.

»Das arme Kind!«, sagte sogar Großvater Neville, »Gut zu wissen, dass es nur eine Erkältung ist.«

»Wohl wahr«, meinte der Doktor und packte seine Utensilien zusammen. »Hauptsache, sie bleibt von dieser eigenartigen Epidemie im Dorf verschont.«

»Was ist im Dorf?«, wollte Großvater wissen.

»Ach, es ist eigenartig. Immer mehr Bewohner sind sehr nervös, fahrig, ungehalten. Man könnte sie auch unfreundlich, ja aggressiv nennen. Gestern erst gab es eine Schlägerei im Pub. Harry, der Wirt, musste die betrunkenen jungen Kerle mit Schlägen und Fußtritten nach draußen verfrachten, und dort legten sie untereinander nochmal richtig los. Anlass war ein blödsinniges Fußballspiel, nur weil Gloucester City gegen Aston Villa verloren hat. Ich habe fast zwei Stunden Wunden desinfiziert, blaue Augen gekühlt und mehrere Schultern eingerenkt.«

»Dass junge Kerle sich betrinken und dann danebenbenehmen, ist doch nichts Neues«, wandte Großvater ein und blickte spöttisch in Ronalds Richtung, der aber keinerlei Reaktion zeigte, außer kurz die Lippen zu schürzen und die Augenlider noch schwerer hängen zu lassen.

Der Arzt zuckte mit den Schultern. »Ja, mag sein. Aber die haben aufeinander eingedroschen, als wollten sie sich umbringen. Besonders Harry, der Wirt, hat mit wahrer Begeisterung draufgehauen. Ich wage sogar, zu sagen: Einem der Jungs hat er zwei Rippen gebrochen. So kenne ich den gar nicht.«

Er griff nach seinem Hut. »Wie auch immer, irgendeine komische Stimmung ist im Dorf. Das ist jedenfalls mein Eindruck.«

Er schnappte seinen Spazierstock. »Und irgendwas mit der Kanalisation ist gestört«, schob er nach. »Es stinkt im Dorf ganz komisch. Und Ratten laufen immer wieder herum.«

Ida ging es tatsächlich bereits am nächsten Tag besser. Elizabeth traute chemischen Arzneien wenig und hatte Dr. Langfords braunes Fläschchen verächtlich in das hölzerne Apothekerschränkchen verbannt, über das sie stets ein wachsames Auge hatte. Stattdessen hatte sie ihr kalte Wadenwickel mit Essigwasser gemacht. Ida kreischte zwar zunächst, ließ aber alles mit sich machen. Was auch immer da wirkte, irgendetwas half. Das Fieber verschwand, Husten entwickelte sich kaum, lediglich ihre Rotznase blieb eine ganze Weile. Zu Hause hätte ich ihr vielleicht etwas auf dem Klavier vorgespielt. So aber las ich ihr ein paar Geschichten vor, und bereits am Nachmittag wollte sie schon wieder aufstehen. Elizabeths Rührei mit Pilzen mochte sie noch nicht anrühren … ihr Appetit kam erst langsam wieder. Ich dagegen langte ordentlich zu. Ich kannte das von mir gar nicht, so viel und so gerne zu essen. »Du siehst endlich gesund und kräftig aus wie ein Bauernjunge«, meinte Walter einmal, und ich betrachtete mich dann sofort im Spiegel. Es ist irgendwie schwierig, sich selbst zu beurteilen, aber auch ich hatte den Eindruck, dass sich mein dünnes, sonst so blasses Gesicht verändert hatte. Wie mochte es um unsere Mutter stehen? Sofort hatte ich ein schlechtes Gewissen. Ich ließ es mir hier gutgehen, lebte unbeschwert in den Tag hinein und mampfte die leckersten Sachen, während sie krank zu Hause im Bett lag und sich recht und schlecht selbst versorgen musste. Obwohl … beim letzten kurzen Telefongespräch hatte sie gesagt, dass es ihr viel besser ginge, wenn sie wüsste, dass es uns allen gut geht. Das beruhigte mich dann wieder.

Es war geplant, Ida in der kommenden Woche in die örtliche *Primary School*[XIV] gehen zu lassen; das erste Trimester[XV] begann diesen Monat. Großvater Neville hatte alles mit der Schulleitung abgeklärt. Für Ronald und mich dagegen trafen diese Tage mehrere schwere Pakete mit Büchern ein – deutsche Schulbücher, die unser Vater ermittelt, gekauft und verschickt hatte und durch die wir uns selbst durchzuarbeiten hatten. Unser Großvater hatte für uns eigentlich die *King's School* in Gloucester zugedacht – vielleicht, weil sie bereits von Heinrich VIII. gegründet wurde. Ronald hatte entsetzt die Augen gerollt, als er hörte, dass in dieser Schule auch die dortigen Chorknaben ausgebildet wurden. Großvater verwarf die Idee aber wieder, als er ausgerechnet hatte, dass wir jeden

---

[XIV] Grundschule

[XV] In England ist das Schuljahr, anders als in Deutschland, in 3 Abschnitte (Trimester) unterteilt.

Tag pro Strecke über zwei Stunden mit der Bahn und dem Bus unterwegs gewesen wären. Dann hatte er uns ein Internat vorgeschlagen, aber auch das stieß auf wenig Gegenliebe – bei Ronald vor allem, wenn er an das entsetzliche Essen dachte, das er von englischen Mensen erwartete. Mich wunderte das etwas – ich hatte erwartet, er würde jede Gelegenheit begrüßen, aus dieser Einöde »am Arsch der Welt«, wie er es doch immer betonte, herauszukommen. Irgendwie schien er sich wohl doch einigermaßen gemütlich gemacht zu haben. Das lag wohl doch nicht nur an Mrs Rymer, der Buchhändlerin, sondern auch an den Büchern selbst. Er interessierte sich neuerdings für Elektrotechnik, und ich sah ihn oft über Büchern zu dem Thema sitzen. In Mr Carringtons Laden hatte er sich allerlei Schrauben, Drähte und vielerlei Metallteile gekauft, dazu eine Anzahl von Schraubenziehern und kleinen Zangen, die extra bestellt werden mussten. Damit bastelte er an verschiedenen Maschinchen herum, die er unter Verschluss hielt, als würde er eine Geheimwaffe oder mindestens eine Mondrakete entwickeln. Ich erinnerte mich, dass er schon früher ständig mit seinem Märklin Metallbaukasten zugange war und sich schon mit zwölf Jahren sehnlichst eine kleine Dampfmaschine gewünscht hatte, die ihm unser Vater auch tatsächlich schenkte. Papa war selbst sehr begeistert von dem ganzen technischen Spielzeug und baute, wenn er mal da war, ebenfalls Autos, Kräne und sogar einmal eine motorgetriebene Maschine, mit der man Löcher in Papier stanzen konnte. Zu Vaters Kummer hatte ich mich nicht sonderlich dafür begeistert; das lag aber auch daran, dass Ronald mich an den Baukasten nie heranließ und schon damals alles besser wusste. Ich verlegte mich daher aufs Klavierspielen (wofür vor allem unsere Mutter Sinn hatte) und schrieb Gespenstergeschichten, die zu lesen leider keiner Zeit hatte. Ronald hatte einmal einen Blick hineingeworfen, um mein Werk dann natürlich kopfschüttelnd als »Kinderkram« zu bezeichnen.

Ich dachte noch lange über meinen Traum nach und stellte fest, dass es kein Zufall war, dass ausgerechnet ich so ein unheimliches Zeug träumte. Ronald war da viel rationaler – »vernünftiger«, wie er gesagt hätte. Aber was bedeutete das alles? Entstanden die Geschichten von Anne und Martinus meinem Hirn oder träumte ich etwas Reales? Aber die Abbildung der Enaid in Großvaters Mappe konnte doch kein Zufall sein?

Ich schüttelte die Grübeleien ab. Bald würde ich mich ohnehin täglich mit Mathematik, Biologie, Erdkunde, Physik und Chemie beschäftigen müssen. Und wahrscheinlich mit Goethe, Schiller und Kleist. Oder ich müsste »Mein Kampf« lesen, das langweiligste Buch aller Zeiten. Ich hatte damals keine Ahnung, was wirklich darinstand, nur, dass ich mich durch die ersten Seiten geradezu durchgequält hatte und mich wirklich nichts darin interessierte. Unser Deutschlehrer, Herr Issel, war völlig begeistert gewesen und machte es zur Unterrichtslektüre. Da war ich erst zwölf. Nur gut, dass er von unserem Direktor damals zurückgepfiffen wurde. Statt Hitler lasen wir dann E.T.A. Hoffmann, das war wie eine Erlösung.

Ich überlegte, mich nochmals zum Steinkreis aufzumachen, denn das Wetter sah einigermaßen gut aus. Ich entschied mich aber dann, ins Dorf zu gehen, um in der Buchhandlung etwas zu stöbern, und erfuhr zu meiner Überraschung, dass sich Ronald schon vor Stunden allein auf den Weg dorthin gemacht hatte. Elizabeth gab mir sofort den Auftrag, einen Beutel braunen Zucker zu kaufen, den sie für einen Apfel-Crumble[XVI] verwenden wollte.

Ich brauchte gut eine Dreiviertelstunde nach St.-John-on-the-Hills, schlenderte dort ein wenig herum und vertiefte mich dann in Ms Rymers kleinem Laden in ein paar Neuerscheinungen. Ronald war, anders als ich dachte, dort nicht aufgetaucht, wie mir Ms Rymer versicherte. Nach einer Stunde bummelte ich rüber zu Batesons Gemischtwarenladen und kaufte dort Elizabeths Zucker, ein paar Pfefferminzbonbons für mich sowie einen Schokoriegel für die tapfere Ida. Der junge Herr Bateson war schlecht gelaunt – höflich, aber ernst und wortkarg. Wahrscheinlich litt er noch darunter, dass er in seiner Prüfung durchgerasselt war und jetzt bei seinen Eltern an der Kasse sitzen musste. Er strich fortwährend nervös seine Stirnlocke aus dem Gesicht, die ihm immer über das linke Auge baumelte, und ließ dann ein geräuschvolles Kratzen folgen. »Den juckt was!«, hätte Ronald vermutlich gesagt.

Bei Mr Carringtons Haushaltswarenladen erfuhr ich dann, dass Ronald tatsächlich dort gewesen war und eine größere Anzahl Schrauben und Muttern,

---

[XVI] Heißer Apfelauflauf mit Streuseln

Isolierband, Wechselschalter, Glühbirnen sowie einen kleinen Lötkolben gekauft hatte. »Der junge Herr konstruiert wohl gerade etwas Spektakuläres?«, fragte Mr Carrington neugierig und ließ die Augen in seinem dicken, roten Gesicht funkeln, während sein Schnurrbart zitterte. »Oh ja, er ist gerade ganz vertieft«, konnte ich da nur antworten. »Großartig, dass er bei Ihnen all die Sachen bekommt, die er braucht.«

Ich überlegte, ob ich über Blackwell Manor zum Steinkreis und von dort aus nach Hause gehen sollte – ein anständiger Fußmarsch, bestimmt drei Stunden, aber es war erst früher Nachmittag, ich würde es locker bis zum Abendessen schaffen. Aber dann würde Elizabeth ihren Zucker nicht bekommen. Und ich wollte doch noch herausfinden, wo Ronald abgeblieben war. Vielleicht war er schon längst wieder auf dem Weg nach Hause.

Ich ging zum *Cunning Little Monk* und spähte in die Gaststube, aber außer ein paar Männern am Tresen war niemand zu sehen. Harry Doone polierte ein paar Gläser und zapfte die Biere. Auch Valnir war nirgends zu entdecken, gottlob. Na, vielleicht hatte Ronald ja neulich seine Lektion gelernt. Grinsend dachte ich an sein gequältes Gesicht beim Kotzen.

Direkt gegenüber der Kneipe verlief die alte Friedhofsmauer, die bis zu Reverend Chandlers Kirche reichte, und dahinter befand sich das Schulgebäude, das Ida in wenigen Tagen regelmäßig aufsuchen würde. Ein schmaler Weg führte von der Dorfstraße aus dorthin, und genau dort befand sich auch der kleine verwunschene Garten von Mrs Ormerod, den sie liebevoll *Fairie's Orchard* getauft hatte. Ich hatte vor Wochen schon einmal hineingeschaut: Wenn man durch den Eingang des Gartens schaute, den jedermann nur durch ein kleines, leicht zu öffnendes Holztor betreten konnte, wimmelte es dort nur so von in allen Farben blühenden Sträuchern, Rosen, Rittersporn, Fingerhut und allerlei exotischen Pflanzen, die ich noch nie gesehen hatte. Alles hinter der brüchigen Mauer sah aus wie ein Feengarten, der unzählige Insekten anlockte. Zwischen allem schlängelten sich ein paar Wege, ein paar Laternen standen herum, die bei Einbruch der Dunkelheit angezündet werden konnten, und ab und zu luden zierliche Holzbänke zum Verweilen ein.

Ich stellte mir vor, Ceridwen wäre bei mir und wir würden Hand in Hand die Wege entlangwandeln und die schönen Blumen betrachten. Ich betrat den Garten und ließ mich ein wenig treiben. Ich versuchte, mir Ceridwens Gesicht vorzustellen. Ich dachte an ihre roten Lippen, die leuchtenden, grünen Augen … manchmal blitzte ganz klar und deutlich ihr Gesicht auf, um dann wieder ganz verschwommen zu werden. Wie ein Schmetterling, den man fangen möchte, und der immer wieder doch entwischt.

Ich stoppte abrupt. Da waren Stimmen. Unwillkürlich duckte ich mich. Vorsichtig pirschte ich mich dann vor und lugte durch die Zweige einer Eberesche.

Auf einer Bank saß Ronald mit Gladys. Gladys, die dünne Tochter des Kneipenwirts Harry Doone. Sie erzählte ihm etwas und weinte dabei. Er streichelte ihre Wange. Dann zog er sie zu sich und nahm sie in den Arm. Er strich über ihr Haar und schien tröstende Worte zu murmeln.

Betreten zog ich mich zurück. Ich war völlig baff – Ronald als liebevoller, edler Ritter? Es war kaum zu glauben.

Ich schlich aus dem Garten heraus, den gleichen Weg, den ich gekommen war, schlug wieder den schmalen Weg zur Dorfstraße ein und erreichte den Marktplatz. Dann wandte ich mich in Richtung von Brooks House. Auf nach Hause.

Plötzlich umwehte mich ein unangenehmer Geruch, der sich zu stechendem, fauligem Mief steigerte. Wie nach verwesenden Tieren.

»He! Mieses Stück!«

Ich wandte mich erst um, nachdem ich den Ruf das dritte Mal gehört hatte. Am Rande des Platzes, dort, wo Walter sonst das Fuhrwerk abstellte, saßen drei schlaksige, junge Burschen. Etwas weiter entfernt, wie üblich völlig besoffen, saß John »The Bottle« Brodie auf einer Bank. Aber die Rufe galten offenkundig nicht ihm.

Einer der Jungs räkelte sich empor, stemmte seine Hände in die Hosentaschen und zuckte mit dem flaumbärtigen Kinn in meine Richtung.

»Du fühlst dich wohl nicht angesprochen, Arschloch?«

Er meinte offenkundig mich.

Ich kannte diese Situation. Wie der Blitz war ich plötzlich in einer Erinnerung. Damals war ich etwa acht Jahre alt. Ich wurde damals oft von einer Gruppe Realschüler überfallen. Ich als Gymnasiast war von ihnen offenbar als Feind ausgemacht worden. Sie lauerten mir regelmäßig auf dem Schulweg auf und ohrfeigten mich. Ich sollte mich für irgendwas entschuldigen. Sie ließen mich erst nach mehreren Schlägen in den Bauch frei. Ich war völlig ohnmächtig gewesen, denn sie waren zu sechst. Zwei pflegten mich festzuhalten, der Rest haute dann drauf.

Ich beschleunigte meinen Schritt. Nichts wie weg hier.

»He! Bleib stehen!«

Ich hörte schnelle Schritte hinter mir. Plötzlich stand einer von ihnen vor mir – ein rotgelockter, großer, dünner Kerl mit Schiebermütze und fleckiger Jacke.

»Stehenbleiben hab ich gesagt!«, herrschte er mich an.

»Wer bist du?« Ich wusste nicht so recht, was ich sagen sollte. Nach meiner Erfahrung war Verhandeln in solchen Situationen oft aussichtslos.

»Geht dich'n Scheißdreck an.«

Die anderen beiden waren jetzt hinter mir. Ich erkannte einen etwas Kleineren, vierschrötigen, der an eine Bulldogge erinnerte, und einen anderen mit kurzgeschorenem Haar und einer Nase groß wie eine Maurerkelle.

Der Rothaarige stemmte seine Hände in die Seiten. »Du bist so'n verschissener Deutscher, hä?«

Ich blickte so artig wie möglich. »Unsinn. Ich bin Engländer wie ihr.« Ich blickte ihn an und entdeckte in seinem Gesicht lauter Details – dicke, eitrige Pickel, ein paar rote Borsten am Kinn, ein toter, grauer Schneidezahn. Ausgerechnet jetzt achtete ich auf sowas.

Der Rothaarige setzte ein Grinsen auf so breit, dass sein Mund breiter war als sein ganzes Gesicht.

»Das sagen die alle! Nazi, was?«

Ich setzte das liebenswürdigste Lächeln auf, das ich auf Lager hatte. »Was redest du? Ich bin vor den Nazis abgehauen!«

»Na also! Du bist nicht von hier, sagte ich's doch!«

»Mein Großvater ist von hier. Ich bin einer von Euch!«

Prustendes Gelächter von allen Seiten.

»Was bildest du dir eigentlich ein?« Das kam von dem kleinen Muskelpaket, der jetzt aussah, als würde er gleich zuschlagen.

»Was soll das? Ich habe euch nichts getan!«, stammelte ich.

»Wir mögen keine Scheißkerle wie dich hier. Kapier das endlich.«

»I-i-ich mag Scheißkerle auch nicht!«, stotterte ich. Jetzt schlotterte ich vor Angst.

»Na, endlich sind wir uns einig!«, triumphierte der Rothaarige.

»Dann weißt du auch, dass du eine Tracht Prügel verdienst!«, meldete sich der Großnasige zu Wort.

»Das ist doch Quatsch. Wieso soll ich so etwas verdient haben? Ihr kennt mich doch gar nicht!«

»Das is'n heller Junge, oder?«, wandte sich der Rothaarige an seine Kumpels. »Der kann uns noch was beibringen!«

»Dem bring *ich* jetzt etwas bei!«, sagte der Kurzgeschorene mit der gewaltigen Nase. Er trat auf mich zu und knallte mir mit seiner Riesenflosse eine, dass mein Kopf herumflog und es in meinen Ohren klang wie ein Gong. Die gewaltigste Ohrfeige, die ich je bekommen habe. In meinem einen Auge blitzte es kurz auf, und dann brannte meine Wange wie nach einem Sonnenbrand. Der Rothaarige nutze meine Benommenheit, um mir einen Schlag in den Magen zu verabreichen, so dass ich zusammenklappte wie ein Taschenmesser. Sämtliche Luft schien meiner Lunge entwichen, ich konnte nicht mehr atmen, rang nach Luft und fühlte gleichzeitig eine widerliche Übelkeit, als müsste ich sofort brechen. Die Zuckertüte entglitt meiner Hand und prallte auf das Kopfsteinpflaster, platzte dort auf und der Inhalt ergoss sich auf den Boden. Ich bemerkte das nur halb, denn die Auswirkungen des dumpfen Schlages breiteten sich in meinem ganzen Körper aus wie ein Vulkan – ein gnadenloser, dumpfer Schmerz, der umso größer wurde, je länger er anhielt. Ich merkte noch, dass mir die Tränen in die Augen schossen. Eine Weile bekam ich kaum noch etwas mit, bis ich einen Tritt in die Hoden verspürte, der mir endgültig den Rest gab. Ich weiß nicht mehr, wer von den Kerlen mir zwischen die Beine getreten hat, ich merkte nur, dass mir schwarz vor den Augen wurde, weil das, was ich jetzt fühlte, so gnadenlos und entsetzlich war, dass mein Denken völlig aufhörte. Meine Knie wurden weich wie Gummi; ich sank zu Boden und wand mich vor Schmerzen.

»Was seid ihr denn für Helden? Drei ausgewachsene Lackel gegen einen Jungen! Da erstarre ich ja vor Ehrfurcht!«

Durch die Nebel meines Schmerzes hörte ich Ronalds Stimme.

»Englische Dorftrottel. Weltberühmt für ihre Blödheit. Selbst nüchtern dümmer als jeder Besoffene.«

Die Schleier vor meinen Augen lichteten sich. Mühsam hob ich den Kopf. Die drei Kerle glotzten fassungslos auf Ronald, der sich vor ihnen aufgebaut hatte wie Errol Flynn in seinen Abenteuerfilmen.

»Du suchst wohl Streit?«, brachte endlich der Vierschrötige hervor.

»Aber nicht doch. Ich will nur, dass ihr euch jetzt höflich entschuldigt. Und dann möchte ich, dass ihr euch brav in der Reihe aufstellt und nach vorne beugt, damit ich jeden von Euch komfortabel in den Arsch treten kann. Das Mindeste, was jetzt angemessen ist.«

Der Rothaarige hatte die Fassung und auch sein Grinsen wiedergefunden. »Leute!«, rief er, »Das ist auch einer von denen! Ungeziefer aus Shitland!«

»Hör auf, so ein einfältiges Zeug zu quatschen, Karottenkopf! Sonst platzen dir noch die vielen Pickel«, sagte Ronald. Er hatte seinen üblichen Gesichtsausdruck aufgesetzt. Seine Stimme klang ruhig, aber so dermaßen herablassend, wie es selbst für ihn ungewöhnlich war. Er redete, als habe er einen Schimpansen vor sich oder etwas noch weniger Intelligentes.

»Schau, ich will es dir erklären«, sagte er mitleidig zu dem Rothaarigen, dem der Mund offenstand. »Dein Hirn ist einfach etwas klein geraten. So klein, dass du vieles nicht verstehst. Aber da kannst du nichts dafür. Es gibt Menschen, die sind halt dumm geboren. Und du und deine Freunde gehören dazu. Deshalb lungert ihr auch hier herum und tut nichts Anständiges. Zu mehr seid ihr halt nicht fähig. Und daher lasst ihr jetzt den Kleinen da in Frieden und verzieht euch.«

Die drei Kerle blickten sich gegenseitig an. Ich dagegen schien ihnen plötzlich nicht mehr wichtig zu sein.

Der Vierschrötige bewegte ein paarmal den Mund, ohne dass ihm etwas Passendes einfiel. »Du bist wohl ein ganz Schlauer!«, zischte er schließlich und ballte die Fäuste.

»Das ist keine Kunst – im Vergleich zu euch Idioten«, stellte Ronald fest. »Aber du hast es erfasst. Ich bin schlau. Falls du überhaupt weißt, was das ist.«

»Das wird dir gar nichts nützen, wenn wir dir erst einmal die Fresse poliert haben!«, schnaubte der Großnasige.

Ich hatte mich mittlerweile erholt und lauschte ungläubig der Auseinandersetzung. Der Rothaarige war auf Ronald zugetreten und stemmte wie bei mir schon die Hände in die Seiten.

»Du hältst dich wohl für was Besseres?«, herrschte er Ronald an.

»Aber nicht doch. Nein, niemals«, beteuerte Ronald. Dann grinste er liebenswürdig. »Ich *bin* etwas Besseres. Ihr seid drei Nieten, und ich nicht. Ihr seid strohdoof und ich nicht. Ihr seid feige und ich nicht. Deshalb greift ihr auch zu dritt einen wesentlich Jüngeren an. Das machen nur Schwachköpfe. Schlappschwänze. Leute, die ansonsten nichts, aber wirklich nichts können …«

Weiter kam er nicht. Der Rothaarige stieß urplötzlich seine Faust in Ronalds Gesicht. Der duckte sich aber geschickt und ließ den Stoffsack, den er die ganze Zeit in der Hand gehalten hatte, gegen den Kopf des Angreifers sausen. Ein kleiner, aber sehr schwerer, massiver Leinensack mit mehr als drei Pfund Schrauben und Muttern. Es haute den Kerl um wie einen morschen Baum. Der Vierschrötige bekam den nächsten Schlag ins Gesicht, torkelte und bekam einen solchen Tritt zwischen die Beine, dass er jaulend zusammensackte. Doch der Großnasige tänzelte auf Ronald zu und landete leider einen geraden Faustschlag in seinem Gesicht, so dass er benommen zurücktaumelte.

Der Rothaarige hatte sich stöhnend aufgerichtet. Ich sah, dass er sich die blutende Gesichtshälfte hielt. Er brauchte eine Weile, um wieder zu sich zu kommen und zu begreifen, was gerade geschah. Dann blickte er Ronald hasserfüllt an. Er machte sich bereit, schnellte dann auf Ronald zu, versetzte ihm einen schlecht platzierten Hieb in die Seite und ließ kurz darauf einen Schlag in Richtung seines Gesichtes folgen, um gleichzeitig eine solchen Tritt gehen die Kniescheibe zu kassieren, dass er kreischend zusammensank und sich winselnd auf dem Boden krümmte. Ein Treffer mit Ronalds Schraubensack schickte ihn endgültig ins Reich der Träume. Aber nun war der Großnasige mit den kurzgeschorenen Haaren wieder bereit und holte zum Schlag aus.

Ich weiß nicht, woher ich den Mut nahm, aber ich sprang auf ihn zu und umklammerte von hinten seinen Hals. Ich spannte meine Arme an so stark ich konnte und würgte ihn, so das er zu japsen begann. Er versuchte, mich abzuschütteln, warf mich hin und her, und sein Ellbogen traf mich dermaßen übel in die Seite, dass meine Rippen knackten. Aber dann landete Ronald, der sich wieder gesammelt hatte, eine erneute Attacke mit dem Schraubensack mitten in sein Gesicht.

Der Großnasige heulte auf, ließ von mir ab und verbarg sein Gesicht in den Händen. Dies nutzte Ronald, um ihm einen Tritt in die Nieren zu verabreichen. Er ächzte kurz, als habe er sich verschluckt, und klatschte dann auf den Boden, um sich nur noch röchelnd zu winden.

Inzwischen hatte sich der Vierschrötige wieder halbwegs aufgerappelt, war aber offenbar noch völlig duselig. Ich versetzte ihm einen Stoß auf die Kinnlade mit meinem Knie, Ronald ließ einen Tritt in die Magengrube folgen. Der Großnasige stieß nur noch ein leises Ächzen aus und blieb dann stöhnend liegen.

Still war es plötzlich. Der ekelhafte Geruch war verschwunden. Es roch nur noch nach frischer Nachmittagsluft.

»Los! Weg hier!«, zischte Ronald mir ins Ohr. Wir nahmen beide die Beine in die Hand und rasten hinaus aus dem Dorf. Mein Magen schmerzte noch immer, teils vom Laufen, teils von dem Faustschlag, und meine Hoden sandten einen pochenden, quälenden Schmerz über die ganzen Leisten bis in die Oberschenkel. Erst als wir das Ortsschild passiert und die Landstraße erreicht hatten, verlangsamten wir das Tempo.

Ich sah zu Ronald. Sein Auge war blau angeschwollen, seine Lippe war aufgeplatzt und etwas Blut lief ihm aus der Nase.

»Danke!«, würgte ich hervor. Ich konnte vor Anstrengung und Schmerz kaum sprechen. Meine Schläfe pochte und mein ganzes Gesicht fühlte sich an wie ein verbeulter Blecheimer.

»Nichts zu danken!«, keuchte Ronald. »Ehrensache!«

»Du hast sie fertig gemacht!« Meine Bewunderung war völlig echt.

»*Wir* habe sie fertig gemacht!«, verbesserte Ronald. »Glaubst du, ich hätte die allein geschafft?«

»Ja! Wir haben es ihnen gezeigt! Diesen Hornochsen!« Ein Ritter nach erfolgreicher Schlacht hätte kaum stolzer sein können.

Auf Ronalds Gesicht breitete sich ein überaus befriedigtes Lächeln aus. Er sah jetzt aus wie ein Boxer nach siegreichem K.O. Joe Louis war nichts dagegen.

Er legte lässig den Arm um mich und griff in meinen verschwitzten Haarschopf. »Ja! Ich finde, wir Adlers haben uns ziemlich gut geschlagen!«

17. Das Dunkel aus der Zeit

Ich verbrachte eine unruhige Nacht – diesmal nicht wegen wilder Träume, sondern weil ich fast gar nicht schlief. Alles tat mir weh, von meinem Gesicht über die Rippen bis zum Becken. Elizabeth war entsetzt gewesen wegen Ronalds und meines Aussehens und hatte uns mit Jodtinktur und kalten Kompressen behandelt. Großvater Neville dagegen hatte eher still und nachdenklich gewirkt. Wohl hatte er sich stirnrunzelnd erkundigt, ob alles in Ordnung sei, hatte dann überlegt, die Polizei zu informieren, entschied sich aber dann, die Sache auf sich beruhen zu lassen.

Am nächsten Morgen, nach dem Frühstück, nahm er mich beiseite.

»Was genau ist euch gestern Abend passiert?«

Ich schilderte ihm den Ablauf. Dass der Rothaarige und seine zwei Kumpels mich angepöbelt und dann angegriffen hatten, dass Ronald mir zu Hilfe gekommen war und wir sie letztendlich verdroschen hatten.

Großvater sah mich ebenso zweifelnd wie bewundernd an. »Denen habt ihr es also gezeigt«, stellte er fest.

»Das haben wir! Und wie!«, sagte ich stolz.

Er zwirbelte seinen weißen Bart und musterte mich von oben bis unten. »Ich glaube dir die Geschichte«, fuhr er dann fort. »Du bist keiner, der einen Hang zu Schlägereien hat. Und dass dich dein Bruder so tapfer unterstützt hat, lässt ihn in meinem Ansehen erheblich steigen.«

Er schlurfte hin und her, als ob er über etwas nachgrübeln würde. »Ist dir etwas Ungewöhnliches aufgefallen, als die Burschen über dich herfielen?«, fragte er dann.

»Ein unangenehmer Geruch war in der Luft. Wie nach toten Tieren.« Erst jetzt erinnerte ich mich daran und war selber überrascht. Ich erschauderte geradezu. Es war genau wie in meinen Träumen.

»Die ganze Zeit?«

»Nein. In Ms Rymers Buchhandlung, in Mr Carringtons Haushaltswarenladen und Mrs Ormerods Feengarten war alles in Ordnung. Es kam nur auf dem Marktplatz so ein Geruch herangeweht …«

»… der aber nicht die ganze Zeit da war?«

»Nein. Das war nur, als die Kerle kamen.«

»War auch etwas zu sehen? Oder jemand?«

»Nein …« Ich stockte und überlegte in Windeseile, ob Großvater mehr wusste, als ich dachte. »Neulich«, schob ich hinterher, »da saß ein eigenartiger Fremder im *Cunning Little Monk*. Er war groß und schwarzgekleidet. Und er sah unheimlich aus – wie ein Raubtier.« Ich blickte ihn vorsichtig an. »Er fiel mir auf, weil … ich habe von ihm geträumt.«

»*Bevor* du ihn dort sahst?«

»Ja. Deshalb habe ich mich so vor ihm erschrocken. Ich habe ihn wiedererkannt.«

Großvater beorderte mich schweigend, ihm zu folgen. Er marschierte geradewegs in die Bibliothek, steuerte dort auf seinen Schreibtisch zu und schlug ein kleines Buch auf.

»Dies ist das Tagebuch von Charles Drummond. Er war Geistlicher und hat das Mädchenpensionat geleitet, das dieses Haus einst war. Ein katholischer Schotte.«

»Dieses Haus war ein Mädchenpensionat?«, wunderte ich mich.

»Ja, von der Mitte des 19. Jahrhunderts bis zum Ausbruch des Ersten Weltkrieges 1914. Dann stand es zum Verkauf. Ich habe es im Jahre 1921 erworben. Meine Lehrtätigkeit in Gloucester und Cheltenham erlaubten es mir, diesen Schritt zu wagen. Endlich hatte ich genug Geld.«

Er blätterte die Seiten durch. »Das, was der Doktor kürzlich berichtete, passt auf eigenartige Weise auf das, was euch gestern widerfahren ist. Und auf das, was der ehrwürdige Vikar hier schreibt.«

Ich sah in das Buch, genau auf die Stelle, auf die Großvaters hagerer Finger zeigte. Die Handschrift war sehr verschnörkelt und schwer zu entziffern, aber nach einer Weile gelang es mir dann doch, sie zu lesen.

»St. John-on-the-Hills, July 2nd 1875.
Seit einigen Tagen hat sich etwas verändert. Es herrscht eine eigenartige Anspannung im Dorf. Die Leute sind missmutig, deprimiert, zuweilen gar feindselig. Die Freundlichkeit, mit der ich hier einst empfangen ward, scheint bis auf wenige Ausnahmen vergangen, obgleich mir keine Gründe dafür einfallen wollen. Merkwürdigerweise scheint dies einherzugehen mit einem unangenehmen Geruch, der zu verfliegen scheint, wenn sich die Leute wieder ein wenig beruhigt haben. Oder ist es womöglich umgekehrt? Sie beruhigen sich, weil der Geruch vergangen ist?

July 5th, 1875
Mr Bateson, der Gemischtwarenhändler, sieht schlecht aus. Er ist aschfahl und seine Augen haben jenen fiebrigen Glanz der Influenza, den ich bereits bei Lusty, dem Köhler, wahrgenommen habe. Ich muss mich in Acht nehmen, mich nicht anzustecken.

»Bateson?«, fragte ich erstaunt. »Hatten die Batesons schon damals ihren Laden?«
»Ja, schon seit Generationen«, antwortete Großvater. »Der Bateson, von dem hier die Rede ist, muss der Großvater vom jetzigen Besitzer sein.«
Ich vertiefte mich wieder in die alte Schrift.

Als ich nach draußen trat, hatte ich eine äußerst unangenehme Begegnung. Ein riesenhafter, blasser Mensch frequentierte das Dorf, derweil ich meine Besorgungen machte. Sein Aussehen erinnerte mich an ein wildes Tier mit seinen starken Brauen und den spitzen Zähnen. Seine Blässe wirkte durch die schwarze Haarmähne und seinen schwarzen Rock noch fahler als ohnehin schon. Sein Lächeln wirkte so boshaft und höhnisch, dass mir trotz des frühlingshaften Wetters eiskalt schauerte. Er stand direkt neben Mr Batesons Gemischtwarenladen und schien die Leute zu beobachten. Und wieder war dieser widerwärtige Geruch nach Verwesung und Fäulnis in der Luft! Ich bin sicher, dass es nicht nur von den Müllhaufen herrührt, die überall in den Gassen entstehen.

Mir stockte förmlich der Atem, als ich das las. Gleichzeitig spürte ich eine große Erleichterung, dass es auch andere gab, die meine Beobachtungen teilten. Und doch war mir unheimlich, die Inhalte meiner Träume auf diese Weise bestätigt zu sehen.

»Von was für Müllhaufen erzählt er hier?« Einerseits wollte ich von meiner Aufregung ablenken, andererseits wollte ich es wirklich wissen.

»Nun, damals gab es noch keine Müllabfuhr, wie wir sie heute kennen. Die Menschen warfen ihre Abfälle und Exkremente einfach auf die Straße und in die Flüsse«, erklärte Großvater. »Daher gab es viele Infektionskrankheiten damals. Das waren Zeiten, da war es nicht so sauber wie heute! Es gab keine Toiletten, keine Kanalisation. Alles lag herum. Das wurde hier zum Problem, denn im 19. Jahrhundert zogen viele Menschen hierher, wegen der Eisen- und Kohlevorkommen.«

»Besonders aus Wales, nicht wahr?«

»Richtig! Hast du bereits darüber gelesen?«

»Jemand im Dorf hat mir davon erzählt«, antwortete ich.

Wie gerne würde ich mit Ceridwen darüber sprechen!

July 6th, 1875

Heute Abend brauste ein übler Sturm durch unser Tal, und dennoch bekamen wir Besuch. Es war der garstige Fremde, der an unsere Tür hämmerte und Einlass begehrte. Ich erschrak bei seinem Anblick bis ins Mark. Er benahm sich höflich und fragte erst umständlich nach Antiquitäten und historischen Fundstücken, um endlich nach einem bestimmten Stück zu fragen, nach dem er seit langem suche und welches er hier in unserem Hause zu finden hoffe – eine kleine kultische Figur aus alter Zeit. Als ich den Besitz einer solchen verneinte, wurde er zudringlicher und begehrte, unsere Schülerinnen dazu zu befragen. Als ich dies verweigerte, wurde er unfreundlich und stieß Drohungen aus. Jedoch hielt ihn irgendetwas davon ab, in das Haus einzudringen. Obgleich er einen Schritt auf mich zu machte, sprang er gleich darauf zurück und keuchte, als habe ihm ein unsichtbarer Geist ins Gekröse getreten. Vielleicht hat er auch meinen kräftigen Knecht erblickt, der hinter mir auftauchte. Ich habe mich dreimal bekreuzigt, nachdem ich die Tür geschlossen und verriegelt hatte.

July 7th, 1875
Eine unserer Schülerinnen ist fiebrig erkrankt. Sie behauptet, sie sei von einer Fledermaus angefallen und gebissen worden. Dies ist sehr eigenartig, denn Fledermäuse sind sehr scheu und fliehen uns Menschen. Wenngleich sie jetzt, wo der Sommer in voller Blüte steht, ständig ums Haus flattern. Vielleicht hat sie auch nur schlecht geträumt.

July 12th, 1875
Nun liegen schon vierzehn unserer Mädchen krank darnieder und ich finde kein Mittel dagegen! Es scheint sich um keine normale Grippe zu handeln, das Fieber mag nicht vergehen! Ich mache mir große Sorgen, denn unserer tapfererer Doktor Smythe scheint sich auch keinen Rat zu wissen.
Ich habe die Statue der heiligen Alruna in Auftrag gegeben, der Schutzpatronin der Wöchnerinnen und Fieberkranken. Die hiesigen Anglikaner halten es für Götzendienst, aber ich bin sicher, sie wird uns Trost und Hoffnung spenden.

July 13th, 1875
Etwas Eigenartiges ist geschehen. Alle Mädchen sind plötzlich genesen, auch wenn einige von ihnen noch etwas schwach sind. Alle nennen sie den Besuch eines ebenfalls erst dreizehnjährigen Mädchens aus dem Dorf, durch die sie geheilt worden seien. Sie behaupten, das Mädchen habe ihnen die **heilige Kraft der Seele** *übermittelt. Was mag dies für ein abergläubisches Geschwätz sein? Die Menschen aus der Gegend hier leben geistig wahrlich noch in märchenhafter Vorzeit! Ich werde das junge Mädchen gleich nach dem Frühstück persönlich befragen. Wie auch immer, ich bin froh und erleichtert, dass alle wieder auf dem Wege der Besserung sind.*

July 21st, 1875
Ich habe eine unruhige Nacht verbracht. Mir war es, als schleiche etwas ums Haus. Ich hatte erst die Dachse im Verdacht, doch den Geräuschen nach klingt es wie Tiere von der Größe von Wildschweinen. Doch die gibt es hierzulande seit Jahrhunderten nicht mehr. Ob es doch ein kriminelles Gesindel ist? Aber was sollten die von uns wollen? Ich werde unsere Knechte mit Eisenstangen ausrüsten, um uns zu schützen.

Hier endete das Tagebuch. Die folgenden Seiten waren leer.

»Was ist aus Reverend Drummond geworden?«, fragte ich klopfenden Herzens.

»Ich weiß es nicht«, sagte Großvater. »Er verließ noch im gleichen Jahr dieses Haus und übergab die Leitung an eine junge Lehrerin namens Maude Sparrow. Sie hat es bis ins hohe Alter geleitet.«

Er deutete nach draußen. »Die Heiligenstatue der Alruna, von der er schreibt, steht übrigens noch immer unten am Treppenaufgang. Künstlerisch ist die Schnitzerei von keinem hohen Wert. Aber sie ist eine Art Denkmal an den Sieg über das Fieber, das damals grassierte.«

Er wühlte in einem Stapel alter, speckig glänzender Mappen und Hefte und zog einen Ordner hervor. »Was viel interessanter ist: dieser Fremde, von dem er schreibt – nun, er scheint in vergangenen Jahrhunderten schon mehrmals aufgetaucht zu sein. Als wäre er eine mythologische Figur, eine Art wiederkehrende Geistererscheinung. Ich habe erst vermutet, dass er eine Allegorie auf Seuchen und Nöte darstellt, also eine Art Symbol für Angst und Verderben, weil sein Erscheinen immer mit historisch belegten bedrohlichen Ereignissen einhergeht. Hier, **sieh** dir das an!«

Er zeigte mir eine Seite der *Gloucester Gazette* aus dem Jahre 1795. Ich hatte gar nicht gewusst, dass es damals bereits Zeitungen gab, noch dazu welche mit Bildern. In der Mitte des Zeitungsblattes war ein Kupferstich, auf dem ein schwarzgekleideter, dämonisch aussehender Mann im Zwielicht einer engen Gasse abgebildet war. Er trug einen Gehrock im Stil der damaligen Mode, auf dem Kopf einen Dreispitz, nach hinten zu einem Zopf gebundene Haare und einen weiten Umhang. Sein Gesicht lag fast vollständig im Schatten. Die Bildunterschrift dazu lautete:

Gesucheth wirth jener Mann, der sich Valnir nenneth,
und sich herumtreybeth in unseren Landen,
um sich zu bereychern an allerley Handwerck,
dass auszufuehren er kindlichen Arbeytern ueberlaeszt.

»Was ist das für ein eigenartiges Englisch«, sagte ich tonlos. Ich konnte es kaum fassen.

»Damals sprach man anders als heute«, erklärte Großvater. »Und die Schreibweise war noch nicht einheitlich. Man schrieb so wie man es hörte. Das hat zu ziemlich abenteuerlicher Rechtschreibung geführt. Aber du siehst: verstehen kann man es einigermaßen.«

»Und schau einmal hier«, fuhr er fort, »dies sind Aufzeichnungen des High-Sheriffs von Gloucestershire, Sir Walter Denys, aus dem Jahr 1551.« Er hielt mir ein uraltes Pergament hin, das mit den Zeichen einer altertümlichen Handschrift bedeckt war, die für mich aussahen, als seien verschiedene Insekten in ein Tintenfass gefallen und anschließend ziemlich durcheinander über das Papier gekrochen. Ich machte wohl ein so bekümmertes Gesicht, dass er es betreten wieder an sich nahm.

»Entschuldige«, sagte er, »das ist wirklich schwer zu lesen. Ich denke, ich bin geübter darin.« Er grinste mir fast schelmisch zu, wie ich es früher nie von ihm erwartet hätte. »Manchmal vergesse ich, dass du mein erst dreizehnjähriger Enkel bist.«

Er nestelte an der Innentasche seines Jackets und holte eine kleine goldene Brille hervor, platzierte sie sorgfältig auf seiner großen, vornehmen Nase.

»Sir Denys schreibt, so sinngemäß: ›*Die Anzeige wegen Kurpfuscherei gegen den Materialisten Richard Lee wurde aufgrund der Anhörung am 14. September des Jahres 1551, abgehalten im ehemaligen Kloster St. Johns, abschlägig beschieden. Es liegen keinerlei verlässliche Hinweise vor, dass er seine Heilkunst in verderblicher oder gar schädigender Weise verübt hat. Dies wurde bekundet von Sir Geoffrey Rackham, Doktor William Painswick, Robert Gray. Wir stellen daher fest, dass sich der beschuldigte Richard Lee tadelfrei aufgeführt hat und die Anschuldigung zu Unrecht erhoben wurde. Der Ankläger Valnir hat die Flucht ergriffen.*‹«

Großvater sah mich vielsagend an.

»Du siehst«, sagte er, »meine ursprüngliche Theorie, dass es sich um eine aus Angst entstandene Legende handelt, ein Hirngespinst, geboren aus Furcht, hat sich nicht bewahrheitet. Es deutet alles darauf hin, dass es diesen Valnir tatsächlich gibt. Wie eine dunkle Gestalt, eine Verkörperung von etwas Bösem, das sich tatsächlich immer wieder manifestiert, aus einer unendlich lang zurückliegenden Zeit. Wer weiß, vielleicht hat es ihn schon immer gegeben? Vorzugsweise taucht er dann auf, wenn etwas Schlimmes passiert: ein Krieg, eine Seuche, ein Massenwahn. 1551 – damals gab es hier in England eine furchtbare Pestilenz – den ›Englischen Schweiß‹. Eine Krankheit, von der man noch heute nicht weiß, woher sie kam und wodurch sie verursacht wurde. Besonders kräftige, gesunde Männer erkrankten daran. Später, im 18. Jahrhundert, gab es natürlich auch immer wieder Krankheiten, es begann aber auch etwas Neues: die Industrialisierung. Fabriken entstanden, es wurde verstärkt nach Kohle und Erz geschürft, die Eisenbahnen wurden gebaut. Und damit Kinderarbeit, wo Kinder in Massen bis zur Erschöpfung, nicht selten bis zum Tode arbeiten mussten. 1795 gab es zum Beispiel eine große Hungersnot: Ein heißer Sommer mit großer Dürre, und dann ein Winter, der so kalt war, dass Severn und Wye zufroren. Minus 6 Grad Fahrenheit[XVII]! Du siehst: so hat jedes Zeitalter sein Unheil, seinen Schrecken. Davon wird er angezogen. Ja vielleicht wird er dadurch erst groß. So wie ein Parasit, der sich von anderen nährt.«

»Meinst du einen Vampir? So wie Graf Dracula? Der anderen das Blut aussaugt, um sie zu beherrschen und selbst zu überleben?«

»Ich muss gestehen, ich kenne Graf Dracula nicht. Aber es klingt so, als habest du verstanden, was ich meine.«

Ich muss zugeben, ich verstand nicht alles, was mein Großvater da sagte. Aber mir war in jedem Fall klar, dass wir beide etwas wussten, was wir mit anderen nicht teilen konnten, weil kaum einer außer uns es wirklich verstand. Wir waren Komplizen. Nur, dass ich ihm noch nicht alles gesagt hatte, was ich durch meine Träume zu wissen glaubte.

Eine Frage fiel mir noch ein. »Weißt du etwas von den *Three Bad Sisters*?«

»Du meinst die drei Stelen am Eingang des Moores? Sie könnten die Überreste eines Dolmens sein. Ich schätze, sie sind 5000 Jahre alt.«

[XVII] -6°F (Fahrenheit) entspricht -21°C (Celsius).

»Und woher kommt der komische Name?«

»Eine alberne Legende. Es gab hier tatsächlich mal drei äußerst zänkische, unbeliebte Schwestern. Sie lebten zusammen in einem Haus in Bowen's Hill, dort wo Ms Rymer jetzt ihre Buchhandlung hat. Dass der Teufel sie in Steine verwandelt hat, ist natürlich passend, die meisten im Dorf sollen sie zum Teufel gewünscht haben. Unsinn ist es trotzdem.«

»Was ist aus ihnen geworden?«

»Sie sollen sich irgendwann schlagartig geändert haben und wurden zu sehr liebenswürdigen, gutmütigen, wenn auch scheuen Ladies. Sie lebten sehr zurückgezogen.«

Ich ging durch die Halle in die Küche. Ida saß dort am Tisch. Sie hatte Besuch von einem Nachbarskind, Lucie, einem sommersprossigen dunkelgelockten Mädchen mit großen braunen Kulleraugen. Beide waren äußerst konzentriert dabei, unter Elizabeths Aufsicht Rosinenkringel zu formen, und redeten ohne Unterlass. Beide waren derzeit Elfen und befanden sich im Kampf gegen übelgesinnte Zwerge. Das magische Gebäck würde denen eine böse Niederlage zufügen. Quentis saß in einer Ecke und schien beleidigt, dass er nicht Mittelpunkt des Geschehens war, beäugte mich sofort, als ich hineinkam, und strich dann um meine Beine.

Lucie betrachtet mich erstaunt, und Ida stellte mich als ihren treuesten Knappen vor, der ihr Schloss bewache.

Ich tat gekränkt.

»Aber Herrin!«, empörte ich mich, »Ihr habt mich doch erst kürzlich zum Ritter ernannt! Und außerdem verfüge ich über Zauberkräfte!«

»Ach ja, hab ich vergessen«, gab die Elfe zu, während die andere verhalten kicherte.

»Kannst du uns Limonade herbeizaubern, oh Zauberritter?«

»Ich denke schon«, antwortete ich, machte ein paar magische Handbewegungen und rauschte in die Küche. Elizabeth hatte schon mitgehört und reichte mir mit wichtigem Gesichtsausdruck zwei Gläser Limonade entgegen, und in Windeseile stellte ich sie den beiden Elfen vor die Nase.

»Das ging aber schnell!«, sagte die dunkelgelockte Elfe entgeistert.

»Ich sagte doch, dass ich zaubern kann«, sagte ich achselzuckend. Mein Blick fiel auf einige Bögen Papier, auf denen die beiden mit Idas Buntstiften Elfenschlösser in allen Farben gezeichnet hatten. Ich gab mich erstaunt und bewunderte ihre hohe Kunst.

»Die Schlösser haben ja gar keine Türen«, stellte ich fest.

»Elfen brauchen keine Türen«, klärte Elfe Ida mich auf. »Elfen schweben durch die Schornsteine. Das weiß doch jeder!«

»Oh! Daran hatte ich nicht gedacht«, gab ich zerknirscht zu. »Aber sind Türen nicht bequemer?«

»Ja, aber da kommen sonst die Zwerge durch!«

»Und deshalb gar keine Türen? Schornsteine sind doch unbequem.«

»Für uns Elfen nicht. Wir passen durch jeden Schornstein. Aber die Zwerge nicht, die sind dafür viel zu dick!«

18. Ein Schatten, bleicher als weiß

Großvater Neville war nunmehr endlich jemand, der – außer mir – auch noch an Valnirs Existenz und seine fatalen Auswirkungen glaubte. Ob er mir auch abnehmen würde, die echte Vergangenheit geträumt zu haben? Oder ahnte er gar, was ich dort gesehen hatte? Immerhin hatte er genau richtig auf das Jahr 1551 getippt. Und das mittelalterliche Heilkundebuch hatte genau auf meinen ersten Traum verwiesen.

»Du bist von da oben, oder?«

Plötzlich blitzte eine Erinnerung in mir auf.

»Er hat mich wahrscheinlich für irgendeinen Waldgeist gehalten.« ... »Oder für jemanden aus einer anderen Zeit.«

Nein, es hatte noch jemanden gegeben. Ivor, den verrückten Sohn der Hauswirtschafterin Cox von Blackwell Manor.

Ich machte mich kurz nach der Zusammenkunft mit ihm auf den Weg. Ich sagte Elizabeth Bescheid, dass ich zum Mittagessen vielleicht nicht kommen könnte, und sie packte mir sofort ein Sandwich mit Schinken und Salat ein und befüllte eine kleine Feldflasche mit Holundersaft, den sie – wie konnte es anders sein? – im Frühjahr selbst aus den Blüten der zahlreichen Holunderbüsche auf Großvaters Anwesen gemacht hatte, und packte alles in eine kleine, kompakte Ledertasche, die sie mir feierlich umhing. So ausgerüstet, nahm ich diesmal den Bus nach St. John-on-the-Hills den gleichen, den Ida ab nächster Woche zu ihrer Schule nehmen würde. Er kam sogar einigermaßen pünktlich.

Am Ortseingang stieg ich aus. Mir wurde etwas beklommen, als ich die Hauptstraße durchschritt, denn sie führte am *Cunning Little Monk* vorbei direkt auf den Marktplatz, aber keiner der drei Schläger war zu sehen. Ein weiteres Mal zuckte ich zusammen, als direkt vor mir der alte Graham mit dem üblichen missmutigen Gesicht den Weg kreuzte. Er fuhr auf seinem quietschenden Lastendreirad, die Kiste zwischen den beiden Vorderrädern voll beladen mit selbst etikettierten, dickbauchigen Gläsern. Wahrscheinlich belieferte er Batesons Gemischtwarenladen und die Parrys mit seinem Honig. Sein Ziegenbart flatterte im Fahrtwind, und er buckelte rhythmisch zu seinen harten Tritten in die Pedale, wobei sein dürrer, sehniger Hals mit dem hervorstehenden Adamsapfel aussah wie der eines Truthahns. Er nahm mich nicht wahr und ich legte auch keinen Wert darauf. Seine Schürhaken-Attacke war mir noch zu deutlich in Erinnerung. Unmittelbar schnupperte ich in der Luft herum, ob der übliche gefährliche Gestank zu riechen war, aber alles roch nach frischer Herbstluft. Nur eine Brise von Bratkartoffeln wehte kurz vorbei, wahrscheinlich von Mrs Ormerods Haus. Ich machte noch einen Abstecher zu Ives' Backstube und investierte in ein paar *Walisische Backsteine*[XVIII], über die nicht nur Ida sich freuen würde. Ives' Baby war seit sechs Wochen auf der Welt, und es schlummerte sichtlich zufrieden direkt hinter der Verkaufstheke in einem Korb, in das die junge Mrs Ives ein riesiges Kissen gestopft hatte. Hier war alles herrlich normal und freundlich.

Ich passierte noch das Schulgebäude und die mechanische Werkstatt von Mr Jackson, bei dem Walter sein Motorrad warten ließ, und dann war ich bereits auf der Landstraße nach Blackwell Manor. Die Straße war auf beiden Seiten von hohen Bäumen umgeben, deren Zweige sich direkt über mir trafen und so teilweise wirkten wie ein Tunnel. Zwischen den Stämmen blickte ich auf der einen Seite auf dunklen Wald, auf der anderen auf sonnenbeschienene Wiesen, auf denen zahlreiche Schafe weideten. Weiße, flauschige Schafe mit schwarzen Gesichtern. Zwischendrin wucherten überall Brombeeren, die meisten schon dunkel, süß und saftig. Genauso, wie Anne sie für ihre Kranken gebraucht hatte.

Endlich tauchten die Schornsteine von Blackwell Manor auf. Wie eine steinerne Armee stachen sie aus den spitzen Dächern gen Himmel hervor. Ich grübelte darüber nach, wie ich ungestört mit Ivor plaudern könnte, ohne dass Mrs

---

[XVIII] Kleiner, runder Früchtekuchen. Traditionelles walisisches Gebäck, in der Pfanne gebacken.

Cox uns dazwischenfunkte. Dann erreichte ich das große, schmiedeeiserne Eingangstor zu dem Anwesen, das von zwei mächtigen Steinpfeilern flankiert war, auf denen zwei steinerne Greifen thronten. Es war unverschlossen; ich konnte die mächtigen Flügel aufdrücken. Ich schlüpfte durch den Torspalt hindurch und marschierte forsch den gepflegten Kiesweg entlang, der von blühenden Rosensträuchern gesäumt war. Immer näher kam ich dem verwinkelten Gebäude. In einiger Entfernung, weit weg am anderen Ende des Grundstücks sah ich einen Mann die Hecke schneiden, während ich auf der anderen Seite Mrs Cox erkannte, die eine Schubkarre mit Gartengeräten in seine Richtung schob. Sehr gut. Sie musste nicht mitkriegen, dass ich ihren Sohn besuchte.

Ich wandte mich zur Seite und eilte in Richtung des kleinen Gesindehauses. Ivor saß davor und war gerade dabei, Pilze zu putzen.

»Hallo Ivor! Kennst du mich noch?«, rief ich schon von weitem. Ich wollte mich möglichst früh bemerkbar machen, um ihn nicht zu erschrecken.

Er zuckte zusammen, ließ fast sein Messer fallen und saß augenblicklich kerzengerade da. Ängstlich sah er auf mich. »Keine Angst, ich bins nur«, sagte ich und lächelte so freundlich ich konnte.

Ich schlenderte langsam auf ihn zu. Er atmete schnell und furchtsam. Verstört blickte er mir in die Augen.

»M-Mama sagt, ich soll mit niemandem sprechen!«, brachte er schluckend hervor.

»Warum? Ich bin nicht böse«, sagte ich achselzuckend.

»A-aber es gibt böse Menschen!«

»Oh ja. Das stimmt. Aber ich bin es nicht.«

»Aber Valnir ist böse.«

Ich glaubte erst, mich verhört zu haben.

»Valnir?« Ich musste wirklich aufpassen, ruhig zu bleiben. »Du kennst ihn? Den großen, schwarzen Kerl mit dem bleichen Gesicht?«

»J-ja…!« Er schien zu kapieren, dass ich Valnir ebenso fürchtete wie er. Gleich wirkte er ruhiger. »Er … er wohnt hier«, flüsterte er. »Dort, im Haupthaus. Er hat es gemietet, solange die Familie Wyeth in Australien ist. Er zahlt den Wyeths und meinen Eltern viel Geld.«

Er sah mich an wie ein erwischter Eierdieb, und wirkte zerknirscht und schuldbewusst.

»Dafür kannst du doch nichts«, meinte ich. Er lächelte verschämt. »Ja. Da hast du wohl recht.« Er wirkte jetzt geradezu dankbar.

»Ich habe deine Eltern da drüben arbeiten sehen«, fuhr ich fort und deutete in die Richtung, in der ich sie gerade gesehen hatte.

Er blickte betreten nach unten. »Ja«, sagte er dann und fuhr sich durch das feuerrote Haar. »Mein Vater schneidet die Hecke. Und dann sollen sie alle Rosensträucher kurz schneiden.«

Ich runzelte die Stirn. »Wieso denn das? Sie sind doch wunderschön! Sie blühen in allen Farben!«

Ivor lächelte jetzt wissend und wirkte jetzt völlig normal.

»Das ist es ja gerade«, sagte er. »Valnir mag schöne Sachen nicht. Er bevorzugt Hässliches, da ist er in seinem Element. Er liebt Krankheit, Tod, Fäulnis, Leid. Schöne Dinge bereiten ihm Unbehagen. Daher muss er sie beseitigen lassen.«

»Und er mag es, wenn es stinkt.«

»Ja, genau!«, rief er eifrig. »Aber er stinkt selber! Wo immer er auch ist, er zieht eine Wolke von üblem Geruch hinter sich her. Unser Hinterhäuschen[XIX] ist nichts dagegen.«

»Und er hasst Musik«, ergänzte ich.

Er riss die Augen auf. »Ehrlich? Ich spiele etwas Cello!«

»Je schöner du spielst, desto unangenehmer für ihn«, erklärte ich fachmännisch.

»Ich... ich werde sofort wieder üben! Ich habe lange keine Musik mehr gemacht!« Er wirkte jetzt lebendig und furchtlos entschlossen.

»Machen deine Eltern auch Musik?«, forschte ich weiter.

Er machte ein verächtliches Gesicht. »Nein«, sagte er, »mein Vater ist ein grober Klotz. Der hat keinen Sinn für sowas. Seit meine Mom den geheiratet

---

[XIX] engl.: »*Outhouse*« - Plumpsklo außerhalb des Wohnhauses hat, ist es Essig damit. Ich habe nur Cellospielen gelernt, weil mein Grundschullehrer sich dafür eingesetzt hat.«

»Er ist also doch gar nicht dein Vater?«

Er schien eine Weile zu überlegen, ob er das Geheimnis preisgeben durfte und sah sich unruhig um. Dann senkte er die Stimme und beugte sich zu mir hin.

»Nein, mein Vater ist ein anderer. Ein Deutscher. Aber das weiß ich nur, weil ich einmal meine Geburtsurkunde gefunden habe. In Mamas Nachttischschublade. Offiziell darf ich das nicht wissen.«

»Aber warum nicht? Das ist doch wichtig!«

Er seufzte. »Ja, finde ich auch. Aber Mom will, dass das alles nicht wahr ist. Und sie ist Brian Cox so dankbar, dass er sie mit einem Kind genommen hat, dass sie ihn zu meinem Vater ernannt hat. Ich musste ihn immer ›Dad‹ nennen.«

»Weißt du, was aus deinem echten Papa geworden ist?«

Er schüttelte den Kopf. »Nein, nichts. Man darf hier nicht darüber sprechen.«

Das brachte mich auf mein eigentliches Thema. »Du darfst hier wohl über so Einiges nicht sprechen«, warf ich ein.

Er wusste sofort, was ich meinte. »Du meinst die Menschen von dort oben, nicht wahr?«

»So ist es.«

»Du kennst den Steinkreis oben auf dem Hügel?«

»Ja. Ich war schon zweimal dort.«

»Hast du dort jemanden getroffen?«

»Einmal. Ein Mädchen.«

»Nun … sie ist vielleicht aus einer anderen Zeit.«

Obwohl ich diese Möglichkeit schon erahnt hatte, traf es mich wie einen Donnerschlag. Das würde bedeuten, dass ich Ceridwen nie wieder sehen würde. Oder bestenfalls nur zufällig und selten. Eine gnadenlose und tiefe Traurigkeit stieg in mir auf.

Ivor bemerkte es. »Das muss ja nicht so sein«, tröstete er. »Sie kann ja auch aus unserer Zeit stammen. Es ist aber möglich. Dort im Steinkreis … dort vergeht die Zeit nicht. Es ist immer die gleiche.«

Ich sah ihm ins Gesicht. Nicht die Spur von Irrsinn war dort zu erkennen. Mein Verstand sagte mir, dass er völlig übergeschnappt sein musste. Aber ein anderer Teil von mir wusste, dass er die Wahrheit sagte.

»Es muss schwer sein, wenn einem ständig gesagt wird, das, was man sieht, sei gar nicht da. Und das, was man weiß, würde gar nicht stimmen.«

Er nickte und lächelte schmerzvoll. »Ich bin froh, dass du mir das sagst«, meinte er dann. »Dass es Jemanden gibt, der die Dinge so wahrnimmt wie ich.«

Plötzlich waren Stimmen zu vernehmen, die sich näherten. Augenblicklich sprang ich auf und trollte mich in Richtung des Ententeiches. Ivor machte sich sofort wieder ans Pilzeputzen, als sei nichts gewesen. Ich schlich mich flugs hinter mehreren dicken, alten Bäumen am Teich vorbei, um dann durch das gleiche kleine Gartentor im Wald zu verschwinden, durch das ich vor einiger Zeit gekommen war. Ich duckte mich hinter der Steinmauer und spähte vorsichtig auf das herrschaftliche Anwesen, zum Gesindehaus hinüber, aber niemand war zu sehen. Hoffentlich bekam Ivor keinen Ärger. Aber im Grunde hatte er den schon. Seit langem.

Ich ging noch ein Stückchen, überquerte wieder die Lichtung, scheuchte die üblichen Fasanen auf und ließ mich erst einmal nieder, um mir Elizabeths Sandwich schmecken zu lassen. So gestärkt nahm ich den gleichen, gewunden Weg durch den Wald … das heißt: Ich nahm das an, denn er sah in dieser Richtung ganz anders aus als damals, als ich ihn abwärts gegangen war. Außerdem war er viel anstrengender. Wie schon zuvor überquerte ich zahlreiche kleine Bäche und auch die großen Gesteinsbrocken lagen überall zwischen den bizarr gewundenen Bäumen herum.

Dann erreichte ich die Anhöhe. Ich erklomm den bewachsenen Wall, der sich vor mir erhob, und gelangte zu den Bäumen auf seinem Rücken.

Zu meinen Füßen lag der Steinkreis in der Nachmittagssonne. Niemand war dort. Keine Ceridwen.

Schweren Herzen stieg ich hinab und trat in die Mitte des runden Platzes. Ich tat ein paar tiefe Atemzüge und schloss die Augen. Schön war es hier, trotz allem. Still war es, nur ein paar Vögel zwitscherten, und eine Hummel brummte an mir vorbei. Und es war warm.

Ich schritt zu Ceridwens großem Stein, und ließ mich dort nieder. Ich schloss erneut die Augen und dachte an sie. Wie sie hier gesessen hatte, an die Sonnenstrahlen, die sich ihrem kupferfarbenen Haar verfangen hatten und an die grünen, strahlenden Augen.

Während ich so herumträumte, schien die Erde leicht zu schwingen. Wie leichte Schritte, die sich näherten. Schnelle Schritte.

Ich öffnete meine Augen einen Spalt. Nur wenige Yards von mir entfernt stand ein Junge. Er war offenkundig außer Atem und sah erst überrascht auf mich, blickte dann unruhig umher, um dann fragend und argwöhnisch mich zu fixieren.

»Keine Angst. Alles in Ordnung hier«, sagte ich mit geschlossenen Augen.

Von ihm kam erst einmal nichts. Dann öffnete ich die Augen.

»Es ist warm hier«, meinte er dann.

»Hier ist es immer warm«, erklärte ich ruhig. Gleichzeitig merkte ich, dass ich das gar nicht so genau wusste. Aber irgendwie war ich mir trotzdem sicher, dass es stimmte.

Wir sahen uns an. Er schien ungefähr in meinem Alter zu sein, obwohl er etwas kleiner war. Er war eigenartig gekleidet, so wie in einem Theaterstück oder einem Kostümfilm. Er trug eine Kniebundhose und Strümpfe, die recht schmutzig und löcherig aussahen, von seinen Schuhen ganz zu schweigen; sie sahen aus, als seien sie kurz vor dem Auseinanderfallen. Komische Schuhe, mit einer großen Schnalle in der Mitte anstatt Schnürsenkeln. Seine dunkle, abgewetzte Jacke hatte zahlreiche stumpf schimmernde Metallknöpfe, von denen ein paar fehlten, und hinten hingen lange Rockschöße herab. Seine Haare waren recht lang und waren hinter dem Kopf zu einem Zopf zusammengebunden.

Er musterte mich ähnlich wie ich ihn. »Komm doch her und setz dich«, schlug ich vor und deutete auf den Platz neben mir. »Es ist schön in der Sonne.«

Er taute auf und pirschte sich vorsichtig an mich heran. Er betrachtete mich ebenso neugierig wie misstrauisch. »Ich bin James«, sagte er.

»Schön, dich kennenzulernen«, antwortete ich. »Ich bin Konrad. Du kannst mich Conny nennen.«

»Ein seltsamer Name.«

»Mein Vater ist Deutscher. Dort heißt man so.«

»Ach!« Das schien ihn ungemein zu beruhigen. Er ging in die Knie, griff zum Boden, setzte sich neben mich und lehnte sich mit einem Seufzer an den großen Stein. Dann schüttelten wir kurz die Hände. Seine Hände waren rau und eiskalt. Und seine Fingernägel waren schwarz, als hätte er Tinte darunter.

Ich blickte ihn an. Er war sehr mager, hatte rotgeränderte Augen und wirkte mit seinem blassen Gesicht, den eingefallenen Wangen und den bläulichen Lippen ausgesprochen hungrig und verfroren.

Ich nestelte an meiner Umhängetasche. »Du siehst hungrig aus. Magst du einen Kuchen?« Dann holte ich einen Walisischen Backstein heraus.

Er starrte darauf, als sei er im Himmel. Schüchtern griff er danach, und nachdem er sich vergewissert hatte, nicht zu träumen, biss er hastig, aber voller Wonne hinein. Ich bedauerte, Elizabeths Sandwich bereits verspeist zu haben. James hatte es offenkundig bitter nötig.

»Ruhig, ich habe noch mehr«, ermahnte ich ihn, denn er futterte, was das Zeug hielt. Ich hielt ihm das nächste Küchlein hin, und er griff danach, ohne zu zögern.

Als er auch den dritten Backstein verdrückt hatte, klopfte er sich zufrieden auf den Bauch. »Das war ein Segen!«, stöhnte er.

Elizabeths Holundersaft stürzte er ebenso gierig hinunter. »Das schmeckt köstlich«, prustete er zwischendurch. Dann lächelte er erleichtert. »Ich habe seit Tagen nichts gegessen«, erzählte er. »Getrunken habe ich nur geschmolzenen Schnee. Und ich habe Eiszapfen gelutscht.«

»Schnee? Eiszapfen?« Ich muss sehr verständnislos geguckt haben.

»Na, wie es im Winter nun mal ist«, fügte er hinzu.

»Im Winter?« Ich besann mich plötzlich auf Ivors Erklärung. *Dort im Steinkreis vergeht die Zeit nicht. Es ist immer die gleiche.*

War hier womöglich immer Sommer?

»Ja, natürlich. Im Winter«, druckste ich.

»Was tust du hier?«, fragte er neugierig. »Bist du aus dem Dorf?«

»Ja. Ich wohne bei meinem Großvater.« Ich beschloss, ihn nicht mit allzu viel Details zu verwirren. Wer weiß, was er alles hinter sich hatte, und was er alles mit den verschiedenen Örtlichkeiten verband.

»Du bist auch aus St. Johns?«, nahm ich den Faden wieder auf.

Er nickte.

»Du sahst gerade verängstigt aus«, stellte ich fest. »Als ob du vor etwas davongelaufen wärest.«

James stieß einen tiefen Atemzug aus. »Das kann man wohl sagen!«, brachte er nach einer Weile hervor.

»Will dir jemand an den Kragen?«

»Jetzt vielleicht schon!«

»Vorher nicht?«

»Nein. Aber ich bin abgehauen. Vorher musste ich mich für ihn nützlich machen. Arbeiten, den ganzen Tag. Bis zum Umfallen. Er jagt uns durch die Kamine, um sie sauber zu kratzen. Und wir sollen etwas suchen für ihn, einen kleinen Beutel. Oh Gott! Ein paar von den Jungs werden es nicht überleben.« Bei diesen Worten biss er sich auf die Lippen und ballte die Fäuste.

»Wer ist es?«, fragte ich gespannt, obwohl ich die Antwort bereits wusste.

»Wer uns so quält? Es ist kein Mensch, eher so eine Art dunkler Schatten, und doch bleicher als weiß. Nicht nur im Gesicht … er ist nicht zu greifen. Ich kann es kaum beschreiben. Er beherrscht uns alle wie ein böser Geist. Seine Gegenwart macht Angst, und doch ist er nebelhaft, wie ein Nachtmahr, den man nicht fassen kann.«

»Ist sein Name Valnir?«

Er stutzte verblüfft. »Ja, so nennt er sich! Ein gemeiner Schuft wie es keinen Üblleren geben könnte! Er ist der Teufel!«

Er sprang auf. »Ich muss fort!«

Ich blieb sitzen. »Hast du schon einmal etwas von Enaid gehört?«, fragte ich ihn, so ruhig ich konnte.

»Enaid? Was sollte das ein? Klingt magisch.«

»Ist es auch irgendwie. Aber ein guter Zauber, wenn man es überhaupt so nennen kann.«

Er blickte unruhig und verwirrt.

»Es ist das, was Valnir sucht«, erklärte ich weiter. »Eine kleine silberne Figur, uralt, in einem kleinen schwarzen Lederbeutel. Sie stellt ein tanzendes, lachendes Mädchen dar.«

Er starrte mich an. »Warum will er sie denn so dringend haben?«

»Weil er ihre Macht fürchtet. Wahrscheinlich will er sie vernichten, sobald er sie hat.«

Ich konnte förmlich sehen, wie die Rädchen in James' Kopf ratterten.

»Was für eine Macht?« An seiner Stimme erkannte ich, dass er die Chance witterte, sich gegen Valnir zu wehren.

»Heilkraft. Lebensfreude. Glück. All das, was er nicht ist.«

»Mit dieser Figur kann man heilen? Krankheiten? Verletzungen?«

»So ist es. Aber nur, wenn man gute Absichten hat.«

Er atmete erregt. »Wo nur kann ich diese Figur finden?«

Ich überlegte und folgte einem Geistesblitz, der gerade in mir aufleuchtete. »Vielleicht genau dort, wo auch Valnir sie vermutet: In einem der Schornsteine. Wozu sollte er euch Jungs sonst dort herumkriechen lassen?«

James schien wie vom Donner gerührt. »Weißt du auch, in welchem?«, fragte er schließlich lauernd.

»Leider nicht«, antwortete ich wahrheitsgemäß. »Aber ich vermute es. In dem Haus dort hinter dem Moor, das früher das Kloster war. Dort würde ich die Suche beginnen. Denn dort ist sie zu früheren Zeiten immer gefunden worden.« Ob Anne die Figur tatsächlich dort irgendwo versteckt hatte und Valnir dies wie auch immer herausgefunden hatte?

»Ich werde sie suchen! Und dann wird es ihm schlecht ergehen!«, rief er und rannte los. Kurz vor der Grenze der steinernen Wächter stoppte er und drehte sich zu mir noch einmal um.

»Danke!«

Ich winkte ihm zu. In wenigen Augenblicken war er dann zwischen den Sträuchern verschwunden.

Ich sah ihm melancholisch nach. Wahrscheinlich würde ich ihn nie wiedersehen.

Ob ich ihm einen guten Ratschlag gegeben hatte? Plötzlich wusste ich es nicht mehr.

Ich sah James schon bald wieder. Nur anders, als ich ursprünglich dachte. In der gleichen Nacht.

Ich träumte von ihm.

19. James, der Totengräber

eoffrey Hewitts Schädel pochte und wummerte von den Gallonen von Bier und billigem Fusel, die er den ganzen Tag über in sich hineingeschüttet hatte. Aber er war viel zu besoffen, um davon noch etwas zu merken. Jetzt lag er schnarchend vornübergebeugt halb auf dem groben Holztisch, der zusammen mit dem Schemel, auf dem sein mageres Hinterteil saß, die einzigen Möbelstücke im kleinen Raum waren.

Die Sonne war noch nicht aufgegangen, und über den schwarzen Zweigen der kahlen Bäume zeigte sich ein leichtes Morgenrot. James versuchte derweil, den Kamin anzuzünden. Er war erst dreizehn Jahre alt, aber Feuermachen hatte er schon mit acht Jahren gelernt. Erst schälte er mit dem rostigen Messer Späne vom faserigen Fichtenscheit, um sie dann locker aufzuschichten. Er machte es langsam und so leise er konnte, denn er fürchtete, wenn er seinen schlafenden Vater weckte, würde wie immer ein gewaltiges Donnerwetter mit den üblichen Prügeln stattfinden. Das Schlagen des Feuersteins auf das Eisen klackerte gefährlich laut, aber endlich begannen die Funken den Zunder zum Glühen zu bringen. James blies ebenso vorsichtig wie kräftig darauf und schließlich brannten die ersten Späne. Er hatte im nahen Wald zahlreiche Zweige gesammelt, die aber unter dem Schnee gut durchgefeuchtet waren und jetzt in Verbindung mit den wenigen noch trockenen Holzspänen wie der Teufel qualmten. Einen kurzen Augenblick hatte er erwogen, sich an einem von Vaters Brettern zu vergreifen, die im Schuppen lagerten – grobe, schmutzige Bretter, die Geoffrey Hewitt, der Totengräber, zum Auskleiden der Gräber verwendete, bevor die Särge in das 6 Fuß tiefe Loch hineingesenkt wurden – wenn die Erde warm genug war, um graben zu können. Derzeit aber war es so kalt, dass der Boden hart gefroren war. Seit Wochen war es nicht möglich, die Toten zu begraben. Der Januar 1795 war der kälteste Monat, an den sich James erinnern konnte, obwohl er mit seinen dreizehn Jahren noch nicht über allzu viel Erfahrung verfügte. Er hatte aber gehört, dass auch die Anwohner über den bitteren Frost klagten und die Schneemassen als so gewaltig einschätzten, wie schon lange nicht mehr. Beim alten Carrington um die Ecke hatte James ein paar Kohlen mitgehen lassen, die er jetzt auf den glimmenden Scheiten platzierte.

James erinnerte sich an das erste Mal, dass er Schnee gesehen hatte. Er war noch klein gewesen, keine vier Jahre, aber er hatte für solche Ereignisse ein außerordentlich gutes Gedächtnis. Staunend hatte er die Flocken betrachtet, die vom Himmel fielen, hatte danach gegriffen und hatte verwirrt ihr Schmelzen in seiner kleinen Hand beobachtet. Die ganze Umgebung war mit einem Mal weiß gepudert gewesen, weißer noch als die Perücken der hohen Herrschaften, die manchmal auf Pferden und in Kutschen durch St. John-on-the-Hills fuhren. Die Welt erschien plötzlich wie verzaubert. Er und die Nachbarskinder hatten ausgelassen im Schnee herumgetollt, selbst Charles, der Junge mit dem Holzbein, der einmal unter eine der Kutschen geraten war und dem der örtliche Doktor danach das Bein hatte absägen müssen. Charles hatte sich als besonders geeignetes Ziel erwiesen; man konnte ihn wunderbar mit Schneebällen bewerfen, weil er so schlecht ausweichen konnte – bis seine fünf Schwestern mit einer dermaßen üblen Schneeballsalve geantwortet hatten, dass man Charles fortan in Ruhe ließ.

Der Qualm stieg ihm in die Nase und brannte in seinen Augen. Gottlob funktionierte der Abzug einigermaßen gut. Das Feuer kam in Gang, die Zweige begannen zu knacken. Der Schnee und die Eiszapfen, mit denen er den verbeulten Kessel gefüllt hatte, der an einer schmierigen, vollgerußten Kette darüber hing, begannen zu schmelzen. Er zerschnitt die letzte welke Lauchstange, die sie noch hatten und tat sie ins Wasser, klaubte ein paar verschrumpelte Rüben zusammen, rieb sie sauber, warf sie hinterher und fand zu guter Letzt noch eine Kartoffel, die er draußen erst noch mit Schnee abrieb, bevor er sie zerkleinerte und zu den anderen Zutaten gab. Der angeschimmelte Korb mit Vorräten war damit aufgebraucht; den letzten Speck hatten sie zu Weihnachten verzehrt.

James schlich die Treppe hinauf und achtete darauf, dass er mit den Füßen ganz an den Rand der Stufen trat. Trat man in die Mitte, knarrten sie so laut, dass das ganze Haus aufgewacht wäre.

Oben in der Dachstube schliefen seine jüngeren Geschwister. John und Robert schlummerten zusammen auf einem Strohsack, Audrey und Heather auf dem anderen. Nur Klein-Jenny ruhte in dem Kinderbettchen, in dem schon er selbst als Baby gelegen hatte. Alle hatten rote Nasen und Wangen, denn das ganze Haus war des Nachts so abgekühlt, dass es zum Schnattern und Bibbern war. Und Vater hatte es vorgezogen, sich zu betrinken, anstatt für Holz zu sorgen. Gut, dass es noch einen so großen Vorrat an groben Decken gab, in die sich alle gut eingehüllt hatten. Aber keiner von ihnen schniefte oder hustete. Alles in Ordnung vorerst.

James stahl sich erneut nach unten und entfleuchte lautlos durch die Tür nach draußen. Der Tag war inzwischen angebrochen und der Himmel hatte sich zu einem zwar hellen, aber dennoch schweren Blaugrau verfärbt. Die qualmenden Schornsteine schickten schwarzgrauen Rauch in die Luft und erfüllten alles mit dem beißenden Geruch von verbranntem Holz und rußiger Kohle. Der Gestank von Unrat, Urin und Exkrementen, der sonst die Gassen erfüllte, war dagegen in der Eiseskälte festgefroren. Die Luft war frischer als sonst, schmerzte aber geradezu in der Lunge, so schneidend kalt war sie.

James schlich durch die Gassen, den scharfen Blick auf die Passanten, Haustüren und Fenster gerichtet – auf alles, wo es etwas zu stibitzen geben könnte: Kohlen, Rüben, Äpfel, Brot oder Würste … oder gar Speck …

James war nicht der Einzige, der in dieser Mission unterwegs war. Überall huschten magere, kleine Gestalten umher auf der Suche nach Essbarem. Beim Dorfbäcker duftete es nach frischgebackenem Brot; die Bäckerei war aber bereits von den wohlhabenderen Bürgern umlagert, die bereit waren, einen Wucherpreis für die knapp vorhandenen Backwaren zu bezahlen. Da der erhabene König George III. Krieg gegen das revolutionäre Frankreich führte, war ein Großteil des ohnehin spärlich vorhandenen Getreides (der Sommer war heiß und dürr gewesen) der Armee zur Verfügung gestellt worden. Mehl war schwer zu bekommen.

James lugte aufmerksam auf all jene, die sich mit einem Brotlaib von der Backstube entfernten. Mit erfahrenem Blick unterschied er zwischen kräftigen Kerlen, die sich rigoros wehren würden, und älteren, gebrechlichen Männern sowie zierlichen und schwächlich aussehenden Frauen, denen man das Brot aus der Hand schlagen oder schnell in den Korb greifen könnte. In seinem Magen rumorte es bereits schmerzhaft vor Hunger. Schließlich tauchte ein schlaksiger, dünner junger Mann mit hochnäsiger Miene auf. Er trug einen rostroten Rock, hatte eine gepuderte Perücke mit Haarbeutel und Dreispitz auf dem Kopf und hatte sich ein langes, knuspriges Brot lässig unter den Arm geklemmt.

James folgte ihm so unauffällig er konnte. Es hieß, schnell zuzuschlagen, damit ihm niemand zuvorkäme. Als der junge Geck in eine schmale Gasse einbog, stürmte James hinter ihm her. Er rempelte ihn so heftig an, dass der mit seinem vornehmen Rock an die schmutzige Wand taumelte und dabei den Hut verlor. James packte gleichzeitig das Brot und riss es ihm aus den Händen. Der vornehme junge Mann war so damit beschäftigt, das Gleichgewicht zu halten, dass er sein Wehgeschrei erst anstimmte, als James bereits mit seiner Beute um die Ecke gesaust war.

Nach einer kurzen Weile schneller Flucht steckte James das noch warme Brot möglichst unauffällig unter seine Jacke und versuchte, ruhiger zu atmen. Die kalte Luft stach in seinen Lungenflügeln, und sein Herz brauchte lange, um sich zu beruhigen.

»He, Totengräber!«

James fuhr herum. Nur wenige Yards entfernt standen vier zerlumpte Jungen. Die Merricks, vier Brüder, Söhne des verstorbenen Küfers Merrick, die mit ihrer Mutter in der kleinen Hütte am Fluss lebten.

»Was verbirgst du da unter deiner Jacke?«, krähte der Kleinste, der höchstens sechs Jahre alt war.

James versuchte, ruhig zu bleiben und ging einfach weiter.

»Bleib stehen!«, befahl der Älteste, der Einzige, der schon im Stimmbruch war.

James sah die Brüder auf sich zukommen. Augenblicklich raste er los. Nichts wie weg hier. Niemand würde ihm und seinen Geschwistern das unendlich wertvolle Brot wegnehmen!

Bereits in der nächsten Kurve glitt er auf dem Eis aus und knallte schmerzhaft auf den harten Boden. Noch ehe er aufstehen konnte, fielen seine Häscher über ihn her. Er duckte sich, hielt seine Jacke fest, als sie daran rissen. Mit einem gewaltigen Tritt beförderte er einen von ihnen gegen den Laternenpfahl, was die anderen nicht davon abhielt, auf ihn einzudreschen, was das Zeug hielt. Er schlug verzweifelt um sich, traf den Kleinsten mit der Faust in den Magen und rammte dem Ältesten den Ellbogen ins Gesicht, dass ein Blutstrahl auf seiner Nase spritzte. Doch dann wurde ihm das Brot entrissen. Der letzte der Merricks, Will, keine zwölf Jahre alt, hatte es sich geschnappt und galoppierte damit von dannen, quer durch den Schnee, in Richtung der Brücke. Während die anderen drei sich noch heulend und stöhnend im Schnee wälzten, rappelte sich James auf und stürzte Will hinterher. James war kaum mehr bei vollem Bewusstsein, nahm nichts mehr um ihn herum wahr. Er rannte nur dem räuberischen kleinen Merrick hinterher und kam ihm näher und näher. Mit einem gewaltigen Satz hechtete er endlich nach vorne, bekam ihn bei den Rockschößen zu fassen und brachte ihn damit zu Fall. Der Junge stürzte zu Boden, mit dem Gesicht in den harten Schnee, seine Arme umschlungen dabei das Brot so sehr, dass er sich nicht abstützen konnte und schürfte sich dabei die gesamte Gesichtshälfte auf. Das Brot wollte er nach wie vor nicht lassen. James verpasste ihm einen verzweifelten Faustschlag ins Gesicht. Der Kleine jaulte auf, verzog schmerzhaft das Gesicht und klammerte sich fest an das Brot, so sehr James auch daran riss. Er wand sich und zappelte und landete plötzlich einen kräftigen Tritt in James' Geschlecht. Der Schmerz, der sich jetzt ausbreitete, war sogar noch übler als die schneidende Kälte. James wurde übel und schwindelig. Schwer atmend sammelte er sich erneut und prügelte auf Will ein. Sie verkeilten sich im Kampf so sehr miteinander, dass sie sich ringend im Schnee wälzten, bis sie auf einmal gemeinsam die Böschung hinunterkugelten. Will Merricks Kopf knallte gegen einen der Brückenpfeiler, und er blieb reglos liegen.

James blickte benommen um sich. Der kleine Merrick lag da, kreideweiß, und rührte sich nicht. Der Schnee unter seinem Kopf färbte sich blutrot. James entriss seinen leblosen Händen das gequetschte Brot und wischte sich keuchend Blut aus dem Gesicht.

Ein Kichern drang an sein Ohr.

Im Dunkel der Brücke, tief unter dem Bogen, saß ein fettes, haariges Wesen mit rötlich glimmenden Augen und sah spöttisch auf ihn. Es hatte einen gedrungenen Körper, einen dicken, wulstigen Bauch, und der breite, behörnte Kopf schien halslos aus dem zotteligen Fell herauszuragen. Mit einem breiten Grinsen entblößte es eine Reihe von spitzen Zähnen und Hauern – wie von einem Raubtier.

James starrte auf das Ungeheuer wie im Traum. Doch dann näherten sich Stimmen. Die Merricks! Jäh riss er sich von dem schauderhaften Anblick los und floh über den zugeeisten Bach durch die schneebedeckten Sträucher die andere Böschung hinauf, stolperte dort auf die Straße, wich noch gerade einem Pferdefuhrwerk aus, dass gerade die Brücke zu überqueren suchte, und verschwand ungesehen in einem Hohlweg zwischen zwei Häusern. Er kletterte noch über eine Mauer und sank dahinter nach Luft japsend und erschöpft zusammen.

James humpelte nach Hause. Die Striemen in seinem Gesicht brannten, seine Rippen schmerzten, und seine Hände waren dick geschwollen von der Kälte. Als er die Haustür aufmachte, glotzte ihm sein Vater entgegen, der aus seinem Rausch aufgewacht war.

»Wie siehst du aus, Junge? Hast du wieder Ärger gemacht?«

»Ich habe etwas zu essen besorgt, Vater«, sagte James und zog das eingedrückte Brot hervor. Er registrierte verstohlen, dass die Suppe auf dem Kamin blubberte und das Haus deutlich wärmer war als zuvor. Gleichzeitig begannen seine auftauenden Hände zu jucken und zu schmerzen.

»Du weißt: ich will keine Scherereien wegen dir!«

Er verzog schmerzhaft das Gesicht. Wahrscheinlich hatte er gewaltige Kopfschmerzen.

Da hämmerte es plötzlich energisch an der Tür. Geoffrey Hewitt fuhr sich hektisch durch die Haare, zupfte sein fleckiges Hemd zurecht und bedeutete James, die Tür zu öffnen.

Im Türrahmen stand ein hochgewachsener Mann, ganz in schwarz gekleidet. Er hatte seine schwarze Haarmähne zu einem Zopf gebunden, trug einen Dreispitz, Weste, Rock und Mantel. Sein Gesicht war auffallend bleich, was die wilden, struppigen Augenbrauen noch schwärzer aussehen ließ. Zwischen der langen Nase und über dem gewaltigen Kinn war ein kleiner, dünnlippiger Mund, der beim Lächeln einige spitze Zähne entblößte.

»Seid Ihr Hewitt, der Totengräber?«

Die Stimme war rau und tief, wie ein Krächzten – oder noch mehr wie eine rostige Knarre.

James' Vater sprang auf. »Der bin ich! Was kann ich für Euch tun?«

Der Fremde wandte sich zu James. »Ich brauche einen kleinen, dünnen Jungen. So einen wie den da.« Er deutete mit einem langen, dünnen Finger auf James, blickte zu dann Hewitt und lächelte. »Es soll nicht zu Deinem Schaden sein.«

»Ich brauche ihn ebenso. Er hilft mir beim Ausheben der Gräber.«

Valnir beugte sich zu James herunter. Er verströmte einen unangenehmen, ja ekelerregenden Geruch – wie nach toten Ratten, oder noch mehr nach Blut und Eiter. »Hast ein paar Jungs verdroschen, was?« säuselte er. »Das ist gut! Ich mag Jungs und Männer, die austeilen können. Es macht Spaß, es anderen so richtig zu zeigen, nicht wahr?«

James nickte. Er hätte in diesem Augenblick zu allem genickt.

»Es ist wundervoll, wenn sich deine Gegner in Schmerzen winden! Du kennst es! So jemanden brauche ich!« Valnir zischelte es so leise, dass nur James es hören konnte.

Der Fremde wandte sich wieder James' Vater zu.

»Derzeit hebst du gar nichts aus, Totengräber«, schmunzelte er diabolisch. »Der Boden ist hart gefroren, Schnee liegt überall. Die Leichen werden im Kirchhof aufgebahrt, weil man sie nicht begraben kann. Schlechte Zeiten für Männer Eurer Profession.«

»Es wird bald wärmer werden.«

»Wie du meinst. Dabei hätte ich ein einträgliches Angebot für dich. Und deine Familie.«

James fühlte eine lähmende Angst bei dem höhnischen Blick des Fremden.

»Was habt Ihr mir anzubieten?« Geoffreys Blick wirkte jetzt weniger furchtsam als gierig.

»Drei Pfund.«

»Drei Pfund!« Hewitt riss die Augen auf und atmete schwer. »Das ist viel Geld! Was muss er dafür tun?«

»Das braucht dich nicht zu kümmern. Es ist etwas Ordentliches und Ehrenwertes. Und ihr bekommt ihn wohlbehalten zurück – wenn seine Arbeit getan ist.«

20. Ruß und Feuer

ie Gruppe von sechs kleinen, zerlumpten dünnen Jungen, wohl alle deutlich jünger als James, die im Hof des geduckten Hauses stand, war schwarz von Ruß und roch nach Kohle, Rauch und Teer. Alle röchelten und husteten, die eingefallenen Gesichter waren bleich unter der geschwärzten Haut, die Augen gerötet und entzündet. Zwei der Kleinsten waren kaum fünf Jahre alt.

Valnir packte James mit seiner großen, spinnenartigen Pranke am Nacken und kniff ihn dort grob, was wohl väterlich wirken sollte.

»Das hier ist James, euer neuer Kumpel. Seid nett zu ihm«, sagte er grinsend, und schubste James zu ihnen hinüber.

»Wir ziehen gleich los. Gebt ihm seine Kappe, eine Bürste und seinen Schaber. Und den üblichen Kram.«

Einer reichte James eine zerlumpte, fast schwarze Kappe aus einer Art Sackleinen, eine eiserne kurze Stange mit einer flachen, abgewinkelten Klinge, eine stachelige Drahtbürste und einen großen Leinensack, der früher einmal weiß gewesen sein musste. Ein anderer Junge, der höchstens acht Jahre alt sein konnte, zeigte ihm, wie man die Utensilien am Gürtel befestigte und wie er den Sack über der Schulter zu tragen habe. »Ich bin Charlie«, flüsterte er James leise zu. »Mach das bloß immer so, sonst wird Valnir sehr grob und gemein.«

Auf einen Wink Valnirs setzte sich der Trupp in Bewegung. Sie nahmen Kurs auf die Hauptstraße, dorthin, wo die reicheren Bürger wohnten, und bereit waren, regelmäßig ihren Obolus für einen sauberen und funktionierenden Kamin zu entrichten. Durch entflammten Ruß in Brand geratene Häuser wie letzten Herbst das des Schafscherers Tuffley waren hier deswegen selten.

Sie betraten das erste große Haus und wurden von einem Diener zum Hauptkamin geleitet.

»Das Feuer ist hoffentlich zu angemessener Zeit gelöscht worden?«, erkundigte sich Valnir.

»Vor einer Stunde, Sir.«

»Vor einer Stunde? Guter Mann, ›drei Stunden mindestens‹ sagte ich! Wie sollen wir unsere Arbeit machen, wenn der Schlot noch glühend heiß ist?«

»Die Herrschaften wünschten es warm zu haben, Sir.«

Valnir grunzte und deutet dann auf Percy, einen Sechsjährigen. »Rauf mit dir.«

Der kleine Junge stellte sich gehorsam in den Kamin und griff innen in das Sims. Seine Hände fuhren zurück, als er die Steine berührte.

»Was ist? Pack dich nach oben, und zwar schnell«, herrschte ihn Valnir an.

»Es ist heiß, Sir«, jammerte der Junge.

»Reiß dich zusammen«, donnerte Valnir.

»Aber meine Hände …!«

Er hielt ihm seine beiden Hände entgegen, die an den Ballen und Kuppen bereits Brandblasen hatten.

Valnir klatschte ihm mit der flachen Hand ins Gesicht, dass er auf den noch glühenden Scheiten landete. Percy schrie vor Schmerzen, rappelte sich, so schnell er konnte, auf und kletterte dann folgsam den Kamin hinauf. Valnir packte den Schürhaken und stach ein paar Mal hinter ihm her. Percys Heulen und sein Röcheln fraßen sich in James' Ohr wie eine Folter. Es war ihm, als spüre er selbst den Schmerz von Valnirs Stichen und verbrennender Haut, den Percy gerade erleiden musste.

»Los, worauf wartet ihr? Faules Pack!«

Zwei der Jungen, Ezra und Lew, hielten ein großes, grobes Tuch vor die Brandstätte, damit kein Ruß in die Wohnstube rieseln konnte.

Valnir wandte sich an James. »Gib gut acht, wie wir hier arbeiten!«, raunte er. »Bald wirst auch du deinen ersten Abzug säubern! Und ich möchte, dass du es sofort richtig machst!«

»Ja, Sir!«, antwortete James mechanisch. Erst jetzt wurde ihm klar, was für ein Schicksal sein Vater ihm für drei Pfund zumutete. Kurz dachte er an Will

Merrick und wie er reglos und blutend erst gestern im Schnee gelegen hatte. Alles für ein einziges verfluchtes Brot.

Man hörte Percy schaben und kratzen. Valnir schien schließlich ungeduldig zu werden und entriss Lew den Zipfel des Abdecktuches. Er beugte sich nach vorne in den Kamin und spähte nach oben.

»Spute dich! Wir haben nicht den ganzen Tag Zeit!«, brüllte er zu Percy hinauf.

Er zog sich rasch zurück, denn eine große Menge Ruß rieselte nach unten und hätte ihm beinahe das Gesicht geschwärzt und den Hut ruiniert. Plötzlich kam eine ganze Wolke schwarzer Staub herunter, gefolgt von einem markerschütternden Schrei.

»Diese dämliche kleine Ratte!«, stieß Valnir hervor.

Es rumpelte im Kamin, Rußpartikel in allen Größen fielen plötzlich in großen Mengen herunter, und dann schlug Percys Körper auf dem Boden des Kamins auf wie ein Klotz. Funken stoben und eine schwarze Wolke entquoll dem Abzugsschacht. Der kleine Junge war rabenschwarz, streckte alle Glieder schlaff von sich und tat keinen Mucks mehr.

James schrie als einziger, alle anderen schwiegen. Er riss Ezra das Tuch weg und stürzte sich auf Percy, dessen linkes Bein sehr merkwürdig abgewinkelt war. Seine Kinnlade war eigenartig nach einer Seite verschoben und seine Augen nach oben verdreht.

»Er atmet noch!«, schluchzte James und sah hilflos zu den anderen, die auf den leblosen Percy glotzten wie gelähmt.

»Holt ihn raus!«, zischte Valnir und feixte dem Diener zu, der neckisch zurückgrinste – vielleicht, weil er gar nicht wusste, was hier gerade geschehen war.

»Pakt ihn in das Tuch und tragt ihn in unser Lager«, kommandierte Valnir und bedeutete zwei der Größeren, Paul und Luke, James zur Hand zu gehen, um den leblosen Körper zu bergen. »Aber macht nichts schmutzig, klar?«

Dann zeigte er auf Charlie. »Du da«, sagte er, »hoch mit dir. Und bring das zu Ende, was der Tölpel gerade verbockt hat.«

»Jawohl Sir«, sagte Charlie, »kein Problem für mich.« Tapfer trat er in den Kamin, sprang nach oben wie ein kleiner Affe und verschwand in der Schwärze.

Valnir kümmerte sich nicht mehr um Percy. Er wies bereits drei andere, Alan, Harvey und Doug, an, den Ruß zusammenzukehren und in Säcke zu füllen.

James und die beiden anderen trugen Percy schweigend in Richtung von Valnirs Haus. Percy kam nicht wieder zu Bewusstsein. Blut lief aus seinem Ohr und mischte sich mit Schmutz und Ruß.

»Wir könnten den auch genauso gut zum Kirchhof bringen«, knurrte Luke. »Der ist sowieso hinüber.«

»Quatsch keinen Blödsinn«, fuhr James ihn an. »Wir versorgen ihn und rufen sofort den Doktor.«

»Du bist ein Einfaltspinsel«, höhnte Paul. »Denkst du etwa, Valnir zahlt einen Arzt? Sieh nur: das Bein ist gebrochen und sein Genick halb zerschmettert. Seine Hände, Knie und Ellbogen sind verbrannt. Der kratzt die nächsten Tage ab.«

»Das werden wir noch sehen.«

Sie erreichten das Haus, trugen Percy über den Hof und betteten ihn auf eine der Pritschen.

»So, und jetzt nichts wie zurück zu Valnir und unserer Truppe, sonst kriegen wir Dresche, dass uns Hören und Sehen vergeht«, erklärte Luke.

»Wir können ihn doch nicht einfach so hierlassen!«, empörte sich James.

»Und ob wir das können!«, rief Paul. »Und wenn du nicht mitkommst, wird Valnir uns umbringen!«

Das wirkte. So schnell sie konnten, rannten sie zurück. Valnir und die Jungen erwarteten die drei bereits vor dem Haus. Während Valnirs Miene finster und voller Verachtung war, wirkten die Gesichter der kleinen Schornsteinfeger ausdruckslos und leer.

Ohne Pause ging es weiter. Valnir hatte für jeden Schornstein Jungen in passender Größe, die kleinsten für schmale, die größeren für die breiteren.

Bald wurde James das erste Mal in den Schlot gezwängt. Gottlob hatten die Hausbesitzer die Vorgaben befolgt und der Kamin war nur noch mäßig warm.

»Rauf mit dir!«, befahl Valnir. »Du kletterst als erstes bis oben, also bis der Schornstein über dem Dach endet, und dann kratzt du mit dem Schaber den Ruß von den Wänden, klar? Und dann arbeitest du mit der Bürste alles nach! Arbeite sorgfältig, sonst kriegst du es mit mir zu tun!«

Dann näherte er ihm sein Gesicht, so nahe, dass James seinen Atem riechen konnte. Fauliger, süßlicher Atem, wie nach Verwesung. »Und du musst noch etwas beachten«, raunte er in James' Ohr. »Untersuche jede Fuge, jeden Stein. In irgendeinem der Schächte gibt es ein Versteck. Dort befindet sich etwas, was mir gehört. Es ist ein kleiner, schwarzer Lederbeutel. Ich muss ihn haben, verstanden?«

Er blickte James an. Wie glühende Kohlen sahen seine Augen aus. Ganz ähnlich wie die Augen des teuflischen Wesens unter der Brücke.

»Wage es nicht, ihn zu öffnen und das Innere gar zu berühren! Es wäre dein Verderben! Du wirst ihn mir so übergeben, wie du ihn findest! Ist das klar?«

Seine Finger krallten sich so schmerzhaft in James' Schulter, dass dieser gequält nickte.

»Dann ab mit dir!«

James war ein guter Kletterer, aber er hatte noch nie einen verkohlten, rußigen Rauchfang erklommen. Vorsichtig wuchtete er sich empor, griff in die groben Fugen und schob seinen mageren Körper Stück für Stück nach oben. Seine Knie scheuerten gnadenlos an den groben Steinen; schon bald waren sie wund und schmerzten, und als der Kamin immer enger wurde, schürfte er sich auch die Ellbogen und den Rücken auf.

»Worauf wartest du, du lahme Ente?«, hörte er Valnirs Stimme durch den Schacht hallen. »Schneller, los!«

»Ich kann nicht, Sir!«, rief James keuchend zurück. »Ich klettere so schnell ich kann!«

»Ach so? Das werden wir ja sehen!«

Während James sich zitternd und nach Luft ringend nach oben schob, stieg plötzlich beißender Rauch in seine Nase und seine Augen. Valnir hatte offenbar Feuer gemacht. Panik breitete sich in ihm aus. Er machte sich so dünn er konnte, kraxelte Stein um Stein, Fuge um Fuge immer höher. Das Haus hatte zwei Stockwerke, und bis zum Dach waren es gut dreißig Fuß[XX], die es zu überwinden galt. Es wurde so eng, dass er sich kaum mehr bewegen konnte. Das rohe Fleisch seiner Knie schmirgelte an den Wänden, er rang nach Luft, und er spürte bereits die aufsteigende Hitze des Feuers und der Kohlen, die wahrscheinlich schon zu glimmen begannen.

Endlich griffen seine Hände an den Rand des Schornsteins. Mit schlängelnden Bewegungen des Beckens stieß er seinen Körper nach oben und wand sich nach draußen.

Er hechelte die Luft ein wie ein Ertrinkender. Fast benommen blickte er auf die Dächer der Häuser, die sich unter ihm ausbreiteten.

Der Rauch stieg in seine Hosenbeine, er fühlte ihn unter seinem Hemd. Seine Panik wich jetzt einer grimmigen Entschlossenheit.

Er schlüpfte vollständig aus dem Kamin heraus. Vorsichtig balancierte er auf dem Dach. Die Dachziegel waren vereist und glatt, aber der grobe Schnee gab ihm ein wenig Halt. Er huschte zum nächsten Kamin und packte dort die festen Mauersteine. Er wartete zunächst, bis sein angstvolles Zittern abgeklungen war, und sah um sich, um die Lage zu erkunden. Er blickte auf ein wahres Meer von rauchenden Schornsteinen. Noch niemals zuvor hatte er so auf sie geachtet, aber nun erschienen sie ihm wie eine Versammlung von gesichtslosen Gestalten, die umherglotzten, fast so, als würden sie ihn erstaunt betrachten. Es gab hohe, kurze, dünne, dicke. Einige hatten die Wuchtigkeit ganzer Schränke, andere standen schmal und einsam da wie Pfähle.

Konzentriert krabbelte James auf dem Dach weiter. Er erreichte das Dach des Nachbarhauses und gelangte, geschmeidig wie eine Katze, über die Giebel an den Dachrand – dort, wo die darunterliegende Gasse am schmalsten war. Nur kurz blickte er in die Tiefe. Die Gasse lag im Schatten, und von oben konnte er die Hüte der Passanten erkennen. Dann tat er einen gewaltigen Satz, landete sicher auf dem Dach des gegenüberliegenden Hauses, glitt wie eine Eidechse nach oben, überquerte den Dachfirst und verbarg sich auf der anderen Seite. Kein Valnir würde ihn finden.

[XX] knapp 9 Meter

Das nächste Haus war etwas niedriger. James gelangte auf das Dach und kroch von dort immer weiter. Bereits recht nah war das Pfarrhaus, direkt an der Kirche, und er wusste, dass es nur vom alten Reverend Nash und seiner Haushälterin bewohnt war. Nach nur wenigen Sprüngen war er auf dessen Dach. Die Schornsteine darauf erwiesen sich als recht geräumig, und vor allem qualmte nur einer von ihnen. James wählte einen der untätigen aus. Er kletterte darauf, schob seine Füße hinein, und ließ den übrigen Körper sachte folgen. Bald darauf war er in dem schwarzen Schacht verschwunden. Er stemmte Arme und Beine in die Fugen des Mauerwerkes und ließ sich immer weiter in die Tiefe gleiten. Schließlich wurde es heller, und dann berührten seine geschundenen Füße ein Sims, auf dem er sich zusammenkauern konnte.

»Sofort, Mr Nash! Ich bringe sie sofort!«

Die Stimme einer Frau. Jemand war also in dem Raum, indem der Kamin stand. Hoffentlich kam niemand auf die Idee, jetzt ein Feuer darin zu entfachen!

Vorsichtig drehte er sich, so dass er seinen Kopf nach unten über den Kaminrand schieben konnte.

Er blickte in ein kleines Zimmer. Ein runder Tisch, einige zierliche Stühle, an der Wand eine Anrichte mit Vitrine. James erkannte Reverend Nashs Haushälterin, die gerade dabei war, einige Tassen auf ein Tablett zu stellen. Dann schloss sie die Schranktür, packte das Tablett und verließ den Raum.

James wartete noch ein paar Atemzüge. Dann ließ er sich lautlos herab, und seien Füße berührten endlich wieder sicheren Boden. Noch in der Feuerstelle stehend klopfte er sich sorgfältig ab. Dann trat er leise ins Zimmer, schlich zur Tür, horchte erst, um sie dann zu öffnen. Lautlos pirschte er sich durch einen Flur in Richtung der Haustür. Leise wie ein Hauch betätigte er die massive schmiedeeiserne Klinke, und schlüpfte dann in Freie.

Die Kirche befand sich direkt gegenüber. Sei Weg führte über den Kirchhof. Oft schon hatte er mit seinem Vater dort Gräber ausgeschachtet, sie mit Brettern ausgekleidet, um dann nach der Beerdigung die Erde auf den dort hineingesenkten Sarg zu schaufeln. Bei der Kirche, direkt unter dem Vordach, waren elf Särge aufgebahrt. Särge mit Toten, die darauf warteten, der Erde übergeben zu werden, steif gefroren und geduldig, denn sie hatten nunmehr viel Zeit.

James war unruhig. Wohin sollte er fliehen? Wo nur konnte er sich verstecken?

Er scheute sich davor, den normalen Weg zu nehmen. Ein rußgeschwärzter Junge würde schnell auffallen. Er kletterte über die Friedhofsmauer und stapfte durch den Schnee. In geduckter Haltung floh er in den Wald. Schon bald hatte ihn das schützende Dickicht umgeben.

21. Das Ding in der Nische

James wusste schon seit einer Weile nicht mehr, wo er eigentlich war. Er war gelaufen, was er konnte, hindurch durch die durch Schnee und Eis verzauberten Bäume, vorbei an bizarren Steinen. Der graue Himmel war aufgerissen und die Sonne brachte den Schnee zum Glitzern. Schließlich trat er zwischen überfrorenen Sträuchern auf eine Lichtung. Es war die Heide, und der Ort, der ansonsten Marschland und von zahllosen Wasserlöchern, Sumpf und Morast durchzogen war, war jetzt, wie auch sonst alles, gefroren. Was im Frühjahr bis Herbst weich und morastig war, war nun hart und glatt, die Tümpel und Pfützen waren blankes, schimmerndes Eis. Der Schnee der letzten Wochen lag wie Puder über der schlafenden Landschaft. Die Stille sowie die kristallklare Luft brachten seinem angsterfüllten Gemüt ein wenig Beruhigung.

In einiger Entfernung stand ein gewaltiger Findling in der Landschaft, und noch weiter entfernt eine Art langgestreckter, gekrümmter Hügel, der auf James eigenartig wirkte. Wie der Wall einer Festung.

James ging wie magisch angezogen darauf zu. Er erklomm die Steigung, und dann betrat er die Kuppe des Hügels.

Er blickte er auf eine große, kreisrunde Lichtung hinab, die von gewaltigen Steinen umsäumt war, die wie steinerne Wächter dort standen. Die Hügel umgaben den Steinkreis tatsächlich wie eine Art Schutzwall und erschienen eindeutig menschengemacht, wenn auch vor unendlich langer Zeit. Das Eigenartigste aber war, dass dort kein Schnee lag. Grün war es dort, moosig, als gäbe es dort keinen Winter. An einen der Steine gelehnt saß jemand.

James stolperte verwirrt den Hügel hinab und steuerte auf die Steine zu. Er trat in den Kreis. Tatsächlich war es dort warm. Er spürte die Sonne auf seiner Haut, und seine halberfrorenen Hände begannen zu jucken und zu schmerzen.

Der Mensch an dem Stein war ein Junge, kaum älter als er. Er war eigenartig gekleidet: Lange Hosen, die James so noch nie gesehen hatte, Schuhe, die mit Schnüren gebunden waren. Seine Kleidung war ungewöhnlich sauber und unversehrt; zweifellos stammte er aus gutem Hause. Seine Haare waren kurz geschnitten, so wie es die Adeligen unter ihren Perücken trugen. Untypisch war aber, dass die Farben seiner Kleidung sehr dezent waren, ganz anders als die bunt und auffällig gekleideten Herren, Damen und Kinder der bürgerlichen oder gar adeligen Oberschicht. Er trug auch keinen Degen und keinen Dreispitz, sondern eine Mütze. Außerdem hatte er eine Ledertasche umgehängt.

»Keine Angst. Alles in Ordnung hier«, sagte der Junge, ohne die Augen zu öffnen.

James starrte ihn an. Er schien entspannt und ruhig. Aber das musste nichts heißen. Hier war größte Vorsicht geboten.

James sah sich verwirrt um. »Es ist warm hier«, sagte er schließlich.

»Hier ist es immer warm«, erklärte der Junge und öffnete die Augen. Er wirkte freundlich – und ein wenig neugierig. Jedenfalls blickte er sehr interessiert in James' Richtung. »Komm doch her und setz dich«, sagte er und deutete auf den Platz neben sich. »Es ist schön in der Sonne.«

Nein, er war kein Anhänger von Valnir. Er war offenbar noch nicht einmal aus St. Johns. Er hatte einen eigenartigen Akzent, als stamme er nicht aus der Gegend.

»Ich bin Konrad«, erklärte er. »Du kannst mich Conny nennen.«

James hatte noch nie einen solchen Namen gehört. »Ein seltsamer Name«, bemerkte er.

»Mein Vater ist Deutscher. Dort heißt man so.«

»Ach!« James war nun endgültig erleichtert. Er ging auf Conny zu und setzte sich neben ihn. Jetzt endlich fiel seine Anspannung ab. Er merkte nun, wie erschöpft er war.

Conny schien das aufzufallen. Er nestelte an seiner Ledertasche. »Du siehst hungrig aus. Magst du einen Kuchen?« Dann holte er ein kleines, rundes Gebäck heraus, das wundervoll duftete.

James starrte darauf ... er konnte es kaum fassen. Er wagte kaum, danach zu greifen, aus Angst, der schöne Traum könnte sich dann auflösen. Aber es war real. Gierig und voller Dankbarkeit biss er hinein. Der Kuchen war süß und weich und voller herrlicher Rosinen, Kirschen und anderem köstlichen Zeug, was er nicht kannte.

»Ruhig, ich habe noch mehr!« Conny hatte schnell erfasst, wie ausgehungert James war. Den nächsten Kuchen ergriff James weit weniger schüchtern. Conny war ungemein großzügig, und nachdem James den dritten Kuchen verspeist hatte, fühlte er sich wunderbar gestärkt und friedlich. »Das war ein Segen!«, stöhnte er. Conny hielt ihm dann noch eine Flasche hin, die einen wunderbaren Saft enthielt, der James vorkam wie ein Zaubertrank. »Das schmeckt köstlich«, prustete er zwischendurch. Dann lächelte er erleichtert. »Ich habe seit Tagen nichts gegessen«, erzählte er. »Getrunken habe ich nur geschmolzenen Schnee. Und ich habe Eiszapfen gelutscht.«

»Schnee? Eiszapfen?« Conny blickte James an, als zweifle er an seinem Verstand.

»Na, wie es im Winter nun mal ist«, fügte James hinzu.

»Im Winter?« Conny schien über irgendetwas nachzugrübeln. »Ja, natürlich. Im Winter«, meinte er dann.

In James erwachte nun eine unbändige Neugier. »Was tust du hier?«, fragte er. »Bist du aus dem Dorf?«

»Ja.«, antwortete Conny und deutete in Richtung Heide. »Ich wohne bei meinem Großvater.«

James überlegte. Dort wo Conny hinzeigte, gab es, soweit er wusste, nur das große Herrenhaus des Tuchhändlers Hogarth. Aber der hatte nur eine Tochter. Dort konnte Conny doch nicht wohnen?

»Du bist auch aus St. Johns?«, fragte Conny.

James nickte. *Auch aus St. Johns?* Dann musste Conny doch auch dort wohnen. Aber warum hatte James ihn noch nie dort gesehen?

»Du sahst gerade verängstigt aus«, stellte er fest. »Als ob du vor etwas davongelaufen wärest.«

James stieß einen tiefen Atemzug aus. »Das kann man wohl sagen!«, brachte er nach einer Weile hervor.

»Will dir jemand an den Kragen?«

»Jetzt vielleicht schon!«

»Vorher nicht?«

»Nein. Aber ich bin abgehauen. Vorher musste ich mich für ihn nützlich machen. Arbeiten, den ganzen Tag. Bis zum Umfallen. Er jagt uns durch die Kamine, um sie sauber zu kratzen. Und wir sollen etwas suchen für ihn, einen kleinen Beutel. Oh Gott! Ein paar von den Jungs werden es nicht überleben.« James wurde wieder schmerzlich bewusst, wie es den anderen erging. Luke, Paul, Charlie, Ezra, Alan, Harvey, Doug. Und Percy. Und Will Merrick.

»Wer ist es?«, fragte Conny gespannt.

James merkte, dass es ihm schwerfiel, von Valnir zu erzählen. Kein Wort, keine Beschreibung schien ihm gerecht zu werden. Nichts war schrecklich genug, um das Grauen zu beschreiben, das ihn allein bei dem Gedanken an ihn erfüllte.

»Wer uns so quält?«, meinte er schließlich. »Es ist kein Mensch, eher so eine Art dunkler Schatten, und doch bleicher als weiß. Nicht nur im Gesicht ... er ist nicht zu greifen. Ich kann es kaum beschreiben. Er beherrscht uns alle wie ein böser Geist, seine Gegenwart macht Angst, und doch ist er nebelhaft, wie ein Nachtmahr, den man nicht fassen kann.«

»Ist sein Name Valnir?«

James stutzte verblüfft. Also doch! Woher zum Henker kannte dieser Zugereiste, dieser Auswärtige, dieser deutsche Junge diesen Dämon?

»Ja, so nennt er sich!«, brachte James schließlich hervor. »Ein gemeiner Schuft, wie es keinen Übleren geben könnte! Er ist der Teufel!«

Plötzlich überflutete ihn erneut die blanke Angst. Er sprang auf. Vielleicht war Valnir bereits auf dem Weg hierher? Ihm war alles zuzutrauen. »Ich muss fort!«, rief er.

Conny blieb gelassen sitzen. »Hast du schon einmal etwas von Enaid gehört?«, fragte er, völlig entspannt.

»Enaid? Was sollte das ein? Klingt magisch.« James interessierte in diesem Moment nur essen, trinken und wie er sich vor Valnir in Sicherheit bringen konnte. Für Zauberei hatte er gerade wenig Sinn, obwohl er durchaus an Gott, den Teufel, Engel und Dämonen glaubte.

»Ist es auch irgendwie«, erklärte Conny. »Aber ein guter Zauber, wenn man es überhaupt so nennen kann.«

James wurde es unheimlich. Conny schien etwas zu wissen.

»Es ist das, was Valnir sucht«, fuhr er fort. »Eine kleine silberne Figur, uralt, in einem kleinen schwarzen Lederbeutel. Sie stellt ein tanzendes, lachendes Mädchen dar.«

James starrte ihn an. Nicht zu fassen! Conny wusste von dem Lederbeutel, den Valnir suchte! Sein Herz begann heftig zu schlagen. Endlich fand er seine Stimme wieder. »Warum will er sie denn so dringend haben?«

»Weil er ihre Macht fürchtet. Wahrscheinlich will er sie vernichten, sobald er sie hat.«

Großer Gott! Es gab etwas, vor dem Valnir sich fürchtete? Etwas, was ihm schaden könnte? Eine Waffe, mit dem man ihn vertreiben, ja womöglich vernichten könnte? Das würde alles erklären! Plötzlich machte Valnirs Verhalten Sinn.

»Was für eine Macht?«, fragte James bebend.

»Heilkraft. Lebensfreude. Glück. All das, was er nicht ist.«

James stockte der Atem. »Mit dieser Figur kann man heilen? Krankheiten? Verletzungen?« Seine Gedanken veranstalteten eine wilde Jagd.

»So ist es«, erklärte Conny. »Aber nur, wenn man gute Absichten hat.«

War es eine gute Absicht, Valnir zu vernichten? Aber es war doch sicherlich gut, tödlich verletzte Jungen zu heilen? »Wo nur kann ich diese Figur finden?«, fragte James schwer atmend.

Conny blickte konzentriert und schien fieberhaft zu überlegen. »Vielleicht genau dort, wo auch Valnir sie vermutet: In einem der Schornsteine. Wozu sollte er euch Jungs sonst dort herumkriechen lassen?«

James war wie vom Donner gerührt. Er wusste davon!

»Weist du auch, in welchem?« Er wagte kaum, diese Frage zu stellen.

»Leider nicht. Aber ich vermute es. In dem Haus dort hinter dem Moor, das früher das Kloster war. Dort würde ich die Suche beginnen. Denn dort ist sie zu früheren Zeiten immer gefunden worden.«

»Ich werde sie suchen«, rief James. »Und dann wird es ihm schlecht ergehen!«

Mit klopfendem Herzen wandte er sich ab und rannte los. Dann wurde er sich seiner eigenen Kopflosigkeit bewusst und drehte sich um.

»Danke!«

Conny winkte ihm zu. Dann rauschte James hastig durch die Sträucher und wanderte zügig über das gefrorene Moor.

Im weichen Schnee zu gehen war anstrengend, und James nahm absichtlich eine Route am Waldrand, um nicht allzu offenkundig sichtbare Spuren zu hinterlassen. Nach einiger Zeit tauchte endlich Hogarths prächtiger Besitz auf, ein Herrenhaus, umgeben von den Ruinen des alten Klosters. James passierte drei merkwürdig aussehende, große Steine, stieg noch eine kleine Anhöhe hinauf, an einer großen Eibe vorbei, und betrat den Klosterbereich.

Es dämmerte bereits. Im Abendlicht sah der Schnee blassblau aus und schimmerte rosenfarben, wo die letzten Sonnenstrahlen ihn noch berührten. Einige schiefe Grabsteine ragten aus der Schneedecke. Dazwischen erhoben sich die Überreste des ehemaligen Klosters – Säulen und Pfeiler, die aus dem Schnee stakten, die teilweise noch Bögen und sogar Gewölbe stützten und die wie ein großes Gerippe aussahen. James passierte die stark verwitterte Statue eines Engels, drückte sich an ein paar niederen Steinmauern vorbei und beobachtete das herrschaftliche Gebäude. Aus dem wuchtigen Dach ragten mehrere Schornsteine heraus – schöne dicke Schornsteine. Einige der hohen Fenster waren schwach erleuchtet, wirkten aber, gerade jetzt, da die Sonne nun untergegangen war, warm und heimelig. Fast golden sahen sie aus.

James duckte sich zwischen einer Gruppe von sorgfältig zu Kegeln und Spiralen geschnittenen Büschen hindurch und pirschte sich vorsichtig an das Haus heran. Die Fassade bestand aus mächtigen Steinblöcken, die Fensterrahmen waren abgesetzt und mit kunstvollen Steinmetzarbeiten verziert – Rosen- und andere Pflanzenornamente, dazwischen Eidechsen, Frösche und Libellen, Eichhörnchen und Vögel – die eindeutig neuer waren als der Rest des Gebäudes. James erinnerte sich jetzt, dass das Herrenhaus ja früher ein Kloster war, uralt, und erst vor hundert Jahren wieder neu aufgebaut worden war. Derjenige, der das Haus gekauft und so hergerichtet hatte, musste sehr reich sein. Und er hatte Sinn für schöne Dinge. Vermutlich hatten die da drin auch etwas zu essen!

Eine Seitentür ging auf, und heller Lichtschein fiel auf den Schnee. James kauerte gut versteckt an der Frontseite, konnte aber beobachten, wie ein vornehm gekleideter Diener eine große Blechtonne die Stufen herab schleppte und damit einen von Schnee freigeräumten Pfad betrat. An einem kleinen Schuppen angekommen wuchtete er die Tonne hoch und kippte den Inhalt ächzend vor Anstrengung hinter in Art Bretterbox.

Die Kompostmiete! Dann waren das Küchenabfälle! Der Diener war also gerade aus der Küche gekommen! Einen Augenblick lang war James drauf und dran, noch vor ihm ins Haus zu laufen, doch der Diener hatte die Abfalltonne bereits wieder abgesetzt und den Rückweg eingeschlagen. Die Tür fiel bald darauf wieder ins Schloss und James war wieder allein im Dunklen.

Er schlich zum Schuppen und begutachtete die Abfälle. Es roch nach verrottetem Gras und verfaulten Kartoffelschalen. Die neue Ladung bestand vor allem aus welkem Mohrrübengrün, verschimmelten Brotresten und einem ganzen Berg Apfelschalen, von denen er sich gierig ein paar in den Mund stopfte.

Dann wandte er sich abermals um und begutachtete das Haus. Er musste sich wirklich etwas überlegen, denn es wurde nun noch kälter als ohnehin schon. Er fröstelte vor Hunger und Kälte.

Das Dach über der Tür, die in den Küchenbereich führte, war relativ niedrig. An der Seite stand zudem ein Regenfass, dessen Inhalt, wie James nun inspizierte, hart gefroren war. Das Wasserrohr darüber, aus dem gewaltige Eiszapfen wuchsen, war mit wuchtigen gusseiserenen Halterungen an der Steinfassade befestigt. Stabil genug, um daran hinaufzuklettern. James sprang auf das Fass und prüfte, ob die Eisdecke tatsächlich hielt. Sie gab nicht ein Jota nach; wahrscheinlich war sie mehr als zehn Zoll dick. Er ergriff das Rohr, packte die nächste Halterung und stieß sich ab. Im Nu war er auf dem Küchendach angelangt, auf dem sich ein warmer, qualmender Schornstein befand. Klar, wahrscheinlich bereitete man den hohen Herrschaften das Abendessen. Womöglich drehte sich ein Braten im prasselnden Kamin, oder es brutzelte Speck in der Pfanne. Vielleicht wurden gerade Zwiebeln in Butter geschmort, Kuchen gebacken und eine Suppe dampfte im Kessel!

James stellte fest, dass er über diesem Schornstein kaum ins Haus gelangen konnte. Zur Not würde er viele Stunden warten müssen. Aber auch hier gab es ein gut befestigtes Regenrohr, das aber bis zum Dach führte, und das waren noch gut zwanzig Fuß! Doch das sollte zu schaffen sein.

James kletterte Stück für Stück weiter, machte Klimmzüge, drückte seinen schmalen Körper nach oben und zwang sich, nicht nach unten zu schauen. Endlich erreichte er die Regenrinne des Hauptdaches, die gottlob ebenso hochwertig und stabil befestigt war wie die Abflussrohre. Mit letzter Anstrengung gelang es ihm, seinen Fuß in der Rinne zu verkanten, und dann stemmte er sich in die Höhe und landete schwer atmend auf dem Dach.

Inzwischen war der Mond aufgegangen und tauchte die verschneite Landschaft in sein kaltes, silbernes Licht. Eine frostklare Nacht bot sich seinem Blick, als er nun das Dach hinaufkroch. Am nächsten Kamin angekommen, hielt er sich fest und richtete sich auf. Direkt unter ihm war der kunstvoll angelegte Garten mit seinen beschnittenen Sträuchern und dahinter die Überreste des Klosters, die auf dem gleißenden Schnee wirkten wie mit schwarzer Tinte auf weißes Papier gemalt. Sie erschienen ihm jetzt, als würden sie ihn grüßen und Glück und Erfolg wünschen.

James verlor keine Zeit. Er kletterte auf den Kamin, dem kein Rauch entquoll, senkte seine Füße hinein, bis sie an den Innenfugen Halt fanden, und schlüpfte vollständig hinein. Ein geräumiger Kamin, weit weniger beengend als die im Dorf. Die Fugen waren zudem schön groß, es war recht einfach, die Füße dort hineinzudrücken.

Nach etwa zehn Fuß verbreiterte sich der Schacht zusehends. Zu James' Überraschung waren hier Sprossen eingelassen. Erleichtert griff er danach. So war der Abstieg einfach.

Einige Fuß weiter unten stieß James auf eine kleine Tür in der Wand. Sie war aus Eisen und durch Verdrehen eines kleinen Riegels zu öffnen.

Dahinter lag ein kleiner Durchgang, groß genug zum Hindurchkriechen. Er führte in einen anderen, parallellaufenden Kamin, der ganz offensichtlich gerade in Gebrauch war, denn dicker heißer Rauch strömte hindurch, begleitet von dem hellen Schein des Kaminfeuers. Der Nebenraum war also gerade beheizt. Gut zu wissen, dass James durch diesen Kamin auch in andere Bereiche des Hauses würde gelangen können.

James zog seinen Kopf wieder zurück und setzte seinen Abstieg fort. Der Schlot wurde so breit, dass hier auch Erwachsene hineingepasst hätten. Gleichzeitig waren die Mauersteine so wuchtig und grob, dass sie wohl noch vom ursprünglichen Klostergebäude stammen mussten. Waren die Kamine damals größer? James wusste es nicht. Sicher war nur, dass man den ursprünglichen Kamin benutzt hatte, um ihn nur noch höher zu bauen, den Bedingungen des neuen Hauses entsprechend.

Ein blasser Schein zeigte ihm, dass er gleich unten angekommen sein würde. Die Steine und Sprossen waren hier noch recht warm – tagsüber musste hier also ein Feuer gebrannt haben. Das sprach dafür, dass er sich nun gefahrlos nach unten begeben konnte.

Direkt unter ihm lag auf einem gekehrten groben Steinboden, aufgeschichtet auf zwei schmiedeeisernen Feuerböcken, ein Stapel Holz – bereits vorbereitet für den morgigen Tag. Wie schon zuvor im Pfarrhaus ließ er sich nun, mit der einen Hand noch fest die Sprosse umklammernd, nach unten hängen, um die Lage zu erkunden. Er schob den Kopf vorsichtig über den Rand der bogenförmigen Einfassung und lugte in den Raum.

Durch ein hohes Fenster schien der Mond und beleuchtete eine Art Arbeitsstube. Ein großer Schreibtisch, daneben eine Art Sekretär, mehrere Schubladenschränke, und der Rest vollgestellt mit Regalen und Büchern. Niemand war da, die Lampen, die überall herumstanden, waren gelöscht. Es war noch immer angenehm warm; die dicken Mauern schienen die Wärme des Feuers gut zu speichern.

James ließ sich auf den Boden hinab. Seine Füße landeten rechts und links von dem aufgeschichteten Holz. Leichtfüßig sprang er ins Zimmer.

Es war für ihn völlig unwirklich, einen so edel eingerichteten Raum zu betreten. Fast andächtig schaute er auf die zahllosen Bücher. Er hatte in der Sonntagsschule ein wenig Lesen und Schreiben gelernt, aber dieses Wissen, dass hier zwischen den Buchdeckeln ruhte, würde sich ihm wohl nie erschließen. Mit einem Mal wurde ihm schmerzlich bewusst, dass er mit diesem Haus eine fremde Welt betreten hatte, der er nie angehören würde.

James schlich in Richtung der schweren Holztür. Seine Gedanken kreisten darum, in die Küche zu gelangen, denn Connys Kuchen und die dünnen Apfelschalen hielten längst nicht mehr vor. Erst lauschte er angestrengt, dann getraute er sich, die schwere Tür zu öffnen.

Er blickte in eine große Halle, in der ein riesenhafter eiserner Kronleuchter hing, der den prächtigen Raum mit zahlreichen brennenden Kerzen erleuchtete. Sie umfasste zwei Stockwerke, und in der Mitte wies sie eine große Holztreppe auf, die auf die Galerie führte. Dahinter drang durch eine Tür Stimmengewirr. James vermeinte, Gläserklirren und verhaltenes Gelächter zu hören.

James wandte sich wieder in Richtung der Bibliothek. Jetzt in die Küche zu gelangen, um sich dort alles Mögliche zu stibitzen, war jetzt noch viel zu riskant. Er würde warten, bis alle zu Bett gegangen waren, und sich dann bequem und entspannt umsehen.

Er hatte die Tür zur Bibliothek bereits geöffnet, als er Schritte auf der Holztreppe hörte. Vorsichtig schlüpfte er ins schützende Dunkel, nicht ohne zuvor noch die sich nähernden Gestalten in Augenschein zu nehmen. Es waren zwei Männer, der eine äußerst vornehm gekleidet, der andere ganz in Schwarz und Grau. Beide trugen weißgepuderte Perücken und Handschuhe und hatten weiße Tücher vor das Gesicht gebunden. Am Ende der Treppe angekommen, zogen beide Handschuhe und Tücher ab und stopften sie in einen Leinsack, der an einem der Treppenpfeiler hing.

»Kommt mit in die Bibliothek, um Abschließendes zu besprechen«, sagte der Vornehme zu dem Schwarzgrauen.

James schloss so schnell und leise er konnte die Tür und hastete zum Kamin, griff dort von innen an die Sprossen und kletterte in den Schacht. Dort verharrte er still und leise.

Nur einen Augenblick später hörte er das Öffnen der Tür und die Schritte der Eintretenden. Während die Tür wieder zufiel, sah James von oben beider mit Lackschuhen bekleideter Füße, die dicht am Kamin vorbeiliefen. Jemand entzündete eine Lampe, die sofort ein helles Licht in den Raum warf.

»Nun, Herr Doktor, darf ich Euch einen Portwein kredenzen?«, fragte eine Stimme mit vornehmem Akzent.

»Noch lieber einen schottischen Whisky, falls ihr einen habt«, antwortete der andere.

»Eine gute Idee. Etwas Stärkeres tut wahrlich not.«

»Ihr sagt es, Euer Gnaden. Leider kann ich Euch keine gute Nachricht geben.«

James hörte das Öffnen einer Vitrine, dann das Aufsetzen von Gläsern auf dem Tisch und das Ploppen eines Korkens. Anschließend wurde gluckernd eine Flüssigkeit eingegossen.

»Dann trinken wir auf Hoffnung und Zuversicht«, sagte der Vornehme.

Die Gläser klickten aneinander. Beide Männer tranken einen Schluck.

»Also: wie geht es Emma?«, fragte der Vornehme mit bedrückter Stimme.

»Ich fürchte, Ihre Tochter hat die Pocken, Sir.«

»Allmächtiger!«

»Leider! Eine schlimme Krankheit. Sie sollte unter strenge Quarantäne gestellt werden. Knotet Euch Tücher vor das Gesicht und tragt stets Handschuhe. Beides muss nach jedem Besuch heiß und lange abgekocht werden.«

Der Vornehme stockte. »Und Ihr seid sicher?«

»Mr Hogarth, sie zeigt die typischen Symptome: Hohes Fieber, Schüttelfrost, Kopf- und Rückenschmerzen … und sie hat bereits die charakteristischen dunklen Flecken. Wir können nur abwarten und das Beste hoffen.«

»Gibt es denn kein Mittel dagegen?«

Der Arzt schwieg. »Es gibt einige vielversprechende Experimente«, sagte er dann. »Es wird berichtet, dass die Flüssigkeit aus den Pocken in die Haut geritzt werden kann, auf dass der Kranke Abwehrkräfte dagegen entwickelt. Aber da kenne ich mich nicht aus. Und ich wage nicht, Eurer Tochter solches zuzumuten, zumal ich nicht weiß, ob dies die Krankheit nicht sogar beschleunigt.«

»Wie um Himmels Willen kommt sie an so etwas? Wir leben hier recht zurückgezogen.«

»Im Dorf gibt es ein paar solcher Fälle, Sir. Ich habe auch dort sofort Isolation angeordnet. Aber es reicht schon, wenn sie eine Katze gestreichelt hat, die infiziert ist. Oder einen Hund. Oder eine Kuh.«

»Hm.«

Hogarth nahm noch einen Schluck.

»Es ist eine ungünstige Zeit«, fuhr der Arzt fort. »Die Menschen sind geschwächt, weil es kaum etwas zu essen gibt. Das macht es Krankheiten leichter, weil der Körper dann zu wenig Kraft hat, sich zu wehren. Und der Abfall auf den Straßen und Gassen lockt allerlei Getier an.«

»Und Ihr? Habt Ihr keine Angst, ebenfalls zu erkranken?«

»Nein, Sir. Ich hatte die Pocken als Kind und habe sie überlebt. Seitdem bin ich immun. Zurückbehalten habe ich nur die Narben in meinem Gesicht.«

»Nun denn. Ich danke Euch. Ich werde für Emma beten.«

Die beiden Männer stellten die Gläser ab. Das Licht wurde gelöscht und James sah die edlen Lederschuhe wieder gen Ausgang wandern. Dann hörte er das Schließen der Tür.

Doch seine Aufmerksamkeit war jetzt woanders. Er starrte auf eine kleine Nische oberhalb des Kaminsimses, die ihm erst jetzt aufgefallen war. Eine kleine, rechteckige Mulde zwischen Einfassung und Mauerwerk. Und etwas lag darin.

James griff hinein und berührte etwas Weiches, Warmes. Er zog es hervor.

Er wusste sofort, was er da in der Hand hielt. Es war das, wovon Conny gesprochen hatte, und wonach Valnir suchte: Ein kleiner schwarzer Lederbeutel. Und innen drin war etwas.

22. Glück und Herrlichkeit

ames wartete noch gut zwei Stunden, bis er sich endlich getraute, den Kamin wieder zu verlassen. In dieser Zeit überlegte er fieberhaft, was er tun sollte. Er wünschte sich so sehr, der merkwürdige Junge in dem geheimnisvollen Steinkreis möge recht gehabt haben mit allem, was er sagte. Immerhin war der Hinweis mit dem Versteck schon einmal richtig gewesen. Oder war alles nur ein frommer Wunsch? Aber die Bissigkeit, mit der Valnir nach diesem Ding suchte, war verdächtig. Es musste wichtig sein.

Endlich fühlte er sich sicher genug, den Kamin zu verlassen. Er schlich sich aus der Bibliothek in die große Halle und von dort durch die Tür, durch die er zuvor die Stimmen gehört hatte. Er betrat die Küche. Ein großer, langgestreckter Tisch, ein großer Kaminofen mit Backrohr und Herdplatten. Von den Decken hingen Töpfe und Pfannen in allen Größen und in den Schrankregalen stapelten sich Schüsseln, Platten und Teller. Dort war auch die Seitentür nach draußen, durch die er den Diener mit den Küchenabfällen hatte hinausgehen sehen.

Eine Tür weiter, nach ein paar Treppenstufen abwärts, war der Vorratsraum. James erstarrte vor Glück: Da waren die Reste des Bratens in einer großen irdenen Form, Brote, Körbe mit Lauch, Gläser mit Gurken und Essigzwiebeln, Würste, Speck, Butter und Schmalz.

Voller Wonne stopfte er sich den Mund voll mit all den herrlichen Sachen. Er schluckte schneller als er beißen konnte. Dann stopfte er sich die Taschen so voll es ging.

So gesättigt kam er ein wenig zur Besinnung und griff den kleinen Lederbeutel, den er sich um den Hals gehängt hatte. Merkwürdigerweise war er warm – als wäre er lebendig. Jetzt durchflutete ihn doch ein erregtes Zittern, als er ihn öffnete.

Er hielt eine kleine, silbrig glänzende Figur in der Hand. Ein offenbar noch junges Mädchen, das tanzte. Ihr Haar war zu einer kunstvollen Frisur geflochten, und ihr Gewand folgte dem Schwung ihrer Bewegung. Ein Lächeln lag auf ihrem Gesicht – pures Glück, pure Freude. Pure Kraft.

Emma. Emma Hogarth.

Der Name kam ihm jetzt wieder in den Sinn. Sie lag, wie er ahnte, in dem ersten Zimmer oben am Treppenaufgang. Und sie war so schwer krank, dass sie vielleicht sterben würde.

Entschlossen durchquerte James die Küche und betrat die große Halle. Alles war finster, nur eine glasgeschützte Kerze stand auf einem kleinen Tischchen und schickte ihr flackerndes Licht ins Dunkel. Und das Mondlicht fiel durch die hohen Fenster.

James huschte flink wie ein Wiesel die Treppe hinauf und glitt wie ein Schatten zur Tür, aus der die beiden Männer noch vor einigen Stunden gekommen waren. Dann packte er den Knauf und drehte.

Er betrat ein Zimmer, dessen Fenster mit dicken Vorhängen verhängt waren. Im Kamin glommen noch ein paar Kohlen. Am Ende des Zimmers stand ein Bett. James hatte noch die Stimme des Arztes im Ohr, der vor Ansteckung gewarnt hatte, aber James fühlte eine eigenartige Zuversicht. Nein, er würde sich nicht anstecken.

Er trat zum Bett. Ein Mädchen lag darin, nur wenig älter als seine kleine Schwester Jenny. Sie mochte höchstens fünf Jahre alt sein. Ihr Atem ging schnell und hechelnd, wie bei Fieberkranken häufig. James streckte die Hand aus und zog den Vorhang vor dem Fenster beiseite. Er erschrak.

Im Mondlicht konnte er dem kleinen Mädchen ins Gesicht sehen. Es war völlig entstellt, denn es hatte lauter schwarze, erbsengroße Quaddeln im Gesicht. Ein unangenehmer Geruch ging davon aus: Blut, Eiter, Krankheit. Woher nur kannte er ihn?

James nahm die kleine Figur in seine Hand. Vorsichtig nahm er sie zwischen Daumen und Zeigfinger. Dann drückte er sie dem Kind sanft auf die heiße, fiebrige Stirn.

Emma öffnete den Mund und tat einen tiefen Atemzug. Ihr Atmen wurde schneller und ihr entrang sich ein leiser, singender Ton. Ihr Körper krampfte, bäumte sich auf, um dann schlaff und entspannt wieder niederzusinken. James prallte entsetzt zurück. Sein ganzer Körper zuckte wie vom Blitz getroffen, und sein Herz schlug bis zum Hals. Was hatte er getan?

Sie öffnete die Augen. Sie glänzten noch immer fiebrig, aber sie wirkte klar und wach. Ihr Atem ging ruhig.

»Wer bist du?«, hauchte sie.

James hämmerte noch immer das Herz. »I-ich bin James«, stotterte er.

»Machst du mich gesund?«

»Du bist schon dabei. Bald bist du wieder ganz gesund.«

James fühlte jetzt eine überwältigende Wärme und zugleich eine Erleichterung, als seien Pfunde von Ketten von ihm abgefallen. Ihm war es zudem, als habe er nie an Enaids Wirkung gezweifelt.

Er strahlte das kleine Mädchen an. Sie war blass und verschwitzt, aber jetzt begannen die schwarzen Pocken einzutrocknen. Sie schrumpelten zusammen wie überreife Rosinen.

James wurde wieder unruhig. Er dachte an Percy, Will Merrick, und an seine Geschwister. Er verstaute die kleine Figur wieder in dem Beutel, schob ihn unter seine Jacke und wollte zurücktreten.

Emma griff nach seiner Hand. »Geh nicht weg! Ich schaffe es nicht ohne dich!« Emma versuchte, sich aufzusetzen, war aber noch zu schwach. Ihre Stimme versagte, und sie klammerte sich an ihn wie an einen Rettungsring. Ihr Gesicht war voller Angst.

»Ich komme wieder!«, flüsterte James.

»Wann?«

»Gleich morgen!«

Er fuhr herum. Von draußen näherten sich Schritte.

Hastig eilte er zum Kamin, kroch hinein und kletterte nach oben.

Er hörte wie die Tür aufging, und gleich darauf gedämpfte Stimmen, von einem Mann und einer Frau.

»Emma! Liebes! Was ist mit dir?«

»Nichts, Mutter.«

»Wer hat den Vorhang beiseitegeschoben?«

»Das war James.«

»Wer ist James?«

»Er kommt von weit oben. Er macht mich gesund.«

»Du meinst: ein Engel?«

»Nein, Vater. Engel sind doch weiß. Aber der ist schwarz. Aber er ist sehr nett. Er heißt James.«

James machte, dass er nach oben kam. Weil er unauffällig sein wollte, brauchte er länger als gewöhnlich. Dennoch war er nach wenigen Minuten auf dem Dach.

Als James ins Pritschenlager der kleinen Schornsteinfeger schlich, war es nach Mitternacht. Von Valnir war nichts zu entdecken; auch von seinem eigenartig fauligen Gestank war nichts zu riechen. Nur gut, dass sich der Widerling dadurch immer verriet.

»James?«

Charlie saß aufrecht auf seiner Pritsche.

»Ja«, flüsterte James. »Ich bins nur.«

»Mann, du hast mich ganz schön erschreckt!«, wisperte Charlie und ließ einen Hustenanfall folgen. Doch plötzlich klärte sich der schmerzende Schleim ins seinem Hals. Das Brennen in seinen Augen verschwand, und das rohe, verbrannte Fleisch seiner Knie, seiner Ellbogen und seines Rückens bedeckte plötzlich wieder gesunde, glatte Haut.

James zog die Hand mit der Enaid von Charlies Brust zurück und bedeutete ihm, leise zu sein.

»Wo liegt Percy?«

»Dort hinten!«, flüsterte Charlie und deutete mit seinem kleinen schwarzen Finger auf die Pritsche in der Ecke.

James schlich hinüber und kauerte beugte sich über Percys Lager. Percys Atem war schwach, sein Mund stand offen. Sein eines Auge war halb geöffnet und gab ein weißes Stück des Augapfels frei.

James drückte ihm die Figur erst auf die Stirn, dann fuhr er über seine Augen, die Ohren, den Nacken, und dann den ganzen Körper hinunter bis zum gebrochenen Bein, wo er eine Weile verharrte. Er drückte das Bein in die gerade Position. Percy ließ alles geschehen. Er schloss die Augen, begann kräftiger zu atmen und begann zu schluchzen. Dann packte er plötzlich James' Hände und schlug die Augen auf. Er blickte ihn angstvoll an.

»Ich bin tot, nicht wahr? Ich fühle nichts mehr …!«

»Gar nichts bist du«, sagte James. »Du lebst. Du fühlst nur keine Schmerzen mehr. Ich kann dir das nur schwer erklären … Lass es vor allem Valnir nicht merken.«

Er strich Percy sanft über die Wange. Dann stand er auf und holte zwei Würste, ein paar Äpfel und einen Kanten Brot hervor.

»Da. Für Euch. Aber teilt es gut auf. Ich muss fort!«

James entschwand dem Schlafraum wie ein Schatten. Jetzt musste er nach Will Merrick und seinen eigenen Geschwistern sehen.

Als James zu Emma zurückkehrte, graute schon der Morgen. Leise glitt er durch den Kamin und landete lautlos in ihrem Zimmer.

Er trat an ihr Bett. Sie schlief friedlich. Die Pocken waren vollständig verschwunden, so als seien sie nie dagewesen.

James holte dennoch Enaid hervor und drückte sie ihr auf die Brust. Emma tat einen tiefen Atemzug und begann zu lächeln. Sie ergriff seinen Daumen und hielt ihn fest wie einen Krocketschläger.

Er verharrte noch eine kurze Zeit an ihrem Bett, dann erwachte wieder seine Unruhe. Ob er nochmals die Küche plündern konnte? James entwand seinen Daumen Emmas Hand, so sanft er konnte. Er öffnete vorsichtig die Zimmertür, die zur Galerie in der Halle führte. Sollte er ganz keck die Treppe nach unten spazieren? Zu riskant.

James entschied sich für den sicheren Weg über die Kamine. Er schlüpfte hinein, kletterte höher und fand auch hier wie erwartet eine eiserne Klappe. Er kroch durch den Durchgang und gelangte in den anderen Schacht, durch den er erstmalig ins Innere des Hauses gelangt war. Das Feuer war noch nicht entfacht, aber es war nur noch eine Frage von wenigen Minuten, bis die Diener das Haus anwärmen würden. Sachte, wenn auch durchaus zügig, ließ er sich herunter, in Richtung der Bibliothek.

Anders als erwartet war dort jemand, trotz früher Stunde. Er bremste seinen Abstieg, verharrte lautlos an den eisernen Sprossen und lauschte. Er erkannte unschwer die Stimme des Hausherrn, Mr Hogarth. Die andere Stimme war offenbar die seines Stewards[XXI].

»Joseph, was hast du? Ist es denn so wichtig? Du tust ja, als gehe es um Landesverrat!«

»Ganz so weit geht es nicht, Sir. Doch ich sehe es als meine Pflicht, Euch über etwas aufzuklären.«

Plötzlich wehte ein unangenehmer Geruch an James' Nase. Es war nur eine leise Andeutung, aber James war sofort alarmiert.

»Der Herr dort, der draußen in der Eingangshalle Platz genommen hat …«, begann Joseph.

»Dr. Valnir? Der Arzt?«

»Nun ja … er behauptet, einer zu sein. Doch ich wage, Zweifel anzumelden.«

»Aber er sagt, er könnte Emma helfen! Ich muss alles tun, um mein Kind zu retten!«

»Glaubt mir, Sir, kaum jemand versteht dies so gut wie ich! Aber ich habe Grund, dem fremden Herrn zu misstrauen. Er … er war neulich schon einmal hier.« Josephs Stimme wandelte sich zu einem furchtsamen Flüstern. James musste die Ohren spitzen, um alles zu verstehen.

»Was du nicht sagst! Hier? Wann?«

»Vor etwa sieben Tagen, Sir.«

»Vor sieben Tagen! Aber da war Emma doch noch gar nicht krank!«

»Er war auch in einer ganz anderen Eigenschaft hier: Als Schornsteinfeger.«

»Was sagst du da? Warum sollte er deswegen vorstellig werden? Unsere Kamine werden regelmäßig professionell gewartet.«

[XXI] Hausverwalter, Vorläufer des Butlers

»Das habe ich ihm auch gesagt. Seine Dienste waren hier nicht vonnöten. Er schien sehr erbost darüber. Aber nicht nur deswegen habe ich ihn wieder weggeschickt. Er stand da mit einer ganzen Horde kleiner, magerer, kranker Jungen. Wahrscheinlich Waisenjungen, die er billig bekommen hat und in die Kamine kriechen lässt. Ich weiß, wie sehr Ihr dies missbilligt.«

»Du hast wohl getan, Joseph! Was für ein elender Lump! Und du bist sicher, dass es derselbe ist?«

»Kein Zweifel, Sir. Er ist sehr auffällig: Groß, das lange, kantige Gesicht mit der gefährlichen Nase und dem mächtigen Kinn. Diese spitzen Zähne. Und diese wilden schwarzen Brauen, diese Totenblässe … ich bin mir ganz sicher. Und daher bezweifle ich, dass er Arzt ist. Ich habe den Eindruck, er sucht einen Vorwand, um das Haus zu betreten.«

»Aber er konnte doch nicht wissen, dass Emma erkranken würde!«

»Ich finde es eigenartig, dass sie am gleichen Tag Fieber und Schmerzen bekam. Es klingt schwer vorstellbar, dass er die Krankheit über sie gebracht hat. Aber dennoch erscheint mir das Zusammentreffen dieser Ereignisse nicht ganz zufällig.«

James hörte Mr Hogarth unruhig auf und ab laufen. Aus seiner Position im Kaminschacht sah er manchmal seine Beine. Die Füße steckten diesmal in bequemen Pantoffeln.

»Weiß er, dass es Emma erheblich besser geht?«, fragte er plötzlich scharf. »Dass die Pocken verheilt sind? Dass ein Wunder geschehen ist?«

»Ich wüsste nicht, woher er das wissen sollte. Ich vermute eher, dass er von einem noch immer dramatischen Zustand ausgeht. Sonst wäre sein Erscheinen ja überflüssig. Er hätte sich dann gewiss etwas Anderes ausgedacht.«

Hogarth schwieg eine Weile. »Ich werde ihn empfangen«, wies er Joseph an. »Ich will herausfinden, was er im Schilde führt.«

»Sehr wohl, Sir.«

Es dauerte eine Weile, dann hörte James erneut das Öffnen der Bibliothekstür. Die Stimmen waren bereits mitten in einer Unterhaltung.

»Ihr könnt Euch sicher sein«, sprach Mr Hogarth, während die Tür knarrend aufschwang, »Ich bin dankbar für alles, was meiner geliebten Tochter hilft.

Aber es geht ihr schon besser, obgleich mir Doktor Rowlandson wenig Hoffnung gemacht hat.«

»Er ist vielleicht zu wenig erfahren«, entgegnete der Neuankömmling.

Eine Stimme wie eine alte, rostige Knarre. James' Herz setzte vor Schrecken einmal aus und begann dann wie wild zu hämmern.

Der Fremde fuhr fort: »Im Gegensatz zu Doktor Rowlandson stamme ich aus London, wo die medizinische Forschung ihrer Zeit weit voraus ist. Und ich sage Euch: Das Kind *kann* nicht gesund sein. Es muss sich um einen üblen Trick handeln.«

»Oh weh! Und ich wog mich schon so sehr in Zuversicht!«

»Falsche Hoffnungen retten niemanden. Pocken vergehen nicht so schnell. Wenn überhaupt.«

»Aber die Pocken sind unzweifelhaft alle verschwunden …«

»Unsinn! Am besten ist es, Ihr lasst mich mit ihr allein, auf das ich sie gründlich untersuchen kann. Wo ist das Krankenzimmer?«

Der widerwärtige Geruch stieg bis in den Kamin zu James hinauf, obwohl alle Steine nach Rauch und Ruß stanken. Wie konnte das Mr Hogarth verborgen bleiben? Er zitterte jetzt vor Angst.

Er ergriff den warmen, kleinen Lederbeutel und fühlte die beruhigende Wirkung der kleinen Figur in seinem Inneren. James vernahm plötzlich ein unterdrücktes Jaulen – als habe man einem Hund auf den Schwanz getreten und würde ihm gleichzeitig die Schnauze zuhalten.

»Was ist mit Ihnen?«, fragte Mr Hogarth lauernd.

Nur ein Würgen und Röcheln war zu hören.

»Krchchch… mmmgrll… hier ist etwas … Abscheuliches …«

Danach folgten ein paar holprige Schritte.

»Mir scheint, Ihr braucht selber einen Arzt. Möchtet Ihr ein Glas Wasser, Mr Valnir?«

»N… nein… aber ich kann dieses Zimmer nicht betreten. Ich muss hier heraus … aaaargh!«

James hörte ein paar holprige Schritte, das Ächzen des Treppengeländers, dann einen dumpfen Aufschlag.

»Joseph, kümmere dich um den unpässlichen Herrn. Und geleite ihn hinaus«, rief Mr Hogarth.

James atmete tief, um zur Ruhe zu kommen. Dann zuckte er zusammen. Ein Kopf erschien unten an der Kaminöffnung.

»Komm runter, Junge. Du brauchst dich nicht weiter zu verstecken.«

Mr Hogarths Stimme klang streng, aber nicht böse. James stieg gehorsam die Sprossen hinab und landete wie schon am Abend zuvor neben den Holzscheiten und trat in die Bibliothek.

Mr Hogarth musterte ihn von Kopf bis Fuß. Er trug einen prächtig bestickten Morgenrock und anstatt der Perücke eine Seidenkappe, unter der ein paar lange Haarsträhnen hervorlugten.

»Bist du James?«, fragte er.

James nickte und sah demütig zu Boden. Was mochte jetzt kommen? Er war in das Haus eines reichen, einflussreichen Herrn eingebrochen und hatte lauter Vorräte entwendet. Aber er mochte Valnir nicht. Das machte ihm etwas Hoffnung.

»Und du warst kürzlich im Zimmer meiner Tochter? Sie hat mir von dir erzählt.«

James nickte.

»Was hast du mit ihr gemacht?«

James blickte kläglich auf. »Verzeihen Sie, Sir«, stammelte er, »ich … ich wollte nichts Böses! Ich war auf der Flucht vor ebendiesem Herrn, der Sie gerade aufgesucht hat …«

»Vor Mr Valnir? Bist du einer seiner Kletterjungen[XXII]?«

»Ich war es, Sir. Aber ich bin abgehauen.«

»Wohl getan! Aber was verschlägt dich in mein Haus?«

James überlegte, was er Mr Hogarth erzählen sollte.

»Ich dachte, hier findet er mich nicht«, antwortete er vorsichtig.

Es pochte an der Tür. Ein Dienstmädchen erschien.

[XXII] »climbing boys« war im 18. und 19. Jahrhundert die Bezeichnung für die kindlichen Schornsteinfeger.

»Rose! Was ist los?«

Das Mädchen machte einen tiefen Knicks. »Verzeihen Sie, Sir«, lispelte sie schüchtern, »Ich fürchte, vergangene Nacht ist hier eingebrochen worden. In der Küche fehlt der Rest vom gestrigen Braten, mehrere Würste, Speck, Rüben, eine größere Menge Brot sowie Äpfel, Nüsse und kandierte Früchte.«

»Ist schon gut, Rose.«

»Soll ich den Constable[XXIII] rufen lassen?«

»Nein, lass nur. Es ist nicht so wichtig.«

Das Mädchen zog sich zurück und schloss die Tür.

James blickte geknickt zu Boden. Er vermeinte, Mr Hogarths bohrenden Blick förmlich zu spüren.

»Du bist also ein Dieb?«

»Ja, Sir.«

»Wohin hast du die Sachen verbracht?«

»Zu den anderen Jungs, Sir. Und zu meinen Geschwistern.«

»Sieh mich an!«

Mr Hogarth beugte sich zu ihm herunter und blickte ihm direkt in die Augen.

»Und wieso bist du zurückgekehrt?«

»Um Emma vollständig zu heilen, Sir.«

Mr Hogarths Augenlider bewegten sich nicht ein einziges Mal.

»Um Emma vollständig zu heilen!«, wiederholte er.

»Ja, Sir. Ich hatte gestern Abend ja erst damit angefangen. Und ich habe es ihr auch versprochen.«

Joseph, der Steward, betrat das Zimmer. Hogarth richtete sich auf und wandte sich zu ihm.

»Heize nun die Kamine an, der Tag bricht an«, sagte er. »Und richte dem jungen Herrn hier ein warmes Bad. Und dann kleide ihn neu ein.«

[XXIII] Vorläufer des Polizeichefs im 18. Jahrhundert

23. Das schwarze Tier

ames Hewitt? Wie kommst du auf diesen Namen?«

»Ach, ich meine, einmal von ihm gelesen zu haben.« Ich kam mir noch immer zu blöd vor, Großvater Neville zu erzählen, dass ich von ihm geträumt hatte.

»Vielleicht meinst du James *Hogarth*.«

»Ich glaube nicht. Oder doch! ... Wer war er?«

»Der Adoptivsohn von Sir Ebenezer Hogarth, dem reichen Tuchhändler. Er war zu seiner Zeit – also zu Beginn des 19. Jahrhunderts – ein bekannter Arzt in dieser Gegend. Schon als Jugendlicher soll er Hogarths Tochter Emma von den Pocken geheilt haben. Welchen Nachnamen er ursprünglich hatte, weiß ich nicht. Nur, dass er eine Weile hier in diesem Hause lebte und später nach London ging, um dort zu studieren. Später ist er mit seiner Familie nach Wells gezogen.«

Er blätterte weiter in dem alten, zerfledderten Buch. »Dort verliert sich seine Spur«, schloss er und klappte das Buch zu.

»Sir Ebenezer Hogarth war also ein reicher Tuchhändler, der diesen James adoptiert hat«, fasste ich zusammen. »Warum mag er das getan haben?« Ich stellte mich absichtlich unwissend, denn mich interessierte Großvaters Ansicht, und die erfuhr ich nur, wenn ich ihm nichts verriet, was ihn auf eine bestimmte Spur bringen konnte.

Großvater räusperte sich. »Nun, ich denke, dass er dankbar gewesen ist. Wenn jemand sein todkrankes Kind heilt ... die Pocken sind eine schlimme Krankheit.«

»Aber wie kann ein Jugendlicher ohne medizinische Ausbildung eine so schlimme Krankheit heilen?«, forschte ich weiter.

Großvaters Augen wurden schmal. »Du sprichst, als wüsstest du die Antwort bereits«, stellte er fest.

»Ich hatte nur wieder so einen Traum«, gab ich zu. »Aber wirklich wissen tue ich nichts. War es denn üblich, dass ein reicher Tuchhändler einen armen Jungen adoptiert?«

»Üblich … was heißt das schon? Nein, üblich war das sicher nicht, und wenn dieser James arm war – was anzunehmen ist – hat er mächtig viel Glück gehabt. Aber Ebenezer Hogarth war nicht nur wohlhabend, er war auch ein Philanthrop, ein Menschenfreund. Er hat sich sehr gegen Kinderarbeit eingesetzt, die zu seiner Zeit gang und gäbe war.«

Er bedeutete mir, mitzukommen. Wir betraten die Halle und stiegen die Stufen der ehrwürdigen Holztreppe hinauf auf die Galerie. Großvater steuerte auf ein Gemälde in einem üppigen Goldrahmen zu, das einen vornehmen Herrn mit weißgepuderter Perücke und violettem Samtanzug zeigte. Sir Ebenezer Hogarth. Unverkennbar.

Er sah aus wie in meinem Traum, vielleicht ein paar Jahre älter. Er sah lediglich würdevoller und ernster aus. Mittlerweile war ich nicht mehr so überrascht davon, wie genau mein Traum gewesen war. Oder hatte ich dieses Bild doch schon einmal betrachtet? Bemerkt hatte ich es wohl, ja, aber ich hatte es mir noch nie wirklich angesehen.

»Ein Bild von James Hogarth gibt es nicht?«, fragte ich nach einer Weile.

»Nein, leider nicht. Zumindest ist mir keines bekannt.«

»Und dieser Mann hier hat dieses Haus so ausgebaut, wie du mir schon einmal erzählt hast?«

»Nein, nicht er. Derjenige, der das Haus aus den Trümmern des alten Klosters neu errichtet hat, war ein Kaufmann namens Abraham Goldsmith. Das war aber schon 1658.«

Er wanderte die Galerie entlang und deutete auf ein schwarz gerahmtes Porträt eines würdigen, älteren, weißbärtigen Herrn mit gewaltigem Mühlsteinkragen und pelzbesetztem Mantel, der auf dem Kopf ein purpurnes Barett mit einer flammenden Hahnenfeder trug.

»Das ist er«, sagte Großvater. »Die Familie Goldsmith zog später nach London. Als der Tuchhandel in England seinen Aufschwung nahm, erwarb es der

Großvater von Sir Ebenezer Hogarth und nutzte die ehemaligen Wirtschaftsgebäude des Klosters teilweise als Lagerräume und Webhallen. Aber das wurde wohl um die Wende zum 19. Jahrhundert alles zu klein. Der Tuchhandel wanderte an die Küste, und die Hogarths wanderten mit. Aber trotzdem war hier damals recht viel los. Es war die Zeit der Kohle- und Eisenförderung. Damals hatte St. John-in-the-Hills viermal so viele Einwohner wie heute.«

Ich hatte keine Mühe, mir unseren Ort zu der damaligen Zeit vorzustellen, schließlich hatte ich ihn erst vergangene Nacht deutlich gesehen. Ich hätte mir nur früher eine solche Armut wie bei James und seinen Geschwistern nicht vorstellen können. Was war nur aus all den Häusern geworden? Jetzt mit all den neuen Eindrücken würde ich St. John ganz anders empfinden.

Ich machte mich gleich nach dem Frühstück auf den Weg ins Dorf, doch ich bekam unerwartete Gesellschaft von Ronald. Ich ahnte bereits, was ihn dorthin zog, und vermutete, dass es nicht unbedingt nur der Bedarf an neuen Schrauben war. Merkwürdigerweise hatte er eine lange, lederne Golftasche über der Schulter hängen. Mit den karierten Knickerbockerhosen und seiner Ballonmütze sah er aus wie ein altgedienter Champion.

»Du willst Golfspielen gehen?«, fragte ich ungläubig.

»Ganz recht, Kleiner.«

Ich schluckte meinen Ärger über diese erneute Geringschätzung herunter. Als Kampfgefährte hatte er mir besser gefallen.

Ich deutete auf die lange, schwere Tasche. »Von Großvater?«

»Na, denk ich doch. Stand ziemlich verstaubt unten in einem der Schränke. Und da dachte ich: die leihe ich mir doch mal. Stört sicher keinen.«

»Ich wusste gar nicht, dass du spielen kannst«, meinte ich nur.

»Gut genug, um Gegner das Fürchten zu lehren«, trällerte er und fingerte in seiner Jackentasche nach einer Zigarette.

»Aber hier gibt es doch gar keinen Golfplatz …«

»Hehe!«, machte er. »Das ist Ansichtssache.«

Er hatte die Zigarette inzwischen gefunden und in den Mund gesteckt. Das Anzünden war nicht so einfach, denn es war ordentlich windig an diesem Tag.

Der Himmel war trüb und von blaugrauen Wolken durchzogen, obwohl an einigen Stellen die Herbstsonne zu erahnen war. Nicht ohne Freude bemerkte ich, dass es Ronald nicht gelang. Verdrießlich trottete er weiter. Schließlich drückte er sich in den Windschatten einer alten, knorrigen Weide und tauchte dann triumphierend mit glimmender Zigarette wieder auf.

Wir erreichten St. Johns kurze Zeit später. Ronald nahm Kurs auf den *Cunning Little Monk* und linste durch die Sprossenfenster.

Dann wandte er sich an mich. »Du hattest doch was vor, oder?«

Ich nickte ergeben. Na gut, sollte er seine Gladys exklusiv betreuen.

Er knöpfte die Golftasche auf, zog einen schweren Schläger mit dickem Kopf heraus und reichte ihn mir.

»Hier! Hartholz und Eisen, da fliegen die Bälle besonders weit.«

»Was soll ich damit?«

Ronald rollte die Augen und schüttelte den Kopf wegen meiner Begriffsstutzigkeit. Dann sah er mich an wie einen Grundschüler.

»Also, für den etwas simplen Geist: Wenn du gewissen Arschlöchern begegnest, wie neulich, dann nimmst du das Ding hier und schwingst es lässig und elegant. Und damit machst du denen klar, dass es damit einen kräftigen Schlag auf die weiche Birne gibt. Ssssst – Peng!«

»Ach, *das* ist deine Art von Golfspiel …«

»So ist es. Ich stelle es mir recht spaßig vor. Vielleicht schaffst du ja einen *hole-in-one!*[XXIV]«

Dann schwenkte er mir mit seinem langweiligen Mittelfinger vor der Nase herum, was wohl bedeutete, dass ich mich zu entfernen hatte.

Ich trottete in Richtung von Batesons Laden, um mir Schokolade zu kaufen – den köstlichen Cadbury Milchriegel, der zum herrlichsten gehörte, was ich damals kannte. Der junge Bateson saß wieder an der Theke und sah, wie immer in der letzten Zeit, finster und übelgelaunt aus. Wie üblich wischte er sich seine Sechserlocke aus der Stirn und kratzte sich.

[XXIV] Ausdruck beim Golfspiel: Den Ball mit einem einzigen Schlag ins Loch befördern.

»Guten Tag, Mr Bateson!«, sagte ich, »Ich hätte gerne einen Schokoriegel. *Crunchy* bitte.«

Er sah mich an, als hätte ich ihm befohlen, Benzin zu trinken, seinen Hund zu erschlagen oder Schlimmeres. Er presste die Lippen aufeinander und sein Kinn begann vor Zorn zu vibrieren. Dann versuchte er sich in einem höhnischen Grinsen.

»Hättest du gerne, ja? Einen Milchriegel für den Milchbubi?« Er steckte den Daumen in den Mund und nuckelte daran wie an einem Schnuller.

Ich zuckte arglos mit den Schultern.

Er verschränkte die Arme. »Hat denn unser Milchbaby so etwas auch verdient? Hat es auch fleißig für die Schule gelernt?«

»Bitte, Mr Bateson, ich möchte nur einen von Cadburys Chrunchy-Milchriegeln.«

»Oh, es möchte einen von Cadburys Chrunchy-Milchriegeln!«, äffte er mich nach. »Der ist gut fürs Hirn! Braucht es dringend, das kleine dumme Nuckel-Baby! Scheißt du dir auch noch in die Windeln, ja?«

Er schwitzte und war offenbar extrem angespannt. Sein Blick war reichlich irre und sein Gesicht wechselte im Sekundentakt von einem verkrampften Grinsen bis zu einer hasserfüllten Grimasse. Seine Unterlippe zitterte dabei, als habe er Schüttelfrost. Seine Locke zitterte vor seinem Auge.

Mir stand der Mund offen. So ein verrücktes, aggressives Gequatsche war mir noch nicht untergekommen.

»Mr Bateson, sind Sie krank?«, stammelte ich verunsichert.

»Krank? Ich? Das wird ja immer schöner!«

Er lief jetzt hinter der Theke auf und ab, der Oberkörper stocksteif. Ich packte unwillkürlich meinen Golfschläger.

Dann lehnte er sich weit über die Theke zu mir hin. Er packte die Thekenleiste so fest, dass seine Knöchel weiß hervortraten.

»Du findest wohl, ich rede Blödsinn, was? Du meinst wohl, ich kapiere nicht, was hier läuft?«, herrschte er mich an. Seine Spucke sprühte bis in mein Gesicht.

»Nein, Mr Bateson«, versuchte ich ihn zu beschwichtigen, »das haben Sie falsch verstanden …«

»Ich? ICH habe falsch verstanden! Was weißt du schon, du mickriger, kleiner Scheißer? Diesen Quatsch höre ich von meinen gottverfluchten Eltern schon, seit ich denken kann! Tut ihr alle bloß nicht so, als wäre ich ein Idiot! Ich werde es euch allen zeigen! Ihr werdet es noch sehen, dass ich mehr kann als an so einer beschissenen Theke zu sitzen!«

Er war knallrot angelaufen, und die Ader an seiner Schläfe pulsierte. Er schien völlig den Verstand verloren zu haben.

»Tut mir leid, Mr Bateson!", brachte ich hervor und bewegte mich rückwärts in Richtung der Ladentür.

»Ach nein, leid tut es dem Milchbaby! Jetzt auf einmal! Ich werde dich lehren, mich zu beleidigen!«

Er striegelte seine Locke aus dem Gesicht, griff nach einem Besen, der in der Ecke stand, und schickte sich an, um die Theke und auf mich zuzugehen. Ich riss die Ladentür auf, stolperte hastig die Stufen hinunter und machte, dass ich davonkam.

Ich rannte die Straße hinunter, sauste um mehrere Ecken und schlug einen Haken nach dem anderen. Erst in einer sehr schmalen Gasse kam ich zum Stehen. Meine Brust schmerzte vom heftigen Atmen und mein Herz schlug, als wäre der Teufel hinter mir her gewesen.

Als ich einigermaßen zur Ruhe gekommen war, sah ich mich um. Ich befand mich in einem engen dunklen Weg zwischen zwei Häusern, so schmal, dass Mr Carrington schon nicht mehr hindurchgepasst hätte. Und der fette Mr Clutterbuck mit seiner aufgeplatzten Hose schon gar nicht.

Es war genau der Hohlweg, in dem James sich versteckt hatte! Und dort war auch die Mauer, über die er geklettert war, damals, mit seinem geraubten Brot. In den gut 140 Jahren, die seitdem vergangen waren, hatte sich hier nicht viel verändert.

Ich kletterte über die Mauer, genau wie James es getan hatte, und folgte dem gleichen Weg. Es war eine Gegend, in der ich noch nie gewesen war, weitab von der Hauptstraße. Aber immerhin konnte man ab und zu den Kirchturm sehen, so dass ich immer ungefähr wusste, wie ich zurückgehen musste.

Die Gasse mit dem früheren Haus der Hewitts war wieder etwas näher bei der Kirche. Allerdings stieg aus den niedrigen Kaminen kein Rauch auf. Es gab auch keine Straßenlaternen; lediglich an einigen Häusern waren eiserne Lampen mit großen, runden Schirmen angebracht. Bei näherem Hinsehen zeigten sich hinter den Fenstern Spinnweben und Staub, die vereinzelten Gardinen hingen in Fetzen oder waren fleckig. Bei einem Haus war sogar das Dach an einer Stelle eingestürzt. Nein, hier wohnte niemand mehr. Wahrscheinlich waren die Häuser noch wie zu James' Zeiten ohne Wasseranschluss und natürlich ohne Strom. Es würde viel Geld kosten, sie so herzurichten, dass sie wieder trocken, warm und komfortabel waren. Aber wenn es früher viermal so viele Einwohner gegeben hatte wie heute, war es auch kein Wunder, wenn einige Häuser verfielen.

Wo nur mochte James die Figur der Enaid versteckt haben? Hoffentlich hatte er sie nicht mit nach Wells genommen. Ich haderte mit mir, dass ich ihm das bei unserer Begegnung nicht gesagt hatte. So eine wunderbare, heilkräftige Figur konnte ich gut brauchen. Der böse Einfluss Valnirs war überall zu spüren. Ob man ein Versteck vereinbaren konnte, so dass ich mir die Enaid einfach nehmen könnte?

Ich dachte wieder an meine Mutter. Die letzten Nachrichten waren nicht beunruhigend gewesen, aber es ging ihr auch nicht besser. Ständig hatte ich Angst vor einer schlimmen Neuigkeit. Ob ich sie mit der Enaid heilen könnte?

Ich spazierte wieder in Richtung der Kirche und erreichte bald den Friedhof. Die Wolken hatten sich inzwischen zu düsteren eisengrauen Bergen aufgetürmt und vereinzelt fielen ein paar Tropfen. Einige steife Brisen bliesen Herbstblätter durch die Gassen, und die mächtigen Bäume schüttelten sich und rauschten, als würden sie miteinander tuscheln. Ich passierte das kleine, schmiedeeiserne Friedhofstor und ging dorthin, wo ich in meinem Traum gerade noch die gefrorenen Leichen in ihren Kisten gesehen hatte, an denen James vorbeigelaufen war. Jetzt war alles leer und sauber und stattdessen standen ein paar Holzbänke dort. Dann schlenderte ich etwas umher und besah die Grabsteine. Einige waren augenscheinlich uralt und vom Zahn der Zeit zerfressen und mit Flechten bewachsen, andere noch recht gut erhalten. Zwei Gräber waren sogar ziemlich frisch, und Holzkreuze steckten an ihrem Kopfende. Nahe an der Friedhofsmauer entdeckte ich einen alten, verwitterten Grabstein. Die Aufschrift lautete:

Hier liegen
GEOFFREY HEWITT
Totengräber
1759-1801
MARY JANE HEWITT
1764-1791
Seine geliebte Ehefrau

*If the songbird of joy
had not flown away so early
maybe then he would have loved
his five children more than beer.
He put many in the ground,
and finally himself.*[XXV]

R.I.P.

Ich pfiff durch die Zähne. Ob die Inschrift von James stammte? Eine komische Mischung aus Verständnis und Bitterkeit. Es berührte mich, wie jemand in wenigen Worten eine ganze Familiengeschichte beschreiben konnte.

»Was treibst du hier, Bengel?«

Ich drehte mich um. Vor mir stand Reverend Chandler und schien ausgesprochen schlecht gelaunt.

»Ich besuche den Friedhof, *Father*.«

»Und? Hast du gefunden, was du gesucht hast?«

[XXV] *Wäre der Singvogel des Glücks nicht so früh davongeflogen, vielleicht hätte er dann seine fünf Kinder mehr geliebt als das Bier. Er brachte viele unter die Erde, und am Ende auch sich selbst.*

»Ich habe nichts gesucht. Ich habe mir nur die Grabsteine angesehen.«

»Ach! Was interessieren ausgerechnet dich unsere Toten? Freust du dich am Ende, dass sie nicht mehr unter uns sind?«

Er redete Unsinn, ganz offenkundig. Der gleiche verrückte Mist wie Owen Bateson. Ich stand stocksteif da und packte meinen Golfschläger.

»Aber nein, Father! Es ist immer traurig, wenn ein Mensch stirbt.«

Das schien ihn zumindest nicht weiter aufzuregen. Sein mürrisches Gesicht blieb jedoch und er schnaubte durch die Nüstern wie ein Pferd.

»Es ist ein Segen, dass wir Priester wie Sie haben, Reverend Chandler«, fügte ich hinzu. »Sie spenden vielen Menschen sehr viel Trost.«

Das war ein Fehler. Ich hätte meinen Mund halten sollen. Reverend Chandlers Mine verfinsterte sich.

»Jaja, ich spende Trost!«, giftete er, »Schön, wie einfach die Welt ist! Die Menschen haben Kummer, haben gesündigt oder sonst ein Wehwehchen und kommen dann zu mir damit! Mein Trost ist ihnen das Gleiche, als wenn sie neue Schuhe brauchen oder Lust auf ein Stout haben! Eine Ware, nichts weiter! Und wenn es ihnen gut geht, lassen sie die heilige Messe schon mal sausen und laben sich lieber an einem feinen Cream-Tea und Scones! Oder fressen sich voll, das tut der Seele wohl auch ganz gut, vom Saufen ganz zu schweigen!«

Er hatte meine Worte genau in den falschen Hals gekriegt. Jetzt hatte er sich völlig in Rage geredet. Ich nickte ihm verständnisvoll zu, legte höflich zwei Finger an meine Mütze und entfernte mich.

»Ach, aus dem Staube macht er sich!«, blaffte der Pfarrer mir hinterher. »Ja, das ist alles, was ihr könnt, ihr Gottlosen! Mein ganzes Leben habe ich aufgewendet für Gott, habe auf alles verzichtet, um ihn würdig und bescheiden auf Erden zu vertreten, aber wer merkts? Wer dankt es? Niemand außer ein paar alten Weibern, die nur zu mir kommen, weil sie es schon immer getan haben! Aber nicht, weil sie glauben! Ist es das, oh Gott, was du mir zugedacht hast?«

Er lief mir gottlob nicht hinterher, aber der Klang seiner überschlagenden Stimme war dermaßen furchteinflößend, dass mir ordentlich schauderte. Ich beschleunigte meine Schritte, sprang dann leichtfüßig über die grobe Friedhofsmauer und lief in Richtung des Marktplatzes. Geheuer war mir dabei nicht, die Erfahrung mit den drei Kerlen steckte mir noch in den Knochen.

Als ich aus der Gasse hinaustreten wollte, begegnete mir Jack »The Bottle« Brodie. Er war wie üblich ungepflegt. Sein Hut hing schief an der Seite herunter und er torkelte unsicher an der Hauswand entlang, obwohl er nicht sturzbetrunken war wie am Abend, vielleicht diesmal auch gar nicht. Als er mich sah, stutzte er und blickte mich an, als sei ich ein Gespenst. Sein Mund stand offen, und ich sah die schiefen, langen Zähne seines Unterkiefers. Dann lehnte er sich an die Hausmauer und deutet fahrig in Richtung des Marktplatzes.

»D-d-ie sind alle verrückt!«, stotterte er mit angsterfülltem Blick.

»Wer?« Ich wusste genau, was er meinte, und war erleichtert, dass ausgerechnet er offenbar normal geblieben war.

»B-B-Bateson! Der junge Owen Bateson! Er … er hat seinen Vater erschlagen!«

»Was? Wann?!« Ich wusste sofort, dass es stimmte, was er sagte. Mein Herz klopfte wie wild. Angsterfüllt ging ich am heulenden Jack Brodie vorbei.

»Und Harry Doone spinnt auch! Er ist ein Tier!«, rief er mir noch hinterher.

Auf dem Marktplatz waren mehrere Schaulustige, die in Richtung von Batesons Laden gafften oder dorthin unterwegs waren. Die Polizei rollte gerade in einem knatternden, schwarzen *Hillman Minx* an und hupte, um durchgelassen zu werden. Ich drückte mich an der Seite entlang, denn ich hatte keine Lust, in die Nähe davon zu gelangen. Ich lief schnellen Schrittes in die Richtung des *Cunning Little Monk*, um Ronald aufzugabeln.

Ich ging an Ives' Bäckerei vorbei, wo ich die beiden jungen Eltern lauthals miteinander streiten hörte. Dann erreichte ich den Pub. Es war früher Nachmittag und der Pub war noch spärlich besucht. Durch das Fenster erkannte ich Gladys, wie sie an der Bar stand und mit einem großen Hebel Ale zapfte. Nahe bei ihr, über den Tresen gebeugt, saß Ronald, anstatt des Biers eine Tasse Tee vor sich, die Golftasche an den Barhocker gelehnt.

Ich öffnete die schwere Holztür, ging hinein und steuerte auf Ronald zu, der ungewohnt ernst wirkte.

»Na Brüderchen, was gibt's? Was ist los da draußen?«

»Ziemlich schlimme Nachrichten!«, sagte ich aufgeregt. »Owen Bateson hat seinen Vater erschlagen!«

Gladys' ohnehin blasses Gesicht wurde noch eine Spur weißer.

»O Gott! Er hat es wirklich getan! Er hat die gleiche Krankheit wie Vater! Ich wusste es!«

»Wo ist dein Vater?«, traute ich mich zu fragen.

Gladys sah sich scheu um. Der einzige Gast, ein dickerer älterer Herr mit runder Brille, saß im hinteren Bereich und war in eine Zeitung vertieft.

»Er … er ist im Keller. Er hat sich gestern Nacht fürchterlich betrunken, hat herumgeschrien und mich geschlagen. Und als er sich eine neue Flasche Gin holen wollte, habe ich die Kellertür zugeknallt und abgeschlossen.«

»Du kannst ihm ruhig sagen, was dann passiert ist«, fiel Ronald ein.

»Er hat geschrien und getobt, gegen die Tür getreten, stundenlang. Ich hatte schon Angst, der tritt die Tür ein, aber dann hat er irgendwann aufgehört.«

Tränen rannen über ihr blasses, sommersprossiges Gesicht und die Wimperntusche hinterließ graue Streifen auf ihren Wangen.

»Aber das Schlimmste ist: Er ist noch immer da drin, aber die Geräusche, die er macht, sind so … grauenhaft …«

Ich war augenblicklich in Hab-Acht-Stimmung. Voll zittriger Erregung fraget ich sie weiter: »Und? Wie hört sich das an?«

Ronald antwortete für sie. »Also, wenn du mich fragst: Wie eine Mischung aus Hund und Schwein. Wie ein großes, wildes Tier. Jedenfalls hat er sie nicht alle.«

Er rutschte von dem Barhocker, knöpfte die Golftasche auf und zog einen Schläger heraus. Holz und Metall. Der, mit dem die Bälle besonders weit fliegen.

»So. Ich finde, wir sollten jetzt mal nachsehen, was mit dem Daddy los ist.«

»Willst du ihn umbringen?«, flüsterte Gladys.

»Nicht doch. Er soll nur sehen, dass es schmerzhaft werden kann, wenn er mir was tun will. Vielleicht ist er aber auch nur krank. Wir wissen ja noch gar nicht, was mit ihm wirklich los ist.«

»Aber wenn er nicht bei Sinnen ist? Wenn er genauso zuschlägt wie Owen Bateson?«

»Wir können ihn doch nicht ewig im Keller lassen!«, sagte Ronald. »So schlimm wird es schon nicht sein. Er ist ein dürrer Mann, der nur mit Mühe seine Bierfässer geschleppt kriegt. Und wir sind zwei junge Burschen mit harten Golfschlägern.«

»Sollten wir nicht lieber die Polizei holen? Ich laufe rüber und frage sie, ob sie gleich hier vorbeikommen können«, meinte ich.

Ronald bedachte mich mit einem Blick, der deutlich machte, dass er mich für einen Schwächling hielt. »Ach, Kleiner«, stöhnte er, die haben weiß Gott Besseres zu tun als verschrobenen Barbesitzern die Leviten zu lesen!«

Forsch marschierte er an der Bar vorbei, bog zielstrebig um die Ecke und öffnete eine kleine Tür, hinter der Stufen abwärtsführten. Er knipste mit einem Drehschalter das Licht an und schritt die rohen Stufen nach unten. Ich folgte ihm mit großem Unbehagen. Die Luft fühlte sich kalt und feucht an, und es roch ein wenig nach Moder. An der Kellerdecke baumelte eine nackte Glühbirne, die außerdem einen Wackelkontakt hatte und ein unruhiges Licht verbreitete. Ronald schlich jetzt langsam und vorsichtig den Flur entlang, vorbei an ein paar Kisten R. *Whites Lemonade* und aufgestapelten Fässern von *Donnington's Ale*.

Dann erreichten wir die Tür zum Kellerraum. Alles war still. Irgendwo tropfte etwas.

Ronald grinste und deutete mit dem Daumen auf die Tür. »Wahrscheinlich hat er sich eine Menge Zeug hinter die Binde gekippt«, meinte er. »Was soll er da drin auch sonst machen?«

Er nahm den Schlüssel, der neben der Tür an einem Nagel hing, von der Wand, steckte ihn ins Schloss und drehte ihn rüttelnd, weil er erst klemmte. Ich klammerte mich an meinen Golfschläger, bereit, alles, was mir da entgegenkommen mochte, zu Mus zu schlagen.

Die Tür schwang knarrend auf. Ronald packte seinen Schläger ebenso krampfhaft wie ich und verharrte erst. Aber als sich nichts tat, tastete er vorsichtig nach innen, um den Lichtschalter zu betätigen.

Das Licht ging an.

Schummrig beleuchtete es einen Kellerraum voller Regale, die an die rohe Mauer gestellt waren. Alles war voller Kisten und Flaschen. Auf dem Boden lagen ein paar Seile, neben der Tür waren mehrere halbvolle Säcke, und ein paar alte Stühle waren aufeinandergestapelt.

Hinten in der Ecke kauerte etwas.

»Mr Doone?« Ronalds Stimme wirkte noch immer nicht ängstlich. Ich konnte nicht umhin, meinen Bruder zu bewundern. Ich selbst schlotterte vor Angst.

Ein lautes Grunzen ertönte. Das Ding in der Ecke fuhr auf und hockte sich in unsere Richtung.

Es hatte zwei rote, glühende Augen und zottiges, schwarzes Fell. Zwei dicke, kurze Hörner ragten aus dem Schädel, die Nüstern blähten sich und der Mund entblößte eine Reihe vorstehender Zähne. Der Bauch war nackt und faltig, und die Tatzen endeten in langen, hornigen Krallen. Ich bemerkte zu meinem Entsetzen, dass die Behaarung des Kopfes genau der Harry Doones entsprach: Stirnglatze mit einer letzten Haarinsel vorne. Er erinnerte mich an den Dämon, den Martinus in der Krypta bezwungen hatte.

Das Wesen krabbelte in unsere Richtung wie eine Spinne, verhielt dann, als würde es zum Sprung ansetzen und glotzte uns an. Dann stieß es einen brüllenden Schrei aus und tat einen Satz auf uns zu.

Ronald ließ seinen Golfschläger sausen und traf das schwarze Tier an der Schläfe. Es jaulte und torkelte zur Seite.

»Weg hier!«

Ronald schubste mich in den Flur, knallte die Tür zu und griff nach dem Schlüssel, der noch immer im Schloss steckte. Doch dann zerrte das dämonische Wesen von innen an der Tür, die sich wieder öffnete. Ronald griff den Knauf und zog mit aller Kraft. Ich eilte zu ihm und versuchte, die Tür wieder zu schließen. Doch der Knauf wurde uns mit ungeheurer Kraft aus den Händen gerissen, und die Tür flog auf.

Wir wichen zurück und hielten unsere Schläger bereit.

Das schwarze Tier sprang aus dem Flur. Es grunzte und fixierte uns mit seinen roten Augen. Dann stieß es wieder seinen Brüller aus. Es klang wie eine Mischung aus Hund und Schwein – etwas von einem Eselsschrei mochte auch enthalten sein. Dann sprang es auf uns zu.

Ronald traf es mit seinem Schläger diesmal nur an der Seite, ich selbst rammte meinen Schläger in seinen Bauch. Es hastete über uns hinweg. Ich spürte kurz sein stinkendes, talgiges Fell in meinem Gesicht, hörte seinen hechelnden Atem. Dann prallte es gegen die feuchte Kellermauer, richtete sich schwankend auf und tappte die Treppe hinauf. Kurz darauf ertönte ein gellender Schrei. Wir stürzten hinterher, Ronald vorweg. Wir hasteten nach oben, erreichten den Gastraum und spähten außer Atem umher.

Es war nichts zu sehen. Ein paar Stühle waren umgeworfen. Gladys stand zitternd in einer Ecke und deutet auf die Ausgangstür.

»Da ist es raus!«, schluchzte sie.

Ronald lief auf sie zu und nahm sie in die Arme. Sie umklammerte ihn, wie ein Schiffbrüchiger eine rettende Planke umklammern würde, und heulte. Ronald streichelte ihr übers Haar.

Dann blickte er auf mich.

»Was war das? Hast du eine Idee?«

Ich nickte.

»Ja«, sagte ich. »Aber das wirst du mir nicht glauben.«

»Conny, nach dem, was sich gerade gesehen habe, glaube ich eine ganze Menge!«

Er hatte mich Conny genannt! Ich nickte nochmal.

»Ich erzähl es dir. Auf dem Rückweg, in Ordnung?«

»Alles klar.«

Er griff die Golftasche und steckte den Schläger zurück. Er verzog dabei das Gesicht und sah zu mir, als müsse er sofort kotzen.

»Bfff! Der Schläger stinkt wie die Pest.«

24. Das geheime Zimmer

Ich erzählte Ronald nicht alles – nur, dass ich mehrfach von Valnir und seinen Dämonen geträumt und ihn leibhaftig bereits im Pub gesehen hatte, und auch, dass ich wusste, dass er sich in Blackwell Manor eingenistet hatte. Gladys hatte es vorgezogen, bei einer Freundin unterzukommen. So schlenderten wir zu zweit die Landstraße entlang. Ronald hörte mir schweigend zu. Ich weiß nicht, was er mir alles glaubte, aber die Übereinstimmung meiner Träume mit den historischen Fakten, von denen unser Großvater mir berichtet hatte, schien er zumindest für möglich zu halten.

Elizabeth empfing uns mit einem Schinken-Lauch-Auflauf. Endlich wieder etwas Normales! Die gemütliche Atmosphäre am Tisch mit dem guten Essen beruhigte mich wieder. Es war wie eine Oase inmitten bedrohlicher Umgebung.

In meinem Inneren vermischten sich die Eindrücke meines Traumes mit den heutigen Erfahrungen. In meinem Traum hatte das Haus bereits sehr ähnlich ausgesehen wie heute, viel ähnlicher als in den Träumen davor. Lediglich der Kamin in Großvaters Arbeitszimmer, der Bibliothek, war annähernd gleichgeblieben. Bereits zu Pater Adelmus' Zeiten hatte er fast genauso ausgesehen wie jetzt.

Ob es die Sprossen noch gab, die James benutzt hatte? Das musste ich unbedingt herausfinden! Ärgerlich war nur, dass Großvater fast den ganzen Tag dort verbrachte. Ich schlich mich unzufrieden in mein Zimmer zurück und wollte mich in ein Buch vertiefen, stellte dann aber fest, dass es auch dort bereits herbstlich kühl und ungemütlich war. Also begab ich mich in die Küche, machte mir dort einen Tee und pflanzte mich an den großen Esstisch.

Draußen war es schon dunkel, und der Wind fuhr durch die Zweige der Bäume und zerrte an ihren Ästen, riss die letzten Blätter herunter, die an den Fenstern vorbeitrudelten. Wie angenehm heimelig war doch dieses Kaminfeuer hier! Der Anblick der zuckenden Flammen beruhigte mich, aber meine Anspannung verflog nicht wirklich. Immer wieder war es mir, als streunten wilde Tiere durch das Dickicht ums Haus, obwohl mir bewusst war, dass dies auch von meiner Furchtsamkeit kam. Ich vermeinte, das Knacken von Ästen zu vernehmen, das Schaben von Hörnern und Hauern an der Hausmauer, aber wahrscheinlich waren es nur die Zweige der Johannisbeersträucher, die wogend an der Hausmauer kratzten. Aber ich hatte dieses schwarze Tier ja mit meinen eigenen Augen gesehen, in das sich Harry Doone verwandelt hatte – und wer weiß, wie viele dieser Art es noch gab? Schaudernd dachte ich an den Überfall der Monster auf das Kloster, als Valnir die Sachsen gegen die Mönche hatte aufbringen wollen.

Ich hörte aus der Halle das Klappen einer Tür. Wie spät mochte es sein?

Ich schlich aus der Küche und folgte dem Geräusch. Die große Standuhr zeigte auf zehn nach neun. Was ich gehört hatte, war die Tür zur Bibliothek gewesen, die ins Schloss gefallen war. Wahrscheinlich war Großvater zu Bett gegangen, wie immer um diese Uhrzeit.

Eine grandiose Gelegenheit, meinen Traum ungestört auf Realität zu überprüfen!

Ich ging so entspannt, wie ich konnte, in die Halle und nahm Kurs auf die Bibliothek. Leise öffnete ich die Tür, schlüpfte hinein, schloss sie hinter mir und knipste das Licht an. Im Kamin glommen noch die letzten Reste des Feuers.

Ich duckte mich unter dem Kaminbogen hindurch. Es roch stark nach Rauch und Ruß und die Wärme des erloschenen Kaminfeuers dünstete aus allen Steinen. Vorsichtig streckte ich meine Arme aus und tastete die Mauer ab.

Meine Hände griffen eine heiße, eiserne Sprosse. Ich zuckte erst zurück, fast hätte ich mir die Finger verbrannt. Ich war aber zu fasziniert, um jetzt abzuwarten. Ich zog die Ärmel meines Pullovers so lang es ging und knüllte den Stoff in meine Handflächen. Es wirkte wie ein Topflappen. Ich konnte die Sprosse nun kraftvoll greifen, packte mit der anderen Hand die nächste, stieß mich unten ab und hangelte mich Sprosse um Sprosse empor. Meine Füße fanden bald Halt in den Steinfugen und endlich auch auf den Sprossen.

Ich wandte mich um und erblickte im Schatten des Kaminbogens die kleine Nische, in der James den schwarzen Lederbeutel gefunden hatte. Ich griff hinein und tastete mit den Fingern umher, aber sie war leer. Nun, ich hatte zwar gehofft, dort etwas zu finden, hatte es aber nicht wirklich erwartet.

Die oberen Sprossen waren merklich kühler, und so kletterte ich bequem mehrere Yards nach oben. Genau wie einst James stieß ich auf die eisernere Tür an der Seite. Der Riegel war entweder eingerostet oder rußverklebt, jedenfalls kostete es einige Mühen, ihn zu lockern. Schließlich bewirkte ein kräftiger Tritt von unten, dass er aufsprang und ich die Tür aufklappen konnte. Der Durchgang, der dahinter sichtbar wurde, war schmal, aber breit genug für mich, dünn wie ich war. Ich schob mich hinein, krabbelte auf den Ellbogen durch den Staub von Jahrhunderten und stieß nach einigen Fußlängen die Klappe am anderen Ende auf.

Ich gelangte in einen weiteren Schacht und wusste, in welches Zimmer er mich führen würde. Mit gewisser Befriedigung merkte ich, wie gelenkig und forsch ich war. Im Nu hatte ich mich in den Kaminschlot hineingeschlängelt und kletterte stückweise nach unten. Da das Zimmer im ersten Stock lag, hatte ich nur noch wenig Entfernung nach unten, und schon bald spürte ich den Boden unter meinen Füßen.

Ich klopfte erst den gröbsten Staub von meiner Kleidung, dann bückte ich mich und trat in das Zimmer. Emma Hogarths Zimmer. Und später das Zimmer meiner Großmutter.

Der Mond schien nicht; er war hinter dicken Wolken verborgen, die der Wind in Fetzen über den Nachthimmel trieb. Das Zimmer lag im Dunkel, so dass ich kaum etwas erkennen konnte. Ich tastete mich an der Wand entlang in Richtung der Tür, weil ich hoffte, dort einen Lichtschalter zu finden. Ich fand die Türzarge, und meine Finger grabschten ein wenig angstvoll in der Leere herum. Endlich ertastete ich den Schalter und legte ihn klickend um.

Ein filigraner Kronleuchter flammte auf und tauchte das ganze Zimmer in mildes, flackerndes Licht. Ja, es sah fast genauso aus wie Emmas Zimmer in meinem Traum. Nur, dass dort, wo ihr Bett gestanden hatte, jetzt ein zierlicher Sekretär stand. Er war eigenartigerweise geöffnet. Tintenfass und Papier lagen auf der aufgeklappten Arbeitsplatte, so, als habe gerade erst jemand dort gesessen, um einen Brief zu schreiben. Mitten im Raum aber stand ein prächtiger Flügel. Auch hier war die Abdeckung geöffnet, und auf der Notenablage ruhte ein aufgeklapptes Heft.

Ich sah näher hin. »*Étude op. 10, Nr. 3*« von Frédéric Chopin. Kannte ich dieses Stück? Ich versuchte, die Noten zu lesen, aber ich sah nur ein verwirrendes Durcheinander von unzähligen Noten und Zeichen, die schier unspielbar aussahen. Ohne die Tasten zu drücken, würde sich mir die Musik nicht erschließen. Aber ich konnte jetzt nicht einfach mit Klavierspielen loslegen, wer weiß, wie Großvater dann regieren würde; ich wagte noch nicht einmal, eine einzige Taste zaghaft zu drücken.

Ich ging ein wenig in dem Zimmer herum. An der Wand hing ein Hochzeitsfoto von meinen Großeltern. Ich heftete neugierig meinen Blick darauf. So also hatte meine Großmutter ausgesehen? Die Mutter meiner Mutter! Sie hatte wilde, kaum zu bändigende Haare, zu einer damals modischen Frisur hochgesteckt. Mit ihren tiefdunklen Augen blickte sie ebenso heiter wie melancholisch. Ihr graziler Arm umschlang den Arm meines Großvaters, der, damals noch ohne Bart, sehr stolz und fast ein wenig schelmisch aussah, wie er so in die Kamera schaute.

Ein Luftzug strich durch das Zimmer und der Vorhang bewegte sich. Eigenartig. Soweit ich sehen konnte, waren die Tür und auch die hohen Fenster fest verschlossen. Zog es durch den Kamin? Ich schritt auf das Fenster zu und hob prüfend meine Hand, aber es gelang mir nicht, den Ursprung zu ergründen.

Ich ging zum Fenster und strich den Vorhang beiseite. Die Wolkendecke war aufgerissen und der Mond schien milchig in mein Gesicht und auf die Ruinen des Klosters, die sich unter mir ausbreiteten. Die bereits größtenteils kahlen Bäume wogten im Wind, und der Wind zerrte an ihren Ästen.

Eine fahle, dünne Hand mit langen Nägeln schmatzte nass an die Fensterscheibe. Ich fuhr zusammen und prallte entsetzt zurück, als hätte ich einen elektrischen Schlag bekommen. Meine Beine waren plötzlich steif wie mit Blei umgossen. Ich war wie versteinert. Nur meine Zähne klapperten wie wild, ohne dass ich es abstellen konnte.

Mit verstörtem Blick erkannte ich eine weitere Hand, die außen an den Fenstersims packte. Ein haariger Kopf mit eigenartigen nach unten gekrümmten Hörnern schob sich nach oben – Hörner wie bei einem Mufflon. Die großen, rotglühenden Augen blickten zunächst suchend durch die Scheibe und glotzten mich alsbald unverwandt an. Eine widerspenstige Locke hing über seinem linken Auge, und das Wesen fuhr sich fahrig mit seiner Klaue darüber, um sie nach hinten zu streichen. Dann schob es seinen dünnen, von feinen Härchen bedeckten Körper empor und klatschte mit dem bleichen, nackten Bauch gegen das Fensterglas wie ein übergroßer Frosch. Dann stieg es mit den krähenfußartigen Zehen auf den Sims, packte außen in die Steinfugen, stieß sich ab und war kurz darauf in Richtung des Daches verschwunden.

Mir schlug das Herz bis zum Hals vor Angst, aber die Erstarrung löste sich. Ich trat ans Fenster und versuchte, den Weg des Monsters zu erspähen, aber es war nichts zu sehen.

Was zum Teufel wollte das dämonische Wesen auf dem Dach? Ob es durch die Kamine eindringen wollte?

Der Gedanke erfüllte mich mit purem Grauen. Ich versuchte mir klarzumachen, dass es dafür viel zu groß sein musste. Es war zwar lang und dünn gewesen, aber lange nicht so zierlich wie ich oder James. Ich stolperte mehr als ich lief zum Kamin und lauschte. Es war tatsächlich ein Rumpeln zu hören, und etwas rieselte bis zu mir herunter. Der Wind hatte sich zudem im Schacht verfangen und blies einen Ton wie auf einer Pfeife. Er hörte sich an wie ein langgezogener Ton eines Opernsängers – oder wie ein schauerlicher Klagegesang. Dann meinte ich eine Art Husten zu hören.

Warum um alles in der Welt wollten diese verfluchten Dämonen immerfort in dieses Haus? Ob doch die magische Figur der Enaid hier noch immer versteckt war? Die Figur, mit der sie alle vernichtet werden könnten? Martinus, Anne und James hatten ihnen getrotzt. Aber sie hatten alle die Enaid besessen.

Ob sie hier war? Zum Teufel nochmal, wo? Ich könnte sie verdammt gut gebrauchen!

Ich fühlte mich plötzlich in der Falle. Was, wenn das dämonische Tier doch einen Weg durch die Schornsteine finden würde? Ich hatte keinerlei Lust, ihm in dem engen Schacht zu begegnen. Aber wie kam ich aus diesem Zimmer wieder heraus? Sollte ich ein Feuer machen, um das Wesen zu vertreiben? Aber dann musste ich wieder lange warten, bis ich wieder hindurch konnte.

Ich lief unruhig im Zimmer herum wie ein Tiger im Käfig. Immer wieder streckte ich meinen Kopf in den Kamin und lauschte, aber es war nichts Neues zu hören. Kein Rieseln mehr, keine Kratzgeräusche. Vermutlich hatte es aufgegeben und hatte sich woandershin verzogen.

Dann stutzte ich unversehens. Mein Blick war auf die Zimmertür gefallen. Ein Schlüssel steckte im Schloss.

Ich konnte es kaum glauben. Wahrscheinlich war er mir deshalb gerade noch nicht aufgefallen, weil ich damit nun gar nicht gerechnet hatte. Aber wenn die Tür von innen abgeschlossen war ... dann musste es entweder noch einen anderen Eingang geben, oder ...

Derjenige, der abgeschlossen hatte, war noch hier.

Der Gedanke ließ mich erneut erstarren, aber ich rief mir alle Vernunft zusammen, die ich aufbringen konnte, um mir klarzumachen, dass dies sehr unwahrscheinlich war. Weder im Flügel noch in dem kleinen Schreibsekretär konnte sich jemand verstecken. Höchstens durch den Kamin hätte derjenige abhauen können. Aber das machte keinen Sinn.

Endlich kam der erlösende Gedanke, dass ich so bequem das Zimmer verlassen konnte. Ich griff den Schlüssel, drehte ihn leise und vorsichtig im Schloss, löschte das Licht und drückte die Tür auf.

Auf der Galerie war niemand zu sehen und es war finster. Lautlos schlüpfte ich aus dem Zimmer, schloss die Tür so still wie möglich und machte, dass ich wieder in die Küche kam. Dort griff ich mein Buch und verzog mich in mein Zimmer.

Der Wind hatte sich über Nacht gelegt, und als ich nach einer unruhigen Nacht, in der ich wegen des kleinsten Geräusches aufgeschreckt war, die Vorhänge meines Zimmers beiseite zog, sah ich, dass sich ein dichter Nebel unter einem bleigrauen Himmel ausgebreitet hatte, durch den ich die großen alten Bäume nur noch schemenhaft erkennen konnte.

Ich schaute durch das kleine Seitenfenster, das in den Hof zeigte. Ein schwarzes Auto parkte dort. Ein *Hillman Minx*. Hatten wir Besuch, so früh am Morgen?

Ich zog mich an. Verschlafen trottete ich die Treppe hinunter. Elizabeth kam mir auf der Wendeltreppe entgegen.

»Master Konrad! Die Polizei ist hier! Sie hat nach dir gefragt!!«

Ich eilte ins Bad, machte mich frisch und kämmte mich. Dann lief ich zum Esszimmer, wo bereits zwei Männer mit ernster Miene und sorgfältig gestutzten Schnurrbärten am Tisch saßen. Der Ältere trug einen dunklen Anzug mit steifem Kragen, der andere war deutlich jünger, hatte ein enorm vorstehendes Kinn und war in Bobby-Uniform. Hut und Helm hatten beide abgelegt.

Großvater Neville saß am Tisch und rührte in seiner Teetasse. »Guten Morgen, Konrad,« sagte er und deutete mit der Hand auf die beiden Besucher. »Detective Stanford und Sergeant Gurney vom *Police Departement*. Sie möchten dir ein paar Fragen stellen.«

Die beiden Polizisten erhoben sich höflich und gaben mir die Hand.

»Es war ein ereignisreicher Tag gestern«, begann Detective Stanford, der ältere von beiden, während Sergeant Gurney einen Block vor sich liegen hatte und seinen gezückten Füllfederhalter im Anschlag hielt. »Owen Bateson hat seinen Vater schwer verletzt. Wir haben ihn festgenommen. Er leistete heftigen Widerstand.«

»Mr Bateson ist nicht tot?« Ich war erleichtert, obwohl ich den alten Mr Bateson kaum kannte.

»Er ist mehr tot als lebendig, aber er lebt. Noch.«

Er kratzte seinen Schnurrbart. »Owen Bateson ist am gleichen Abend aus seiner Gefängniszelle ausgebrochen«, fuhr er fort. »Wir wissen nicht, wie ihm das gelungen ist. Aber ein Augenzeuge vermeint, ihn in der Nähe dieses Hauses gesehen zu haben. Dem möchten wir nachgehen.«

›Ihr würdet ihn kaum wiedererkennen‹, dachte ich mir im Stillen.

»Ich habe gestern Abend noch etwas an diesem Tisch hier gesessen und ein Buch gelesen«, erzählte ich stattdessen. »Es war sehr stürmisch und ich hörte einen Haufen komischer Geräusche. Einmal meinte ich, jemanden am Fenster zu sehen. Das war, als genau in diesem Moment der Mond herauskam. Aber ich bin mir nicht sicher. Es sah aus wie ein Tier und war ganz schnell wieder weg.«

Die beiden Polizisten sahen sich vielsagend an. Sergeant Gurney kratzte mit fahrig auf seinem Block herum. Die Feder bog sich förmlich und spuckte ihre Tinte in krakeligen Schriftzeichen auf das Papier.

»Du hast gestern mit Mr Bateson eine Auseinandersetzung gehabt?«, fragte Detective Stanford. »Die Buchhändlerin Mrs Rymer hat uns berichtet, dass er dich schreiend verfolgt hat - mit einem Besen bewaffnet.«

»Owen Bateson ist auch anderen gegenüber schon sehr ausfallend geworden«, ergänzte Sergeant Gurney.

»Oh ja«, erwiderte ich. »Ich wollte mir in dem Laden einen Schokoladenriegel kaufen. Er hat mich deswegen verspottet und eine Menge sehr unschöner Worte benutzt. Er war sehr wütend, schon als ich kam. Er zitterte sogar. Und er hat alles, was ich sagte, falsch verstanden.«

»Was heißt das, ›falsch verstanden‹?«

»Na, er hat alles als Kritik gedeutet, jedes Wort als Angriff gewertet. Als ich ihn fragte, ob er krank sei, ist ihm die Sicherung durchgebrannt, da hat er richtig losgelegt. Ob ich ihn für bekloppt halte oder so. Und als er dann mit dem Besen auf mich losging, bin ich abgehauen so schnell ich konnte. Ich dachte, er bringt mich um.«

»Das war sicher keine Sekunde zu früh«, äußerte mein Großvater.

»Sicher nicht«, bekräftigte der Detective.

Die Unterredung war damit so gut wie beendet. Die beiden Polizisten kündigten an, das Haus von außen nach möglichen Spuren abzusuchen, legten Jacken, steifen Hut und hohen Helm an und traten aus der Seitentür in den Garten. Genau unterhalb des Fensters von Großmutters Zimmer war ein Johannisbeerstrauch umgetreten und die nasse Erde sah aus wie durchgepflügt.

»Wenn es die hierzulande geben würde, würde ich sagen: Hier war ein Wildschwein zugange«, meinte Sergeant Gurney.

»Wildschweine klettern aber nicht an Mauern hoch, auch wenn es sie gibt«, sagte Detective Stanford und deutete auf deutliche Rückstände nasser Erde in den Mauerfugen, die sich bis zu Großmutters Zimmerfenster erkennen ließen.

»Wenn es Bateson war, ist er jedenfalls irre«, befand Gurney. »Er muss ja wie von Sinnen gewütet haben. Und er hat sich keine Mühe gegeben, unauffällig zu sein.«

»Wer auch immer es war: Was hatte er hier zu suchen?«, überlegte Stanford. Er wandte sich an Großvater. »Was ist das dort für ein Zimmer?«

»Es ist das ehemalige Zimmer meiner verstorbenen Frau«, antwortete er. »Es wird nicht benutzt. Es ist in der Regel abgeschlossen.«

»Hm.« Stanford trat ein wenig zurück und analysierte den Tatort. Einige der Weinranken, mit denen die Hausmauer bewachsen war, waren abgerissen und hingen herunter. »Es sieht so aus, als wäre er weitergeklettert. Vielleicht bis aufs Dach«, stellte er fest.

»Ist jemandem im Haus etwas Ungewöhnliches aufgefallen?«, fragte er in die Runde.

»Ich habe ein Rumpeln gehört, mir war, als riesele etwas aus dem Kamin nach unten«, sagte ich.

Gurney rieb sich sein vorstehendes Kinn. »Na, durch den Kamin wird er kaum durchkönnen. Das schafft nicht mal ein Kind.«

25. Der Besucher

Als die Polizisten mit ihrem knatternden Auto abgefahren waren, nahm mich mein Großvater beiseite.

»Hast du den beiden Ordnungshütern wirklich alles gesagt, was du weißt?«, fragte er streng, als wir wieder im Haus waren und er Kurs auf sein Arbeitszimmer nahm.

Ich war ordentlich bestürzt. Konnte man in meinem Gesicht wirklich derart deutlich lesen? Ich hatte mich als absolut beherrscht und unauffällig eingeschätzt.

»Nun ja«, druckste ich, »ich habe da einen Verdacht, aber der muss normalen Leuten sehr verdreht vorkommen …«

»Es hat mit jenem Valnir zu tun, über dem wir schon einmal sprachen, nicht wahr?«

Er schien mich zu verstehen. Ich nickte erleichtert.

»Du denkst, ich halte dich für einen Phantasten? Du enttäuschst mich ein wenig!«

Er blickte mich jetzt schelmisch an. Genau wie auf dem alten Foto in Großmutters geheimem Zimmer. Aber dann wurde er gleich wieder ernst. Er öffnete die Tür zu seinem Arbeitszimmer. Wir traten ein, und er schloss diesmal hinter uns ab. Würdevoll und beherrscht wie immer schritt er zu seinem Schreibtisch und ließ sich in seinem Arbeitssessel nieder.

»Mir scheint, wir haben es mit einer ernsten Bedrohung zu tun«, murmelte er nachdenklich. »Ob Valnir die Ursache oder das Ergebnis davon ist, müssen wir noch herausfinden.«

»Wie meinst du das?«

»Nun, wie ich schon neulich sagte: ich sehe, dass er immer dann auftaucht, wenn etwas Schlimmes passiert: ein Krieg, eine Seuche, eine Massenpanik, die Menschen dazu bringt, kopflos und feindselig zu werden. Mir ist nur noch nicht klar, ob er dies verursacht oder nur davon angezogen wird und es sich zu Nutze macht.«

»In jedem Fall wäre es sinnvoll, ihm den Garaus zu machen!«

»Wohl wahr! Doch wie?«

Ich schluckte und holte tief Luft. »Ich habe mehrfach von ihm geträumt. Und ich träumte immer genau von den Dingen, die du mir später erklärt hast: Das Leben im Kloster, der englische Schweiß, als das Haus hier Hospital war, die Kinderarbeit und die Kälte … und auch von der Enaid, jener magischer Figur, von der du mir die Abbildung gezeigt hast. In jedem Traum gelang es, Valnir in Schach zu halten.«

Er starrte mich an wie eine Erscheinung.

»Fahre fort!«, sagte er ungewöhnlich scharf.

»Valnir hasst Musik«, sprudelte es aus mir heraus. »Ich glaube, er fürchtet alles, was den Menschen Freude macht.«

»Weil er sie dann nicht mehr so gut im Griff hat!«, ergänzte Großvater. »Nur wenn Menschen Angst haben, werden sie gefügig. Und willfährige Handlanger des Bösen!«

»So ist es! Aber er ist in der Lage, bestimmte Menschen in seine Dämonen zu verwandeln.«

»Ach! Ist es das, was mit Owen Bateson geschehen ist?«

»Ich glaube ja. Und es ist mit Harry Doone geschehen! Ich habe ihn gesehen. Selbst als Tier sah er sich noch ähnlich!«

Großvater biss sich auf die Lippen. »Es ist also real!«, murmelte er. »Vermutlich gelingt es ihm am besten bei Menschen, die eine schwere Last tragen. Trauer, Hass, Enttäuschung …«

»Er gebietet auch manchen Tieren!«, warf ich ein.

Großvater hielt eine Weile inne und überlegte. »Ich glaube nicht, dass Tiere an sich böse sind«, sagte er dann. »Aber ich vermute, er wählt solche aus, die uns Menschen mit Furcht erfüllen: Ratten, Wölfe, schwarze Vögel, Fledermäuse …«

»Wildschweine!«

»Und Teufel! Gehörnte Wesen mit glühenden Augen! Die gibt es zwar nicht, aber er nutzt jede Art von Gestalt, die furchterregend ist.«

»Wenn die Menschen Angst vor Clowns hätten, würden seine Dämonen so aussehen!«, folgerte ich.

»Wahrscheinlich.«

Ich erzählte weiter. »In allen meinen Träumen hat Valnir versucht, in dieses Haus hier einzudringen.«

»Und? Ist es ihm gelungen?«

»Nein, nicht wirklich. Es gelang ihm nur, seine Dämonen einzuschleusen, aber auch sie konnten nicht viel ausrichten. Er hat immer versucht, etwas Böses entstehen zu lassen: einen Angriff, ein Leid, das Menschen verunsichert und ihnen Angst macht. Als hier noch das Kloster war, hat er die hungerleidenden Sachsen gegen die Mönche aufgehetzt. Als hier ein Hospital war, hat er den heilkundigen Apotheker als Kurpfuscher denunziert. Und als dies Haus ein Herrenhaus war, hat er kleine Jungs als Schornsteinfeger für sich arbeiten lassen – brutal und rücksichtslos.«

»Ich vermute, diese Jungs sollten für ihn etwas suchen.«

»Ja, das sollten sie!«, rief ich. »Und ich glaube, er sucht es immer noch.«

Großvater sah mich an. »Du sprichst von der magischen Figur«, schlussfolgerte er.

»Ja. Durch sie ist er verletzbar. Seine Dämonen können durch sie sogar wieder in Menschen zurückverwandelt werden.«

Großvater fuhr sich durch seinen gepflegten Bart. »Wie geht dies vonstatten?«

»Nun, man muss ihnen die Enaid auf die Stirn drücken. Dies vertreibt alles Böse und Kranke.«

»Man drückt sie einfach nur auf die Stirn?«

»Wenn es Wunden sind oder erkrankte Körperteile, drückt man sie dorthin. Immer auf die Stelle, die befallen ist.«

»Einfach so? Man drückt sie nur darauf und alles heilt? Körper wie Seele?« Er deutete nacheinander auf seine Brust und seinen Kopf.

Ich überlegte kurz. Wollte er wirklich etwas wissen oder nur herausfinden, ob ich etwas wusste?

»Ich habe bisher dreimal geträumt, wie Valnir und seine Dämonen vernichtet und vertrieben wurden. Martinus, ein Novize, tat es. Anne, die Tochter eines Apothekers. James, der Schornsteinfeger.«

»Alle etwa dreizehn Jahre alt? Also halbe Kinder, die ihm besser trotzen konnten als Krieger, Ärzte und Priester?«

»Nun, ich glaube, es hat mit der Absicht zu tun, die man hat«, murmelte ich. »Man muss einen heilenden Gedanken, eine erlösende Idee dabeihaben. Eine liebevolle Stimmung. So eine Art Gewissheit, dass alles gut wird.«

»Man muss also das verkörpern, was die Enaid darstellt: Leben und Lebenslust«, fasste Großvater zusammen.

»Ja«, sagte ich.

»Nun … das bedeutet also: Enaids Kraft entsteht erst durch den, der sie in Händen hält.«

»So ist es wohl.«

Er heftete seine Augen auf mich. »Dann sucht er nicht nur die Enaid, sondern auch dich.«

Das traf mich wie ein Donnerschlag. In diesem Augenblick wusste ich, dass Großvater recht hatte. Ich war wie Martinus, Anne und James. Aber mir war nie wirklich bewusst gewesen, wie gefährlich das war.

»Aber … warum hat er mich nicht längst angegriffen?«, stieß ich schwer atmend hervor.

»Wäre es so einfach, hätte er es längst getan.«

»Aber was könnte es ihm so schwer machen?«

»Nun … was unterscheidet dich von denen, bei denen es ihm leichtfällt?«

»Du meinst: Harry Doone? Owen Bateson? Reverend Chandler?"

Großvater hob die schwarzen Brauen. »Was ist mit dem Reverend?«

»Er war aufgebracht. Er schien mit seinem Leben zu hadern, mit allem, was er tut … er schien mir sogar an dem Sinn seines Berufes zu zweifeln.«

»Ein Priester zweifelt an dem Sinn seines Berufes! Das ist wahrhaftig eine vertrackte Situation! Und was war mit Owen?«

»Er kam sich klein und mickrig vor … weil er sich zu Höherem berufen fühlt, als im Laden seiner Eltern an der Kasse zu sitzen.«

»Siehst Du: Alle befürchten, dass mit ihnen und ihrem Leben etwas schiefläuft. Sie fühlen sich gescheitert, benachteiligt, übersehen. Und sie sind wütend darüber und machen die ganze Welt dafür verantwortlich. Du weißt, dass Harry Doone von seiner Frau verlassen worden ist?«

Ich nickte. »Ja. Walter hat es mir erzählt.«

»Nun … es war nicht das erste Mal für Harry, dass er alleine gelassen wurde.«

»Ich weiß«, beeilte ich mich zu sagen. »Sein Vater ist verschwunden. Und seine Mutter hat ihn geschlagen.« In meinem Kopf schien sich plötzlich alles zusammenzufügen. »Und er schlägt seine Tochter Gladys.«

»Dann bekommt das arme Mädchen alles zu spüren, was er an Wut und Enttäuschung angesammelt hat im Laufe seines Lebens.«

Er lehnte sich vor. »Verstehst du jetzt den Unterschied zwischen dir und denen?«

Ich muss zugeben, auch diesmal verstand ich nicht alles, was Großvater Neville mit gerade zu erklären versucht hatte.

»So etwas würde ich jedenfalls nie tun«, entgegnete ich ein wenig verwirrt.

»Genau!«

Die Düsternis des typischen Novemberwetters mochte während der nächsten Tage nicht vergehen. Zwar riss der Himmel immer wieder auf, aber dann kroch wieder der dichte Nebel durch die Landschaft, und der Himmel darüber schien bleigrau. Wir saßen dann gerne in der warmen Küche und vertieften uns in unsere Bücher. Walter erzählte uns ab und zu Gespenstergeschichten von ertrunkenen Seeleuten, deren Geister im Nebel in ihre Heimatdörfer zurückkehrten. Ich fand das spannender, als mir lieb war, und zu meiner Angst vor den Dämonen gesellten sich jetzt auch noch Walters wandelnde Leichen. Ich verfluchte dann immer meine blühende Phantasie, denn natürlich konnte ich mir sofort vorstellen, wie tote Seeleute aus vergangenen Jahrhunderten auf unser Haus zuwankten. Ich stellte sie mir zerfetzt, halb verwest, mit rostigen Enterhaken bewaffnet vor, schlurfend und stöhnend. Die naturwissenschaftlichen Bücher, die ich durchzuarbeiten hatte, wirkten dann wie ein Gegenmittel, weil da alles so nüchtern und rational war; das brachte mich von meinen Spinnereien ab. Ich hätte nie gedacht, dass ich Mathematik mal erleichternd finden könnte.

Der Nebel wurde bald abgelöst durch klatschenden Regen, oft begleitet von steifem Wind, der salzig zu schmecken schien, als blase der Sturm das Meer bis zu uns. Dann endlich zeigte sich wieder trübes gelbes Licht hinter den inzwischen kahlen Baumkronen. Nur die Misteln waren noch wie Nester in den Zweigen zu sehen und der Efeu klammerte sich an die Stämme und Äste.

Ich versuchte alsbald nochmals, in Großmutters Zimmer zu gelangen, aber die Tür war wieder verschlossen. Wer auch immer das gewesen war, er musste jetzt wissen, dass jemand sich Zutritt verschafft hatte. Großvater jedenfalls ließ sich nichts anmerken.

Dann verspürte ich den Drang, wieder zu dem Steinkreis zu gehen, in der Hoffnung, dort jemanden zu treffen. Aber ich wollte natürlich auch nicht umsonst den langen Marsch unternehmen. Ich fragte mich, ob es einen Zusammenhang geben könnte.

Ich hatte meine Begegnung mit Ceridwen in meinem Tagebuch festgehalten, ebenso das Treffen mit James. Aber ich konnte keine Logik darin finden. Ceridwen hatte ich am 26. Juli getroffen, James am 23. September. Das eine war ein Mittwoch, das andere ein Freitag gewesen.

Ob es in Großvaters Bibliothek etwas dazu gab? Ich stand auf und durchquerte die Halle. Es passte, dass Großvater gerade Besuch von einem Kollegen hatte, der sich vor einigen Tagen angekündigt hatte. Es handelte sich um einen mageren, großen Mann mit schlohweißen Haaren und dicker Brille, mit dem er zügig im »Blauen Zimmer«, dem Salon, den er für offizielle Besuche nutzte, verschwunden war. Der Professor wirkte auf mich irgendwie unsympathisch, wahrscheinlich weil er stark nach Mottenkugeln roch und noch nach einem penetranten Herrenparfüm, das ich einem Gelehrten nicht zugetraut hätte. Aber Großvater schien nichts Besonderes an ihm zu finden, bestellte bei Elizabeth eine große Kanne Tee und zog sich mit seinem Gast zurück. Ich für meinen Teil öffnete die Tür zur Bibliothek, um in Ruhe zu stöbern.

Ich hatte immer mal wieder die Buchrücken studiert, aber die meisten Titel sagten mir nichts. Fast alles hatte mit Geschichte zu tun; es gab eine große Anzahl philosophischer Werke und einen großen Bereich Naturwissenschaften, die man allein schon daran erkannte, dass es durchweg neuere Bücher waren: Physik, Chemie, Mathematik, medizinische Anatomie, Anthropologie ... und Astronomie. Ein blau eingebundenes Buch mit Sternenornament stach mir ins Auge. Ob irgendwelche Planetenbahnen eine Rolle spielten? Ich zog das schwere Buch aus dem Regal und blätterte etwas darin herum.

Ich stieß auf einen Mondkalender. Jemand hatte sich die Mühe gemacht, für das gesamte 20. Jahrhundert die Mondphasen zu berechnen, also auch für die Jahre, die noch kommen würden.

Ich suchte den Tag Ceridwens heraus. Neumond. Und der, wo ich James getroffen hatte? Donnerwetter! Auch Neumond! War das der Zusammenhang, den ich vermutet hatte?

Ich wurde ganz aufgeregt. Wann war der nächste? Mein unruhiger Finger wanderte über die Tabellen. Der 23. November. Nächste Woche! Ich hatte also mit August und Oktober zwei Neumonde verpasst. Aber den nächsten würde ich mir nicht entgehen lassen!

Plötzlich hörte ich Stimmen. Ich klappte das Buch zu und verstaute es wieder an seinem Platz. Zwei Männer unterhielten sich miteinander. Die eine Stimme war die von Großvater Neville, ganz klar. Und die andere? Großvaters Kollege? Eine vage Ahnung stieg in mir auf.

Ich huschte so schnell ich konnte zum Kamin. Er war warm wie immer, aber nicht so heiß, dass mein Vorhaben unmöglich war. Ich griff die erste Sprosse und schwang mich hinauf. Im selben Augenblick öffnete sich die Tür.

»Treten Sie näher, Professor Malthus«, hörte ich Großvaters Stimme. »Aber ich kann Ihnen nicht weiterhelfen. Wäre diese Figur hier im Haus, hätte ich sie längst gefunden. Ich habe es gründlich renovieren lassen, als ich es gekauft habe.«

»Und dennoch habe ich gute Gründe, anzunehmen, dass es hier in diesem Gebäude verblieben ist.« Nach wenigen Sekunden drang ein unangenehmer Geruch bis zu mir. Nach Verwesung, oder nach verfaulten Kartoffeln – ein widerlicher Gestank, den ich nie mehr vergessen hatte, seitdem ich als Kleinkind die Mülltonne meiner Großeltern erforscht hatte.

»Solange dies nur eine Vermutung ist und Sie nicht konkretere Anhaltspunkte benennen können, wüsste ich nicht, wie Sie sie hier finden sollten. Wollen Sie etwa mein ganzes Haus auf den Kopf stellen?«

»Nun, ich bin in der Lage, sie ein wenig über meine Sinne zu erspüren.«

Großvater schien zu stutzen. Er sagte einen Moment lang nichts.

»Wie wollen Sie das denn anstellen?«, fragte er dann. »Bei allem Respekt: das hört sich nicht sehr wissenschaftlich an.« Ich konnte Großvaters abschätzigen Gesichtsausdruck mit den typisch hochgezogenen Brauen förmlich hören.

»Sie nehmen mich nicht ganz ernst«, knurrte Professor Malthus. »Das ist einem Kollegen gegenüber nicht angemessen.«

Verdammt. Seine Stimme klang mit einem Mal wie eine alte, rostige Knarre. Er hatte Großvater hinters Licht geführt.

»Ich muss gestehen: Ich hatte Sie etwas anders eingeschätzt. Sie sind nicht der Samuel Malthus, mit dem ich bisher korrespondiert habe.«

»Was soll das heißen?«

»Nun, ohne Ihnen nahetreten zu wollen: Sie reden nicht wie ein Wissenschaftler.«

»Ich beschäftige mich seit vielen Jahren mit neolithischen Reliquien. Wie könne Sie an meiner Kompetenz zweifeln?«

»Ganz einfach. Sie *sind* nicht kompetent.«

Ich hörte eine Art Fauchen.

»Sie sind nicht Professor Malthus«, fuhr Großvaters Stimme unbeirrt fort. »Wie töricht von mir, auf dieses Theater reinzufallen.«

Ich hörte ein höhnisches Kichern.

»Wer sollte ich denn sonst sein?«

»Ich kenne Sie nicht. Aber wer sich mit einem solchen Trick Einlass verschafft, muss es wohl bitter nötig haben.«

Valnir klatschte in die Hände. »Sie haben mich durchschaut, Herr Professor Brooks!« Seine Stimme war jetzt unverfälscht die Valnirs, und sie war voller Spott.

»Ich muss Sie bitten, zu gehen.« Großvaters Stimme war nach wie vor fest.

»Aber nicht doch! Ich werde erst gehen, wenn ich gefunden habe, was mir zusteht.«

Ich hörte ein geschäftiges Umhergehen, und dann rasches, gieriges Atmen, ganz in meiner Nähe.

»Hier ist etwas … ich kann es riechen …!«

Ich kletterte so lautlos ich konnte die Sprossen hinauf. Bald war ich an der kleinen Eisentür angelangt. Ich öffnete sie vorsichtig, schlüpfte in den schmalen Durchgang, zwängte mich in den parallelen Kamin und stieg rasch abwärts. Hart landete ich auf dem Boden, und eilte an den Flügel. Ich setzte mich und starrte auf die aufgeschlagene Partitur.

Etwas gehemmt berührten meine Finger die Tasten. Ich drückte einen Akkord.

Und dann spielte ich.

Chopins Mazurka.

Ich konnte es noch. Meine Finger waren nicht ganz so geläufig wie noch im Frühling, als ich meine letzte Stunde hatte, aber ich hatte mich schnell eingefunden. Meine Finger glitten routiniert über die Tasten, und mir wurde fast wehmütig ums Herz, als ich erkannte, was für ein schönes Stück es war. Die Musik begann durch meinen ganzen Körper zu rauschen, zu vibrieren und mein ganzes Herz leicht und glücklich zu machen.

Dann verklang der Schlussakkord. Ich tat einen tiefen Atemzug, dann stürzte ich zur Tür, schloss sie auf und sauste die große Treppe hinunter. Ich stieß fast mit Walter zusammen, der gerade dabei war, schnurstracks die Bibliothek anzusteuern. Von dort aus tönten verhaltene Schreie.

Walter riss die Tür auf. Auf dem Boden kauerte Valnir, der jetzt wieder aussah wie ich ihn kannte, nur war er kalkweiß, und auf seinem Gesicht blühten lauter schwarze Flecken. Die weißen Haare des Professors waren verschwunden, die Brille lag einige Fuß entfernt auf dem Teppich. Er krampfte und hielt sich den Leib, und blassgrüner Schleim troff aus seinem Mund. Ein bestialischer Gestank quoll uns entgegen.

»Walter, dieser Herr will gehen.« Großvater Neville sprach förmlich und ohne jede Aufregung.

»Kommen Sie, Sir«, sagte Walter und packte Valnir mit seinen riesenhaften Pranken am Oberarm.

»Wagen Sie es nicht!«, krächzte Valnir.

»Warum nicht?« Walter zog ihn nach oben wie einen Sack Zement. Valnir versuchte, sich ihm zu entwinden, aber Walter bog seinen Arm nach hinten wie einen morschen Ast. Valnir stieß einen Schmerzensschrei aus.

Dann erblickte er mich.

Er stierte mich an. »Du bist es!«, entfuhr es ihm. Seine Lippe zuckte, als wolle er höhnisch grinsen, aber es blieb bei einem schmerzhaft hochgezogenen Mundwinkel. »Diesmal habe ich dich!«, quetschte er hervor.

»Bedaure Sir, aber im Moment habe ich Sie«, sagte Walter und verrenkte ihm den Arm, dass Valnir mit hohem Ton jaulte wie ein gequälter Hund. Walter packte ihn noch zusätzlich am Kragen und schleifte ihn in Richtung der Tür. Ich eilte an ihnen vorbei, öffnete die Haustür und sah voller Vergnügen, wie Walter den zappelnden Unhold die Stufen hinunterwarf. Valnir landete im Matsch, der vom Novemberregen schön weich und lehmig war und ihm die ganze Kleidung und das Gesicht bis zu den Ohren verdreckte.

Benommen versuchte er, seine verdrehten Gliedmaßen zu sortieren, rutschte noch einmal aus und klatschte noch ein weiteres Mal in den Morast.

»Das werdet ihr büßen …!«, würgte er hervor.

»*Nay*«, sagte Walter. Er schlenderte zu Valnir hin und versetzte ihm einen Tritt, dass der gut ein Yard nach vorne flog. »*Ta'ra!*[XXVI]«, schnaubte er hinterher. Er wartete noch, die Pranken in die Seiten gestemmt, bis sich Valnir mühsam aufgerappelt hatte und aus dem Torbogen gewankt war.

[XXVI] »Auf Wiedersehen« in Yorkshire-Dialekt.

26. Novembernebel

Nur drei Tage später kam Ida heulend aus der Schule, ungewöhnlich früh. Sie setzte sich allein an den großen Esstisch, und auch Elizabeths heiße Schokolade konnte ihre Tränen nicht stillen. Ich bemerkte ihre traurige Stimmung erst am späteren Vormittag, denn ich hatte zusammen mit Ronald Walter beim Holzhacken in der Scheune geholfen. Als ich die Stube betrat, stürzte sie sofort auf mich zu und vergrub ihren kleinen Kopf in meinem Pullover. Ich drückte sie bestürzt an mich und fragte dann, was passiert sei.

»Die Lehrerin! Ms Garfield!«, schluchzte sie.

»Was ist mit Ms Garfield?«

»Sie hat mich beschimpft!«

»Wie bitte? Was hat sie gesagt? Erzähl!«

Sie sah mich mit tränenüberströmtem Gesicht an.

»Sie hat gesagt, ich bin schlecht! Wir alle sind schlecht! Weil wir deutsch sind!«

»Was für ein Unsinn! Wir sind doch halbe Engländer! Mama stammt von hier!«

»Sie sagt, wir gehören nicht hierher! Wir sind schuld, dass die Leute so komisch geworden sind! Sie hat mich nach vorne geholt und die ganze Klasse musste sagen: ›Haut ab, mieses Pack!‹ Da bin ich nach Hause gelaufen. Ich will da nicht mehr hin!«

Ich biss mir auf die Unterlippe. Nicht nur, dass es mich schmerzte, was Ida angetan worden war, ich fühlte gleich eine unbändige Wut auf diese unsägliche Lehrerin. Aber natürlich dämmerte mir, wer dahintersteckte.

»Du musst nirgendwo hingehen, wo man dich schlecht behandelt«, sagte ich sanft.

»Sie hat behauptet, wir würden stinken!« Jetzt wirkte sie nicht mehr traurig, sondern nur noch empört. »Dabei stinkt sie selber!« Ida schob ihre Unterlippe trotzig vor. »Nach Mottenkugeln! Und vergammeltem Speck!« Sie stemmte die Fäuste in die Seiten. »Und alten Eiern!« Sie stampfte mit dem Fuß auf. »Und Fischgräten!«

»Genau!«, pflichtete ich ihr bei. »Sie stinkt selber und behauptet, wir wären es! Da machen viele so!«

»Das ist aber falsch!«

»Und wie falsch das ist! Aber was Leute so sagen, stimmt ja sowieso oft nicht. Auch Lehrerinnen reden Unsinn. Wenn das eine nette, kluge Frau wäre, hätte die das nie gesagt!«

»Ms Garfield ist doof!«

»Richtig! Sehr doof sogar!«

Ida wirkte gleich wieder zufriedener. Quentis kam in die Küche und wurde sofort Hauptziel von Idas Aufmerksamkeit. Er ließ sich behaglich schnurrend von ihr kraulen, so dass ich sie alleine lassen konnte.

Ich lief sofort zum Arbeitszimmer und fand dort Großvater Neville vor, der sich die ganze Geschichte mit ernster Miene anhörte. Dann stand er sichtlich erbost auf.

»Ich werde mich unverzüglich beschweren!«

»Meinst du, Ms Garfield wird zugeben, dass sie Fehler gemacht hat?«

»Das ist unerheblich. Es gibt Dinge, die gehören sich nicht. Was sie getan hat, ist unverzeihlich und ehrenrührig. Und unprofessionell. Sollte sie uneinsichtig sein, werde ich sie der Schulbehörde melden.«

»Du kannst dir denken, warum sie so ist?«, wandte ich ein.

»Auch das ist unerheblich. Sie hat ein Kind absichtlich gedemütigt und die ganze Klasse zum Verhöhnen angestiftet. Die Schuld liegt bei ihr, auch wenn dies unter Valnir Einfluss geschieht. Ms Garfield ist kein Kind mehr, das nicht weiß, was es tut.«

Er schritt stocksteif, als hätte er ein Lineal verschluckt, zur Tür. Ich hatte ihn noch nie so wütend gesehen, auch wenn er wie immer beherrscht war. Ich hörte, wie er den Telefonapparat betätigte, um sich ein Taxi zu rufen. Wenig später hatte er Hut und Mantel angelegt und griff nach seinem Regenschirm – ein altes, schwarzes Ding mit einem eindrucksvollen silbernen Knauf in Gestalt eines Raubvogels. Wenig später läutete es an der Tür und er verschwand nach draußen.

»Was isn los?«

Ronald schlenderte an mir vorbei. Er kaute schmatzend an einer Lakritzstange und wollte wohl nach draußen, um heimlich eine Zigarette zu rauchen, denn er steuerte auf die Garderobe zu, um dort nach seiner Jacke zu greifen. Großvaters energiegeladenen Abgang hatte er offenbar mitgekriegt.

Ich erzählte ihm von Idas Erlebnis. Er nahm alles mit seiner üblichen gelangweilten Miene zur Kenntnis, hörte aber unmittelbar auf zu kauen. Während sich seine Backentasche von der Lakritzmasse ausbeulte, fuhr er mit der Zunge in die Mundwinkel, popelte kurz in der Nase, um dann einen grunzenden Laut von sich zu geben.

»Großvater war ausgesprochen wütend und hat sich sofort auf den Weg gemacht, die Sache in Ordnung zu bringen«, beendete ich meinen Bericht.

»Und du meinst, er wird Erfolg haben?«, fragte Ronald, sein Kauen wieder aufnehmend.

»Ich fürchte nicht. Aber er will dann die Schulbehörde informieren.«

»Soll er machen. Ich wüsste etwas Wirkungsvolleres.«

Ich blickte ihn fragend an.

»Na, zum Beispiel eine neue Runde Golf«, feixte er und beschrieb mit dem Finger einen schwungvollen Bogen durch die Luft.

»Willst du Ms Garfield den Schädel einschlagen?«

»Ein kräftiger Schlag auf die hohle Nuss wär garantiert nicht verkehrt. Aber vielleicht hast du Recht, das wäre ja auch zu kurz. Es gibt Dinge, die sollte man ausführlich zelebrieren.« Er betrachtete gedankenverloren seine Fingernägel. »Ich denke«, fuhr er versonnen fort, »wir schmieren ihr das Gesicht erstmal sorgfältig mit Pflaumenmus ein. Und dann massieren wir ihr ein wenig Honig in die Haare. Anschließend reiben wir ihr die Achseln mit *Stinking Bishop*[XXVII]

[XXVII] Englischer Käse, der äußerst intensiv riecht

ein. Dann bekommt sie eine erfrischende Nasenspülung aus Worcestershire-Sauce. Und als krönenden Abschluss gibt's ein paar edle silberne Gabeln ins Popöchen. Die mit den extra langen Zinken. Spezialbehandlung für ausgefallene Persönlichkeiten.« Er machte dazu eine Geste, als würde er eine Cocktailkirsche aufspießen.

Ich muss zugeben, dass mir Ronalds Vorschlag kolossal gefiel. Gleichzeitig wurde ich unruhig. Ich wusste bei Ronald nie so recht, wann er etwas wirklich ernst meinte oder mich nur verarschte.

»Hört sich ulkig an. Aber was könnten wir wirklich tun?« versuchte ich mich zu vergewissern.

Er blickte jetzt ungewöhnlich verbissen und hob seinen Zeigefinger. »Diese alte Spinatwachtel wird es noch bitter bereuen, dass sie es gewagt hat, unsere kleine Schwester zu beleidigen!«, sagte er so übertrieben lässig, dass mir klar war, dass er nicht scherzte.

Er meinte es ernst. Verdammt.

»Pass auf«, warnte ich. »Das ist vielleicht genau Valnirs Taktik. Er will uns aggressiv machen.«

»Aaaaaach! Du hast doch nur Schiss!«

»Nein! Er will, dass wir auch böse werden, damit er hier ins Haus kann! Ich habe davon geträumt …«

»Seit wann ist es böse, sich zu wehren?«

»Wir wehren uns dann ja nicht nur. Das hier wäre viel zu viel! Das, was Großvater gerade macht, ist recht.«

»Na gut!«, sagte er genervt. »Dann kippe ich ihr halt wenigstens heißen Kartoffelbrei in den Unterrock. Selbstredend mit dunkler Bratensoße.«

»Du spinnst!«

Er grinste, aber anders als sonst. Ein wenig teuflisch.

»Ich werde mir etwas ausdenken«, sagte er dann. »Ich werde so etwas jedenfalls nicht einfach so hinnehmen.«

Ich wusste zunächst nichts mit mir anzufangen. Schließlich fand ich den Weg zu Großmutters Zimmer, und zu meiner Überraschung war die Tür unverschlossen. Ich setzte mich an den Flügel und blätterte in den Noten. Ich entschied mich für eine Mozart-Sonate und fing an zu spielen.

Bald war ich völlig vertieft, wie schon früher. Endlich war ich meilenweit weg von bedrohlichen Schatten, grinsenden Dämonen und Krankheiten aller Art. Vor meinem geistigen Auge tauchten wundervolle Landschaften auf, blühende Rosen, duftende Gärten, und ich versank in vergangenen Zeiten, in denen noch alles voller Glück und Leichtigkeit war.

Ich wechselte nach einer Weile zu Schubert, dem *Improptu Nr. 4*. Ein Stück, an dem ich früher einmal sehr lange geübt hatte. Ich konnte es noch und begann wieder zu träumen. Musik erzählt immer auf ihre Art Geschichten. Ich dachte plötzlich daran, wie unser Vater uns früher Märchen vorgelesen hatte. Mein Lieblingsmärchen war immer *Der Teufel mit den drei goldenen Haaren*. Ich fand es immer herrlich, wie ein unerschrockenes Glückskind alle möglichen schwierigen Aufgaben bewältigt, nebenbei mehreren Leuten Gutes tut und am Schluss auch noch die Prinzessin bekommt. Das *Märchen von einem der auszog, das Fürchten zu lernen* war auch nicht schlecht. Ich mochte gruselige Geschichten, da war ich mir mal mit Ronald einig. Ronald mochte früher am liebsten *Der Grabhügel*, das Märchen, wo ein dummer Teufel von einem listigen Soldaten verarscht wird. Typisch.

Ein Geräusch im Zimmer riss mich aus meinen Erinnerungen. Es kam aus der Nähe des Fensters. Ich fuhr zusammen. Kamen Valnirs Unholde nun auch am Tag?

Es war Großvater. Eine Tapetentür mitten in der Wand öffnete sich und er trat ins Zimmer. Das also war der geheime Zugang! Ich bekam sofort Angst, dass er mich tadeln würde.

»Spiel weiter!«, sagte er stattdessen und setzte sich in den Sessel neben dem Kamin.

Ich spielte nochmals Schuberts Stück. Großvater schloss die Augen und hörte mir still zu. Für mich war es fast wie ein Konzertauftritt und ich bekam prompt Lampenfieber. Besonders meine Beine fingen dann immer an zu vibrieren, und ich hatte jedesmal Mühe, dass sich das Zittern nicht auf die Finger ausweitete. Aber so langsam kam ich wieder in den Fluss, und ich brachte das schöne Stück sanft ausklingend zu Ende.

Großvater öffnete erst nach einer ganzen Weile die Augen.

»Sehr schön, wie du das spielst«, sagte er versonnen.

»Es tut mir leid, …«, begann ich, aber er bedeutete mir mit einer Handbewegung, damit aufzuhören.

»Deine Großmutter – meine Frau – hat dieses Stück auch oft gespielt. Ich dachte lange Zeit, dass ich es mir nie wieder würde anhören können. Aber ich bin kuriert, wie es scheint.«

Er tat einen tiefen Atemzug.

»Musik liegt wohl in der Familie. Das ist wunderbar.«

Er erhob sich aus dem Sessel.

»Als du neulich spieltest, hatte es eine verheerende Wirkung auf unseren unangenehmen Gast. Er zuckte zusammen und wand sich, als sei jede Note ein Messer in seinem Leib. Aber davon hattest du mir ja bereits erzählt. Ich hoffte, dass du ihm zu Ehren Musik machen würdest.«

»Aber wie konntest du das ahnen?«

»Nun, wer außer dir hätte ohne Schlüssel sonst in dieses Zimmer gelangen können?«

Ich fühlte mich ertappt, aber sein Schmunzeln zeigte mir, dass dies als Kompliment gemeint war.

Dann fiel mir ein, von woher Großvater gerade wiedergekommen war.

»Wie war es im Dorf? Hast du Ms Garfield gesprochen?«

Er verzog grimmig das Gesicht. »Oh ja, das habe ich«, sagte er.

»Meine Erziehung gebietet mir, keine unflätigen Worte zu gebrauchen«, fuhr er fort, »aber mir fällt ohnehin nichts ein, was diese Person adäquat beschreiben würde. Ich habe selten eine so unerfreuliche Unterhaltung geführt. Die Dame ist einfältig, sadistisch, und hat einen Hang zum Größenwahn. Sie würde zudem nie einen Fehler zugeben, obwohl ich äußerst diplomatisch gewesen bin.«

»Das heißt, sie findet es richtig, was sie Ida angetan hat?«

»Genauso ist es. Zumindest strickt sie es sich so zurecht.«

»Das ist Valnirs Einfluss.«

»So ist es wohl. Aber ich wage erneut, zu behaupten, dass es kein Zufall ist, wer sich seinen Schatten unterwirft und wer nicht.«

»Das sagtest du schon. Aber weißt du etwas über Ms Garfield? Hat sie mal etwas Schlimmes erlebt, was sie so ungerecht und garstig macht?«

»Da weiß ich nichts über sie. Aber kein Mensch, der mit sich und der Welt im Frieden ist, würde so etwas tun. Und außerdem kommt es darauf an, was man aus Enttäuschungen und Tragödien macht. Die einen machen etwas Gutes daraus und tun etwas, damit die Welt ein wenig besser wird. Die anderen nehmen sich das Böse und sorgen dann dafür, dass sich Schlimmes wiederholt.«

»Und woran liegt es, dass die Menschen so unterschiedlich mit ihren Erlebnissen umgehen?«

Er zuckte mit den Schultern. »Ich weiß es nicht«, sagte er. »Vielleicht haben die einen irgendwo ein gutes Vorbild und die anderen nicht.« Er grinste jetzt. Mein steifer, beherrschter Großvater grinste! »Zum Beispiel einen guten, netten Großvater!«

Die Tage vergingen, und ich wartete ungeduldig auf den nächsten Neumond. Das Wetter war kalt und ungemütlich, Wind und Regen wechselten sich mit Nebel ab. Vereinzelt gab es sogar Hagelschauer, und die Eiskügelchen tanzten nur so auf den Straßen der Einfahrt und trommelten gegen die Fenster. Ida schien sich ein wenig zu fürchten, aber sie drehte es für sich so, dass Quentis Angst habe und von ihr beruhigt werden müsse. Quentis machte dagegen den Eindruck, als wisse er zunächst nicht ganz, wie ihm geschieht, als er sich in der Küchenecke auf Idas Schoß wiederfand und intensiv überall gekrault wurde. Aber schon bald breitete sich der Ausdruck von Wohlbehagen auf seinem Gesicht aus, seine bernsteinfarbenen Augen wurden zu kleinen Schlitzen und er begann, gemütlich zu dösen.

Ausgerechnet am Tag des Neumondes klarte es etwas auf, und sogar der blaue Himmel ließ sich etwas blicken. Ich schnallte meine dicken Stiefel an, setzte meine Mütze auf und hüllte mich in Großvaters Lodenmantel, den er mir großzügig zur Verfügung stellte. Er legte mir auch dringend nahe, einen seiner knotigen Spazierstöcke mitzunehmen, was sich als guter Rat erweisen sollte.

Das Moor lag dunkel und öde vor mir. Die *Three Bad Sisters* wirkten jetzt wahrlich wie versteinerte Hexen. Das Wollgras war gelb geworden, und die kahlen Stängel des Pfeifengrases stocksten in zahlreichen Inseln aus dem Sumpf. Der Untergrund war besonders schlammig und schien an meinen Stiefeln regelrecht zu saugen. Es kostete einige Mühe, sie schmatzend aus dem klebrigen Morast hinauszuziehen. Die ausgelegten Holzbohlen waren bemoost und glitschig. Einmal trat ich in ein Wasserloch und ohne Großvaters dicken Stock, mit dem ich mich abstützte, wäre ich vollständig hineingeplumpst. Ein paar Moorfrösche ergriffen die Flucht vor mir und zwischen den kahlen Sträuchern waren ab und zu einige Moorhühner zu sehen, denen mein Anblick nicht das Geringste auszumachen schien.

Endlich erreichte ich den großen Findling und näherte mich dem Steinkreis. Der Hang des Ringwalls war feucht und rutschig, so dass ich auf allen vieren nach oben krabbeln musste.

Oben angekommen, keuchte ich ganz ordentlich, und ich schwitzte unter Großvaters dickem Mantel, obwohl es ziemlich kalt war. Meine Finger dagegen schmerzten fast etwas von dem kalten feuchten Gras, in das ich mich gekrallt hatte.

Ich blickte in den Steinkreis. Niemand war zu sehen. Ich drückte meine anfängliche Enttäuschung weg – das letzte Mal war ich ja auch früher dagewesen, und dann kam James. Zunächst galt es, heil den rutschigen Abhang hinunterzukommen. Ich rammte meine Stiefelabsätze hart in den durchgeweichten Boden und die ersten fünf Schritte ging es gut.

Beim sechsten Schritt glitt ich aus, landete verquer auf dem Hintern und verrenkte mir mein Bein. Ich landete längs auf dem nassen Gras, drehte mich und sauste dann kopfüber auf die Steine zu. Dann knallte ich mit dem Kopf gegen einen der steinernen Wächter und spürte erstmal nichts mehr. Ich tauchte ab ins Dunkel.

Als ich die Augen aufschlug, beugte sich jemand über mich.

Es war Anne.

Ich erkannte sie sofort, obwohl mir mein Schädel noch dröhnte. Aber etwas Wohltuendes strömte in mich hinein. Das Dröhnen verschwand, meine Augen wurden klar, und dann spürte ich eine angenehme Wärme um mich herum.

»Da bist du wieder!« Anne lächelte.

Sie sah genauso aus wie in meinem Traum.

»Du hast dir böse den Kopf gestoßen. Aber ich denke, jetzt ist es gut.« Sie nahm ihre Hand von meinem Kopf, mit der sie die ganze Zeit etwas zwar Hartes, aber Warmes gegen meine Stirn gedrückt hatte. Ich wusste, was das war.

»Du hast mich geheilt. Vielen Dank.« Meine Stimme kam mir etwas krächzend und rau vor. Hoffentlich hatte ich mich nicht erkältet. Dann tastete ich an meine Stirn. Meine Finger erfühlten eine dicke Beule.

Ich sah mich um. Kein feuchter Nebel um mich herum, keine Kälte. Es war angenehm warm.

»Die Beule geht gleich wieder weg. Aber das ist nicht mein Verdienst«, meinte Anne und verstaute die Enaid wieder in dem kleinen schwarzen Lederbeutel, der um ihren Hals hing.

»Ich weiß«, sagte ich. »Es ist die Figur der Enaid, die du bei dir trägst.«

Sie riss die Augen auf. Hübsche braune Augen. »Du weißt davon?« Sie wirkte nicht wirklich entgeistert. Wahrscheinlich hatte sie schon geahnt, dass die Begegnung mit mir keine gewöhnliche war. Schließlich hatte sie ja bereits Martinus hier getroffen. Und wer weiß wen noch.

»Ja«, antwortete ich. »Aber ich suche sie noch.«

Sie blickte mich fragend an. Eigenartig, wie vertraut sie mir war. Es war mir, als hätte ich eine lange und wichtige Zeit meines Lebens mit ihr verbracht. Dabei hatte ich doch nur von ihr geträumt.

»Mir scheint, ich kenne dich von irgendwoher«, sagte sie dann. »Aber ich weiß nicht recht, woher.«

»Ich habe von dir geträumt«, sagte ich. »Auch davon, dass du Martinus begegnet bist, hier im Kreis.«

Sie stemmte ihre schlanken Arme in die Seiten. »Das soll ich dir glauben?«

»Warum nicht? Es ist die Wahrheit.« Mir fiel auf, dass meine Argumente ziemlich dumm wirken mussten. Oder verrückt.

»Du zweifelst? Stelle mir ein drei Fragen über dich«, schlug ich vor. »Und zwar aus der Zeit, in der dein Vater und du die am Englischen Schweiß Erkrankten versorgt habt. Von dieser Zeit nämlich habe ich geträumt.«

Sie betrachtete mich, als hätte ich ihr von rosa Elefanten erzählt. Ich konnte förmlich sehen, wie sie darüber nachdachte, was sie von mir halten sollte.

»Also gut«, entschied sie. »Dann lass uns beginnen: Wo habe ich die kleine Figur gefunden?«

»In einem alten Buch über Heilkunde, geschrieben von Mönchen«, antwortete ich. »Sie war in einem Fach versteckt, das Martinus dort hineingeschnitten hatte.«

»Das stimmt«, stellte sie fest und knetete nachdenklich ihre Unterlippe. »Meine zweite Frage: Wer ist Robert Gray?«

»Er war der eitle und niederträchtige Anführer eines Militärtrupps. Du hast ihn nicht nur von der Krankheit, sondern auch in der Seele geheilt.«

»Auch das entspricht der Wahrheit«, sagte sie ungläubig. »Nun denn, hier ist meine dritte Frage.« Sie blickte ein wenig verstohlen und überlegte eine Weile. Dann deutete sie mit ihrem zierlichen Finger auf mich. »Womit – außer der magischen Figur – kann man dem Bösen Einhalt gebieten?«

»Das ist leicht: mit Musik! Er bekommt Krämpfe und schwarze Flecken davon!«

»Hm! Das stimmt!« Sie schwieg beeindruckt. »Und doch frage ich mich, woher du das wissen kannst.«

Ich versuchte, meine Gedanken einigermaßen zu ordnen. »Ich kenne ihn«, erklärte ich dann. »Erst vor wenigen Tagen hat er versucht, in unser Haus einzudringen. Valnir, unser gemeinsamer Bekannter. Ich habe ihn mit meinem Klavierspiel vertrieben.«

»Was ist ein Klavier?«

»Oh.« Mir war gar nicht bewusst, dass es Klaviere zur Zeit von Anne noch gar nicht gegeben hatte.

»Es ist ein Musikinstrument, wo Saiten mit einem Hämmerchen angeschlagen werden. Mit Hilfe von Tasten.«

»Ah, du meinst ein Virginal?«

Das wusste ich wiederum nicht. Ich zuckte mit den Schultern und nickte.

»So etwas habe ich schon einmal gesehen«, sagte Anne. »Aber es ist groß und schwer. Man kann es nicht überallhin mitnehmen. Und es ist teuer. Nur Reiche haben so etwas. Bist du reich?«

Ich schüttelte den Kopf. »Nein, sicher nicht. Aber mein Großvater hat so etwas vor vielen Jahren meiner Großmutter gekauft. Sie liebte Musik.«

Sie musterte mich wie ein Archäologe einen Dinosaurier begutachten würde. »Du sprichst etwas eigenartig«, bemerkte sie. »Wie heißt du überhaupt?«

»Konrad«, sagte ich. »Du kannst mich Conny nennen.«

»Ein seltsamer Name.«

»Ja, das habe ich schon öfter gehört.«

»Ich heiße … ah, das weißt du wahrscheinlich auch schon.«

»Ja. Du bist Anne. Anne Lee.«

»Gut«, sagte sie. »Ich glaube dir, dass du mich kennst.«

Ich merkte, dass ich ungeduldig wurde. Mir brannte es unter den Fingern, sie über ihr Wissen über Valnir und Enaid auszuquetschen. Gleichzeitig war ich schüchtern. Ich wollte sie nicht einfach so überfallen – schließlich kannte sie mich nicht so wie ich sie.

Sie sah mich an. »Jetzt weiß ich es!«, rief sie aufgeregt, »Ich habe auch von dir geträumt.«

Ich muss sehr verdutzt geschaut haben, denn sie lachte.

»Ich dachte jedenfalls, es sei nur ein Traum. Ich wusste nicht, wie wirklich das alles ist. Dass ich nicht geträumt habe, sondern wirklich etwas gesehen habe.«

»Was hast du gesehen?«

»Es war nur sehr kurz … wie ein kurzer Augenblick. Ich sah dich, und noch drei andere. Wir waren zu fünft. Wir hielten uns alle an den Händen und haben etwas gesungen.«

Zu fünft! Martinus, Anne, James, ich … und wer noch? Ceridwen?

In mir keimte ein revolutionärer Gedanke.

»Weißt du, wo ich die Enaid finden könnte?«, platze ich heraus.

Sie blickte mich hilflos an. »Nein, das weiß ich nicht. Ich habe sie auch nur mit Hilfe von Martinus gefunden.«

Ich überlegte fieberhaft. James hatte sie auch gefunden. Wodurch? Durch Valnirs Verhalten. Er hatte sie gesucht, in den Schornsteinen. Und … durch einen Hinweis von mir. Ich hatte das ehemalige Kloster mit den Schornsteinen in Verbindung gebracht. Und genau dort war sie versteckt gewesen.

Aber demnach … musste sie noch immer im Haus sein! Warum sonst sollte Valnir zu uns eingedrungen sein? Und er hatte ganz konkret nach der Enaid gefragt! Auch zu Martinus' Zeit war es so gewesen!

Aber wer konnte mir einen Hinweis geben?

Auch Anne überlegte. »Ich vermute, dass Martinus der letzte Besitzer der Enaid vor mir war«, murmelte sie. »Daher konnte er mir sagen, wo ich sie finde.«

»Das heißt …«, fuhr ich fort.

»… dass du denjenigen sprechen musst, der sie vor dir hatte. Und das bin nicht ich.«

»Aber wer ist es?«

»Ich weiß es nicht.«

Ich blickte sie an. Nett sah sie aus. Schön war sie. Sie sah klug aus, selbstbewusst, lebendig. Fast so schön wie Ceridwen. Nur anders.

»Ich dachte mir«, sagte ich, »dass mehrere von uns bereits Valnir in Schach halten konnten. Martinus hat seine Dämonen besiegen können, und auch du. Du hast Valnir selbst verjagen können. Ich habe von James geträumt, der ihn entscheidend schwächen konnte! Was wäre, wenn dein kurzer Traum wahr wäre und wir zu fünft wären?«

Sie starrte mich an.

»Wir wären wie eine Armee.« Sie sprach, als hätte sie eine heilige Vision.

»Genau!«

Sie griff sich an die Stirn und schien konzentriert zu überlegen. »Aber selbst, wenn uns das gelingt - wo können wir ihn aufspüren?«

»Ich weiß, wo er sein Lager aufgeschlagen hat«, erwiderte ich. »In Blackwell Manor.«

Ihre Augen blitzten. »Das ist der Ort, wo die Krankheit ausgebrochen ist!«, rief sie. »Alle Soldaten, die an dem Englischen Schweiß erkrankt waren, kamen von dort!«

Ich überlegte kurz. Der nächste Neumond würde in vier Wochen sein. Wer weiß, was Valnir bis dahin tun konnte.

Ein Gedanke blitzte in mir auf.

»Welche Jahreszeit haben wir gerade?«, fragte ich Anne.

»Du stellst Fragen! Wir haben Spätsommer!«

»Bei mir ist es der Beginn des Winters. November ... mit Regen, Hagel und Nebel.«

»Eine düstere Zeit«, sagte Anne. »Die Zeit der Hexen, Teufel und Dämonen.«

»Das ist wahr!«, lachte ich. »Die Dämonen streichen um unser Haus, versuchen, einzudringen, ergreifen Besitz von den Menschen. Und die werden dann zu ihresgleichen. Ich habe selbst einmal gesehen, wie ein einst anständiger Mensch zu einem Tier wurde.«

Sie nickte. »Oh ja, ich weiß genau, wovon du sprichst.« Sie blickte verstört. »Er wird wiederkommen, nicht wahr? Was können wir nur tun?«

Mein Herz klopfte jetzt vor Erregung. »Hör zu!«, brachte ich hervor, »Ich möchte, dass du jeden Tag, wenn der Neumond kommt, an diesen Ort hier zurückkehrst! Und allen, die du dort triffst, von uns erzählst!«

Sie schien mich irgendwie zu verstehen.

»Das werde ich tun!«, sagte sie.

Sie atmete schwer. »Du meinst ...« begann sie.

»Ja. Ich meine, dass wir zusammen so stark sind, dass wir ihn besiegen können. Vielleicht für immer.«

Ich kehrte in dichtem Nebel nach Hause zurück. Zeitweise hatte ich den Eindruck, völlig vom Weg abgekommen zu sein. Als ich aus dem Steinkreis herausgetreten war und den Wall überwunden hatte, sah das Moor aus, als sei es mit Nebel vollgelaufen wie eine Wanne. Die gespenstischen bleichen Schwaden waberten bis zu meinen Füßen, und manchmal war mir, als griffen die Geister der Toten nach meinen Beinen. Ich verfluchte meine blühende Phantasie, denn urplötzlich erschien mir die Anderswelt gegenwärtiger denn je.

Ich schaffte es dennoch, nicht zuletzt durch Großvaters Knotenstock, mich sicher durch das Moor zu tasten. Endlich tauchte die Silhouette der großen Eibe auf, die den Eingang zum Klosterbereich markierte, zusammen mit den Ruinen und Grabsteinen vergangener Zeit.

Ich machte mir einen beruhigenden Tee nach Elisabeths Hausrezept, aber viel schien er nicht auszurichten: In dieser Nacht hatte ich wieder einen jener besonderen Träume.

27. Ceridwen, die Fee

Es versprach ein heißer Sommertag zu werden. Die Luft war schon jetzt, an diesem frühen Morgen im Juli 1875, erfüllt von dem Duft der Blumenwiesen und die Hummeln waren schon fleißig unterwegs. Über allem hallte der dunkle Ton der Kirchenglocken, und die Einwohner von St. John-on-the-Hills strömten nach der Sonntagsmesse aus der Kirche hinaus in allen Richtungen.

Auch die Schülerinnen des Mädchenpensionats, das im ehemaligen Kloster untergebracht war, waren unter den Besuchern. Zwei ihrer Lehrerinnen, eine ältliche hagere Dame mit verkniffenem Gesicht namens Elipha Hale und eine blutjunge Frau mit Namen Maude Sparrow, begleiteten die Gruppe, zusammen mit dem Leiter, Pater Charles Drummond, der vollständig kahl war und hinter der runden Brille ein bekümmertes Gesicht machte, so als plagten ihn große Sorgen. Seine Augen wanderten unruhig über die Köpfe der Mädchen, als ob er befürchtete, sie zu verlieren.

Sein ängstlicher Blick veränderte sich in deutliches Missfallen, als er auf eine Gruppe seiner Schülerinnen blickte, die gerade in ein angeregtes und offenkundig erheiterndes Gespräch vertieft waren – mit einem ihm unbekannten Mädchen. Vermutlich war sie hier aus dem Dorf. Oder nicht?

Jetzt kicherten sie auch noch! Schluss damit!

Energisch schritt er zu dem Grüppchen hin. »Meine jungen Damen, ich muss das Gespräch leider unterbrechen!« Er stotterte fast ein wenig, wie immer, wenn er erregt war. »Was habe ich euch gesagt, heute früh erst?«

Die Mädchen blickten betreten. Harriet, ein blasses Mädchen mit pechschwarzen Haaren, hob den Kopf. »Wir sollen mit niemandem aus dem Dorf sprechen, *Father*.«

»So ist es. Und du weißt auch, warum?« Erwartungsvoll blickte er in die jungen Gesichter.

»Damit wir nichts Böses abbekommen«, antwortete Joan, eine dünne Blonde mit kecker Stupsnase.

»Und was meine ich mit ›Böses‹?« Pater Drummond versuchte, seine Stimme so milde wie möglich klingen zu lassen.

»Sündhafte Gedanken!«, sagte Asenath, deren dicke Haarmähne auch durch zahlreiche Schleifen kaum zu bändigen war.

»Das auch! Aber was ist derzeit am wichtigsten?« Kaum zu glauben, was alles an diesen jungen Gören abprallte. Hörten die nicht zu? Waren sie zu dumm? Wollten sie etwas nicht wahrhaben? Taten sie das mit Absicht?

Die Mädchen blickten schuldbewusst in eine Richtung: auf das fremde Mädchen. Es war ungefähr in ihrem Alter, also etwa dreizehn Jahre alt, und hatte wildes, dunkles, kupfern schimmerndes Haar. Mit ihrer hellen Haut wirkte sie wie Pater Drummond sich immer eine heidnische, keltische Priesterin vorgestellt hatte. Oder noch eher eine Fee. Sie sah wahrlich betörend aus. Dazu trugen auch ihre dunkelgrünen Augen bei, die ihn wachsam beobachteten. Freundliche, je fast liebevolle Augen, die aber so durchdringend blickten, dass er vermeinte, sie könne in sein tiefstes Inneres blicken.

Pater Drummond räusperte sich. »Verzeihung, junge Miss. Ich muss leider dafür sorgen, dass meine Schützlinge sicher sind. Derzeit grassiert eine ansteckende Krankheit im Dorf.«

»Aber ich bin doch nicht krank.«

Eine volle tiefe Stimme hatte das junge Ding. Sie wirkte sehr selbstsicher. Er war sich nicht sicher, ob er das gut finden sollte.

»Du hast einen eigenartigen Akzent«, stellte Pater Drummond fest. »Du bist nicht aus dieser Gegend?«

»Doch, Father. Meine Eltern stammen jedoch aus Wales.«

»Dein Name?«

»Ceridwen. Ceridwen Yates, Father.«

»Schön, Ceridwen Yates. Bitte halte dich zurück. Ich habe es so bestimmt, zum Wohle der mir Anvertrauten.«

Schuldbewusst wandte er sich ab. Er mochte es nicht, Menschen zurückzustoßen. Er, der selbst aus Schottland stammte und obendrein auch noch katholisch war, wusste, was man fühlte, wenn man in einer fremden Region war, wo Dialekt, Gewohnheiten und Traditionen doch sehr viel anders waren als das, was man aus der vertrauten Heimat kannte. Doch dann schüttelte er diese Gedanken ab; er hatte schließlich eine wichtige Aufgabe zu erfüllen. Er scheuchte seine Schülerinnen in Richtung der Landstraße, wo die Kutschen auf sie warteten.

Ceridwen spürte ein vertrautes Gefühl. Nicht dazuzugehören – das kannte sie, seit sie denken konnte. Ihr Großvater war einst aus Wales eingewandert und hatte bis zu seinem Tode in den Minen geschuftet, um Kohle und Erz zu fördern. Die Fremden waren von den Einheimischen seit jeher misstrauisch beäugt worden, obwohl bereits Großvater Yates fließend Englisch gesprochen hatte. Sie selbst hatte ihn kaum kennengelernt; er starb, als sie etwa drei Jahre alt gewesen war. Sie erinnerte sich fast nur noch an den Geruch von Ruß und an sein beständiges Husten. Aber ihr Vater erzählte oft und gerne von ihm.

Englisch zu sprechen, war eine Art Ehrensache in ihrer Familie, obwohl sie zu Hause untereinander nur walisisch sprachen. Sie selbst hatte eines Tages begonnen, genau hinzuhören, um den fremden Akzent aus ihrer Stimme zu verbannen. Aber die heutige Bemerkung des Paters hatte sie schmerzlich darauf hingewiesen, dass es ihr noch immer nicht gelungen war, den Makel des Fremden auszumerzen.

Ihre Mutter hatte die fremde Umgebung nicht ertragen. Sie stammte aus Rhyd Ddu in Snowdonia, kannte nichts außer diesem kleinen Dorf mit den geheimnisvollen Wassern des Llyn y Dywarchen, den Gipfeln des Snowdon und des Yr Aran. Die Engländer blieben ihr fremd; die Sprache um sie herum gemahnte sie immerfort daran, von allem Vertrauten entfernt zu sein.

In dem kleinen Haus in St. John-on-the-Hills wurde sie immer stiller und in sich gekehrter. Jede Nachricht von zu Hause dagegen ließ sie kurzzeitig aufblühen. Als sie einmal ein paar Tage mit der damals sechsjährigen Ceridwen in die

Heimat zu ihren Eltern und Geschwistern fuhr, war sie plötzlich heiter und lebendig, wie sie Ceridwen sonst noch nie erlebt hatte.

In der Tat war es schön in Mutters Heimat. Besonders ihre *Nain,* ihre Großmutter, wie sie auf walisisch hieß, hatte Ceridwen beeindruckt. Nain war blind. Und doch strahlten ihre Augen. Sie wirkte wie eine gute Hexe, eine Zauberin, die direkt aus einer anderen Welt zu stammen schien und vielleicht auch in eine andere Welt hineinschaute. Wer immer mit ihr sprach – jeder hatte plötzlich den Drang, etwas von seinem Innersten preiszugeben, sich ihr anzuvertrauen und sich verstanden zu wissen – als habe sie die Gabe, aus jedem das Innerste hervorzulocken, indem sie lange verriegelte Türen öffnete.

Eines Tages – an einem trüben Tag im November – packte Ceridwens Mutter ihren Koffer, um erneut in ihr Dorf zu fahren. Sie bestieg einen der Pferdewagen nach Gloucester, um von dort aus den Zug nach Chester zu nehmen. Ceridwen spürte noch ihren Kuss auf der Stirn, als sie sich im Morgengrauen auf den Weg machte.

Sie kehrte nie zurück. Briefe von ihr kamen nicht; sie konnte weder lesen, noch schreiben. Sie war seitdem verschwunden, ausgelöscht, und manchmal war es Ceridwen, als habe es sie nie gegeben.

Als Ceridwen zwölf Jahre alt war, trat eine neue Frau in ihr Leben; offiziell war Albertine Jenkins Vaters Haushälterin, die für ein paar Florin in der Woche die Wäsche und das Kochen besorgte. Sie war jung, dünn, hatte eine große Nase und ein spitzes Kinn und Beine wie ein Storch. Sie fühlte sich schon bald als neue Herrin im Haus. Vater Yates arbeitete damals bereits als Hufschmied für die feineren Herrschaften, die durch die industrielle Entwicklung reich geworden und St. John-on-the-Hills wohlhabend gemacht hatten.

Fast alle Kinder gingen zur Schule. Das war nicht selbstverständlich. Besonders die Kinder aus ärmlichen Verhältnissen verbrachten ihre Zeit traditionell damit, ihren Eltern bei der Hausarbeit oder dem Broterwerb zu helfen und waren, wenn überhaupt, auf die Sonntagsschule angewiesen. Nun lernten fast alle Kinder lesen, Schreiben, Rechnen.

Ceridwen wurde manchmal verstohlen, manchmal ganz offen von den einheimischen Kindern gemustert. Einige waren nur neugierig, andere verhöhnten sie. Ihr Name war verräterisch – kein englisches Kind hieß Ceridwen. Sie lernte allein. Aufmerksam, zuweilen geradezu verbissen. Schnell war sie eine der besten Schülerinnen.

»Du hältst dich wohl für was Besseres?«, wurde sie von ihrer Mitschülerin Bridget angeraunzt. Bridget war die Tochter des Metzgers, grobknochig, rotbackig, und geistig nicht gerade die hellste. Aber sie hatte immer den dicksten Speck auf ihrem Pausenbrot.

Ceridwen zog es vor, auf solche Bemerkungen gar nicht zu reagieren.

An diesem Tag wurde es schwierig. Eine ganze Gruppe von Mädchen hatte offenbar vor, sie zu demütigen. Sie umringten sie, als hätten sie sich miteinander abgesprochen.

»Kommt frech daher, aus dem Land, wo die Sprache klingt wie bei uns das Rülpsen!«, höhnte jemand von hinten.

»Weißt du, wo du wohnst? In dem früheren Haus des Totengräbers!«, blökte es von der Seite.

»Hahaha! Das passt! Schaut, wie bleich sie ist! Wahrscheinlich schläft sie in einem Sarg!« Alle um sie herum kicherten.

Was für lächerliche, unreife Gören! Ceridwen biss sich auf die Lippen und ertrug die Schmähungen, ohne ein Wort zu erwidern. Sie würde es ihnen allen noch zeigen.

Ein wenig sehnsuchtsvoll blickte sie seither auf die Gruppe von den Schülerinnen des Pensionats außerhalb der Stadt. Sie schienen auch nicht dazuzugehören, lebten isoliert in dem ehemaligen Herrenhaus, das noch früher ein Kloster gewesen war. Die Mädchen schienen aus besserem Hause zu sein und waren allesamt nicht von hier – genau wie sie. Und sie waren nett und neugierig. Doch auch zu ihnen durfte sie nicht hin, da sie von diesem schottischen Pater streng abgeschirmt wurden.

Seit einigen Wochen lag ein Schatten auf der Stadt. Nicht nur, dass sich eine Art Sommergrippe breitgemacht hatte – es lag eine Stimmung in der Luft wie vor einem Gewitter. Die Menschen wurden missmutig, ängstlich, ausfallend. Ceridwen hatte nicht nur unter den unberechenbaren Launen von Albertine Jenkins zu leiden … überall herrschte Düsternis, die Menschen geiferten sich an, waren ernst und ungehalten, so als wären sie bei den drei berüchtigten Collins-Schwestern in die Lehre gegangen. Die drei *Bad Sisters*, wie sie seit langem genannt wurden, lebten in einem Haus am Stadtrand und schienen jeden zu hassen, der auch nur in ihre Nähe kam. Irgendetwas Grausames musste in ihrer Familie vor langer Zeit passiert sein, so dass sie jeden Mitmenschen als feindselig ansahen. Man kannte sie nur schimpfend, Gift und Galle spuckend, mit wutverzerrten Gesichtern. Dem kleinen Bill Thompson hatte eine von ihnen einmal einen Zahn mit dem Besenstiel ausgeschlagen, nur weil er einen Apfel von ihrem Apfelbaum vom Boden aufgehoben hatte. Alle machten einen großen Bogen um ihr Haus.

Ceridwen suchte ihren Frieden weit außerhalb der Stadt, weit weg von ihren Mitschülerinnen, weit weg von Albertine Jenkins, »Bad Sisters« und schlecht gelaunten Bürgern. Sie hatte hinter den Wäldern, in der Nähe des Marschlandes, auf einer Anhöhe einen merkwürdigen Ort entdeckt. Umgeben von einer Art kreisförmigem Ringwall befand sich dort ein Kreis aus steinernen Säulen von offenbar beträchtlichem Alter.

Nain wäre begeistert gewesen.

Andächtig betrat sie den magischen Ort. Sie hatte vor ihrem geistigen Auge sofort die alten Völker gesehen, wie sie singend und tanzend dort die Sonnenwende gefeiert hatten, mit Musik aus Trommeln, Harfen und Flöten. Fortan suchte sie oft dort Zuflucht. Dann lehnte sie sich an die mächtigen Steine, genoss die Stille und spürte die Wärme. Immer, zu jeder Zeit des Jahres, schien es dort warm zu sein.

Es war ein Tag im Frühsommer, als sie wieder durch die Wälder streifte. Nach einiger Zeit gelangte sie auf die Heide, wo das Moor den Anfang nahm. Große Felder von Moosbeersträuchern bedeckten die Hochebene, und sie machte sich daran, den Korb zu füllen, wie es ihr Albertine aufgetragen hatte. Schließlich wanderte sie wieder zu ihrem Lieblingsort, überkletterte den Wall und ließ sich im Steinkreis nieder, um dort ein wenig zu träumen.

Eigenartig, wie sicher sie sich hier fühlte. An diesem Ort war nicht wichtig, was war oder auch einmal sein könnte. Sie fühlte sich eins mit den Bäumen und den Blumen, mit den Steinen, mit den Sternen, der Sonne, dem Mond. Die Vögel waren ihre Geschwister, die Hummeln ihre Verwandten, der Himmel ihr Dach, die Erde ihr Heim.

Doch was war das?

Sie hörte Schritte, die langsam über das Gras streiften. Sie öffnete ihre Augen einen Spalt, weit genug, um festzustellen, dass keine Gefahr drohte. Ein schmächtiger Junge hatte den Steinkreis betreten und beobachtete sie.

Ceridwen atmete ruhig und schloss wieder die Augen. Sie spürte seinen Blick. Der Fremde ging langsam, scheu, fast etwas furchtsam umher und warf verstohlene Blicke auf sie.

»Starrst du immer so auf andere Leute?« Ceridwen merkte durch ihre geschlossenen Augen, dass er zusammenzuckte.

»N-nein, normalerweise nicht«, stotterte er. Ein eigenartiger Akzent. Er war mit Sicherheit nicht aus dieser Gegend hier.

»Und warum tust du es hier mit mir?« Sie genoss es, ihn ein wenig zu verwirren.

»Mir fiel nichts Besseres ein.«

Sie öffnete träge ein Augenlid, um es gleich wieder zu schließen. Der Junge war höchstens vierzehn Jahre alt. Er war gut, aber etwas eigenartig gekleidet, Hosen und Jacke hatten einen Schnitt, der zeigte, dass er in der Tat von weither kommen musste.

»Wer bist du?«, fragte sie, ohne die Augen zu öffnen. »Ich habe dich noch nie hier gesehen.«

»Ich heiße Conny«, sagte er. »Konrad Adler. Ich wohne dort hinten in dem alten Herrenhaus am Kloster, bei St.-John-on-the-Hills. Neville Brooks ist mein Großvater.«

Ceridwen hatte noch nie etwas von einem Neville Brooks gehört. Aber dass er behauptete, im Mädchenpensionat zu wohnen, war doch äußerst merkwürdig.

»Du wohnst in dem alten Herrenhaus?«, fragte sie ungläubig und öffnete die

Augen. Freundlich sah er aus. Und etwas scheu.

»Ja, aber erst seit gestern«, sagte der Junge. »Ich komme aus Deutschland.«

Aus Deutschland? Was hatte ein Deutscher hier zu schaffen? Aber das erklärte diesen ungewohnten Klang in seiner Stimme. »Ah, daher der komische Akzent«, stellte Ceridwen fest. Sie deutete neben sich, um ihm einen Platz am großen, warmen Stein anzubieten, und rückte dafür zur Seite. Er näherte sich schüchtern und nahm dann artig neben ihr Platz.

»Ich bin eigentlich auch nicht von hier«, gab Ceridwen zu. Bei Conny war das offenkundig kein Problem. »Ich heiße Ceridwen. Meine Familie stammt aus Wales. Mein Großvater kam einst hierher, um in den Kohleminen zu arbeiten.«

Sie griff in den Korb an ihrer Seite, holte eine Handvoll dunkelblauer Beeren hervor und hielt sie ihm unter die Nase. »Magst du? Moosbeeren. Die wachsen hier überall und werden gerade reif.«

Er probierte die Beeren, und sie schienen ihm zu schmecken.

»Und was verschlägt einen Deutschen in diese abgelegene Gegend?«

»Meine Mutter ist aus England.« Seine Stimme klang klar, aber sehr melancholisch. »Sie ist krank, und mein Vater ist beruflich viel unterwegs. Und sie macht sich Sorgen um das, was in Deutschland gerade passiert. Daher hat sie uns zu unserem Großvater geschickt. Wir sind erst gestern angekommen.«

Conny sprach in Rätseln. Was passierte denn gerade in Deutschland? Und von wem sprach er überhaupt?

»Wer sind ›wir‹?«, fragte sie.

»Mein großer Bruder Ronald, meine kleine Schwester Ida und ich.«

»Und das Erste, was du tust, ist hierher zu kommen?«

»Ich war neugierig und wollte die Gegend erkunden. Und das Moor wirkte aufregend auf mich.«

›*Aufregend*‹? Was er wohl damit wieder meinte? Für Ceridwen war das Moor mit dem Steinkreis ein Ort der Zuflucht und des Friedens, und sie war froh, wenn es einmal nicht aufregend war.

Sie sah in den Himmel. »Ich komme oft hierher«, erzählte sie. »Hier habe ich Ruhe. Keiner stört mich. Und die Zeit ist hier wie stehengeblieben. Wahrscheinlich sah es hier vor ein paar tausend Jahren schon so aus.«

Sie blickte ihn an. Sein Gesicht wurde nachdenklich, und er blickte traurig. Klar, woran er jetzt dachte.

»Hast du gerade an deine Mutter gedacht?«

Er sah erstaunt auf. Ceridwen musste schmunzeln.

»So schwer war das nicht zu erraten«, sagte sie. Sie merkte, wie sich eine leichte Unruhe in ihr entwickelte. Auch sie dachte an eine Mutter, wenn auch nicht ihre leibliche. Albertine Jenkins würde sie wieder anherrschen, wo sie so lange geblieben war. Und ihr Vater würde sich wieder auf ihre Seite schlagen. Er hatte so eine Angst, noch einmal verlassen zu werden, dass er bereit war, sich bedingungslos unter ihren Pantoffel zu stellen. Sie sprang auf und griff nach ihrem Korb.

»Ich fürchte, ich werde meiner geliebten Stiefmutter nun die Beeren bringen müssen, damit sie ihre Törtchen backen kann.« Sie versuchte wie gewohnt, sich ihre Stimmung nicht anmerken zu lassen. Am liebsten hätte sie noch länger mit dem netten Fremden geplaudert.

»Du hast eine Stiefmutter?«, frage Conny. »Was ist mit deiner Mutter?«

Ceridwen spürte den Schmerz, den diese Frage in ihr auslöste. Schnell machte sie sich auf in Richtung des Waldrandes, dort, wo die Schwarzdornbüsche wuchsen – die Heimat der guten Geister, wie Nain gesagt hätte. Doch Conny hatte ihr etwas von sich erzählt, jetzt durfte er auch etwas von ihr wissen, entschied sie. Sie wandte sich noch einmal um.

»Sie ist weggegangen«, rief sie. »Ist schon viele Jahre her.« Ja, wahrhaftig. Viele Jahre schon. Sie winkte noch einmal und setzt ihren Weg fort.

Bis sie den Weg durch den Wald gefunden und St. John-in-the-Hills erreicht hatte, verging gut eine Stunde. Endlich bog sie in ihre Gasse ein. Vor dem Haus ihres Vaters stand ein Mann.

Er war groß und vollständig in Schwarz gekleidet. Er trug einen Gehrock mit steifem Kragen, darunter eine samtene Weste samt schwerer Uhrkette, und auf dem Kopf einen Zylinder. Auch seine Haare waren pechschwarz, was sein bleiches Gesicht noch weißer aussehen ließ. Sein mächtiges Kinn und seine gewaltige Nase bildeten einen merkwürdigen Kontrast zu seinem kleinen, dünnlippigen Mund. Seine Augen blickten eisgrau und verschlagen und die buschigen Augenbrauen darüber verliehen ihm das Aussehen eines Wolfes.

»Verzeihen Sie, Miss …«

Er nahm höflich den Zylinder ab und deutete eine Verbeugung an. Ceridwen erschauerte. Sie spürte stattdessen eine unangenehme Kälte und einen Anflug von Ekel, zumal ein eigenartiger Geruch in ihre Nase stieg. Von Fäulnis, Verwesung … und noch etwas Abstoßendem, was sie nicht benennen konnte – obwohl der Fremde gepflegt und sogar wohlhabend aussah.

»Mein Name ist Valnir. *Doktor* Valnir. Ist dies hier das Haus von James Hogarth?« Die Stimme des Fremden klang wie nasser Tang. Und dann doch wie eine rostige Knarre.

»Nein Sir«, gab Ceridwen zurück. »Hier wohnt kein James Hogarth. Ich kenne niemanden dieses Namens.«

»Oh. Das enttäuscht mich. Ich bin mir sicher, dass dies hier sein Haus ist. Ich dachte, ich könnte ihn hier finden.«

»Fragt nach in der Pfarrei. Dort sind alle Gemeindemitglieder bekannt.«

Der Fremde verzog sein Gesicht zu einem Grinsen, das mehr an den Ausdruck von Abscheu erinnerte, und entblößte dabei eine Reihe spitzer, gefährlicher Zähne.

»Oh, das ist gewiss ein guter Rat. Doch ich habe einen gewissen Widerwillen gegen … Kreuze, Weihrauch und Gebete.«

»Was stört Euch daran?« Ceridwen blickte ihm direkt in seine kalten Augen.

»Ich fliehe heilige Orte …ich kann nicht dort sein …«

Er fuhr mit der Hand vor den Mund, als habe er sich verbrannt. Hastig setzte er seinen Zylinder wieder auf und deutete mit dem Knauf seines Spazierstocks auf die Haustür.

»Ich würde mich gerne dort drinnen einmal umsehen. James Hogarth war ein Freund von mir, und ich habe ihm einst etwas geliehen, was ich seitdem nicht wiederbekommen habe.«

»Das muss schon Ewigkeiten her sein. Wenn Ihr Einlass begehrt, müsst Ihr Euch an meinen Vater wenden. Er wird gegen Abend zurück sein.«

Mit diesen Worten öffnete Ceridwen die Tür und schlüpfte ins Haus. Den Fremden ließ sie draußen stehen. Fest drückte sie den Riegel vor.

Ein schmerzhafter Griff mit spitzen, rissigen Fingernägeln, die sich in ihre Schulter bohrten, und eine schrille Stimme ließen sie zusammenfahren. »Wo hast du gesteckt?«

Es war Albertine Jenkins, und sie kochte vor Wut.

28. Das Vermächtnis

eridwen dachte oft an Conny, den traurigen Jungen aus Deutschland, und war voller Ingrimm, dass sie nur so wenig Zeit gehabt hatten, sich zu unterhalten. Aber sie konnte nicht glauben, dass er im Herrenhaus wohnte. Doch er wirkte nicht, als würde er lügen.

Es vergingen nur wenige Tage, dann nutzte sie eines nachmittags Albertines Abwesenheit, um sich davonzumachen. Sie schlug den Weg ein zur Landstraße, die zum alten Kloster führte. Die Wolken ballten sich am Himmel zusammen und es wurde ein wenig düster. Womöglich kam das erste Sommergewitter dieses Jahres. Die schwüle, schwere Luft brachte sie zum Schwitzen und der aufgewirbelte Staub einer Pferdedroschke, die auf dem Weg an ihr vorbeischepperte, zum Husten.

Vielleicht war die Droschke sogar direkt vom Pensionat gekommen, denn nur wenige Minuten später stand Ceridwen vor dem großen Herrenhaus. Sie passierte einen steinernen Bogen und stand vor der Treppe zum Haupteingang. Eine leise Scheu stieg in ihr auf, eine Regung, die sie so von sich nicht kannte. Es war, als täte sie etwas Böses, Verbotenes. Und doch wollte sie nur ganz arglos etwas erfragen.

Sie schritt die Stufen hinauf und betätigte den Türklopfer.

Sie hörte von innen ein paar eilig trippelnde Schritte, und dann knarrte die ehrwürdige große Holztür. Eine zierliche junge Frau öffnete einen Spalt, blickte argwöhnisch nach draußen und schien dann überrascht.

»Oh …! Ich dachte, es sei Doktor Valnir.«

»Guten Tag, Miss. Ich hoffe, ich enttäusche Sie nicht«, sagte Ceridwen höflich.

»Nein, nein … ganz im Gegenteil.« Sie wirkte tatsächlich erleichtert und öffnete die Tür nun vollständig.

»Mein Name ist Ceridwen Yates und ich komme aus St. Johns.«

»Ich bin Maude Sparrow. Ich arbeite hier als Referendarin. Was kann ich für dich tun?«

»Verzeihen Sie meine direkte Art. Ich wollte fragen, ob Sie einen Jungen namens Konrad Adler kennen.«

Die Augenbrauen der jungen Frau hoben sich bis zum Haaransatz. »Aber nein! Wie kommst du darauf? Das ist hier ein Mädchenpensionat! Hier gibt es nur einen einzigen Mann, und das ist der ehrenwerte Leiter dieser Anstalt, Pater Drummond.«

Ceridwen konnte ihre Enttäuschung nur schwer verbergen. »Er hat mir gesagt, dass er hier wohnt«, erklärte sie. »Ich habe mich auch gewundert«, fügte sie ratlos hinzu.

»Das war wahrscheinlich ein Missverständnis.« Ms Sparrow schickte sich an, die Unterredung zu beenden, und wollte die Tür wieder schließen.

»Warten Sie!«, rief Ceridwen. »Kennen Sie vielleicht James Hogarth?«

»Du stellst eigenartige Fragen«, bemerkte die Referendarin. »James Hogarth hat früher hier gelebt. Er war ein sehr bekannter Arzt in der Gegend. Er war der Ziehsohn von Ebenezer Hogarth, dem großen Humanisten. Ihm verdanken wir, dass alle Kinder hier in Gloucestershire zur Schule gehen dürfen.«

Ihre Stirn umwölkte sich. »Merkwürdig. Der unangenehme Mensch von gerade hat mir die gleiche Frage gestellt.«

»Jener Doktor Valnir? Mir auch«, erwiderte Ceridwen. »Er scheint ihn zu suchen. Oder besser: Etwas, was in seinem Besitz war und das er zurückhaben möchte.«

»Er ist schon mehrfach hier gewesen und hat darauf bestanden, sich umzusehen. Aber wir haben ihm stets den Zutritt verweigert. Doch irgendetwas hat ihn auch gehindert, sich Zutritt zu verschaffen – er schien unter Magenkrämpfen zu leiden.«

Ms Sparrow sah sich furchtsam um und begann zu flüstern. »Seit seinem Auftauchen haben wir hier mehrere Fälle von einem eigenartigen Fieber. Die Mädchen haben des Nachts Albträume. Pater Drummond ist außer sich! Er sieht schon überall Dämonen! Daher kann ich dich auch nicht einlassen.«

»Das verstehe ich.« Ceridwen blickte Maude Sparrow in die Augen. Freundliche braune Augen. »Was immer er sucht: Es muss entweder sehr wertvoll oder sehr mächtig sein.«

»Dieser unheimliche Mensch scheint Unheil und Verderben zu bringen. James Hogarth aber stand für Heilung und Freude. Man sagt ihm nach, dass er selbst Menschen, die sich aufgegeben hatten, den Lebensmut zurückgegeben habe.«

Maude Sparrow begann zu schluchzen. Tapfer wischte sie sich die Tränen weg.

»Verzeih, ich lasse mich gehen. Aber ich fürchte mich vor all dieser Krankheit, dieser Verzweiflung, diesem Tod! Es ist so viel Angst um mich herum. So jemanden wie James Hogarth bräuchten wir jetzt.«

»Was ist aus ihm geworden?« Ceridwen war voller gespannter Aufmerksamkeit.

»Er ist im hohen Alter nach Wells gegangen. Wir wissen nicht, was aus ihm geworden ist. Es ist lange her.«

Sie blickte ins Haus. »Ich fürchte, ich muss nach den Mädchen sehen«, sagte sie. »Es ist viel zu tun in dieser Zeit.«

Ceridwen grübelte den ganzen Tag noch darüber, was es mit ihrer Begegnung im Steinkreis auf sich haben mochte. Sie irrte sich selten in der Einschätzung von Menschen, daher war sie sich sicher, dass Conny kein Lügner sein konnte. Aber wirkte auch nicht so verwirrt, dass er sich geirrt haben könnte, sondern sehr klar.

War er vielleicht aus einer anderen Welt? Und er wusste es nicht? Für ihre Nain wäre das eine selbstverständliche Erklärung gewesen.

Albertine Jenkins hatte für solche Überlegungen keinen Sinn. Sie scheuchte Ceridwen durch das Haus und auf den Hof und drückte ihr jede Hausarbeit auf, die sie loswerden wollte. Zu guter Letzt schickte sie sie nochmals in die Stadt, um Speck und Mehl zu kaufen.

Es war viel zu spät dafür. Es würde großer Überredungskunst und auch viel Glück brauchen, um so etwas noch am späteren Nachmittag zu bekommen.

Aber solche Feinheiten waren Albertine egal. Das, was sie wollte, hatte zu funktionieren, egal wann, egal wie unpassend, ja unmöglich es war. Wahrscheinlich hätte sie sie noch um Mitternacht aufgescheucht, um Kartoffeln, Zucker oder Eier zu kaufen.

Die Sonne sank schon gen Horizont und färbte den Himmel goldrot, als Ceridwen sich wieder der Gasse mit ihrem kleinen Haus näherte. Sie hatte Bäcker und Metzger noch alles abgerungen, was sie bringen sollte, obwohl diese ihre Läden längst geschlossen hatten.

Aus dem kleinen, im Schatten gelegenen engen Hohlweg zwischen zwei windschiefen Häusern löste sich eine Gestalt.

Es war eine Frau. Sie trug eine Haube und einen geschürten Rock. Maude Sparrow.

»Verzeih, junge Miss!«, flüsterte sie.

Ceridwen schaute achtsam um sich, dann huschte sie zu der jungen Lehrerin in den Schatten.

»Ich habe heute lange an dich gedacht«, sagte Ms Sparrow. Sie kramte in ihrer zierlichen Handtasche und holte ein schmales, gebundenes Heft hervor.

»Du fragtest doch nach James Hogarth? Nun, das hier habe ich dir mitgebracht. Vielleicht hilft es dir weiter.«

Ceridwen ergriff das etwas speckige Heft und schlug es auf. In schwungvoller, eleganter Schrift stand dort geschrieben:

An die, die nach mir kommen.
Eine Hinterlassenschaft
von
Dr. James Hogarth

»Ist das ein Testament?«, fragte Ceridwen eigenartig berührt.

»Ich glaube nicht«, wisperte Ms Sparrow und deutete auf das Datum, das am Ende der Seite geschrieben stand: »*St. John-on-the-Hills, December 31st, 1861*«.

»Eigenartig«, hauchte Ceridwen, »im folgenden Jahr bin ich geboren.«

»Lies es, und finde heraus, ob du das erfährst, was du zu wissen begehrst.« Die Stimme von Ms Sparrow war so leise und brüchig, dass sie schwer zu verstehen war. Ihre Unterlippe zitterte.

»Haben Sie vielen Dank, dass Sie mir dies anvertrauen«, murmelte Ceridwen andächtig. »Ich weiß es zu schätzen und werde es wohl verwahren.«

Ms Sparrow griff sie am Handgelenk.

»Wenn etwas wahr ist an dem, wovon er schreibt: Denke an uns und die Mädchen, die uns anvertraut sind!«

Dann raffte sie ihren dunklen Rock und eilte hastig in Richtung des Flusses. Schnell war sie im Schatten der Häuser verschwunden.

Ceridwen hob ihren Rock und schob sich das wertvolle Buch in ihre Unterkleidung, bis es sicher zwischen dem Bund ihrer Pantalons[XXVIII] und ihrem Bauch klemmte. Es war sehr unbequem, aber dort war es vor Albertine Jenkins sicher. Dann marschierte sie so entspannt sie konnte zu Vaters Haus, lieferte die Waren der mürrischen, aber wenigstens einigermaßen friedfertigen Stiefmutter ab und machte sich durch die Hintertür erneut davon. Drinnen im Haus mochte sie James Hogarths Aufzeichnungen nicht hervorholen.

Sie hatte bald die Stelle am Fluss erreicht, wo sich die alte Brücke darüber wölbte. Sie stieg seitlich die Böschung hinab, wo die Weidensträucher wild wucherten und sie von Blicken gut abschirmten. Dort suchte sie sich eine Stelle unter dem Brückenbogen, wo noch die rotgoldene Abendsonne hinleuchtete.

Sie schlug das Buch auf und begann zu lesen.

»Nun, da ich ein hohes Alter erreicht habe, ist es an der Zeit, die Gabe, die mir verliehen wurde, weiterzugeben an jemanden, der ihrer würdig ist – so, wie ich hoffe, mich ihrer würdig erwiesen zu haben.

Ich habe das große Glück, viele Menschen in meinem Leben geheilt zu haben von Krankheiten aller Art: Pocken, Cholera, Masern, Influenza, aber auch Knochenbrüche, Zerrungen, Prellungen, überdies Vergiftungen und Mängel, die durch Hunger und Entbehrungen entstehen.

[XXVIII] Bauschige Unterhose mit Rüschen.

Besonders am Herzen aber lagen mir stets die Verletzungen der Seele, welche Schwermut, Verzweiflung, Ängste oder gar Irrsinn verursachen. Ich fand heraus, dass ganz normale Menschen aus ihrem eigenen Unglück heraus schlimme Dinge entstehen lassen, die oft unvernünftig, zerstörerisch und sogar gefährlich sind – als verwandelten sie sich in wilde, verwundete Tiere, die sämtliche Tugenden unserer Erziehung und alles Wissen um Vernunft vergessen haben.

Valnir, der Schatten aus der Zeit, sendet immer wieder seine Armee aus Dämonen aus, um die Menschheit zu diesen Tieren zu machen, die voller Schmerz und daher voller Hass sind und gleichzeitig ihm hündisch dienen, um seine Macht zu mehren. Nichts fürchtet er daher mehr als Glück und Fröhlichkeit, welche die Menschen immun machen gegen seine dunkle Magie.

Denn heilen die alten Schmerzen, so wird der ganze Mensch gesund. Alle Kraft, aber auch alle Liebe kehrt in ihn zurück; wie ein Werwolf, der sich dauerhaft zurückverwandelt und jeglichen Fluch hinter sich lässt und dem künftig weder Vollmond noch Dunkelheit etwas anhaben kann.

Ich sah dies personifiziert in einer magischen alten Figur, der Enaid, die mir das Schicksal zugespielt hat. Ich glaube, dass es kein Zufall war, sondern eine kluge, weise Vorsehung.

An jenem Tag war ich nicht mehr der kleine James Hewitt, als der ich geboren wurde. Ich wurde zu James Hogarth. Mit Hilfe der Enaid heilte ich meine erste Patientin: die kleine Emma Hogarth, die an den Pocken erkrankt war. Ich berührte mit der zierlichen silbernen Figur alle Stellen ihres Körpers, die befallen waren. In kürzester Zeit war sie gesund. Und der Schatten aus der Zeit verblasste.

Daher ist es nicht richtig, zu behaupten, ich sei der Heiler. Ich hatte eine wertvolle Hilfe; ohne sie wäre ich nichts. Und doch weiß ich nun, dass der Zauber der Enaid nur durch meine Hilfe sich hat entfalten können.

Daher glaube ich, dass es unredlich wäre, nähme ich das kostbare Kleinod mit mir und womöglich sogar ins Grab. Ich weiß nicht, wie lange ich noch lebe, doch glaube ich zu wissen, dass Enaid hierhin gehört, wo sie einst gefunden wurde.

Der junge Mensch, der zur Heilung befähigt ist wie ich, wird sie finden und weiterhin Gutes damit tun. Und so wird Valnir fallen, schließlich vielleicht sogar endgültig.

Meine geliebte Mutter starb, als ich ein Kind war. Ich habe sie nicht heilen können – ich war noch zu klein. Ich glaube, ein Teil meines Vaters starb mit ihr und er suchte sie fortan im Trunke. Er war nie wieder er selbst und verfiel, bis er schließlich zu ihr gegangen ist. Seitdem habe ich den Wunsch, Schmerz und Verderben zu bekämpfen.

Daher hinterlege ich die Enaid dort, wo der Sinn meines Lebens begann – an einem Ort, den Valnir fürchtet. Ein junger Mensch mit reinem Herzen wird sie dort finden und mein Werk fortsetzen.

James Hogarth.«

Hier endete der Eintrag. James Hogarth hatte nur die ersten Seiten mit seiner schwungvollen Handschrift gefüllt. Die folgenden Seiten waren leer.

Die Sonne versank hinter den bewaldeten Hügeln und ein frischer Abendwind begann, sie zu umwehen. Der Mond war über den Bäumen bereits aufgegangen, groß und blass. Es würde eine klare Vollmondnacht werden.

Asenath schrie. Ihre Augen traten aus den Höhlen vor Entsetzen. Ihr bleiches, fiebriges Gesicht war von dicken Schweißtropfen bedeckt. Ihr Körper bäumte sich auf wie von Krämpfen geschüttelt und sank dann wieder kraftlos auf ihr Bett, um dann von Schüttelfrost übermannt zu werden.

Maude Sparrow eilte durch die dunklen Flure, nur mit dem dreiflammigen Kerzenleuchter bewaffnet, und stürmte ins Krankenzimmer. Inzwischen waren es vierzehn Mädchen, die die Krankheit hatten. Alle waren apathisch und schwach, doch plötzlich wachten sie auf und schienen Ungeheuer und Teufel zu sehen. Einige von ihnen waren bereits so schwach, dass Maude Angst bekam, die Schwingen des Todes breiteten sich bereits über ihnen allen aus.

Sie trat zu Asenath ans Bett, die heftig und flach atmete. Ihr Nachthemd war nassgeschwitzt. Ihre dicke, mächtige Haarmähne war auf dem gesamten Kopfkissen verteilt. Sie zitterte am ganzen Körper.

»Was ist mit dir, Liebes?«, hauchte Maude und griff ihre zierliche Hand, die eiskalt war.

Asenath hatte ihren Kiefer, der vor Anspannung vibrierte, völlig verkrampft. Endlich löste er sich und sie begann, heftig zu atmen.

»Eine Fledermaus!«, schluchzte sie. »Eine riesige Fledermaus! Groß wie ein Raubvogel! Dort am Fenster! Sie hat mich angestarrt!«

»Beruhige dich! Du bist hier ganz sicher!« Maude schalt sich, als sie merkte, dass sie selbst furchtsam auf das Fenster starrte, in Erwartung eines teuflischen Unholdes, der bereit war, sie alle anzuspringen. Sie tupfte dem zitternden, verängstigten Mädchen die Stirn ab, nahm dann Asenath in den Arm und drückte sie an sich.

Sie machte noch die Runde. Sie flößte einigen der Mädchen Kräutertee ein, den der wackere Doktor Smythe gemahnt hatte, ihnen so oft wie möglich zu geben, damit sie nicht austrockneten. Unruhig und erschöpft schlich sie dann wieder ins Treppenhaus.

Am Fuß der Treppe traf sie auf Pater Drummond. Er kniete, in ein Gebet vertieft, vor einer Statue, die er erst vor wenigen Tagen abgeholt hatte. Richtig, er war ja katholischer Schotte. Die Katholiken verehrten die Heiligen und maßen ihnen große Schutzwirkung zu. Diese Heilige hieß Alruna und schützte angeblich vor fiebrigen Erkrankungen. Maude hoffte inständig, etwas Wahres möge daran sein.

Pater Drummond beendete nach einigen Minuten seine Andacht und wandte sich Maude zu. Die Sorgen der letzten Tage hatten sich in sein Gesicht eingegraben. Maude hatte ihn auch sonst nie so viele Zigaretten rauchen sehen wie derzeit.

»Gehen Sie zu Bett, Ms Sparrow«, sagte er gefasst. »Sie sind erschöpft. Ich werde Ms Hale bitten, den Rest der Nacht zu übernehmen. Ich habe gerade für uns und die uns Anvertrauten gebetet.«

Maude nickte. Ob sie würde schlafen können, konnte sie nicht sagen.

Ceridwen lag in ihrem Bett und grübelte. Ein Ort, den Valnir fürchtet? Was könnte er damit meinen?

Heilige Orte! Er hatte dies doch selber gesagt!

Aber warum hatte er ihr seine Schwäche verraten?

Hatte ihn etwas dazu gezwungen? Oder war es ihm unbewusst entfleucht?

So wie viele, die ihr Dinge anvertrauten? Genauso wie ihrer Nain?

Ceridwen fühlte eine Welle von Andacht in ihr aufsteigen – und gleichzeitig wurde es ihr unheimlich. Denn dies war eine Eigenschaft, die man früher den Hexen nachgesagt hatte – oder den Feen.

Wieder einmal versank sie in einen Traum, ohne zu schlafen. Sie erinnerte sich, wie sie mit Nain zwischen den Hügeln spazieren gegangen war. Nain war damals noch sehend gewesen, obgleich ihr Augenlicht bereits nachließ, und hielt sie an der Hand. Sie selbst war damals fünf Jahre alt.

Nain erzählte ihr Geschichten aus sagenhaften Zeiten, die ihr immer vorkamen, als seien sie noch gar nicht so lange her. Denn die tanzenden Menschen zu den Klängen von Harfen, Schalmeien und Trommeln, die Priester mit ihren Fackeln, Fellen, Masken und Hirschgeweihen in den geheimnisvollen Steinkreisen erschienen ihr, als wären sie nicht mehrere tausend Jahre entfernt, sondern immer noch da und könnten ihnen jederzeit und auf allen Wegen begegnen.

Nain war immer da, als wäre sie in ihr, oder Ceridwen spürte sie als eine warme, ruhige Kraft, als stünde sie hinter ihr und legte ihr ihre kleine, warme Hand in den Nacken. Und hinter Nain standen alle guten Geister aus den tiefen Seen, den verwunschenen Hügeln, den vernebelten Berggipfeln und feenhaften Bäumen des alten Landes.

Ceridwen tauchte wieder aus ihrer Erinnerung an die Oberfläche der Gegenwart und erkannte die gewohnten kahlen Wände ihres winzigen Zimmers.

»Mit Hilfe der Enaid heilte ich meine erste Patientin.«

Ob dieses Zimmer das von jenem James Hogarth gewesen war? Dem Sohn des Totengräbers, so wie die spöttischen Stimmen ihrer Mitschülerinnen ständig behaupteten? Wie der dunkle Valnir ebenfalls vermutete?

Der runde, bleiche Mond blickte durch das kleine Dachfenster direkt auf ihr Bett. Eine Fledermaus flatterte draußen vorbei und verdunkelte das silberne Licht einen Wimpernschlag lang.

Jemand schrie. Doch es kam nicht von draußen. Es war Ceridwen, als höre sie es aus der Tiefe ihrer Seele – keine Einbildung, sondern eine echte Wahrnehmung, doch nicht über ihre Ohren. Es klang wie die Stimme eines jungen Mädchens, ein Schrei voller Angst und Schrecken. Ceridwen saß kerzengerade in ihrem Bett.

Irgendjemand hatte Angst und brauchte Hilfe. Doch wie?

»Der junge Mensch, der zur Heilung befähigt ist wie ich, wird sie finden und weiterhin Gutes damit tun. Und so wird Valnir fallen, schließlich vielleicht sogar endgültig.«

Sie holte James Hogarths Heft hervor und starrte im hellen Mondlicht erneut auf seine Handschrift. Sie versuchte, das, was er aufgeschrieben hatte, zu ordnen: James' Mutter war gestorben, als er noch klein war, und er hatte sie nicht retten können. Sein Vater war seitdem dem Trunk verfallen.

»Daher hinterlege ich die Enaid dort, wo der Sinn meines Lebens begann – an einem Ort, den Valnir fürchtet.«

Welchen heiligen Ort könnte er meinen? Den Steinkreis? Das alte Kloster? Das Anwesen?

In ihrem Inneren hörte sie nochmals Valnir rostige Stimme: *»Doch ich habe einen gewissen Widerwillen gegen Kreuze, Weihrauch und Gebete.«*

Der Friedhof! Kreuze!

Lag dort etwa James' Mutter begraben? Und könnte dort jene magische Figur versteckt sein…?

Es konnte nur so sein!

Ceridwen war jetzt hellwach. Sie sprang leise aus dem Bett und kleidete sich an. Lautlos öffnete sie die Tür und schlich barfuß, um keinen Laut zu machen, die Holztreppe hinab, sorgfältig auf den äußersten Rand der Stufen tretend, um jegliches Knarren zu vermeiden.

Vorsichtig schlich sie in die Küche, öffnete dort die schwere Schublade des groben Küchenschranks und entnahm den größten Löffel, den sie dort finden konnte, ein mächtiges eisernes Ding von der Größe einer Schöpfkelle.

Dann trat sie ins Freie. Die Nachtluft war frisch und klar. Nachbar Crawfords Rosen erfüllten die Atmosphäre mit ihrem schweren Duft. Sie hatten seine ganze Hausfassade fast völlig überwuchert und blühten derart üppig, als wollten sie das Haus vollständig in sich verstecken. Es war eine ungewöhnlich warme Sommernacht und die Grillen zirpten in den Büschen, den Mauerritzen und den Wiesen. Auf Ceridwen wirkte dies fast entrückt, wie aus einer anderen Welt – die Sommer, die sie bisher kannte, waren vor allem nass und nebelig gewesen.

Im gleißenden Licht des Vollmondes machte sie sich auf den Weg. Schon bald näherte sie sich der Kirche, umgeben von der Friedhofsmauer wie von einem Festungswall. Das schmiedeeiserne Tor war wie üblich nur angelehnt. Sie betrat den Friedhof.

Überall waren Gräber. Die Grabsteine, Kreuze und Grufte ragten aus dem Boden wie steinerne Gewächse, die sich dem Himmel entgegenrecken. Und doch schienen sie alle friedlich zu schlafen.

Jemand hatte den Rasen gemäht ... es roch nach Heu und feuchter Erde. Ein frisches Grab war ausgehoben worden – neben dem Erdhügel gähnte ein rechteckiges schwarzes Loch, bereit, den nächsten Toten aufzunehmen.

Ceridwen ging durch die Reihen und studierte die Inschriften. Sie wurde etwas mutlos, denn es waren doch sehr viele Gräber – die Toten aus mehreren Jahrhunderten. Die Inschriften waren teilweise kaum mehr zu entziffern. Doch sie sagte sich, dass ein etwa hundert Jahre altes Grab doch noch einigermaßen gut erhalten sein müsse. Ausgesprochen prächtig dürfte es nicht sein, denn ein Totengräber war weder besonders reich noch besonders angesehen. Ob es ein Grab am Rande war? Dort würde sie ihre Suche beginnen.

Sie erreichte bald einige verwitterte Grabsteine an der Friedhofsmauer. Dort stutzte sie. Stirnrunzelnd las sie folgende Inschrift:

Hier liegen

GEOFFREY HEWITT
Totengräber
1759-1801

MARY JANE HEWITT
1764-1791
Seine geliebte Ehefrau

*If the songbird of joy
had not flown away so early
maybe then he would have loved
his five children more than beer.
He put many in the ground,
and finally himself.*

R.I.P.

›*Hewitt*‹? Sie kramte James Hogarths Heft hervor und überflog den Text nochmals.

»*An jenem Tag war ich nicht mehr der kleine James Hewitt, als der ich geboren wurde. Ich wurde zu James Hogarth.*«

Dann musste dies das Grab von James' Eltern sein! Alles passte zusammen! Der schmerzhafte Abschied von der toten Mutter, der Totengräber, der sich mehr für Bier als für die eigenen Kinder zu interessieren schien …

Ceridwen zückte den Kochlöffel. Wo wurde die Frau gebettet, wo der Mann? Sie wurde unsicher und sah suchend umher.

Der Mond beschien eine große Grabstätte mit gotischem Baldachin, keine 20 Yards entfernt. Die Statuen zweier Gestalten waren darauf auszumachen. Ceridwen eilte dorthin und fand tatsächlich die steinernen Abbilder eines vornehmen Mannes und seiner Frau, beide vornehm gekleidet, die Hände gefaltet. Der Mann lag rechts, die Frau links.

Entschlossen kehrte sie zum Grab der Hewitts zurück und begann am Kopfende der linken Seite zu graben.

Durch das schöne Wetter der letzten Tage war die Erde leicht feucht, aber nicht so nass und schwer, wie sie befürchtet hatte. Dunkelbraune, leicht sandige Erde des *Forrest of Dean*. Sie förderte ein paar Regenwürmer zutage, dann folgten vermoderte Holzsplitter. Schon bald hatte sie ein Loch von drei Fuß Tiefe ausgehoben. Dann stieß sie knirschend auf etwas Hartes. Sie legte den Löffel beiseite und grub mit den Händen weiter, um vorsichtig das freizulegen, auf das sie gestoßen war.

Schaudernd erkannte sie, dass ihre Hände einen Totenschädel hielten. Er war weiß, fast etwas grünlich. Doch über dem Haupt der Toten war noch etwas. Ceridwens geschickte Finger schälten ein kleines, quaderförmiges Ding aus der Erde, eingewickelt in Wachstuch und mit geteerter Schnur umwickelt.

Klopfenden Herzens löste sie die bereits reichlich angemoderte Schnur und das Wachstuch gab ein kleines metallenes Kästchen frei, dessen Deckel sich mit etwas Druck leicht öffnen ließ. Darinnen lag ein kleiner schwarzer Lederbeutel.

Ceridwen öffnete ihn und wunderte sich, dass er eigenartig warm war, so als würde lebendiges Blut hindurchfließen. Und dann hielt sie eine kleine, silberne Figur in der Hand. Eine schlanke, tanzende Frau, auf einem Bein stehend, das andere angewinkelt, die Arme leicht und grazil, aber doch voller Kraft erhoben. Auf ihrem Gesicht lag ein Lächeln – fröhlich, fast lachend, voll unbeschwerter Lebensfreude. Ihr Haar war zu einer kunstvollen Frisur geflochten, in die Blumen eingewoben waren, und ihr Gewand wogte um sie herum, als tanze sie.

Maude Sparrow lag in ihrem Bett, in einem eigenartigen Zustand zwischen Schlaf und wachsamer Ängstlichkeit. Sie schlief nicht, sie wachte nicht. Eine qualvolle Unruhe wühlte in ihr und sie fand keine Linderung.

Der Klang der Türglocke zerriss die beklemmende Stille.

Maude fuhr auf. Hatte sie geträumt?

Die Glocke tönte wiederum, gefolgt von einem Pochen an der Tür. Kein wütendes Pochen, eher ruhig, aber entschieden.

Es musste bereits weit nach Mitternacht sein. Sie sprang aus dem Bett, zupfte ihre Schlafhaube zurecht, griff nach dem Morgenrock und schlüpfte in die Pantoffeln. Mit fahrigen Händen entzündete sie mühsam ihre Nachtlampe und strebte fröstelnd dem nächtlichen Besucher entgegen.

Der Mond erleuchtete die Eingangshalle und verlieh den zahlreichen Säulen und Nischen ein spukhaftes Eigenleben. Die Gemälde und Statuen, ja selbst die Schränke und Truhen schienen sie anzublicken und ihren Weg aufmerksam zu verfolgen. Ihr Herz hämmerte schmerzhaft, als sie sich der Eingangstür näherte.

Plötzlich wurde sie ruhig. Nein, es war nicht Valnir, der sie erwartete. Sie wusste es einfach. Ohne zu erfassen, woher die plötzliche Zuversicht kommen mochte, öffnete sie die Tür.

Ceridwen stand dort. Die kleine, walisische Fee mit den grünen Augen. Sie lächelte, als sie Maudes erschöpftes, aber erleichtertes Gesicht sah.

»Guten Abend, Ms Sparrow. Ich habe das, was Heilung bringt.« Ihre Stimme war volltönend und kraftvoll. Nicht der geringste Zweifel war aus ihr herauszuhören.

Maude sagte nichts. Sie öffnete die Tür und ließ Ceridwen ein. Hatten die Gebete Pater Drummonds doch etwas bewirkt?

»Komm mit«, sagte sie.

29. Rascheln im Gemäuer

Das junge Mädchen sah bleich aus wie der Tod. Ein unangenehm süßlicher Geruch schwebte in dem Krankenzimmer, in dem sie mit dreizehn anderen untergebracht waren. Die bedrückende Stille wurde von dem kaum wahrnehmbaren Geräusch flachen, hechelnden Atmens erfüllt, kaum zu hören und gerade dadurch bedrohlich und alarmierend.

Maude hatte vor Ceridwen das Zimmer betreten und eilte sofort zu den Betten. Ceridwen folgte ihr lautlos. Im Dämmerlicht der wenigen Kerzen und dem Mondlicht von draußen schien der Raum nur aus schimmernden Bettlaken, schweißnasser Haut und fiebrig glänzenden Augen zu bestehen.

Zwei große, rotglühende Augen glotzten von außen durch das Fenster. Maude schien sie nicht zu bemerken, denn sie hatte nur Augen für ihre kranken Schützlinge. Ceridwens Blick aber wurde von dem hässlichen Tier geradezu magisch angezogen. Es hatte sich offenbar an den Fensterrahmen geklammert und regte sich nicht. Lediglich die feuchten Nüstern der kleinen, platten Nase weiteten und schlossen sich im Rhythmus der Atmung, und die spitzen, langen Ohren machten unmerkliche Bewegungen, die an die Fühler von Schnecken erinnerten. Das bleiche Fell wurde vom Nachtwind leicht gesträubt.

Ceridwen griff die schweren Vorhänge und schob sie weiter auseinander. Ein grimmiges, wütendes Gefühl breitete sich in ihr aus. Sie starrte in die leuchtenden Augäpfel, während sie nach dem kleinen schwarzen Beutel griff. Der Dämon lechzte also nach seiner Beute? Er wähnt sie bereits sicher? Wie konnte er es wagen!

Sie ergriff die kleine Figur der Enaid und hielt sie dem ekelhaften Tier direkt vor die Augen. Das Wesen zuckte zusammen. Seine Augen weiteten sich, es riss das Maul auf und entblößte lange, spitze Zähne.

Der Schrei war lautlos, und doch dröhnend. Der Kiefer des Dämons krampfte und zitterte, und Speichel troff ihm über die Kinnlade. Die Augen traten aus den Höhlen und das Fell sträubte sich. Dann stieß er sich von der Mauer ab. Ceridwen vermeinte eine Art Flattern zu hören, und kurz darauf das Knacken von Ästen und das Rascheln von Laub – so ähnlich, wie wenn die Obstdiebe im Herbst die Apfelbäume schütteln, um sich dann auf das Fallobst zu stürzen.

Die Begegnung hatte keine Minute gedauert. Ceridwen starrte noch auf die Enaid in ihrer Hand, dann erinnerte sie sich jäh an ihre Mission. Sie wandte sich um und blickte auf Maude, die Asenath den Kopf stützte und besorgt und erwartungsvoll in Ceridwens Richtung blickte.

Ceridwen lief zu dem schwer atmenden Mädchen und drückte ihr die Enaid auf die Brust. Asenath riss die Augen auf und atmete die Luft ein wie eine Ertrinkende. In wenigen Sekunden färbten sich die totenbleichen Wangen rosig und sie sank auf ihr Lager zurück. Ihr Atem ging plötzlich ruhig und entspannt.

In diesem Augenblick brach auf einmal ein Sommersturm los – jedenfalls hörte es sich so an. Die Büsche draußen rauschten und Zweige peitschten gegen die Fenster. Ceridwen hörte zuweilen eine Art Gebrüll, als würde ein Tier qualvoll verenden. Dann schien etwas an den Außenmauern zu kratzen und etwas flatterte immer wieder an den Fenstern vorbei.

Ceridwen ging ein Bett weiter, zu Harriet, einem schwer fiebernden Mädchen mit fliehendem Atem und ausgetrockneter, fast pergamentener Haut. Ihr Puls war so schwach, dass er an dem zierlichen Handgelenk kaum fühlbar war. Als sie ihr die Enaid auf die verschwitzte Stirn drückte, flog etwas Schweres, Nasses gegen die Fensterscheibe, gefolgt von einem Wutschrei. Das Glas klirrte, aber die Fensterscheibe hielt stand, obwohl sich ein Riss gebildet hatte.

Auf Harriet folgten die anderen. Es brauchte immer nur wenige Minuten, um das Fieber zu vertreiben und die geschwächten Körper mit neuer Kraft zu versorgen. Draußen grollte der Donner, und Blitze zuckten, während der Regen gegen die Fensterscheiben peitschte. Maude hatte inzwischen neue Hemden besorgt, wischte die verschwitzten Körper mit einem feuchten Tuch ab und kleidete sie um. Die ersten waren bereits wieder so erholt, dass sie dies selbst tun konnten.

Der Sommersturm hatte sich ebenso schnell wieder gelegt, wie er ausgebrochen war. Ceridwen ging nochmals durch die Reihen und kontrollierte das Ergebnis der Heilung. Nur bei Harriet drückte sie die Enaid nochmals auf die Brust, bis der Pulsschlag wieder kräftig und regelmäßig war.

Asenath hatte sich in ihrem Bett aufgerichtet und hielt ihre Knie umschlungen. Mit einem ungläubigen Lächeln beobachtete sie Ceridwen aus ihren großen, fast schwarzen Augen. Mit ihrer gewaltigen Haarmähne, die jetzt wild um ihr Gesicht wallte, sah sie selbst aus wie Morrígan[XXIX] persönlich – wie aus einer finsteren Welt, nur freundlicher und unschuldiger.

»Bist du eine Fee?«, fragte sie unverhohlen.

Ceridwen lächelte schwach. »Ich? Nein, sicher nicht.«

»Aber die große Fledermaus hat Angst vor dir.«

»Woher willst du das wissen?«

»Ich habe es gesehen – gerade eben. Sie ist vor Angst erstarrt und ist davongeflogen. Und dann hat sie vor Wut geschrien, dass du uns ihr entrissen hast.«

Ceridwen setzte sich zu ihr an den Bettrand.

»Es ist die Kraft der Seele, die euch geheilt hat«, erklärte sie. »Ich habe lediglich die Fähigkeit, sie zu nutzen. Besser als andere vielleicht.«

»Mir kannst du nichts erzählen! Das *ist* Magie! Aber eine stärkere als die, die der böse Dämon erwartet hatte!«, behauptete Asenath.

Ceridwen zuckte mit den Schultern. »Was auch immer es ist – es hat euch allen geholfen.«

Ceridwen erwachte am frühen Morgen in dem Turmzimmer, das ihr Maude hergerichtet hatte. Es war selbst für den Sommer recht kühl – die dicken alten Mauern schienen die Kühle des Winters noch immer gespeichert zu haben.

[XXIX] Keltische Geisterkönigin

Aber das dicke, warme Federbett hatte ihr einen angenehmen, tiefen Schlaf verschafft.

Sie wusch sich in der Waschschüssel mit dem Wasser, das in einem Krug bereitstand. Es war eiskalt und frisch, so dass sie mit einem Schlag hellwach war. In diesem Moment klopfte es an ihrer Zimmertür.

Es war Maude.

»Und? Wie geht es den Mädchen?« Ceridwen ahnte die Antwort, aber so recht konnte sie noch nicht glauben, dass das Wunder dieser Nacht wirklich wahr war.

»Sie sind alle wohlauf«, antwortete Maude. »Die meisten sind heute Morgen schon wieder aufgestanden und zum Frühstück erschienen. Hast auch du Hunger?«

»Oh ja!« Ceridwen strahlte – wegen der guten Nachrichten, aber auch wegen Maudes Freundlichkeit. Seit dem Weggang ihrer Mutter hatte niemand mehr Frühstück für sie bereitet. Albertine Jenkins hatte sie bereits mit zwölf Jahren zur Hausarbeit erzogen, und das frühe Aufstehen mit dem Zubereiten des Frühstücks hatte zu ihren ersten Pflichten gehört.

Rasch machte sie sich zurecht und eilte die knarrende Wendeltreppe hinunter in den Speisesaal.

Dort erwartete sie eine gedämpft, aber dennoch wild durcheinanderschnatternde Schar von Mädchen unterschiedlichen Alters. Am Kopfende eines der langen Tische saßen Pater Drummond neben der ältlichen Elipha Hale. Als Maude Sparrow mit Ceridwen den Speisesaal betrat, verstummten alle. Über dreißig Augenpaare hefteten sich auf sie.

»Die gute Fee!« Asenath stürzte auf Ceridwen zu und fiel ihr um den Hals.

Sie zerrte Ceridwen auf einen freien Platz neben sich und schob ihr eine kleine Schüssel Porridge zu. Von einer anderen Seite kam ein Teller mit Toast und Marmelade. Eine andere Hand stellte eine Tasse dampfenden Tee auf ihren Platz.

Ceridwen fühlte sich ein wenig unbehaglich. Sie war es nicht gewohnt, dass alle Aufmerksamkeit auf ihr lag. Jede Handbewegung wurde von allen achtsam verfolgt: ihr Griff nach dem Toast, wie sie Butter darauf verteilte, der Biss in das mit bitterer Orangenmarmelade beträufelte Brot, die Menge der Milch, die sie in ihren Tee goss. Ceridwen war hungrig, traute sich aber kaum, zu kauen. Sie beendete ihr Frühstück, obwohl sie noch viel mehr hätte essen können.

»Pater Drummond möchte dich sprechen«, flüsterte Maude Ceridwen ins Ohr.

Ceridwen erkannte flüchtig, dass der Stuhl mit der erhöhten Rückenlehne, der bei ihrem Eintreffen noch mit der Gestalt des kahlköpfigen Paters angefüllt gewesen war, leer war. Maude geleitete sie aus dem Speisesaal in die Eingangshalle und von dort aus in das Arbeitszimmer, wo Pater Drummond bereits an seinem Schreibtisch über einigen Manuskripten brütete. Der Großteil des Raumes war vollgestellt mit Regalen, die vor Büchern schier zu bersten schienen. Auf der einen Seite befand sich ein mächtiger, alter Kamin, der aussah, als hätte es ihn bereits im Mittelalter gegeben.

»Father, die junge Miss Yates.«

Pater Drummond zuckte sichtlich zusammen und heftete dann seinen Blick auf Ceridwen. Sein Gesicht wirkte ebenso verängstigt wie neugierig, gleichzeitig tadelnd wie beglückt. Es war kaum auszumachen, was er gleich sagen würde.

Ceridwen folgte seiner einladenden Handbewegung und setzte sich auf den Stuhl in der Nähe des Schreibtisches.

»Mir scheint, liebes Kind, dass wir alle dir zu großem Dank verpflichtet sind«, ließ er sich unter mehrfachem Räuspern vernehmen. »Solltest wirklich du diese Wunder vollbracht haben? Oder waren es meine zahlreichen Gebete zur heiligen Alruna, die erhöht worden sind? Oder womöglich beides?«

»Ich weiß es nicht, Father«, antwortete Ceridwen. »Vielleicht sollten wir einfach froh und dankbar sein, dass alle Mädchen wieder gesund sind … warum auch immer.«

»Natürlich, natürlich.« Der Geistliche kratzte sich hinter dem im Gegenlicht rot leuchtenden Ohr und nahm seine runde Brille ab, um sie ungeputzt sogleich wieder aufzusetzen.

»Du bist jenes Mädchen aus Wales, mit dem ich neulich bereits einmal sprach?«

»Das bin ich.«

»Nun …du hast natürlich Recht, wenn du sagst, dass das gute Ergebnis der Heilung das ist, was allein zählt. Ich bin dennoch begierig zu wissen, mit was für wundersamen Mitteln du dies zustande gebracht hast?«

Ceridwen senkte den Kopf. Sie war sich nicht sicher, ob Pater Drummond sie verstehen würde. Vielleicht würde er die Kraft der Enaid als Teufelszeug auffassen.

»Nun, es gibt eine große Kraft, die Kraft der Seele«, sagte sie vorsichtig. »Ich glaube, dass es mir gelungen ist, sie zum Fließen zu bringen. Ist sie stark genug, kann sie Kranke heilen, Verwirrte zu Verstand bringen und Verängstigte mit Mut erfüllen.«

»Du meinst: So wie Jesus von Nazareth einst die Kranken heilte?«

»Vielleicht hat er etwas Ähnliches getan, ja.«

»Willst du dich etwa mit Christus unserem Herrn vergleichen?« Pater Drummonds Stimme klang augenblicklich etwas spöttisch.

»Aber nein. Ich glaube aber, dass etwas von ihm in uns allen wirkt.«

Ceridwen blickte ihm in die verkniffenen Augen. »Ihr betet doch auch zur heiligen Alruna, weil Ihr glaubt, dass sie über besondere Heilkräfte verfügt. Auch sie ist nicht Jesus.«

»Du vergleichst dich mit einer Heiligen?«

»Warum nicht?«

»Weil das eine Anmaßung ist!«

Pater Drummonds Augen funkelten jetzt zornig hinter den spiegelnden Brillengläsern. Etwas raschelte irgendwo – als wären Ratten im Gemäuer oder unter den Dielen.

»Warum ist es eine Anmaßung, wenn etwas von Gott in uns allen wirkt? Wenn er uns als seine Kinder nutzt, um Gutes zu bewirken?«

»Weil nur Gott allmächtig ist! Wir Menschen sind klein und schwach und nur dank seiner Gnade verfallen wir nicht dem Bösen!«

»Aber es ist doch sehr tröstlich, dass eine gute Kraft in uns allen ist! Was stört Euch daran?«

»Weil es eine sündige, heidnische Kraft ist, die du beschworen hast!« Pater Drummonds Schläfenader war angeschwollen und pochte bedrohlich.

»Gefällt es Euch nicht, was geschehen ist?«, fragte Ceridwen befremdet.

Pater Drummond wand sich, als habe er einen Krampf.

»Oh, ich … doch! Nein!«

Er schwitzte und riss an seinem weißen Kragen.

Ceridwen ergriff unwillkürlich den kleinen schwarzen Beutel und tastete nach der magischen Figur. Sofort durchströmte sie eine wunderbare Ruhe und Zuversicht. Im gleichen Augenblick hörte sie ein hohles Jaulen, gefolgt von Würgegeräuschen, als müsse sich jemand übergeben.

Ein kleines, behaartes Etwas kroch unter dem Schreibtisch hervor, kaum größer als eine Ratte. Es sah ein wenig aus wie ein Affe, denn Arme und Beine waren größer als bei Ratten, fast menschlich. Zwei kleine, dicke Hörner ragten seitlich aus dem Schädel hervor. Ceridwen sprang auf und versetzte dem hässlichen Wesen einen Tritt. Es quiekte und fauchte und begann dann feindselig in Ceridwens Richtung zu knurren.

Ehe es sich versah, hatte Ceridwen ihm die Enaid auf den Bauch gedrückt. Es brüllte mit hoher Stimme und blähte sich auf wie ein Ballon. Dann gab es einen Knall. Eine stinkende Wolke aus grünlichem Rauch breitete sich aus. Es roch nach vermoderten Kartoffeln, Schwefel und verbranntem Fett.

Pater Drummond atmete schwer. Sein Gesicht war schweißnass. »Verzeih mir!« stammelte er. »Ich fasse es nicht, was ich gerade gesagt habe! Ich bin dir unendlich dankbar für das, was du für uns alle getan hast! Ich weiß nicht, was in mich gefahren ist!«

Er starrte auf die Stelle, wo der kleine Dämon sich in Dampf aufgelöst hatte.

»Es ist nicht Eure Schuld«, sagte Ceridwen vorsichtig. »Ihr hattet so viele Sorgen in den letzten Tagen! Ihr seid erschöpft.«

Pater Drummond schüttelte stumm den Kopf. Er wirkte noch immer verwirrt. »Nein«, murmelte er dann. »Ich bin der Leiter dieses Pensionats. Es kann nicht angehen, dass wirre und teuflische Gedanken meinen Geist beherrschen.«

»Dann lasst uns herausfinden, was Euch empfänglich dafür gemacht hat.«

Pater Drummond förderte ein Schnupftuch aus seiner Soutane zutage, lüpfte die Brille und tupfte sich die Augen darunter ab.

»Ich weiß es nicht«, seufzte er. »Meine Lebensaufgabe war es schon immer, für andere zu sorgen. Diese Krankheiten haben mich verstört. Ich habe eine Angst verspürt, von der ich geglaubt hatte, sie lange hinter mir gelassen zu haben. Meine kleine Schwester ist an einem Fieber gestorben. Wir waren zu arm, um uns einen Doktor leisten zu können. Mein Vater war Hummerfischer in Keose, Isle of Lewis. Ich habe schon als Zehnjähriger in den Baumwollspinnereien geschuftet, um Geld zu verdienen.«

Ceridwen beobachtete den Stimmungswandel sehr genau. Das unangenehme Gefühl des Abschätzigen, Unnatürlichen war völlig verschwunden. Plötzlich spürte sie ein starkes Mitgefühl. Sie konnte es sich lebhaft vorstellen, wie der kleine schottische Junge sich bis zur Erschöpfung abarbeitete, um seiner Familie zu helfen.

»Vielleicht wäre es besser, wenn Ihr auch einmal an Euch selbst denkt«, sagte sie.

»Ein Gedanke, der mir sehr fremd ist.« Eine Träne kullerte über seine bleiche Wange und tropfte auf den ehrwürdigen Schreibtisch.

»Meint Ihr nicht, dass es Euch sehr viel leichter fiele, Gutes zu tun, wenn es Euch selbst gut geht?«

»Ich kenne es nicht anders.«

»Hat Euch denn nie etwas Freude gemacht?«

»Oh doch. Ich freue mich zu sehen, wie die Äpfel und Birnen im Garten reifen. Und die Beeren. Ich liebe dieses Haus hier, denn es erzählt Geschichten aus vielen Jahrhunderten. Ich mag Musik. Damals im Priesterseminar habe ich sogar ein wenig Laute gespielt. Aber dafür hatte ich seit Jahren keine Zeit.«

»Oh! Habt Ihr Eure Laute noch?«

Pater Drummond lächelte schwach. »Ja ... sie liegt in einer Kiste auf dem Dachboden. Ich habe sie seit Jahren nicht angerührt.«

»Könntet Ihr mir das Lautespiel beibringen?«

30. Gewitterstimmung

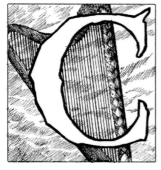eridwen verbrachte fortan immer mehr Zeit in dem Pensionat. Sie spielte mit Asenath, Harriet und Maude Poonah[xxx] und Hockey und erhielt mehrfach in der Woche eine Unterrichtsstunde im Lautenspiel bei Pater Drummond, der sichtlich erleichtert und erholt wirkte, je länger die bedrohliche Zeit der Krankheit zurücklag.

Albertine Jenkins schimpfte und fluchte. Sie schalt Ceridwen ein »faules Stück« und »gottloses Kind«. Sie drosch auf Ceridwen mit dem Kochlöffel ein, jagte sie mit dem Besen, spie Gift und Galle. Aber alles, was sie damit bewirkte, war, dass jeder Angriff auf ihre Stieftochter eine längere Abwesenheit Ceridwens zufolge hatte.

Rhodri Yates, Ceridwens Vater, vernahm Albertines Klagen und wurde schließlich am Kloster vorstellig. Maude Sparrow geleitete ihn zu Pater Drummond ins Arbeitszimmer, wo ihm ein vorzüglicher Tee mit Gebäck kredenzt wurde. Er konnte nicht umhin, diesen Ort als einen guten Platz für seine einzige Tochter zu akzeptieren, zumal ihm versichert wurde, dass er keine Kosten dafür zu tragen habe – auch wenn er nicht verstand, warum.

Ceridwen wohnte der zweiten Hälfte des Gesprächs bei und stellte fest, dass ihr stets abwesender, aber dennoch geliebter Vater von all den Schikanen von Albertine nichts mitbekommen hatte. Wenn er zu Hause war, war diese stets reizend und zuvorkommend und schien der warmherzigste und aufrichtigste Mensch der Welt zu sein. Ceridwen versuchte daher gar nicht erst, ihn von Albertines Bösartigkeit zu überzeugen. Sie war nur froh und erleichtert, dass sie ihre Zeit nun hier und nicht bei ihrer zänkischen und ungerechten Stiefmutter verbringen musste.

[xxx] Frühe Form von Badminton, auch »*Battledore & Shuttlecock*« genannt.

»Das Gewitter ist noch nicht vorbei.«

Pater Drummond starrte aus dem Fenster seines Arbeitszimmers in die Ferne, auf die alte Klosterruine und auf die schiefen Grabsteine.

Ceridwen legte die Laute beiseite.

»Wie meint Ihr das, Father?«

»Ich vermeine, dass des nachts Tiere ums Haus streichen. Aber es sind nicht die Dachse, wie ich erst dachte und hoffte. Sie sind größer. Daher befürchte ich, dass sie stärker und mächtiger sind als jenes kleine rattenhafte Wesen, von dem du mich befreit hast. Aber selbst das kleine Tier hatte bereits bemerkenswerten Einfluss.«

»Vielleicht ist es nicht die Größe des Dämons, sondern deren Hinterhältigkeit. Kleine Wesen können im Gemäuer hausen oder direkt unter Eurem Stuhl sitzen, ohne dass ihr es bemerkt.«

Pater Drummond schwieg eine Weile.

»Ich werde von hier fortgehen«, sagte er. »Aber nicht deswegen. Ich werde das alles mit euch allen durchstehen, und wenn wieder Frieden und Freude herrscht und die Dämonen gebannt sind, werde ich auf den Kontinent reisen. Vielleich noch weiter weg.«

»Warum auf den Kontinent?«

»Ich möchte die Kathedrale von Nôtre Dame in Paris sehen … und die von Chartres und Laon. Die Menhire von Carnac. Carcassonne! Ich möchte an den Grachten von Amsterdam spazieren, die Uffizien in Florenz besuchen. Ich möchte Venedig durchstreifen und all die wundervollen Eindrücke sammeln. Ich möchte in die Heilige Stadt Jerusalem und zu den Pyramiden von Gizeh.«

Er wandte sich um. »Als junger Priester weilte ich einmal in Rom. Erst jetzt erinnere ich mich daran, wie inspirierend und belebend ich diesen Aufenthalt empfand. Du hast mir die Augen dazu wieder geöffnet!«

»Dann habt Ihr sicher ein erfülltes Leben vor Euch!«

Pater Drummond strahlte. »Allein der Gedanke erfüllt mich mit einer Lebendigkeit, wie ich sie nie gekannt habe!«

»Damit werden wir die Dämonen endgültig vertreiben!«, rief Ceridwen.

Es waren seit der Begegnung mit dem geheimnisvollen fremden Jungen im Steinkreis etwa vier Wochen vergangen. Ceridwen nutzte den schwülen Sommertag, um das Moor zu erkunden. Ob es vom Pensionat aus auch einen Weg dorthin gab?

Hinter dem Haupthaus gab es eine Art Park, von dem aber nur ein kleines Stück aus gemähtem Rasen bestand – da, wo die Mädchen ihre Spiele spielten. Ansonsten erhoben sich dort die Ruinen der Klosterkirche: ein verfallener Hauptturm, in dem die Tauben nisteten, die Reste des Kreuzganges und zahlreiche Grabsteine und Grabplatten, die völlig verwittert waren. Dort spross das Gras bis zu den Knien, der Efeu hatte viele der alten Mauern völlig überwuchert, und überall wuchsen Sträucher und Büsche in allen Höhen. Ein sommerlicher Duft durchströmte die Landschaft.

Ceridwen durchstreifte die altehrwürdige Anlage und versuchte sich vorzustellen, wie die Mönche vergangener Zeiten hier gelebt haben mochten. Ausgerechnet der Turm, in dem ihr Schlafgemach war, dürfte exakt genauso ausgesehen haben, denn er war unverkennbar uralt und schien in all den Zeiten unversehrt geblieben zu sein. Die verbliebenen Grundmauern im hohen Gras erzählten von vielen kleineren Gebäuden – vielleicht Ställen, Schweinekoben, Getreidelager, Brauerei …

Sie kam an eine Böschung, hinter der sich das Moor ausbreitete, vom Wald gesäumt, voll blühenden Wollgrases und größeren Flecken von Heidekraut. Eine große mächtige Eibe markierte eine Art Übergang zu abschüssigem Gelände. Die Ebene begann erst wieder bei einer Gruppe von drei hohen, verwitterten Steinen, die vermutlich schon für die alten Kelten alt gewesen waren.

Ceridwen machte sich auf den Weg. Die Luft im Moor war wärmer und schwerer und der Geruch war anders als im Klosterbereich, aber auch anregender, mysteriöser – wie die Heimat von Elfen und Geistern. Nach einem längeren Marsch tauchte ein riesiger Findling auf; dahinter erkannte sie den bereits vertrauten Hügel, hinter dem sich der Steinkreis befand.

Dort angekommen, erklomm sie den Wall. Zu ihren Füßen lag der Steinkreis. Und wieder war dort jemand.

Pochenden Herzens stieg sie hinunter. Fast etwas schüchtern spähte sie zwischen zweien der Steine hindurch.

Nein, es war nicht Conny. Es war ein anderer, mit einer dunklen Kutte bekleidet. Ein junger Mönch, offenbar ähnlich alt wie der junge Deutsche. Genauso alt wie sie selbst. Er saß dort an einen der Steine gelehnt und zupfte an einer Harfe. Als Ceridwen in den Kreis trat, hielt er sofort inne und rappelte sich hoch, als fühle er sich ertappt.

Sie studierten beide den Anblick des anderen. Sie beide wirkten, als hätten sie jemand anderen erwartet.

»Sei gegrüßt«, sagte der Mönch schließlich. »Ich freue mich, dich zu sehen. Ich bin Martinus.«

»Sei gegrüßt«, antwortete Ceridwen. »Ich heiße Ceridwen.«

Sie deutete auf die Harfe. »Es hörte sich schön an, was du da gespielt hast.«

Er lächelte etwas verschämt. »Es ist eine keltische Volksweise. Ich versuche, es mir selber beizubringen. Leider bin ich noch nicht sehr gut darin.«

»Es war gut genug, um mitsingen zu wollen.«

Sie ließen sich nebeneinander bei den Steinen nieder.

»Du sahst gerade aus, als tätest du etwas Verbotenes«, meinte Ceridwen keck.

»Ist es auch«, antwortete Martinus. »Wir Mönche singen sonst nur, und das nur im Einklang, schwebend, ohne Rhythmus. Das, was ich hier mache, gilt als sündig.«

»Sündig? Schöne Musik? Warum denn das?«

»Weil es zu ... *lebendig* macht. Wir sollen uns ganz dem Dienst an Gott hingeben.«

»Das hört sich nicht gut an. Lebendigkeit ist doch etwas Großartiges!«

»Das sehe ich ja auch so. Gottlob hat mein ehrwürdiger Meister, Pater Adelmus, mich dazu erzogen, selber zu denken und nicht einfach alles mitzumachen, was als eherne Regel vorgegeben scheint.«

Er nahm die Harfe und spiele ein paar klangvolle Akkorde.

»Ich habe herausgefunden, dass Musik sehr, sehr mächtig sein kann. Selbst die Choräle der Mönche machen das Herz weit und den Geist klar. Musik verscheucht die Schatten, die in den dunklen Winkeln unserer Seele lauern.«

Ceridwen starrte ihn an. Was wusste er? Sprach er von all dem, was sie seit langem beschäftigte?

Martinus kramte etwas aus seiner Kutte hervor.

»Ich denke, unser Treffen hier ist nicht gänzlich zufällig. Und du bist nicht die Erste, die ich hier traf. Ich glaube inzwischen, dass die, die sich hier treffen, etwas verbindet. Ein ähnliches Empfinden. Eine geistige Verbundenheit …«

»Oder ein gemeinsames Ziel!«, vollendete Ceridwen.

Martinus hielt ihr ein Stück gegerbtes, dünnes Leder entgegen. Es wirkte uralt, wie aus der Zeit der Wikinger oder gar der Römer.

Ceridwen rollte es aus und betrachtete die Zeichnung darauf. Enaid war darauf abgebildet. Sie tanzte und winkelte das eine Bein ab wie die kleine Figur und streckte die Arme aus. Ihre Haare waren zu einer kunstvollen Frisur geflochten und ihr Gewand umwogte sie im Schwung ihrer Bewegung.

Sie war umgeben von sechs Figuren; Musikern, zu deren Musik sie offenbar tanzte, drei auf jeder Seite. Über der Gruppe stoben in wilder, konfuser Flucht dunkle, dämonische Gestalten auseinander. Sie erinnerten an Teufel, Ratten, Wölfe, Schweine, Fledermäuse, Raben, Kröten oder Kombinationen aus allem. Einige schienen sich aufzulösen, andere wanden sich in Qualen.

»Pater Adelmus vermutet, dass es sich um eine alte Zeichnung handelt, die eine wichtige Weisheit enthält: Die Vertreibung des Bösen durch Schönheit und Lebensfreude. Dadurch, dass wir nicht mehr von Ängsten gelenkt werden, können wir zudem unseren Verstand bewahren und sind gefeit vor kopflosem oder dummem Tun. Der Tanz symbolisiert das Leben, welches das Verderben verjagt.«

Ceridwen deutete auf eine weibliche Figur mit langen Haaren, die Laute spielte. »Die dort könnte ich sein«, meinte sie. »Ich bekomme seit kurzem Unterricht im Lautenspiel.«

Martinus zeigte auf eine andere, einen Mönch mit Harfe. »Und dort bin ich«, sagte er.

»Du glaubst wirklich, das dort könnten *wir* sein? Und wer sind die anderen?« Sie dachte sofort an Conny und suchte nach der Figur, die ihn darstellen könnte.

»Vielleicht sind es die, die wir hier bereits getroffen haben. Und noch treffen werden. Ich habe hier vor einiger Zeit Anne kennengelernt. Aber ich habe nicht gefragt, ob sie Musik macht; ich hatte dieses Dokument noch nicht.«

»Ich habe außer dir noch jemanden kennengelernt. Er heißt Conny. Aber danach habe ich ihn ebenfalls nicht gefragt.«

»Dann wären wir vier.«

Ceridwen dachte an James Hewitt. »Ich weiß, wer der fünfte ist«, sagte sie.

Ceridwen verbarg die wertvolle Zeichnung, die Martinus ihr mitgegeben hatte, ehrfürchtig unter ihrem Gewand. In die Turmstube zurückgekehrt, untersuchte sie sorgfältig die knarrenden Dielen. Genau wie vermutet waren einige von ihnen recht locker, und genau die vor ihrem Bett konnte man anheben. Sie wickelte die zusammengerollte Zeichnung in Wachspapier, das sie aus der Küche entwendet hatte, drückte das kleine Bündel in die Mulde und schob die Diele darüber.

Die Nacht kam. Ceridwen war wach und lauschte aufmerksam. Immer wieder spähte sie aus dem kleinen Fenster ihres Turmzimmers, wenn sie ein ungewöhnliches Geräusch hörte. Doch es dauerte bis Mitternacht, als das verdächtige Rascheln begann.

Es war zu dunkel, um zwischen den Sträuchern etwas zu erkennen. Und dennoch war das Knacken von Ästen und ein Kratzen an den Mauern deutlich zu hören. War da ein hechelndes Atmen? Ein Knurren? Ein Schmatzen?

Ceridwen warf sich ihren Umhang über und schlich die Wendeltreppe hinunter. Es war stockdunkel, und sie tastete sich mit ihrer Hand an der Wand entlang. Ihre andere Hand umschloss den warmen schwarzen Lederbeutel, der um ihren Hals hing.

Schließlich trafen ihre Füße auf den vertrauten, kalten Steinboden. Sie war also im Erdgeschoss angelangt. Sie tastete sich vor, ging an den Waschräumen vorbei und betrat die große Eingangshalle. Hier schien ein wenig Mondlicht durch die Fenster. Entschlossen schritt sie durch den Raum, unter den Blicken der Bilder, Statuen und Gemälden hindurch, huschte an der großen Treppe vorbei. Sie tat einen kurzen Blick auf die Holzstatue der heiligen Alruna, die im

Schatten der Treppe stand. Unschuldig wirkte sie, und in der Tat irgendwie tröstlich – nur das Gute wollend, ohne jede böse Ansicht. Ceridwen winkte ihr zu wie einer guten Freundin.

Dann betrat sie den Speisesaal und gelangte in die Küche, wo sich die Seitentür nach draußen befand. Geräuschlos drehte sie den Schlüssel, öffnete die Tür und trat ins Freie.

Die schmale Mondsichel erhellte die Nacht nur spärlich, aber ihre Augen hatten sich im finsteren Haus bereits an die Dunkelheit gewöhnt. Es war still. Nur ein leichter Wind bewegte die dichtbelaubten Zweige der alten Bäume.

Zwei rote, leuchtende Augäpfel starrten sie an. Aus dem dichten Laub einer Eiche glotzten sie von oben auf sie herab. Ceridwen konnte in der Schwärze der Nacht nur ihr geisterhaftes Leuchten erkennen. Ein einziges, kurzes Mal blinzelten die Augen und folgten dann wieder jeder von Ceridwens Bewegungen.

Ceridwen öffnete geräuschlos den kleinen Beutel und nahm die Enaid mit zwei ihrer schlanken Finger heraus. Dann streckte sie den Arm aus und hielt die Figur dem lauernden Wesen direkt entgegen.

Die Augen schlossen sich augenblicklich zu schmalen Schlitzen, ein gequetschtes Stöhnen war zu hören, als versuche jemand vergeblich, Luft einzusaugen. Dann rauschte es in den Zweigen, etwas klatschte in rasender Abfolge gegen die dicken Äste und dann plumpste ein massiger Körper mitten in den Rhododendronstrauch nur drei Yards von Ceridwen entfernt.

Sie hielt die Enaid vor sich wie eine Laterne. Das Wesen schälte sich benommen und schwer atmend aus den Zweigen, sich die haarigen Pranken schützend vor das Gesicht haltend. Dann gelang es dem fetten, behörnten Scheusal mit dem bleichen, dicken Bauch, sich auf den Rasen zu wälzen. Angstvoll wimmernd torkelte es Richtung des Kreuzganges, von Ceridwen weg. Sie sprang ihm hinterher und zuckte zusammen, als seitlich in einem Holunderbusch ein weiteres, aber kleineres Tier aufheulte, dessen Fell in Ceridwens Nähe zu dampfen begann und ihm offenbar grauenhafte Schmerzen bereitete.

Ceridwen versuchte, ruhig zu atmen. Offenbar hatten die Wesen Angst vor ihr. Sie begann, die Enaid in alle Richtungen zu schwenken, beschrieb einen

Kreis nach dem anderen um sich, mal nach oben, mal nach unten; sie tat Schritte mal nach links, mal nach rechts. Aus allen Richtungen tönten jetzt unheilvolle Geräusche – Brüllen, Stöhnen, Würgen, Wimmern und Jaulen. Überall lösten sich kleine und große Gestalten aus dem Schatten des Hauses und flohen in Richtung der Ruinen. Einige von ihnen waren wie betäubt, denn sie wankten teilweise und stießen sogar miteinander zusammen, stürzten panisch über ihre eigenen Beine oder knallten gegen die Grabsteine.

Als Ceridwen den verfallenen Kirchturm erreichte, löste sich ein riesenhaftes Tier aus dem Dunkel. Ceridwen erkannte es zunächst nur durch ein Grunzen und Schnauben. Dann trat es vor. Es war groß, ungeheuer groß. Größer als ein Bär – ein gigantisches, behaartes Ding mit einem dicken, nackten Bauch. Trotz seines Fells erinnerte es mehr an eine riesenhafte Kröte. Das Entsetzlichste aber waren die drei massigen Köpfe, die aus Schultern herauswuchsen, breit wie von einem Ochsen. Die Arme waren dick wie Baumstämme. Die zottigen Haare wirkten verfilzt und sonderten einen ekelerregenden, süßlichen Geruch ab – wie von verwesenden Tieren. Zwischendurch ertönte ein eigenartiges Gurgeln und Rülpsen, als würge es etwas hinunter.

Ceridwens Herz schien einmal auszusetzen. Zitternd hielt sie dem riesenhaften Monstrum die Figur entgegen. Der Dämon regte sich nicht. Sie hörte nur sein Schnaufen, sah, wie Schleim aus seinen Mäulern und den platten Nasen troff.

Sie trat noch einen Schritt vor. Der Dämon begann am ganzen Körper zu zittern. Dann verdrehten sich die Köpfe in schmerzhaften Ausdruck, die fetten Arme verkrampften in einer unnatürlichen Haltung, der Bauch vibrierte. Das Wesen wand sich in alle Richtungen. Dann platzte ihm überall die Haut auf. Eine Art Gelee entwich klumpenweise aus den Wunden, und der ganze Körper schrumpelte pfeifend zusammen – als entweiche einem Ballon die Luft.

Die formlose Masse verdampfte in einer stinkenden Wolke und hinterließ drei magere, nackte Frauen, die sich zitternd auf dem Boden zusammenkauerten. Ceridwen trat vorsichtig zu ihnen und drückte jeder einmal die Enaid auf die Stirn, bis alle ruhig atmeten und ihr Zittern aufhörte. Ceridwen breitet ihren Umhang über sie und sah sich um.

Im Mondlicht an der Böschung, dort wo das Moor begann, stand ein Mann. Er trug einen weiten Mantel, der im Nachtwind wehte, und einen Zylinder auf dem Kopf. In der Hand hielt er einen Spazierstock, dessen silberner Knauf leicht aufblinkte.

Ceridwen marschierte entschlossen auf ihn zu. Als sie näherkam, erkannte sie ihn als den, dem sie schon einmal begegnet war. Das mächtige Kinn, die schwarzen langen Haare, der kleine, dünnlippige Mund, die buschigen Augenbrauen über den glimmenden Augen – Valnir.

Etwa drei Yards vor ihm stoppte sie und blickte ihn an. Er sah schlecht aus. Seine fahle Haut war voller dunkler Flecken, und war bedeckt von einem schwärzlichen Geflecht aus dunklen, hervortretenden Adern.

»Du kommst dir wohl sehr mächtig und gut vor, bei all dem, was du mir angetan hast«, röchelte er mit einer Stimme, die klang wie eine sterbende Krähe. »Aber du kannst mich nicht vernichten. Niemand kann das.«

Er entblößte sein Wolfsgebiss zu einem Grinsen. Die Zähne waren gelb, fehlten zum Teil und das Zahnfleisch war dunkelgrau verfärbt.

»Ich komme immer wieder. Du magst meine Dämonen vertrieben und mir einiges von meiner Beute abgenommen haben, aber ich werde zurückkehren. Und dann werde ich erneut schlemmen, wie ich es schon immer getan habe.«

Ceridwen atmete schwer. »Du hast verloren«, stieß sie hervor.

Valnir ließ ein Lachen hören, das kollerte wie ein Truthahn. »Was soll's?«, gluckste er. »Und wenn schon! Ich habe schon unzählige Male verloren, und doch hat es mir letztendlich nie wirklich geschadet. Ja, alle paar Jahrhunderte gibt es jemanden wie dich, der mir Einhalt gebietet und die Kraft jener vermaledeiten Enaid beschwört. Aber die meisten Menschen sind schwach und verführbar und suchen ihr Heil lieber in Rache, Gier und Triumph. Sie glauben die lächerlichsten Dinge, wenn man ihnen Wunder verspricht. Dies wird immer stärker sein als all die Heilung, Lebenslust und Freude, die du verkörperst!«

»Es ist dir bislang nicht gelungen, sie zu besiegen!«

»Hahaha! Das wird aber kommen. Ich werde diese elende Figur schließlich finden und vernichten. Und dann werde ich ungehindert die Welt mit Krieg, Pestilenz und Verderben überziehen … es wird ein Fest werden!«

Eine dunkle Flüssigkeit troff aus seinen Augen und aus seinen Nasenlöchern. Dann verzog er schmerzvoll das Gesicht.

»Du siehst schlecht aus«, stellte Ceridwen fest. Sie zückte die magische Figur und schritt auf Valnir zu.

Valnir schenkte ihr ein höhnisches Lächeln. Dann sank er kraftlos in sich zusammen und fiel rücklings die Böschung hinunter.

Das stiere Lächeln hing noch immer in der Landschaft, als ein großer Schwarm Fledermäuse sich hinter der Böschung erhob und aufs Moor hinaus flatterte.

Ich erwachte in einem zerwühlten Bett. Ein grauer, aber heller Winterhimmel schaute durch das kleine Turmfenster. Meine Gedanken und Gefühle veranstalteten einen wilden Tanz. Ich hatte nun Gewissheit, dass Ceridwen aus einer anderen Zeit stammte. In meine Traurigkeit mischte sich aber ein Gefühl von Nähe zu ihr. Sie hatte das gleiche Zimmer gehabt wie ich, dieses Zimmer hier, in dem ich seit einigen Monaten schlief!

Ich blickte auf den Dielenboden direkt vor mir. Sollte etwa …?

Ich tastete die Rillen ab und zerrte an jedem Brett. Dann nutzte ich den Griff des Teelöffels, der noch von gestern neben meiner Tasse auf dem Nachttisch lag, um das Holz zu lösen.

Knarrend ließ sich die Holzdiele anheben. Ich konnte es kaum glauben. Mein Herz raste bis zum Zerspringen, als ich in die Mulde darunter griff und ein kleines, weiches, von Wachspapier umhülltes Bündel zutage förderte.

31. Tumult

ie Zeichnung scheint echt zu sein«, stellte Großvater Neville fest. »Sie stammt vermutlich aus dem 11. Jahrhundert, aus normannisch-angelsächsischer Zeit.«

Er strich sich über seinen weißen Bart. »Was mich verunsichert, ist, wie gut sie erhalten ist. Es gibt praktisch keine Zeichnungen aus dieser Zeit, die so gut konserviert sind. Stilistisch ist sie den Stickereien auf dem Teppich von Bayeux verwandt.«

»Was ist der Teppich von Bayeux?«

»Oh.« Er erinnerte sich jetzt, dass er keinen Kollegen vor sich hatte. »Das ist eine ungewöhnlich gut erhaltene Stoffbahn, ursprünglich über 70 Yards lang. Sie ist mit Wollfäden bestickt, die eine unglaublich detaillierte Zeichnung von Leben und Krieg im Mittelalter zeigt. Sogar der Halley'sche Komet ist abgebildet. Das ist ein Komet, der immer wieder am Himmel erscheint, weil er von der Erde angezogen wird. Er ist zuletzt im Jahre 1910 sichtbar gewesen.«

Er beugte sich wieder über die die Zeichnung. »Ich frage mich, welche Farben verwendet wurden, die der Zeit so getrotzt haben. Vom Zustand her sieht das Artefakt aus, als sei es kaum hundert Jahre alt. Vielleicht ist es doch eine gute Fälschung. Oder eine neuere Kopie.«

Er deutete auf die Figuren. »Was auch sehr eigenartig ist: Es handelt sich ja um keine historische Szene, wie etwa die Eroberung einer Stadt durch einen berühmten König, sondern um eine mythologische Beschwörungsszene. Da ist eine Gruppe von Spielleuten einschließlich einer Tänzerin, die Dämonen vertreiben, ja geradezu vernichten, wie man an den abgetrennten Gliedmaßen hier und da sehen kann. Solche Abbildungen galten vielen damals als unchristlich und konnten nur heimlich ausgetauscht werden. Vermutlich hat sie jemand gut versteckt.«

Er konnte seine Augen kaum abwenden. »Was bemerkenswert ist: Die tanzende Frau in der Mitte. Sie sieht fast genauso aus wie die Votivfigur der Enaid, die wir uns vor einiger Zeit angesehen haben.«

»Und die schwarze Figur darüber sieht aus wie Valnir«, sagte ich.

»Er sieht ihm in der Tat sehr ähnlich aus. Er scheint Höllenqualen zu leiden.«

»Aber dann zeigt diese Zeichnung doch eine Art siegreichen Kampf gegen das Böse«, überlegte ich. »Vielleicht hat sie die Zeit deswegen unbeschadet überstanden.«

»Nun ja ... aber der ›Kampf‹, wie du es nennst, ist sehr ungewöhnlich. Schau dir die ›Waffen‹ an: Die Figur da spielt Fiedel und trägt eine Art Bürste am Gürtel. Die Frau daneben hat eine kleine Trommel und einen Zweig in der Hand. Der Mönch hält eine Harfe und unter seinem Arm klemmt eine Art Wurst. Die Frau dort spielt Laute und trägt ein leuchtendes Herz auf der Brust, der Mann dort spielt eine Art Gambe und der dort trägt neben einem Buch einen komischen Kasten, vielleicht eine tragbare Orgel oder ein Harmonium ...«

»Erinnerst du dich nicht, wie qualvoll es für Valnir war, als ich Klavier gespielt habe?«

»Oh doch! Aber diese alte Zeichnung zeigt mir, dass dies schon in früheren Zeiten bekannt gewesen sein muss.«

»Aber das kann doch sein! Warum sollten die Menschen nicht bereits in früheren Zeiten gemerkt haben, dass es ihnen schlecht geht, wenn sie sich fürchten, besonders, wenn dies unnötig ist oder ihnen eingeredet wird? Und dass es ihnen besser geht, wenn sie fröhlich sind und ihre gute Lebenskraft spüren? Und es eine gute Idee ist, das ganz absichtlich zu tun?«

»Das kann sein, natürlich. Aber die anderen Symbole? Das Buch steht für Wissen, das ist offenkundig. Wissen schützt vor irrationalem Kram. Aber die Wurst?«

»Vielleicht für das Sattsein«, schlug ich vor, obwohl ich die Bedeutung kannte. »Wenn Menschen hungern, sind sie mit Angst erfüllt, wenn sie gut versorgt sind, nicht.«

»Und dieser Zweig dort?«

»Er steht vielleicht für ein Heilkraut. Vielleicht ist die Frau eine Heilerin. Oder Apothekerin. Wenn Menschen krank sind, werden sie ebenfalls panisch.«

Großvater sah mich aus den Augenwinkeln an.

»Du kennst dich in der menschlichen Natur bemerkenswert gut aus für dein Alter«, bemerkte er.

»Das Herz steht dann vermutlich für Liebe und Verständnis«, überlegte er weiter. »Und dieser Besen?«

»Für Arbeit. Für Können. Für Zähigkeit. Die Fähigkeit, sich nicht unterkriegen zu lassen.«

Großvater nickte. »Oh ja. Eine wichtige Fähigkeit, fürwahr.«

Sein Finger zeigte an den unteren Rand des Bildes, wo ein fünfzackiger Stern abgebildet war, der mit einer einzigen Linie gezeichnet war.

»Das ist ein Drudenfuß«, erklärte er. »Ein magisches Symbol, das im Mittelalter für Hexenwerk gegolten hätte. Wobei es das nicht ist. Es ist vielmehr ein altes Symbol, das die Vereinigung von fünf Urkräften bedeutet. Es steht für Heilung, für den Kreislauf des Lebens – und für die Liebe.«

Ich ließ die Zeichnung in Großvaters Obhut. Im Grunde fasste sie alles zusammen, was ich ohnehin schon wusste oder ahnte. Es war genau wie Anne gesagt hatte: Wir wären eine Armee, wenn wir uns zusammenfinden könnten.

Aber dazu bräuchte ich die Enaid.

Alle, Martinus, Anne und James, hatten die Figur an einem Ort versteckt, der mit ihrem Leben und Wirken etwas zu tun hatte. Martinus hatte es Anne direkt verraten, und James wusste es von mir. Ceridwen wusste es über James' hinterlassene Aufzeichnungen. Und ich?

Ich begann zu grübeln. Vielleicht hatte ich schon alle Informationen, ich musste sie nur richtig zusammensetzen. Aber wie?

Die Dezemberwolken zogen sich bereits gegen Mittag wieder heftig zusammen und ballten sich zu einem undurchdringlichen Grau. Schon bald klatschten dicke, kalte Tropfen gegen die Fensterscheiben, so, als würde die Sintflut ausbrechen. Sowohl ich wie auch Ronald versuchten wie üblich, die Zeit zum Lernen zu nutzen.

Während Ronald sich in seine Bücher zu vertiefen schien und dabei bergeweise Nüsse und Rosinen futterte, konnte ich keinen Gedanken fassen. Weder interessierten mich an diesem Tag binomische Formeln noch Zytologie noch die Französische Revolution. Ida gesellte sich zu uns, und als sie feststellte, dass wir beide zu beschäftigt waren, um ihr Geschichten zu erzählen, packte sie ihre Zeichensachen aus und begann, ihre Serie über Elfen und Schlösser fortzusetzen.

Am Nachmittag machte sich Walter bereit, nach St. Johns zu fahren, denn trotz des miesen Wetters brauchte Elizabeth wieder ihre Zutaten und Vorräte. Ich machte mich bereit, mitzufahren, da ich ohnehin mit meinem Lernen nicht weiterkam. Ich hüllte mich in Großvaters viel zu großen Regenmantel, während Walter eine Plane über die Ladefläche zog und festzurrte.

Der Regen hatte gottseidank etwas nachgelassen und Großvaters Regenmantel mit der großen Kapuze hielt mich tatsächlich gut trocken. In St. Johns angekommen, flüchtete ich mich gleich in Ms Rymers Buchladen. Ms Rymer war nach wie vor freundlich, obwohl sie heute etwas sorgenvoll aussah. Letzteres mochte auch mit einem wütenden, laut zeternden Kunden zu tun haben, der mit irgendeinem Buch nicht zufrieden war und es ihr laut knallend vor die Füße warf, als ich den Laden betrat. Er stürmte an mir vorbei und warf die Ladentür so scheppernd zu, dass ich befürchtete, das Glas würde zerspringen.

Ich bückte mich und hob das Buch auf. Es war *»Das Granatapfelhaus«* von Oscar Wilde. Ms Rymer lächelte dankbar und brachte die zerfledderten Seiten in Ordnung.

»Was hatte der Mann? Das ist doch nur ein Märchenbuch!«, traute ich mich zu fragen.

»Der Herr hatte weniger etwas gegen das Buch, das er offenbar gar nicht kennt, als gegen den Autor, dessen Lebensweise er missbilligt. Er befahl mir, die Werke von Oscar Wilde nicht mehr zu verkaufen. Ebenso nicht mehr die von D. H. Lawrence und Virginia Woolf. Sonst sei ich selber eine unmoralische Person, die man bekämpfen müsse.«

»Was nimmt der sich denn heraus?«, empörte ich mich. »Wer ist das überhaupt?«

»Mr Collins, der stellvertretende Bürgermeister. Er ist noch niemals hier gewesen. Ich vermute, jemand hat mich denunziert und nun wollte er mir und der ganzen Welt seine Macht demonstrieren.«

Ihr Blick ging in Richtung des hinteren Teils ihres Ladens. Jetzt sah ich erst das ganze Ausmaß von Mr Collins' Auftritt: Mehrere Regale waren wie leergefegt, die Bücher, die darin gewesen waren, lagen verstreut oder zu mehreren Haufen aufgetürmt auf dem Boden, teils zerknickt, die Ecken bestoßen. Mr Collins schien recht rüde gewütet zu haben.

Ich half Ms Rymer, die Bücher aufzulesen. Es handelte sich größtenteils um Literatur von Schriftstellern aus anderen europäischen Ländern wie Deutschland, Frankreich oder Russland, Bücher von Franz Kafka, Gustav Meyrinck, Marcel Proust, Charles Baudelaire, Gabriele d'Annunzio und Michail Scholochow.

»Und was hatte er dagegen?«, fragte ich.

»Er meinte, es sei unpatriotisch, ausländische Literatur zu verkaufen«, sagte Ms Rymer verbissen, während sie versuchte, die angedellten Ecken einer Goethe-Ausgabe zu glätten. »Außerdem hat er behauptet, die Bürger von St. Johns hätten sich über mich beschwert. Ich würde anarchistische und lasterhafte Bücher verkaufen.«

»Aber das ist nicht recht!«, rief ich zornig. »Sie sollten sofort die Polizei rufen!«

»Das werde ich auch tun.« Sie marschierte entschlossen nach hinten, öffnete die Tür zu ihrem kleinen Büro, und dann hörte ich die Wählschiebe ihres Telefons kreisen.

Noch während sie mit der Polizei sprach, ertönte ein ohrenbetäubendes Klirren. Ein Pflasterstein landete krachend in Ms Rymers Ladenstube und ließ nicht nur das Fenster zerspringen, sondern eine nass-morastige Spur auf ihrem gemusterten Teppich. Der nächste ließ nicht lange auf sich warten. Eine weitere

Scheibe zersplitterte und ließ noch zusätzlich eine Fenstersprosse zerbersten – der Stein landete mitten in der Auslage und zerstörte dabei auch noch die Porzellanfigur einer lesenden Rokoko-Dame, die Ms Rymer zu den Gedichtbänden gestellt hatte; die Skulptur brach an der Taille ab und der rumpflose Reifrock rollte gegen einen Kerzenständer wie eine große, abgerissene Blüte.

Ich sah nach draußen. Eine Gruppe von vielleicht fünfzehn aufgebrachten Männern und Frauen hatte sich vor dem Buchladen versammelt, die wild schrien und wütend gestikulierten. Die Meute schien aus lauter geballten Fäusten und wutverzerrten Gesichtern zu bestehen. Ich hätte mich nicht gewundert, wenn sich alle im nächsten Augenblick in wilde Tiere verwandelt hätten, so wie Harry Doone. Einer setzte gerade zum nächsten Steinwurf an, der gottlob schlecht gezielt war und an der Hauswand abprallte. Dafür hatte ein rotgesichtiger, kräftiger Kerl eine Eisenstange mitgebracht, mit der er jetzt gleich drei Fensterscheiben auf einmal in Stücke haute. Fred, der Metzgergeselle. Was hatte der auf einmal mit Literatur zu schaffen? Eine jüngere Frau durchstieß eine weitere Scheibe mit ihrem Regenschirm. Ein Schwarm kleinerer Kieselsteine rauschte gegen das Schaufenster. Das Glas hielt zwar, bekam aber lauter Kratzer und Macken.

»Bitte kommen Sie schnell! Sie stürmen meinen Laden!« rief Ms Rymer panisch in den Hörer. Das Glas krachte so laut, dass auch der Polizist am anderen Ende der Leitung es kaum überhört haben dürfte.

»Flittchen! Widerwärtige Schlampe!«, brüllte die Menge. »Nieder mit dem Schund!« brüllte eine Frau. Ich erkannte sie als Ms Garfield, Idas Lehrerin. Na klar, das passte.

Fred durchstieß mit der Stange eine weitere Scheibe von Ms Rymers schönem Sprossenfenster, so dass die Stange gut ein Yard in die Bücherstube hineinragte. Ich packte kurz entschlossen den prächtigen, dicken Band einer Shakespeare-Gesamtausgabe und haute die Stange damit so heftig nach draußen zurück, dass sie dem überraschten Angreifer aus den Händen glitt und ihm die Lippe aufschlug. Dann schnappte ich mir den ersten der Pflastersteine und schleuderte ihn durch das zerstörte Fenster nach draußen, wo er leider nur einem Mann den Hut vom Kopf riss und einer Frau dahinter an ans Knie prallte.

Immerhin reichte das, sie zum Rückzug zu bewegen, und sie humpelte kreischend von dannen.

Plötzlich kam Bewegung in die Menge. Einige stolperten und rempelten sich gegenseitig an, ein langer Lulatsch mit Schiebermütze flog förmlich durch die Luft und landete auf drei anderen, die mit ihm zu Boden gingen.

Walter.

Er donnerte zwei junge Burschen mit den Schädeln aneinander, dass sie benommen zusammensackten. Dann bekam er die Stange des Metzgers, der sich auf seine blutende Lippe drückte, zu fassen, und entriss sie ihm. Er holte aus und wirbelte sie herum wie einen Propeller. Er haute damit bestimmt sieben Leuten gleichzeitig die Knie weg, dass sie umfielen wie Kegel. Ein weiterer Kerl kassierte einen Kinnhaken, der ihn sofort ins Reich der Träume schickte.

Ich kann kaum beschreiben, was für ein Gefühl von Glück mich durchströmte, als ich sah, wie Walters mächtigen Pranken austeilten. Aber nicht nur ich war schwer beeindruckt. Die wütenden Gesichter wurden urplötzlich ängstlich. Mit einem Mal wurde jedem von ihnen klar, dass sie selber etwas abkriegen konnten, und hatten damit jegliches Interesse an dem Sturm auf den Laden verloren. Einige türmten sofort, andere stoben schreiend auseinander und brachten sich in Sicherheit. Diejenigen, denen eine von Walters Spezialbehandlungen zuteilwurde, torkelten, krochen und wankten fort, andere mussten sich erst wieder hochrappeln, um anschließend das Weite zu suchen.

Ein vierschrötiger Bulle mit einem pausbäckigen Babygesicht wollte sich Walter nicht geschlagen geben und gab verbissen Kontra. Walter war mit ihm so beschäftigt, dass er nicht merkte, wie hinter ihm ein dünner, rothaariger Bursche auftauchte, der sich bislang hinter einem Fass verschanzt hatte. Ich erkannte ihn sofort als den verpickelten, schlaksigen Schläger, der Ronald und mir schon neulich zusammen mit seinen Kumpanen so einen Ärger gemacht hatte. Klar, dass er auch heute mit dabei war, hier war er ja mal wieder in seinem Element! Er schlich sich aus seinem Versteck und fixierte Ms Rymers Schaufenster.

Ich erkannte zu meinem Schrecken, dass er eine Flasche mit einer klaren Flüssigkeit in der Hand hielt, in deren Hals ein Tuch gestopft war, wo am heraushängenden Ende bereits eine bläuliche Flamme loderte. Eine selbstgebastelte Brandbombe! Gleich würde der Buchladen in Flammen stehen. Jetzt holte er aus zum Wurf.

»Ms Rymer!«, schrie ich. »Wir müssen hier raus! Schnell!«

Doch während ich noch versuchte, sie am Ärmel zu packen, um sie aus dem Geschäft zu ziehen, schälte sich aus dem Dunkel der Häuser eine Gestalt heraus. Ein langes, dickes Stück Holz schwang durch die Luft und sauste dann auf den Attentäter nieder. Er knickte zusammen wie ein Strohhalm, die Flasche klirrte auf den Boden, ohne zu zerbrechen und kullerte in den Rinnstein.

Der alte Graham trat aus dem Schatten und klopfte fast zärtlich auf seinen Holzknüppel.

Als ich aus dem Buchladen hastete, hatte Walter seinem Gegner gerade dermaßen eine verpasst, dass dieser sich winselnd vor Schmerz in die Gasse trollte.

Walter blickte verwirrt um sich. Erst jetzt wurde ihm klar, was hinter seinem Rücken gerade geschehen war; er starrte ungläubig auf den reglosen Kerl, die brennende Flasche und dann auf den alten Imker. Schlafwandlerisch trat er das brennende Tuch aus und rupfte es aus der Flasche.

»Siehst du, Walter«, krächzte Graham und bleckte seine fauligen braunen Zähne, »es ist so, wie ich schon immer sagte: die Menschen sind Pöbel und Pack. Sie wollen nur das Schlechte. Diese feige Drecksau wollte doch glatt den Buchladen abfackeln!«

Die Polizei traf erst eine Viertelstunde später ein.

»Nett, dass ihr auch mal vorbeischaut«, bellte Graham. »Habt ihr noch den Afternoon-Tea genossen und gemütlich ein paar Scones gemampft, während hier der Laden zerlegt wurde?«

Dem Auto entstiegen zwei behelmte Bobbies.

»Ich bin beeindruckt!«, spottete Graham. »Das ist ja eine wahre Streitmacht, die hier aufläuft! Das treibt ja das kühnste Eichhörnchen aufs Dach! Wahrscheinlich sind die Arschgeigen deshalb davongelaufen wie die Hasen!«

Die Polizisten kümmerten sich nicht um Grahams Sprüche – sein Glück. Er brabbelte noch eine Reihe von durchaus nicht ganz unzutreffenden Beleidigungen herunter, während sie mich, Ms Rymer und Walter über den Hergang der Ausschreitung befragten. Erst als Graham anfing, sie als »Drückeberger« und »Hosenscheißer« zu bezeichnen, wandte sich einer der beiden an ihn und bat ihn höflich, die Ermittlungen nicht zu stören.

Walter kannte fast alle der zornigen Mitbürger, und ich konnte viele Details beisteuern. Die Beamten notierten alles feinsäuberlich, schafften den langsam wieder zur Besinnung kommenden Fast-Brandstifter in ihren Wagen und knatterten von dannen. Erst jetzt brach Ms Rymer in Tränen aus und Walter musste sie eine ganze Weile in den Arm nehmen, bis sie sich einigermaßen beruhigt hatte.

32. Die Zusammenkunft

Ich stellte mir den ganzen Abend vor, wie es wohl gewesen wäre, dem aufgebrachten Mob die Enaid entgegenzuhalten. Noch nie zuvor hatte ich so nah eine Menge von wütenden Menschen gesehen, die sich völlig einig zu sein schienen, dass Ms Rymer etwas Verwerfliches getan hatte. Und ich wäre jede Wette eingegangen, dass die meisten von denen nicht die geringste Ahnung hatten, wogegen sie da eigentlich protestierten. Wahrscheinlich hatten die meisten noch nie ein Buch gelesen, geschweige denn eines von Marcel Proust, Franz Kafka oder Virginia Woolf – was immer die auch geschrieben haben mochten. Es war wie eine Krankheit, und es war unschwer zu erraten, wer dahintersteckte.

Verdammt! Wo nur konnte ich sie finden?

Ich sortierte für mich nochmals, was in meinem Traum von Ceridwen alles typisch und bedeutsam war. Da war die Turmstube, in der ich schlief. Ihre Art, Menschen dazu zu bringen, sich zu öffnen und von sich zu erzählen. Der katholische Pfarrer. Die vielen kranken und wieder geheilten Mädchen. Die heilige Alruna. Fledermäuse. Die drei geheilten »Bad Sisters«. Ms Sparrow.

Was mochte aus Ceridwen geworden sein? Ob sie nach Wales zurückgekehrt war?

Ob sie noch lebte? Wenn sie 1875 dreizehn Jahre alt gewesen war, müsste sie jetzt 76 Jahre alt sein. Dann aber könnte sie die Enaid noch bei sich haben.

Sie könnte aber auch schon tot sein.

Ich fiel schließlich in eine unruhige Mischung aus Schlaf, Gedankenfetzen und den Eindrücken des Tages. Den Rothaarigen, wie er zum Wurf mit der brennenden Flasche ausholte, Fred mit der Stange, der babygesichtige Schlägertyp, die weinende Ms Rymer, ihre zerbrochene Porzellanfigur und die zerfledderten Bücher... in meinem Hirn mischten sich Bilder von kaputten Fensterscheiben mit sich öffnenden Türen, Steine, die in brüllende Gesichter flogen, und auch vom alten Graham, der sich schimpfend unter einem riesigen Bienenstock verkroch und behauptete, nur dort sei man sicher. Dann sah der Bienenstock plötzlich aus wie der Reifrock einer lesenden Dame aus der Rokoko-Zeit, die von ihrem Buch aufsah und sich furchtsam in ihrer Stube umsah. Sie schien vor irgendetwas zu flüchten. »*Ich tue so, als sei ich eine Statue!*«, rief sie mir zu, und bedeutet mir, still zu sein. Und dann schlich ein knurrender, finsterer Dämon umher, der nach etwas suchte. Er lief direkt an ihr vorbei, aber sie rührte sich nicht. Dann schlappte er nach draußen, ohne sie entdeckt zu haben.

Die Tage vergingen. Ronald war nicht so übellaunig, wie ich angesichts des schlechten Wetters erwartet hätte, und verbrachte die Zeit, indem er mit seinen Schrauben, Drähten und Rädchen kompliziert aussehende Apparate zusammenbastelte, deren Funktion mir stets schleierhaft blieb. Immerhin kam einmal ein batteriebetriebenes kleines Maschinchen dabei raus, das in der Lage war, die Treppen zu erklimmen, indem es sich mit zwei Greifarmen nach oben zog. Leider verlor es am oberen Ende die Orientierung und stürzte zu Ronalds Entsetzen aus der Höhe von über zehn Fuß zwischen zwei Treppensäulen in die Tiefe und zerschellte auf dem blanken Steinboden. Das war eines der wenigen Male, wo er mir von Herzen leidtat, denn der kleine Roboter tat danach keinen Mucks mehr. Leider war seine Erfindung obendrein genau auf die Statue der heiligen Alruna gestürzt und hatte ihr eine tiefe Rille ins Gesicht geschnitten, vom Auge über die ganze Wange bis zum Mundwinkel hinunter. Es sah jetzt aus, als ob sie weinte.

Die Tage waren rau und kalt geworden. Hin und wieder fiel Schnee. Ida war ganz begeistert davon und nur schwer davon abzubringen, sich in die die weißen Flocken hineinzustürzen und überall damit herumzuwerfen. Ich spielte mit ihr, baute mit ihr eine ganze Gruppe von Schneemännern, die in den nächsten Tagen leider alle wieder schmolzen. Zwischendurch übte ich mit ihr Schreiben und Lesen, obwohl ich mich schwer konzentrieren konnte. Ich fieberte dem Tag entgegen, wo ich den Steinkreis wieder besuchen konnte. Dass wir uns dem Weihnachtsfest näherten, wurde mir kaum bewusst. Zu furchtsam waren meine

Gedanken, wenn ich an die hässlichen Tiere dachte, von denen ich mich bedroht sah, und zu aufgeregt war ich, wenn ich an den magischen Beutel dachte, der mir um den Hals hing, mit dem ich mich zu wehren gedachte. Wenn es denn funktionierte.

Der Einzige, der sich mir gegenüber verändert zeigte, war Quentis. Seit ein paar Tagen war er auffällig zutraulich und strich mir um die Beine, sprang gar auf meinen Schoß, um sich dort niederzulassen, so dass Ida ein wenig eifersüchtig wurde.

Ich begleitete Walter auch jedes Mal ins Dorf, um etwas Abwechslung zu haben, genauso wie Ronald, der meistens mitkam, um nach Gladys zu sehen, was er aber nie offiziell zugab. Er behauptete jedes Mal, er brauche neue Schrauben und Drähte, aber wir holten ihn immer im *Cunning Little Monk* ab, wo er bei Gladys am Tresen saß und mit ihr Tee trank.

In St. John-in-the-Hills war seit dem Angriff auf Ms Rymers Buchladen nichts Auffälliges geschehen. Die Scheiben des Ladens waren bereits am nächsten Tag repariert worden, und Ms Rymer hatte nur wenige Tage geschlossen gehabt. Sie werde sich nicht einschüchtern lassen, hatte sie mit zorniger Entschlossenheit gesagt.

Der alte Mr Bateson war in seinen Laden zurückgekehrt, mit einigen bösen Narben auf Kopf und Gesicht. Körperlich hatte er sich einigermaßen erholt, ansonsten war er freundlich, aber still, und wirkte blass und bekümmert. Kein Wunder. Vielleicht wäre es ihm sogar bessergegangen, wenn Owen im Gefängnis säße, aber dessen Verschwinden brachte noch etwas Gefährliches ins Spiel: Überall hätte er auftauchen können. Wenn er es nicht schon längst war – grauenhaft verwandelt. Aber das Wissen um die hässlichen Wesen teilte ich bisher nur mit Großvater und ausgerechnet Ronald. Und der dünnen Gladys Doone.

Owen blieb fort. Ich hatte eine leise Idee, wo er sein könnte: Dort, wo Valnir war. Und dies war in Blackwell Manor.

Elizabeth kommandierte in diesen Tagen Walter herum wie ein Feldwebel, denn sie legte größten Wert auf die ebenso festliche wie bunte Weihnachtsdekoration überall im Haus. Walter hatte einen prächtigen Tannenbaum in der Halle aufgestellt, den er mit mir und der völlig andächtigen Ida prunkvoll schmückte – viel extremer, als wir es aus Deutschland kannten. Überall im Haus baumelten Mistelzweige an den Fenstern und Türen, flackerten dicke rote Kerzen oder lagerten Knallbonbons, die wir aber noch nicht anrühren durften. Nur Ronald griff sich einmal einen, weil er neugierig war und sich wie üblich nicht beherrschen konnte, aber auch, weil er grundsätzlich zeigen wollte, dass er sich von Vorschriften nicht zu beeinflussen gedachte. Es knallte tatsächlich ganz ordentlich, und er zuckte ordentlich zusammen, denn wir kannten so etwas damals noch nicht.

Was mich aber noch mehr berührte, war ein Brief unseres Vaters, der diese Tage eintraf. Mama ging es wieder schlechter, aber dennoch planten die beiden, uns alle über Weihnachten zu besuchen. In meine Freude darüber mischte sich sofort ein angstvoller Gedanke. Ob dies das letzte Mal sein würde, dass wir unsere Mutter sehen durften?

Großvater Neville spürte meinen Kummer und riet mir, mir nicht so viele Gedanken zu machen. »Sicher ist nur Eines:«, erklärte er mir, »Deine Eltern werden in einigen Tagen hier eintreffen. Alles andere ist reine Fantasie. Befürchtungen, von denen wir nicht wissen, ob sie wahr oder falsch sind.« Er deutete auf den Weihnachtsbaum, die Kerzen, Knallbonbons und Mistelzweige. »Hier, das ist Realität: Ein schönes Fest, das wir alle zusammen feiern werden. Es wird prächtiges Essen geben, ein paar schöne Geschenke. Vielleicht spielst du uns auf Großmutters Flügel etwas vor?«

Ich nickte. Seit das Zimmer nicht mehr verschlossen war, übte ich recht regelmäßig und vergaß in diesen Momenten meine Sorgen.

Großvater zeigte auf die Mistelzweige. »Wozu das dient, weißt du?«

»Nein.«

»Wenn ein Mädchen darunter steht, darf man es küssen.«

»Im Ernst? Auch wenn es das nicht will?«

»Nun, ich vermute, dass in England der Brauch so bekannt ist, dass das selten unabsichtlich geschieht.«

Er wechselte wieder in seine Wissenschaftler-Rolle. »Ursprünglich ist dies ein alter keltischer Brauch – wie überhaupt vieles an Weihnachten«, führte er aus. »Mistelzweige sollten böse Geister fernhalten. Hoffen wir einmal, dass sie das tatsächlich können.«

»Ich dachte, Weihnachten ist das Fest von Jesu Geburt?«

»Ist es auch. Aber das Wie und Wann – das ist heidnisch. Der Baum zum Beispiel. Und dass er so geschmückt ist. Und dass wir Weihnachten am 24. Dezember feiern. Wir wissen ja gar nicht, ob Jesus genau an diesem Tag geboren wurde. Aber am 21. Dezember ist die Wintersonnenwende, ein für die Kelten heiliges Fest. Es ist der dunkelste Tag im Jahr. Der Tag, wo die Hoffnung auf das Licht am größten ist, die Gewissheit, dass der *Funke des Lichtes* wiederkommen wird und den Sieg davonträgt. Und das wird drei Tage lang gefeiert. Höhepunkt ist jener 24. Dezember, den wir hier als *Christmas Eve* kennen.«

Großvaters Worte hatten mehr in mir ausgelöst, als er vielleicht beabsichtigt hatte. Weihnachten ein keltisches Fest? Ich musste sofort wieder an Ceridwen denken. Ich stellte mir vor, es würde an der Tür läuten und sie stände dort, und wir unterhielten uns über das Haus, das wir beide auf so unterschiedliche Weise kennengelernt hatten. Und sie lächelte mich an, während eine Träne über ihre Wange lief. Und auf einmal sah sie so aus wie die Heilige Alruna an Großvaters Treppe.

Plötzlich saß ich kerzengerade im Bett. Es verging eine halbe Ewigkeit, bis meine zittrigen Finger endlich meine Nachtleuchte angezündet hatten, dann eilte ich mit wehendem Nachthemd die knarrenden Stufen hinab und stürzte in die dunkle Halle. Und dann stand ich vor der mich unverwandt anlächelnden Alruna mit ihrem weinenden Auge und meine fahrigen Hände tasteten überall nach Rillen, Spalten und Kanten, die Aufschluss über ein Geheimfach hätten geben können.

Dann packte ich die ganze Statue und kippte sie nach hinten.

Sie löste sich leicht vom Sockel. Unter ihrem bodenlangen Rock befand sich eine Mulde. Dort war etwas hineingestopft.

Ein kleiner, schwarzer Lederbeutel.

Wie im Traum öffnete ich das weiche, warme Leder. Mit Daumen und Mittelfinger fuhr ich hinein und zog die kleine Figur heraus.

Sie sah genauso aus wie in meinem Traum. Tanzend, leichtfüßig, lächelnd. Und wunderschön. Eine wehmütige Sehnsucht erfüllte mich, mächtiger als jede Angst.

Ich verbrachte den Rest der Nacht eigenartig ruhig. Ich hatte ein Gefühl, dass besagte: Mir kann niemand etwas. Ich fühlte mich nicht unverwundbar, aber so entspannt, dass mich Frankensteins Ungeheuer persönlich hätte besuchen können, ohne dass ich unruhig geworden wäre.

Am Morgen erwachte ich mich einer grimmigen Entschlossenheit. Ich fühlte mich wie ein heiliger Krieger, der eine magische Waffe hat, der niemand widerstehen wird. Kein Wunder, dass Martinus, Anne, James und Ceridwen sich Valnir und seinen Dämonen so hatten entgegenstellen können.

Es waren nur noch wenige Tage bis zur Wintersonnenwende. Ich schlug die Zeit tot, indem ich Elizabeth in der Küche zur Hand ging, Walter beim Schneeschippen half und mit ihm Holzfällen ging. Ronald spöttelte hin und wieder.

»Na Kleiner, freust du dich so sehr auf Weihnachten? Oder warum bist du so nervös?«, meinte er unbedingt von sich geben zu müssen.

»Oder bereitest du dich auf die entscheidende Schlacht vor?«

Ich stutzte. Ahnte Ronald mehr, als ich ihm zugetraut hatte?

Der Morgen des 21. Dezember war klar und eiskalt. In der Nacht hatte der Schnee leicht gerieselt; als ich aufstand, war die ganze Welt von einer weißen, schimmernden Schicht bedeckt, die aussah wie ein frisch gewaschenes Laken, unter dem alles schlief.

Ich verdrückte einen großen Teller Rührei mit Speck, schob noch Toast mit Marmelade hinterher und kippte mir fast eine ganze Kanne Tee hinterher. Danach fühlte ich mich kräftig und gewappnet.

Ronald erschien erst, als ich den Frühstückstisch schon wieder verließ. Er setzte seine abschätzige Miene auf und zog die Augenbrauen blasiert hoch. Es war mir in diesem Augenblick egal. Wieso meinte er ständig, auf mich herabschauen zu müssen? Sollte er endlich mal funktionierende Apparate bauen.

Ich kleidete mich warm an, schnürte die dicken Lederstiefel, nahm Großvaters Knotenstock und marschierte los, zwischen den Grabsteinen hindurch, an Klosterruine und Krypta vorbei zu der alten Eibe. Ich betrat das hartgefrorene Moor, lief an den *Three Bad Sisters* vorbei und stapfte durch den Schnee, immer weiter und weiter. Der Schnee knirschte unter meinen Füßen, und immer wieder klirrte das Eis, das beim Auftreten zerbarst.

Manchmal war es mir, als folge mir jemand. Immer wieder sah ich mich um und inspizierte die glitzernde Landschaft. Es war nichts zu entdecken. Oder ob im Wald, im Unterholz etwas lauerte? Rechnete ich so fest mit Valnirs Kreaturen, dass ich bereits Gespenster sah?

Endlich erreichte ich den großen Findling. Das Erklimmen der Hügel war diesmal gar nicht so einfach, denn der überfrorene Schnee machte alles glatt und rutschig. Und dennoch stand ich schließlich auf der Kuppe und blickte in den Steinkreis.

Er lag in der Wintersonne da wie ein großes Auge, das in den Himmel blickt, mit steinernen Wimpern und ausnahmsweise heller Pupille, denn diesmal war auch sein Inneres weiß von Schnee. Von oben sah ich niemanden dort stehen oder sitzen, alles war unberührt.

Ich rutschte vorsichtig den Hang hinunter und trat durch die Steine hindurch in den Kreis.

Eigenartigerweise verwandelte sich nichts in sommerliche Wärme. Alles blieb eisig und schneebedeckt.

Hatte ich mich geirrt? Blieb hier die Zeit doch nicht immer gleich?

Als ich mich umwandte, stand plötzlich jemand vor mir. Ich zuckte zusammen, denn ich hatte ihn nicht kommen hören, genauso wie auch er.

Es war Martinus. Eindeutig. Die Mönchskutte, die Frisur. Das typische, wache Gesicht. In seinen Händen trug er die kleine Harfe, die er bei Ceridwen bereits dabeigehabt hatte.

»Martinus!«, stieß ich nach einigem Schweigen hervor.

»Du kennst mich?«

Das Unwirkliche war in diesem Moment so selbstverständlich, dass ich einfach alles so sagte, wie es ist. »Ja. Du wirst es aber kaum glauben … ich habe von dir geträumt.«

Er schien nicht sonderlich überrascht. »Ja, das dacht ich mir fast. Es gibt Menschen, die im Traum *sehen* können.«

Er lächelte jetzt. »Obwohl ich vermutet habe, dass man dir von mir erzählt hat.«

»Das auch«, gab ich zu. »Du … du bist nicht der Erste, den ich an diesem Ort treffe.«

»Genauso geht es mir. Dann bist du auch jemand, der um das Geheimnis von Enaid weiß?«

»Ja. Ich trage sie bei mir. Genau wie du.«

Martinus atmete schwer. »Das erleichtert mich ungemein. Ich hatte so große Angst, dass es am Ende doch nicht funktioniert.«

Er sah sich um. »Es ist kalt heute. Der Tag der Wintersonnenwende.«

»Für dich ist heute auch der 21. Dezember?«, fragte ich.

»Ja, so ist es. Der Tag, wo die Sterne, die Erde, die Menschen, Tiere und die Geister sich vereinigen.«

In diesem Moment trat Anne in den Steinkreis. Sie stutzte zunächst, dann eilte sie auf uns zu.

»Oh, ich hatte so gehofft, einen von euch wiederzusehen!«, jubelte sie, und ihre braunen Augen leuchteten.

»Und jetzt sind es sogar zwei davon!«, rief ich. Ich war wahrhaft glücklich, sie zu sehen.

»Hoffen wir, dass die anderen auch noch kommen«, sagte Martinus.

»Warum sollten sie nicht?«, meinte Anne. »Ich wusste jedenfalls genau, dass ich heute kommen muss. Und ihr offensichtlich ja auch.«

Wie zur Bestätigung zog sie an dem Band um ihren Nacken. Unter ihrer Bluse tauchte der wohlvertraute schwarze Lederbeutel auf.

In diesem Moment hörten wir ein leises Rufen. Wir wandten uns fast gleichzeitig um.

Es war James. Fast schüchtern stand er zwischen zweien der Steine und blickte in unsere Richtung. Er war anders gekleidet als bei unserer letzten Begegnung, vornehmer: mit einem blauen Rock mit glänzenden Knöpfen, glänzenden Schnallenschuhen und einem Dreispitz auf dem Kopf. In seiner Hand war ein längerer, dunkler Holzkasten.

»Komm her, James!«, rief ich und winkte.

»Ich kann es kaum glauben«, sagte er und blickte ebenso verwirrt wie bezaubert auf uns alle. »Dann werden wir uns heute also alle treffen?«

»Ich hoffe es«, sagte ich.

»Es fehlt nur noch Ceridwen«, meinte Martinus.

Fast schmerzte es mich ein wenig, ihn so vertraut von ihr sprechen zu hören. Aber natürlich – warum sollte er nicht?

»Ich habe meine Geige mitgebracht«, erklärte James und deutete auf den länglichen Kasten. »Seit einiger Zeit habe ich das Privileg, in Musik unterrichtet zu werden. Ich hielt es für eine gute Idee. Ihr wisst ja: da gibt es jemanden …«

»… der Musik nicht mag«, vollendete Anne. »Aber ich spiele kein Musikinstrument«, fuhr sie fort. »Ich habe aber immer gerne den Spielleuten gelauscht – ich singe gelegentlich …«

»Ich habe mein Instrument auch nicht dabei«, gestand ich, und wurde augenblicklich unsicher. »Es … es ist viel zu groß dafür. Man kann es gar nicht mitnehmen.«

»Vielleicht ist das gar nicht so wichtig, solange wir alle unsere Enaid haben«, beruhigte Martinus.

»Ich spiele auch noch gar nicht so gut«, meinte James etwas verdruckst. »Aber man weiß ja nie …« Zur Sicherheit holte er seinen schwarzen Beutel hervor und zeigte ihn uns.

»Es ist der Sinn für das Schöne und Lebendige, das uns vereint.«

Ceridwen war in den Kreis getreten und marschierte auf uns zu. Sie hielt ihre Laute in der Hand und hatte wieder dieses rätselhafte Lächeln, das mich bei unserer ersten Begegnung so bezaubert hatte.

Mein Herz klopfte wie wild, als ich sie sah. Sie war noch schöner als in meiner Erinnerung, schöner als in meinen Träumen.

Sie trat in unsere Runde und blickte uns alle an.

»Es ist wundervoll, bei euch zu sein«, sagte sie.

»Sind wir somit also vollzählig?«, fragte Anne.

Alle waren still.

»Ich denke schon«, meinte Ceridwen selbstbewusst.

»Auf der magischen Zeichnung waren es sechs«, meldete sich Martinus. »Ein Mönch mit Harfe – das bin ich. Eine Maid mit einem Zweig …«

»Das bin ich!«, rief Anne.

»Der Junge mit der Geige ist James. Und ich bin das Mädchen mit der Laute«, sagte Ceridwen.

»Der Junge mit dem Kasten kann nur ich sein«, meinte ich. »Er symbolisiert das Tasteninstrument, das ich spielen kann. Das Klavier.«

»Aber wer ist der sechste? Der mit der Gambe? Dem tiefen, großen Bassinstrument?«

Alle schwiegen betreten.

»Ich weiß, wer es ist«, sagte ich. »Folgt mir.«

33. Valnirs Ende

Als wir alle fünf aus dem Kreis heraustraten, fassten wir uns an den Händen, um uns nicht zu verlieren. Wir betraten die verschneite Winterlandschaft, in der ich hierhergekommen war. Oder war es eine aus vergangener Zeit?

Aber wir waren noch alle beisammen, obwohl wir den Kreis verlassen hatten. Ich wurde ruhiger und zuversichtlicher dadurch.

Wir schlichen den mir bekannten Weg durch den Wald. Unter den dichten Bäumen hatte es nicht geschneit, daher war er gut zu erkennen. Das zeigte mir, dass wir alle in meiner Zeit waren. Dem 21. Dezember 1938.

Das schöne, klare Wetter hatte allerdings merklich nachgelassen. Bereits als wir den Steinkreis verließen, hatten sich dichte Wolken zusammengebraut, aber nun begann der Himmel, sich schwarzgrau zu verfärben. Zudem stiegen wir, je tiefer nach unten es ging, in einen kalten, feuchten Nebel hinab, der uns zwang, sehr langsam und vorsichtig voranzugehen.

Und doch stießen wir schließlich auf die alte Mauer, an der wir eine Weile entlanggehen mussten, bis wir an das mir wohlbekannte Gartentor kamen. Die kalte Nässe des Flusses kroch uns unter die Kleidung. Obwohl wir alle winterlich gekleidet waren, spürte ich, wie alle fröstelten.

Ich griff Ceridwens Hand. Sie war eiskalt. Und schlank und zierlich. Und dennoch voller Kraft. Ich spürte den Druck ihrer Finger in meiner Hand und trotz der Dunkelheit den Blick ihrer grünen Augen.

Die uralten Bäume tauchten vor uns auf. Leise schlichen wir auf sie zu, bis sich im Dämmerlicht die Silhouette des Anwesens herauslöste.

Blackwell Manor kam mir plötzlich größer vor als früher. Das ganze Anwesen sah aus wie ein riesenhaftes Tier aus grauer Vorzeit mit seinen vielen Giebeln und Zacken und den zahlreichen Schornsteinen, die wie Hörner hervorragten.

Etwas knackte und raschelte hinter uns. Wir fuhren alle herum. Ich griff sofort nach dem warmen, keinen Lederbeutel um meinen Hals.

»Wir wissen nicht, ob Valnir uns erwartet«, flüsterte Martinus.

»Aber seine Dämonen werden sicherlich das Haus bewachen«, ergänzte James.

»Sie werden ihn alarmieren«, flüsterte Anne. »Sie werden zumindest schreien, wenn wir ihnen die Enaid entgegenhalten.«

»Das Beste wäre, wenn es uns gelänge, im Herzen des Hauses die Kraft der Enaid zu entfalten«, sagte Ceridwen.

Wie auf Kommando bewegte sich etwas in einiger Entfernung. Wir duckten uns alle hinter einem kahlen Busch zusammen.

Aus dem Nebel schälten sich drei affenartige Gestalten heraus, die sich halb gehend, halb kriechend fortbewegten. Sie sahen alle etwas ähnlich aus: Hörner, dicke, gedrungene Körper, kleine platte Nasen und Augenwülste, unter denen jeweils zwei eng zusammenstehende, glimmende Augen leuchteten. Sie waren erschreckend groß: Mindestens wie Bären oder ausgewachsene Gorillas. Sie bewegten sich in unsere Richtung und hielten dann inne, um in alle Richtungen zu blicken. Ein widerwärtiger Gestank von Fäulnis und Verwesung wehte mir plötzlich entgegen.

Wir hörten ein Grunzen. Der Kopf des einen gehörnten Ungeheuers ging von uns weg. Es kratzte sich noch ein paarmal den fetten Bauch. Es hatte offenbar etwas entdeckt, das von uns ablenkte. Dann kroch es zur Seite, während die anderen beiden die andere Richtung einschlugen.

Wir wagten kaum, zu atmen. Auf einem der Dachfirste glaubte ich nun ebenfalls ein eigenartiges, eher dünnes Wesen zu entdecken, dessen Hörner an einen Widder erinnerten, und das sich an einem der großen Kamine festhielt, um von dort aus nach allen Seiten zu spähen. Gleichzeitig schien es im Dunklen vor einem der Seiteneingänge von kleineren, rattenhaften Gestalten nur so zu wimmeln.

»Es sind zu viele«, murmelte James. »Wir werden sie kaum alle bekämpfen können, wenn sie auf einmal über uns herfallen.«

»Wir müssen sie in Schach halten«, zischelte ich zurück. »Ich habe auch eine Idee, was wir machen können.«

Wir huschten lautlos hinter den nächsten Busch und näherten uns so dem Gesindehaus, in dem ein schwaches Licht brannte. Vorsichtig schlichen wir auf das Haus zu. Ich erreichte als erster die dunklen, feuchten Mauern, kroch noch ein wenig an der Hauswand entlang und hob dann lautlos den Kopf zum Fenster.

Ivor kniete vor einem Kamin und schürte das Feuer. In der Mitte des Zimmers stand ein Stuhl mit einem Notenständer. An dem Stuhl lehnte ein Cello.

Verstohlen pochte ich mit meinem Zeigefinger an die Fensterscheibe.

Beim dritten Mal hielt er inne und schien zu lauschen. Dann blickte er direkt zum Fenster hin.

Er sah sich zunächst furchtsam um. Dann trat er ans Fenster und schob es nach oben.

»Ivor! Ich bin es!«, flüsterte ich.

Er starrte mich ein paar Sekunden reglos an.

»Ich bin Conny! Konrad Adler! Der Deutsche!«, wisperte ich.

»Conny!«, raunte er.

Dann beugte er sich zu mir herunter.

»Oh Conny! Ich habe oft an dich gedacht!«

Er deutete ins Zimmer. »Ich spiele wieder Cello! Genau wie du gesagt hast!«

»Das ist großartig!«, hauchte ich. »Genau deswegen bin ich hier!«

Ich sah mich furchtsam um. Meine Freunde hatten zu mir aufgeschlossen und kauerten neben mir an der Hausmauer.

Ivor sah bekümmert in mein Gesicht.

»Sie sind mehr geworden! Sie sind überall! Aber sie trauen sich nicht bis hierhin!«

»Ja, ich weiß! Weil du Musik machst! Valnir hasst Musik!«

Ivor lächelte scheu. »Ich weiß«, sagte er. »Ich glaube, ich habe ihn damit ganz schön geärgert!«

Ich flüsterte weiter. »Ich will, dass Valnir verschwindet. Für immer.«

»Das möchte ich auch!«

»Willst du mir dabei helfen?«

Ivor starrte mich an.

»Ja! Das will ich! Oh, wie sehr ich das will!«

»Das ist wunderbar!«

»Was muss ich tun?«

»Du musst ganz leise sein. Und dein Cello mitnehmen. Du musst Musik machen. Draußen, am besten direkt vor dem Haupteingang. Je lauter und schöner, desto besser.«

Ivor stand der Mund offen.

»Du … du bist nicht allein, nicht wahr?«

»Nein! Ich habe ein paar Freunde dabei. Mit ihnen zusammen will ich hinein in das Haus. Und Valnir dort bekämpfen.«

»Ich wusste es! Die große Seele sammelt sich aus den verschiedenen Zeiten! Die vereinte Kraft trifft auf das vereinte Böse!«

Er hatte gesprochen wie aus einem Traum. Dann fuhr er zusammen und sah mich an.

»Ich komme!«

Er wandte sich um, packte das Cello und den Notenständer und verließ das Zimmer. Nach wenigen Sekunden öffnete sich die Haustür. Ich schlich dorthin, so leise und elegant wie es selbst Quentis kaum geschafft hätte, die anderen im Schlepptau.

Ivor trat vor die Tür, mit Cello und Notenständer bewaffnet, und sah sichtlich bewegt auf uns.

»Danke, dass ihr mich aufnehmt in euren Kreis!«, stammelte er flüsternd. »Es ist mir eine große Ehre … eine große Freude … ich werde …«

Weiter kam er nicht. Es polterte hinter ihm. Zwei kräftige Arme packten ihn und rissen ihn zurück. Eine Hand entriss ihm das Cello, so dass der Bogen auf den Steinboden fiel. Der Notenständer stürzte scheppernd zu Boden und die Notenblätter verteilten sich überall.

»Gar nichts wird er tun!«

Mrs Cox trat aus dem Haus ins Dämmerlicht. Im Hauseingang erkannte ich ihren Mann, wie er Ivor brutal im Würgegriff hielt.

Wir ergriffen alle sofort unsere Lederbeutel.

»Das nützt nichts!« Mrs Cox' Stimme war schrill und schneidend. Und laut ... so laut, dass sich alle anderen außer mir sofort umdrehten, um dämonische Angriffe abzuwehren.

Ein verdächtiges, rötliches Glimmen ging von Mrs Cox' Augen aus.

Ich zückte die Enaid und hielt sie ihr entgegen.

Sie kicherte. »Es hat sich für immer ausmusiziert! Ich hätte das schon längst tun müssen! Wir hätten uns niemals dem großen Valnir verweigern dürfen! Damit ist nun Schluss!«

Ihre andere Hand umklammerte eine Axt, wie ich jetzt erkannte. Sie holte aus. Gleich würde sie Ivors Cello zu Kleinholz machen.

Da stülpte jemand einen Sack über ihr Gesicht und riss sie nach hinten. Gleichzeitig ertönte ein dumpfer Schlag. Augenblicklich löste sich der Schraubstock von Ivors Hals. Die Axt fiel klirrend zu Boden, es ertönte ein Klatschen und Poltern. Ich fing das umfallende Cello auf.

Wir starrten alle in den Hauseingang. Der urplötzlich befreite Ivor rang tief nach Luft. Mr und Mrs Cox lagen stöhnend und zusammengekrümmt auf dem Boden.

Jemand stakste aus dem Dunkel des Hausflurs über sie hinweg.

Ronald.

Er stand da, mit einem Golfschläger bewaffnet, und grinste mir entgegen.

»*All-in-one*. Mir scheint, die Störenfriede sind außer Gefecht«, stellte er fest.

»Was tust du hier? Woher wusstest du, wohin ich gehen würde?«, keuchte ich entgeistert.

»Es war ja nicht schwer zu merken, dass du etwas im Schilde führst«, raunte er. »Und da du etwas kannst, was ich nicht kann, dachte ich, ich passe lieber auf, dass niemand meinen kleinen Bruder bei seiner Mission stört.«

Er ergriff den Golfsack, der im Hausflur stand, und reichte ihn uns herüber.

»Ich weiß, ihr benutzt andere Waffen, aber glaubt mir, es ist nicht schlecht, so ein Sportgerät dabeizuhaben.«

Die Dämonen schienen tatsächlich auf Mrs Cox' Gekreische nicht reagiert zu haben. Wir pirschten uns durch den Nebel auf das Hauptportal zu. Ivor mit seinem Cello hatten wir in die Mitte genommen, Anne trug ihm den Stuhl, und jeder von uns hatte einen von Ronalds Golfschlägern in der Hand – für alle Fälle.

Der Eingang gähnte uns entgegen wie ein offenes Maul. Zwei haarige Gestalten kauerten davor und glotzten uns aus ihren roten Augen an.

Wir hatten alle unsere Enaid in der Hand. Und unsere Golfschläger. Lautlos schritten wir voran. Es war, als wären wir eins: jeder Schritt, jeder Atemzug war gemeinsam. Wir waren uns einig – so einig, wie man nur sein konnte.

Die Dämonen grunzten und stellten sich auf alle viere, bereit, uns anzuspringen. Wir setzten Schritt vor Schritt. An den Seiten tauchten jetzt widerwärtige Wesen in allen Größen auf, grunzend, schmatzend, knurrend. Martinus nahm seine Harfe und spielte ein Lied.

Ich weiß nicht, ob es das Lied war, das er immer gespielt hatte, das er allein im Steinkreis immer geübt hatte, abseits vom Kloster. Ich weiß nur, dass es eine unglaublich bezaubernde Melodie war, die da erklang. Anne schien es zu kennen und begann zu singen – ohne Text, aber mit einer vollen, engelhaften Stimme. Ivor zupfte im Gehen einige Basstöne. Ceridwens Laute setzte ein, und schließlich begleitete James' Geige das feenhafte Lied.

Die Dämonen heulten auf und krümmten sich, als würden sie von Speeren und Nadeln gepiesackt. Eines der größeren affenartigen Wesen jaulte wie ein verwundeter Hund und hielt sich die Ohren zu. Einige ergriffen sofort die Flucht, andere wälzten sich von uns weg, als seien sie krank oder litten an Krämpfen. So gelangten wir ungehindert an das Portal.

Ich trat heran und drehte den Knauf. Es klickte im Schloss und die Tür schwang knarrend auf.

Dann betraten wir Blackwell Manor. Wir traten in die Eingangshalle. Einige Dreifüße standen an den Seiten und darin brannte etwas mit einer eigenartig blauen Flamme. Über uns breitete sich ein gewaltiges Gewölbe aus, das aus

Holzbalken bestand und aus dessen Zentrum ein wuchtiger Kronleuchter herabhing, dessen Kerzen schwach glommen und den Raum in ein schwaches Licht tauchten.

Das Portal schloss sich krachend hinter uns. Ich vermeinte noch, ein schwaches Kichern zu hören. Anne stellte den Stuhl in die Mitte des Raumes. Ivor verstand, platzierte seinen Notenständer direkt davor und ließ sich auf dem Stuhl nieder.

Wir stellten uns im Kreis um ihn herum und hoben unsere Enaid jeweils in die Höhe.

Ein Zittern ging durch das ganze Haus. Es begann mit einem leisen Surren, steigerte sich zu einem tiefen Brummen, bis schließlich das Gebälk knackte und es überall aus den Fugen rieselte.

»Spiel!«, sagte ich zu Ivor.

Ivor nahm sein Cello, spannte den Bogen und begann.

Er spielte ein Stück von Bach. Eine Cellosonate. Ich war erstaunt, wie sicher er den Bogen führte, wie genau seine Finger saßen.

Er war großartig.

Prompt ertönten Schreie von allen Seiten. An den Fenstern flimmerten Schatten vorbei und auf den Galerien in großer Höhe krabbelten unzählige Wesen herum, die vor der Musik flohen.

Ich gab allen das Zeichen, mir zu folgen, und steuerte geradewegs auf die große Tür zu, hinter der ich den Hauptsaal vermutete. Sie sprang auf wie unter meinem Befehl.

Meine Annahme stimmte: Wir betraten einen großen Saal mit dicken, dunkelroten Vorhängen an den Fenstern. Ein schwerer, süßlicher Geruch hing in der Luft, der sich zunehmend mit Gestank nach Abfall und Exkrementen mischte.

In der Mitte des Saales befand sich ein riesenhafter Tisch, an dem vor kurzem noch üppig getafelt worden war. Allerdings schien dies schon eine Weile her zu sein. Überall waren Teller voller angekrusteter Speisen und geronnener Sauce. In der Mitte befand sich ein Gestell, an dem die Überreste eines gebratenen Schweins hingen, größtenteils abgenagt, von Spinnweben überwuchert.

Die glasigen toten Augen des Schweins stierten in die Ferne, unter ihm eine Lache von Fett, auf der einige tote Kakerlaken lagen. Umgeworfene Weinkelche gaben noch immer schwärzliche, zähe Flüssigkeit von sich, die in klebrigen Fäden auf den Boden tropfte. Der Teppich war voller Flecken, und an mehreren Stellen hatte sich bereits Schimmel gebildet, der einen feucht-muffigen Geruch von sich gab.

»Das ist ekelhaft«, meinte Ceridwen.

»Genauso ist es«, sagte James.

Wir durchquerten den Saal, begleitet von Ivors Musik, die das ganze Haus durchdrang. Eine schottische Armee mit Dudelsäcken hätte nicht ermutigender und unerbittlicher sein können.

Um uns herum plumpsten einige dicke, unförmige Gebilde von der Decke. Kleine, fette Wesen, behaart, röchelnd, die schnell zu stinkenden, grünlich dampfenden Wolken zerstoben. Übrig blieben nur ein paar sich windende Maden, die schnell einschrumpelten und zu Staub zerfielen.

Dann erreichten wir das Ende des Saales. Eine Art Thron stand dort – ein monumentaler, erhöhter Stuhl, beladen mit Fellen und Kissen aller Art, mit einer hohen Lehne, die allerlei okkulte Verzierungen aufwies: Hörner, Muscheln, Zähne und Knochen. Die Lehnen waren mit Tierschädeln verunziert, als wolle der Herrscher mit diesem Thron seine Macht über das Leben zur Schau stellen.

Wir schritten an dem unangenehmen Ding vorbei und standen alsbald vor einer weiteren großen Tür. Wieder gaben die schweren Flügel quietschend nach.

Uns bot sich der Anblick einer gewaltigen steinernen Treppe, die sich nach unten wand und in unendlicher Schwärze zu verschwinden schien.

»Es geht in die Tiefe«, stellte Martinus fest.

»So ist es. Aber das wird uns nicht schrecken.« Ich weiß nicht, woher ich diesen Mut nahm, aber ich fühlte mich erstaunlich ruhig und konzentriert. Es ging so eine lebendige Kraft von allen aus, dass mir jeder Schritt, der mich ansonsten extremste Überwindung gekostet hätte, leicht fiel.

Unbeirrt schritten wir die Stufen hinab, Ivors Musik in Ohren und Sinn. Obgleich sie mit jedem Schritt etwas leiser wurde, beängstigend leiser.

Die Finsternis umfing uns in dem Augenblick, in dem die Musik verstummte. Eine Totenstille umgab uns, als würden wir eine Gruft betreten. Nur das Geräusch unserer Schuhe auf dem kalten, feuchten Boden war zu hören … und es hallte wie Paukenschläge, die irgendwo in der Ferne ein Echo erzeugten.

Dann öffnete sich vor uns eine Tür – ächzend, am Boden reibend, als würde sich eine Grabplatte verschieben.

Vor uns breitete sich eine Höhle aus, von eigenartigem grünlichem Licht erfüllt. Und dennoch wirkte sie wie ein Raum, denn ihr Umriss schien rechteckig – wie ein riesenhafter Kellersaal, eine gigantische Version einer Krypta. Die Wände waren wie aus rauem Fels, in den Nischen eingegraben waren. In der Mitte des Raumes befand sich eine Art Krater, der wie ein schwarzer geöffneter Mund wirkte und aus dem ein diffuser Nebel ausströmte. Alles wirkte schrecklich alt – wie aus unendlich ferner Vorzeit, vor aller Zivilisation.

»Katakomben!«, raunte Martinus, dessen Wahrnehmung offenbar genauso war wie meine. Sein Finger zeigte umher. »Grabnischen. Wahrscheinlich kreiert er so seine Ungeheuer. Aus den Toten.«

Wir betraten den unebenen Höhlenboden, der beständig abwärtsführte, und bewegten uns auf den rauchenden Krater zu.

Etwas fauchte. Wie ein riesenhaftes Raubtier.

Wir zückten alle unsere magische Enaid. Leise schlichen wir in Richtung des Kraters und verteilten uns lautlos um ihn herum, bis wir ihn vollständige umstellt hatten und ein großes Fünfeck bildeten – wie der Drudenfuß, den mir Großvater Neville gezeigt hatte.

In diesem Augenblick erscholl ein grauenhaftes Brüllen. Staubwolken stoben aus dem Krater und der ganze Höhlenraum schien zu erzittern.

Dann erhob sich mitten aus dem Krater eine riesenhafte, schwarze Gestalt. Sie sah aus wie ein Tier, aber der mächtige Kopf hatte eigenartig menschliche Züge. Obwohl auf dem ganzen Schädel schwarze, zottige Haare wuchsen und ein Gebiss wie von einem Raubtier aus langen, spitzen Zähnen in dem Gesicht blitzte, war der Mund eigenartig klein. Eine lange Nase und mächtiges Kinn ragten hervor. Über den rotglühenden Augen sträubten sich buschige, schwarze

Augenbrauen, und das lange Haupthaar wallte um das teuflische Gesicht, als seien es schwarze Schlangen, die es umzüngelten.

Die schwarzen Pranken, mit denen Valnir seinen Oberkörper aus dem Krater herausschob, hatten lange, gebogene Krallen, die gespenstisch bleich schimmerten.

»Ihr wagt es, mich in meinem eigenen Heim aufzusuchen?«

Die Stimme klang nicht mehr wie eine rostige Knarre, vielmehr wie ein ganzes Mahlwerk aus rostigen Zahnrädern und Ketten, rasselnd, quietschend, knarrend, und von einer dröhnenden Lautstärke, dass mein ganzer Körper vibrierte. Seinem Mund entströmte ein Gestank, der kaum zu beschreiben ist. Tod, Verwesung, Fäulnis, Exkremente, Erbrochenes, Moder und Krankheit.

»Ihr seid alle da? Alle fünf? Das ist gut, das ist sehr gut!«, krächzte er hervor, und ich vermeinte, ein höhnisches Lachen darin auszumachen. »Auf diese Weise vernichte ich endlich alles, was mich seit Jahrhunderten so erbärmlich geärgert hat!«

Martinus begann, ein Lied auf seiner Harfe zu spielen.

»Kchkchkchkch!«

Valnir holte aus und schlug mit seiner Pranke nach ihm. Er traf Martinus nur am Ärmel, aber mit genügend Wucht, um ihn umzureißen. Die Harfe flog in hohem Bogen durch die Luft und knallte irgendwo im Dunklen auf den Felsboden. Ich trat von hinten auf Valnir zu und drückte ihm die Enaid in den Rücken. Beißender Qualm enstand dort, wo ich sein Fell berührte, und darunter wurde alles weich, so dass meine Hand mitsamt der Enaid in ihn hineinsank.

Eigenartigerweise brüllte er nicht, sondern schnappte stattdessen nach Ceridwen, die Martinus' Melodie auf ihrer Laute angestimmt hatte.

»Ihr mit euren lächerlichen Instrumenten! Mit eurer ekelhaften Musik! Dumme, naive Kinder!«

Ich nutzte seine Ablenkung, um seine Wunde noch mehr zu vergrößern. James erkannte Valnirs trübe Wahrnehmung. Er sprang zu mir und drückte seine Enaid dem Unhold in den Nacken. Es qualmte und stank, aber Valnirs Haut begann zu verschmoren wie Fett in einer heißen Pfanne.

Anne trat vor und hielt ihm ihre Enaid mitten ins Gesicht.

Jetzt jaulte er und warf den Kopf in den Nacken. Seine langen Haare klatschten James ins Gesicht, so dass dieser sich angeekelt abwandte. Dann richtete er sich auf und stieß einen durchdringenden Schrei aus. Ich verlor das Gleichgewicht und landete unsanft auf dem rauen Steinboden.

Inzwischen hatten Martinus und Ceridwen die Enaid auf seine Pranken gedrückt. Ein rascher Prozess von Zersetzung und Dampf erfolgte. Valnir riss seine Arme hoch und suchte, seine rauchenden Stümpfe in Sicherheit zu bringen.

»Ihr widerlichen Menschen! Ihr seid nichts als Ungeziefer, nichts als lästige Fliegen!«, würgte er hervor. Er erschien mir jetzt deutlich kleiner als zuvor, als hätte mein und James' Griff in seinen Rücken ihn geschrumpft.

Er stützte seine qualmenden Stümpfe jetzt auf den Rand des Kraters und schob seinen Körper weiter heraus. Ein nächstes paar Arme kam zum Vorschein. Er stützte die Pranken auf den Rand des Kraters und ließ ein drittes Paar Arme folgen.

Mir schauderte. Er hatte sechs Arme. Und wahrscheinlich noch zwei Beine. Wie eine Spinne.

Ich schnellte vor und drückte die Enaid auf sein Hinterteil, das kaum Haare hatte und in seiner Kahlheit grünlich-weiß schimmerte. Jetzt erst stieß er einen Schmerzensschrei aus, dass meine Ohren brannten. Er krümmte sich nach hinten und seine sechs Arme fuchtelten in der Luft herum. Martinus presste seine Enaid kräftig auf seinen blassen, haarlosen Bauch.

Valnir krampfte und hatte augenscheinlich keine Gewalt mehr über seine Gliedmaßen. Er kippte rücklings auf den Boden und wand sich aus dem Krater heraus wie ein Wurm. Ceridwen und Anne stürzten in Richtung seines Kopfes und berührten mit der Enaid seine Stirn.

Das wirkte. Seine Arme und die nun sich aus dem Krater herausschälenden Beine schrumpelten zu dünnen, zappelnden Halmen. Der ganze Dämon wurde kleiner. Seine Borsten flogen wie Flocken umher, wie schwarzer Schnee. Ich drückte ihm die Enaid auf die Brust, James auf die Kehle, während Martinus sie nach wie vor fest auf seinen Bauch presste.

Es knallte. Fast erinnerte es mich an das Platzen eines Luftballons, nur viel größer und schrecklicher. Das Wesen unter unseren Händen schrumpfte mit einem Mal zu menschlicher Größe.

Wir wichen zurück. Vor uns lag Valnir, wie wir ihn aus allen Zeitaltern kannten. Er war jetzt wieder vollständig in menschlicher Gestalt. Seine zusätzlichen Arme waren verschwunden. Er war nackt; in seinem Körper klafften blutende Wunden. Die Haare hingen ihm ins Gesicht. Er wirkte mager und erschöpft.

Wir traten alle beiseite.

Valnir versuchte aufzustehen, sackte aber immer wieder zusammen. Dann begann er, nach vorne zu kriechen. Schwer atmend gelang es ihm dann doch, sich aufzurichten.

Er wankte unsicher auf den Höhlenausgang zu. Wir folgten ihm. So richtig wussten wir nicht, was wir tun sollten, aber wir waren uns einig, dass er stark geschwächt war. Ein Funken Mitleid glomm in meinem Herzen, ein Gefühl, das immer größer wurde.

Valnir war am Höhlenausgang angekommen und erklomm mühsam und schnaufend die Treppe nach oben. Jetzt vernahmen wir wieder Ivors Musik. Verdammt, er hatte die ganze Zeit emsig und hingebungsvoll gespielt!

Mühsam und stöhnend überwand Valnir die Stufen. Er wirkte jetzt noch kleiner, aber auch magerer und vor allem jünger. Wir folgten ihm schweigend. Er erreichte den großen Saal und schleppte sich dort, mehrfach zusammenbrechend, auf den großen Thron zu. Zwischendurch verließen ihn seine Kräfte; er zuckte und röchelte, konnte sich aber wieder aufraffen, um weiterzukriechen.

Mit letzter Kraft zog er sich die Stufen hoch, klammerte sich an das grobe Fell und wuchtete sich bäuchlings auf den Thron. Dann drehte er sich stöhnend herum und verfrachtete er seinen gebrechlichen Körper in die Sitzhaltung.

Seine Arme griffen die Lehnen. Dann hob er seinen Kopf und lehnte ihn erschöpft an die Rückenlehne.

Er war ein Kind, höchstens zwölf Jahre alt. Seine schwarzen Haare hingen ihm wirr und verfilzt ins Gesicht. Seine Haut war bleich wie Wachs, dunkle Ringe waren unter seinen Augen, die Wangen eingefallen.

Er starrte in die Ferne. Plötzlich schien er zu sich zu kommen.

Ich stieg die Stufen hinauf, zu ihm auf den Thron. Ich blickte in ein trauriges, krankes Gesicht mit erloschenen Augen.

Ein leises Lächeln regte sich in ihm.

»Die Musik ist schön«, hauchte er mit schwindender Kraft.

»Ja, das ist sie«, flüsterte ich.

»Einst wünschte ich, ich wäre ein Barde geworden.«

Seine Stimme war kaum mehr zu hören.

»Du wärest bestimmt ein wunderbarer Barde.«

»Meinst du? Ich? Ausgerechnet ich?«

»Ja«, flüsterte ich. »Gerade du.«

Er atmete flach. Seine bleichen Lippen zitterten.

»Ich möchte … so gerne … die Lieder singen … wie früher …«

Ich nahm die Enaid und drückte sie ihm sanft auf die Stirn.

Ein tat einen tiefen Atemzug. Er lächelte und schloss langsam die Augen.

Dann zerfiel er zu Staub. Nur sein Lächeln schien noch eine Weile vor meinen Augen zu schweben. Übrig blieb ein kleiner Haufen Asche auf dem bombastischen, gespenstischen Thron.

Ich wandte mich um. Martinus, Anne, James und Ceridwen standen dicht bei mir.

Ceridwen griff meine Hand.

»Lass uns gehen, Conny.«

Ivor spielte einen feierlichen Schlussakkord, als wir wieder zu ihm in die Eingangshalle traten. Wortlos nahm er sein Cello und trat mit uns ins Freie.

Die dunklen Wolken hatten sich verzogen. Ein rosa-goldener Abendhimmel breitete sich über uns aus und tauchte die verschneite Landschaft in ein verzaubertes Licht. Ein paar dampfende Schwaden verrieten etwas über kleine, lange und dicke Dämonen, die sich in Luft aufgelöst hatten. Mitten im Schnee lagen ein paar magere zitternde Menschen. An eine Mauer gelehnt, erkannte ich Harry Doone, der scheu, den Kopf gesenkt, zu uns herüberschaute. Ich winkte ihm zu, aber er blickte beschämt zu Boden. Etwas weiter entfernt sah ich Owen

Bateson, der zusammengekauert und, die Arme über den Knien verschränkt, unverwandt in die Ferne starrte.

Ceridwen sah mich an. »Wir haben es geschafft«, sagte sie. »Bist du glücklich oder traurig?«

»Beides«, sagte ich.

Sie näherte ihr Gesicht dem meinen und gab mir einen Kuss. Einen Kuss, den ich nie vergessen werde, solange ich lebe. Zärtlich, leidenschaftlich, und voller Leben.

Wir fassten wir uns alle an den Händen. Martinus, Anne, James, Ceridwen und ich. Dann nahm ich sie alle in die Arme, jeden von ihnen. Ich habe mich seitdem kaum jemandem so nahe gefühlt. Es war so, als wären wir eins. Ich glaube, dass wir alle so fühlten.

Und dann verblassten sie. Ich hatte geahnt, dass es so passieren würde. Eine Weile waren sie wie Geister zu sehen, und schließlich waren sie alle verschwunden. Nur die Golfschläger blieben zurück, die nun alle auf dem Boden lagen.

Mir war es, als würde mein Herz zerreißen. Ich starrte noch auf die Stellen, wo meine Freunde gerade noch gestanden hatten. Dann spürte ich Ivors Hand auf meiner Schulter.

»Sie gehören halt nicht in unsere Zeit«, tröstete er.

34. Der Funke des Lichtes

Ronald erwartete mich am Gesindehaus. Das Ehepaar Cox stand bei ihm, friedlich, obwohl offenkundig beschämt. Die Blessuren hatten sie offensichtlich recht unbeschadet überstanden.

Ronald sammelte Großvaters Golfschläger wieder ein, fand sie weitgehend sauber und unbenutzt, und wunderte sich. Ich verabschiedete mich von Ivor, und dann zogen wir alle gemeinsam los.

Wir nahmen die Landstraße, denn ich wollte nicht an dem Steinkreis vorbeigehen. Ich war überwältigt von dem Schmerz des Abschiedes, und gleichzeitig voller Glück über das, was wir vollbracht hatten.

Wir erreichten St. Johns, gingen durch die vertrauten, weihnachtlich geschmückten Straßen. Es dämmerte bereits und die erleuchteten Fenster der Häuser wirkten jetzt warm und anheimelnd. Im *Cunning Little Monk* saßen Gäste am Tresen und an den Tischen, Gladys stand an den Zapfhähnen und schenkte fleißig aus. Ich glaube, Ronald wäre am liebsten kurz eingekehrt, aber ich wollte nur nach Hause.

Er war an diesem Tag wirklich lieb, mein großer Bruder. Zwischendurch legte er sogar mal kurz den Arm um mich. Er brachte es natürlich nicht über die Lippen, aber ich merkte, dass er stolz auf mich war, verdammt stolz. Ich hatte das erste Mal seit langem wieder die Idee, dass es auch ganz schön sein könnte, einen großen Bruder zu haben.

Wir erreichten Brooks House. Und dann umgaben uns wieder die vertrauten Wände von Großvaters ehrwürdigem, alten Haus, das bereits so viele gute Menschen beherbergt hatte.

Bereits am nächsten Tag trafen unsere Eltern ein. Mama war mager und bleich, aber sie strahlte, uns endlich wieder zu sehen. Sie war so erschöpft, dass Papa sie vom Wagen heben und ins Haus tragen musste. Ida flog ihr förmlich in die Arme, und auch Ronald schien sehr erleichtert, sie wiederzusehen.

Ich war unruhig und aufgeregt, und saß wie auf glühenden Kohlen, endlich mit ihr alleine sein zu dürfen. Die ganze Zeit umklammerte ich den warmen, schwarzen Lederbeutel um meinen Hals, um endlich das zu tun, dessen ich entgegenfieberte. Zu allem Überfluss meinte unser besorgter Vater auch noch, uns von ihr fernhalten zu müssen und verbot mir, ihr Zimmer zu betreten.

»Ich verstehe dich ja, Conny«, erklärte er mir, »aber du musst schon einsehen, dass Mama jetzt erstmal ihre Ruhe braucht.« Klar, er hatte keine Ahnung, was ich vorhatte, aber ich hätte ihn in diesem Augenblick zum Mond schießen können.

Ich wartete auf einen günstigen Augenblick. Endlich hatte Großvater Neville ihn im Schlepptau, um ihm das Anwesen zu zeigen.

Ich sauste sofort die Treppe hoch und enterte das Schlafzimmer, das Großvater meinen Eltern hatte herrichten lassen.

Mama schlief. Ich drehte den Schlüssel im Schloss, um nicht gestört zu werden. Dann trat ich an sie heran und nahm die Enaid aus dem Beutel. Vorsichtig zog ich ihr die Bettdecke weg und drückte ihr die Figur auf die Brust.

Ich konnte förmlich sehen, wie das Leben in sie zurückkehrte. Sie tat einige tiefe Atemzüge. Ihr blasses Gesicht bekam Farbe. Die eingefallenen Wangen strafften sich, die dunklen Ringe um ihre Augen verschwanden.

Ich war äußerst gründlich, denn hier galt es, sich Zeit zu nehmen. Ich legte ihr die magische Figur auf den Bauch, die Schultern, die Stirn, auf Arme, Beine, Becken, Herz, Mund und Augen. Dann stahl ich mich aus dem Zimmer.

Es war vielleicht das freudigste Weihnachtsfest, dass ich je gefeiert habe. Ich glaube, dass auch Ronald sehr glücklich gewesen ist, und Ida sowieso, obwohl sie damals nicht durchschaute, was wirklich passiert war. Ihr war vor allem wichtig, Mama mit Quentis bekannt zu machen.

Wir aßen schottischen Lachs mit Meerrettich, gebratenen Truthahn mit Yorkshire-Pudding und Röstkartoffeln, und zum Nachtisch servierte Elizabeth den traditionellen und mit Stechpalmenzweigen dekorierten Plumpudding, der feierlich mit Rum übergossen und flambiert wurde.

Ich selbst aß gut und reichlich, mit einem Appetit, als hätte ich im Alleingang einen ganzen Stapel Holz gehackt. Aber vor allem meine Mutter langte zu. Unser Vater schaute ungläubig auf sie, mit welcher Lust sie aß und trank, lachte und scherzte, und er wusste noch nicht so richtig, ob er das Wunder ihrer Heilung glauben durfte. Nur Großvater Neville schien wenig überrascht. Ab und zu trafen sich unsere Blicke. Er war wie üblich beherrscht und vornehm, aber sein Lächeln war unübersehbar, zumindest für mich.

Wir verbrachten die Jahre des Krieges in England. Wir haben dort alle überlebt. Ich war zu jung, um Soldat zu werden. Ronald ging zur britischen Armee und fungierte dort als Dolmetscher. Seine Sprachkenntnisse waren äußerst gefragt, um die Kriegskommunikation der Nazis zu entschlüsseln. Das hat ihn wahrscheinlich sogar gerettet. An die Front hat er auf diese Weise nicht gemusst.

Ich habe auch Ivor später getroffen, als ich wieder einmal in der alten Heimat war. Er war nach Deutschland gegangen, um seinen Vater zu suchen. Ob er ihn gefunden hat, weiß ich nicht. Aber wir haben einige Male zusammen Musik gemacht. Er ist später nach Australien gegangen. Von Verrücktheit war keine Spur mehr.

Ich denke sehr oft an die anderen: Martinus, Anne, James. Und besonders an Ceridwen. Ich habe sie nie wiedergesehen. Sie sind alle zurückgekehrt in ihre Zeit, in ihre Welt. Aber sie waren mein ganzes Leben immer bei mir. Manchmal, in meinen Träumen, sprach ich sogar mit ihnen, und oft auch bei Tage, einfach so. Einige Mitmenschen hielten mich deshalb vielleicht für verrückt. Aber das ist mir ziemlich egal.

Eigenartigerweise dachte ich auch immer wieder an Valnir. Ich frage mich oft, was aus ihm geworden wäre, wäre sein Leben anders verlaufen.

Wenn er ein Barde geworden wäre.

Damals, in grauen Tagen,

vor unendlich langer Zeit.

ENDE